SCIENCE FICTION

Herausgegeben
von Wolfgang Jeschke

Von **James White** erschien in der Reihe
HEYNE SCIENCE FICTION & FANTASY:

Die Föderation · 0604826

Der ORBIT HOSPITAL-Zyklus:

1. *Hospital Station* · 0604974
2. *Star Chirurg* · 0604975
3. *Großoperation* · 0604976
4. *Ambulanzschiff* · 0604977
5. *Sector General* · 0604978
6. *Notfall Code Blau* · 0604979
7. *Der Wunderheiler* · 0604980
8. *Radikaloperation* · 0604981 (in Vorb.)
9. *Chef de Cuisine* · 0604982 (in Vorb.)

JAMES WHITE

Notfall Code Blau

Sechster Roman des Zyklus
ORBIT HOSPITAL

Deutsche Erstausgabe

Aus dem Englischen übersetzt von
KALLA WEFEL

WILHELM HEYNE VERLAG
MÜNCHEN

HEYNE SCIENCE FICTION & FANTASY
Band 0604979

Titel der amerikanischen Originalausgabe
CODE BLUE-EMERGENCY
Deutsche Übersetzung von Kalla Wefel
Das Panoramabild zu dem gesamten Zyklus
malten Horos Zoltán und Szikszai Gábor

Redaktion: Wolfgang Jeschke

Erstausgabe by Del Rey Books/Ballantine, New York

Printed in Germany 1994
Umschlaggestaltung: Atelier Ingrid Schütz, München
Technische Betreuung: Manfred Spinola
Satz: Schaber, Satz- und Datentechnik, Wels
Druck und Bindung: Elsnerdruck, Berlin

ISBN 3-453-07766-0

1. Kapitel

Der *Herrscher* des Schiffs saß neben Cha Thrat vor dem Bildschirm auf dem Freizeitdeck, während der verschwommene Lichtfleck allmählich zu einem gewaltigen, komplexen Bauwerk heranwuchs, das in sämtlichen Farben und Lichtstärken funkelte, die Cha Thrats Augen wahrnehmen konnten. Der überwältigende Anblick des Orbit Hospitals erfüllte sie mit großer Ehrfurcht, Staunen und Verlegenheit.

Wie sie erfahren hatte, bekleidete Herrscher Chiang in der Monitorkorpsdivision für extraterrestrische Kommunikation und Kulturkontakte den Rang eines Majors. Hin und wieder irritierte der Herrscher sie allerdings, wenn er sich wie ein *Krieger* verhielt. Jetzt saß Chiang neben ihr, weil er sich anscheinend aus irgendwelchen ominösen terrestrischen Anstandsregeln dazu verpflichtet sah. Eigentlich hatte er ihr die Höflichkeit erweisen wollen, den Anflug des Hospitals vom Kommandodeck aus beobachten zu dürfen, aber da es Cha Thrat physiologisch unmöglich war, sich in diesen engen und bereits überfüllten Schiffsabschnitt zu begeben, hatte er es für seine Pflicht gehalten, seinen Platz zu verlassen und ihr hier Gesellschaft zu leisten.

Auch wenn er Cha Thrats Patient gewesen war, aber in Anbetracht des großen Unterschieds ihrer sozialen und beruflichen Stellung empfand sie diese Höflichkeitsbekundung als eine vollkommen überflüssige und sinnlose Zeitverschwendung, selbst wenn ihm diese Dummheit sogar noch Vergnügen zu bereiten schien.

Die gedämpfte Unterhaltung auf dem Kommandodeck wurde samt Bild auf den Repeaterschirm übertragen, und obwohl Cha Thrat von ihrem Translator jedes einzelne Wort übersetzt bekam, blieb ihr die Gesamtbedeutung des Gesagten doch unklar, da die Krieger des Schiffs fast ausschließlich technische Fachausdrücke verwendeten. Aber auf einmal ertönte eine andere, verstärkte Stimme, deren einfachen und unzweideutigen Worte von einem Bild der abstoßend stark behaarten Kreatur begleitet wurde, die sie sprach.

»Hier Anmeldezentrale des Orbit Hospitals«, meldete sich die Stimme forsch. »Identifizieren Sie sich bitte. Patient, Besucher oder Mitarbeiter? Dringlichkeitsgrad und physiologische Klassifikation, falls bekannt. Sollten Sie sich nicht sicher sein, stellen Sie bitte Sichtkontakt her, dann übernehmen wir die physiologische Klassifikation für Sie.«

»Hier Kurierschiff des Monitorkorps *Thromasaggar*«, antwortete eine Stimme vom Kommandodeck aus. »Benötigen Anlegeplatz für kurzen Aufenthalt, um einen Patienten und ein Personalmitglied abzusetzen. Klassifikation der Besatzung und des Patienten lautet terrestrische DBDGs. Der Patient ist gehfähig und auf dem Weg der Genesung, die Behandlung ist nicht dringend. Das medizinische Personalmitglied gehört der Klassifikation DCNF an und ist ebenfalls warmblütiger Sauerstoffatmer ohne besondere Temperatur-, Schwerkraft- oder Druckerfordernisse.«

»Moment bitte«, sagte die häßliche Kreatur, und erneut füllte das Bild des Hospitals den Schirm aus, was nach Cha Thrats optischer Empfindung eine eindeutige Verbesserung bedeutete.

»Was war *das* denn da eben?« fragte sie Chiang. »Das Ding hat ausgesehen wie ein… ein *Scroggila*. Wissen Sie, das ist eine unserer Nagetierarten.«

»Ah ja, ich habe schon mal Abbildungen davon gesehen«, antwortete Chiang und stieß wieder einmal einen dieser unangenehmen, bellenden Laute aus, die bei dieser Spezies Belustigung anzeigen. »Dieses Wesen hier ist allerdings ein nidianischer DBDG, der etwa die halbe Körpermasse eines Terrestriers hat und einen sehr ähnlichen Metabolismus aufweist. In technologischer und kultureller Hinsicht ist diese Spezies auf einem sehr hohen Entwicklungsstand. Das Wesen sieht also nur vom Äußeren her wie ein riesiges Nagetier aus. Im Orbit Hospital werden Sie lernen, mit weit weniger schönen Lebewesen zusammenarbeiten zu müssen ...«

Als wieder das Bild des Nidianers erschien, verstummte Chiang sofort.

»Folgen Sie den blau-gelb-blauen Leitbaken«, wies das Wesen von der Anmeldezentrale sie an. »Lassen Sie den Patienten und das Personalmitglied an Schleuse eins null vier von Bord gehen, und fliegen Sie dann an den blau-blau-weißen Baken entlang zu Dock achtzehn. Major Chiang und die sommaradvanische Heilerin werden bereits erwartet, und man wird die beiden an der Schleuse abholen.«

Oje! Von welchen Kreaturen bloß? fragte sich Cha Thrat besorgt.

Zwar hatte ihr der Herrscher etliche nützliche Ratschläge und Informationen über das Orbit Hospital im galaktischen Sektor zwölf gegeben, von denen sie ihm aber das meiste nicht abgenommen hatte. Und als sie kurz darauf die Schleusenvorkammer betraten, konnte sie nicht glauben, daß die hüfthohe Halbkugel aus einer grünen, gallertartigen Masse, die zwischen den beiden wartenden Terrestriern auf dem Boden hin und her schwabbelte, ein Lebewesen war.

»Das ist Lieutenant Braithwaite vom Büro des Chefpsychologen«, begann Chiang mit der Vorstellung. »Und das hier ist Wartungsoffizier Timmins, der für die Herrichtung Ihrer Unterkunft verantwortlich ist. Und das daneben ist Doktor Danalta, der dem Ambulanzschiff *Rhabwar* zugeteilt ist ...«

Abgesehen von geringen Unterschieden zwischen den Abzeichen auf den Uniformen vermochte Cha Thrat die Terrestrier nicht auseinanderzuhalten. Der große, grüne Wackelpudding auf dem Boden war vermutlich so etwas wie ein Jux oder vielleicht Teil eines Einweihungsrituals für Neulinge im Krankenhaus. Sie entschied sich, vorläufig nicht darauf zu reagieren.

»... und das ist Cha Thrat«, fuhr Chiang fort, »die neue Heilerin von Sommaradva, die von nun an im medizinischen Stab mitarbeiten wird.«

Beide Terrestrier hoben die rechten Hände auf Hüfthöhe und ließen sie wieder sinken, als der Herrscher den Kopf schüttelte. Cha Thrat hatte ihn nämlich bereits zuvor unterrichtet, daß man dort, wo sie herkam, das Ergreifen der Gliedmaße eines fremden Wesens für äußerst unanständig hielt. Aus ihrer Sicht wäre es von den Mitarbeitern des Hospitals sehr viel aufmerksamer gewesen, wenn sie ihr einen Hinweis auf ihre soziale Stellung gegeben hätten. Chiang sprach mit ihnen wie mit Gleichgestellten, allerdings hatte er das auch oft mit Untergebenen auf dem Schiff getan. Bereits das hatte Cha Thrat als sehr gedankenlos von dem Herrscher empfunden und war für sie äußerst verwirrend gewesen.

»Timmins wird dafür sorgen, daß Ihre persönliche Habe in das Ihnen zugewiesene Quartier gebracht wird«, wurde sie nun vom Herrscher informiert. »Was Danalta und Braithwaite jetzt mit uns beiden vorhaben, weiß ich allerdings auch nicht.«

»Nichts allzu Anstrengendes«, versicherte Braithwaite, während sich der zweite Terrestrier entfernte. »Nach der Zeitrechnung des Orbit Hospitals ist es jetzt Mittag, und die Unterkunft der Heilerin wird nicht vor dem frühen Abend hergerichtet sein. Sie müssen nachmittags zur Untersuchung, Major. Cha Thrat soll dabei auch zugegen sein. Wahrscheinlich wollen unsere Ärzte diese Gelegenheit nutzen und ihr persönlich zu ihrer chirurgischen Meisterleistung gratulieren.«

Er blickte in Cha Thrats Richtung, schob aus irgendeinem unerfindlichen Grund den Kopf ein Stückchen vor und fuhr dann fort: »Unmittelbar nach der Untersuchung haben Sie beide Termine in der psychologischen Abteilung. Cha Thrat für ein Orientierungsgespräch mit O'Mara und Sie für eine Untersuchung, die in Ihrem Fall reine Formsache ist, um sicherzustellen, daß Ihre jüngsten Verletzungen keine psychischen Wunden hinterlassen haben. Aber bis dahin … Haben Sie in letzter Zeit schon etwas gegessen?«

»Nein«, antwortete Chiang. »Aber ich würde es sehr begrüßen, mal etwas anderes als diese fade Schiffskost zu mir nehmen zu können.«

Sein terrestrisches Gegenüber stieß gedämpfte, bellende Laute aus und entgegnete: »Dann haben Sie noch nicht unser Krankenhausessen probiert. Allerdings geben wir uns redlich Mühe, unsere Besucher nicht zu vergiften …«

Braithwaite verstummte, um sich zu entschuldigen und sogleich zu erklären, daß er lediglich einen hausinternen Witz gemacht habe. In Wirklichkeit sei das Essen recht schmackhaft, und man habe bezüglich Cha Thrats Ernährungsbedürfnisse bereits umfassende Anweisungen erhalten.

Doch bekam Cha Thrat nur beiläufig mit, was er sagte, da sich ihre Aufmerksamkeit auf die grüne Halbkugel richtete, deren Oberfläche nun kleine Wellen schlug, Falten warf und Scheinfüßchen ausbildete. Sie wackelte jetzt schwerfällig und stemmte sich senkrecht in die Höhe, bis sie dieselbe Größe wie Cha Thrat hatte. Die Haut bekam farbige Flecken. Der feuchte Glanz dessen, was nur Augen sein konnten, erschien, und die Anzahl der kurzen und nur grob geformten Gliedmaßen nahm stetig zu, bis das Gebilde wie etwas aussah, das von einem sommaradvanischen Kind aus Ton hätte modelliert sein können. Auf einmal empfand Cha Thrat Ekel, aber als sich der Körper festigte, eine feinere Gliederung annahm und die charakteristischen Körpermerkmale ihrer Spezies erschienen, verspürte sie nur noch Neugierde und Verwunderung. Schließlich entwickelten sich an den entsprechenden Stellen die Bekleidung und die Arzttasche, und vor ihr stand plötzlich die Gestalt einer zweiten Sommaradvanerin, die Cha Thrat bis aufs I-Tüpfelchen glich.

»Sollten Ihre terrestrischen Freunde tatsächlich vorhaben, Sie bereits wenige Minuten nach Ihrer Ankunft dem Ambiente einer multikulturellen Kantine auszusetzen«, begann ihr Ebenbild mit einer Stimme, die zum Glück der von Cha Thrat nicht ähnelte, »dann verspüre ich regelrecht eine Verpflichtung, der Rücksichtslosigkeit dieser beiden Ignoranten entgegenzuwirken, indem ich ein Äußeres annehme, das Ihnen vertraut und angenehm ist. Das ist ja wohl das mindeste, was ich für ein neues Mitglied des medizinischen Personals tun kann.«

»Doktor Danalta ist keineswegs so uneigennützig, wie er Sie glauben lassen möchte, Cha Thrat«, mischte sich Braithwaite ein, wobei er wieder einen dieser bellenden Laute ausstieß. »Wegen der unglaublich rauhen Umweltbedingungen auf seinem Heimatplaneten hat seine Spezies eine erstklassige Schutzanpassung entwickelt. Es gibt im Orbit Hospital nur wenige warmblütige sauerstoffatmende Lebensformen, in die sich Doktor Danalta nicht in ein paar Minuten verwandeln könnte, wie Sie eben selbst gesehen haben. Allmählich haben wir allerdings den Verdacht, daß er jedes neue intelligente Wesen, das im Hospital eintrifft, als Herausforderung für seine Fähigkeiten auf dem Gebiet der Körperanpassung betrachtet – wobei es ihm völlig egal ist, ob es sich dabei um einen Patienten, Besucher oder Mitarbeiter handelt.«

»Trotzdem bin ich tief beeindruckt«, antwortete Cha Thrat.

Sie starrte ihrem vollkommen fremden und dennoch identischen Ebenbild in die Augen. Nach ihrem Dafürhalten hatte der Alien große Anteilnahme an ihrem gegenwärtigen geistig-seelischem Wohlbefinden bewiesen, zumal sie sich durch den Einsatz seiner ungeheuren Begabung schon sehr viel wohler fühlte. Das konnte nur die Tat eines Heilers für Herrscher gewesen sein – womöglich war er sogar selbst ein Herrscher. Instinktiv machte Cha Thrat die Geste, die bei ihrer Spezies Achtung vor Höherstehenden ausdrückte, und erst im nachhinein fiel ihr ein, daß wahrscheinlich weder die Terrestrier noch ihr Ebenbild namens Danalta die Bedeutung dieser Gebärde erkennen würden.

»Danke schön, Cha Thrat«, sagte Danalta und erwiderte die Geste. »Mit meiner Schutzanpassung sind nämlich empathische Fähigkeiten verbunden. Obwohl ich nicht genau weiß, was diese Gebärde mit den Gliedmaßen zu bedeuten hat, konnte ich doch spüren, daß Sie mir ein Kompliment gemacht haben.«

Danalta, da war sich Cha Thrat sicher, war sich jetzt auch ihrer Verlegenheit bewußt, doch der Gestaltwandler erwähnte nichts davon, als sie den beiden Terrestriern aus der Kammer folgte.

Auf dem Korridor vor der Schleuse drängte sich eine ganze Menagerie von Lebewesen, von denen einige, wenn auch nicht von der Größe, so doch von der Gestalt her nichtintelligenten Tierarten ähnelten, wie man sie auf Sommaradva vorfand. Als einer der kleinen, von rotem Pelz bedeckten Zweifüßler, die Cha Thrat bereits in der Anmeldezentrale gesehen hatte, vorbeilief, versuchte sie, nicht vor ihm zurückzuschrecken, und als riesige Ungeheuer mit sechs Gliedern, unzähligen Tentakeln und einem Vielfachen ihrer Körpermasse auf sie zusteuerten, wurde sie von panischer Angst ergriffen. Doch nicht alle der Aliens wirkten furchteinflößend oder sogar häßlich. So klackerte ein großer, krebsähnlicher Alien mit einem wunderschön gezeichneten Panzer auf den knochenharten Gliedmaßen seines Ektoskeletts vorüber. Die Zangen öffneten und schlossen sich langsam, als dieses Wesen ein Gespräch mit einem wirklich schönen Geschöpf führte, das wenigstens dreißig kurze, stummelartige Beine hatte und von einem sich kräuselnden, silbernen Fell bedeckt war. Es gab noch etliche andere Aliens, die Cha Thrat allerdings wegen der Schutzanzüge, in denen sie steckten, zumeist nur undeutlich erkennen konnte. Im Fall des Insassen eines fahrbaren Druckbehälters, aus dem Dampf zischte, vermochte sie sich nicht einmal eine Vorstellung davon zu machen, welche eigentümliche oder prachtvolle Gestalt sich in diesem mysteriösen Gefährt verbarg.

Die Kakophonie aus heulenden, piepsenden, krächzenden und jammernden Lauten war kaum zu beschreiben, denn dieser Lärm war etwas vollkommen anderes als alles, was sie bisher erlebt hatte.

»Es gibt noch einen viel kürzeren Weg zur Kantine«, sagte Danalta, während ein stacheliges Wesen mit einer membranartigen Haut vorbeischlurfte, das eher wie eine dunkelfarbige Ölfrucht im Großformat aussah, da in dem durchsichtigen Anzug die einzelnen Körpermerkmale von einem dichten, gelben Nebel verhüllt wurden. »Aber das würde einen Ausflug durch die wassergefüllten Stationen der Chalder bedeuten, und Ihre Schutzanzüge werden erst in sechs, möglicherweise sogar erst in sieben Tagen fertig sein. Aber wie ist eigentlich Ihr bisheriger Eindruck vom Orbit Hospital, und wie kommen Sie damit klar?«

Es war beunruhigend und beschämend zugleich, daß Danalta, der zumindest ein zauberkundiger Heiler für Herrscher sein mußte, solche Fragen an eine einfache Chirurgin für Krieger richtete. Doch war die Frage gestellt worden, und nun wurde eine Antwort erwartet. Wenn der Alien seine Verwandlungskünste unbedingt mitten in einem überfüllten Korridor ausüben wollte, dann stand es ihr ganz gewiß nicht zu, Kritik daran zu üben.

Rasch antwortete Cha Thrat: »Ich empfinde Verwirrung, Furcht, Ekel und Neugierde zugleich und bin mir meiner Anpassungsfähigkeit nicht sicher. Ich bin derart verwirrt, daß ich meinen derzeitigen Zustand nicht einmal genauer erklären kann. Zum Beispiel habe ich allmählich das Gefühl, daß die beiden Terrestrier, die vor uns gehen und einer Spezies angehören, die ich noch vor kurzem als völlig fremdartig eingestuft hätte, jetzt etwas fast angenehm Normales an sich haben. Zudem habe ich den Eindruck, daß Sie, weil Sie sich in das Lebewesen verwandelt haben, das auf mich in diesem Hospital am vertrautesten und beruhigendsten wirkt, von Ihrer eigentlichen Natur her das fremdartigste Wesen von allen sind. Um brauchbare Eindrücke zu gewinnen oder mir eine Meinung über das Hospital bilden zu können, habe ich noch nicht genügend Zeit gehabt, aber möglicherweise kennen Sie ja bereits dank Ihrer empathischen Fähigkeiten meine Empfindungen.

Ist es in der Kantine denn sehr viel schlimmer als hier?« fügte sie besorgt hinzu.

Danalta beantwortete die Frage nicht gleich, und die beiden Terrestrier hatten schon seit geraumer Zeit nichts mehr gesagt. Der mit dem Namen Braithwaite hatte sich ein wenig hinter die anderen zurückfallen lassen und den Kopf zur Seite gewandt, damit einer der beiden fleischigen Auswüchse, die offensichtlich als Hörorgane dienten, Cha Thrats Worte besser auffangen konnte. Es hatte ganz den Anschein, als ob ihre Empfindungen nicht nur den Gestaltwandler interessierten. Als Danalta schließlich sprach, glichen seine Worte eher einem Vortrag als einer einfachen Antwort auf ihre Frage.

»Auf niedrigem Niveau sind empathische Fähigkeiten bei den meisten intelligenten Lebensformen normal, doch nur bei einer Spezies, nämlich den Bewohnern von Cinruss, sind sie voll entwickelt. Sie werden bald einen Vertreter dieser Spezies kennenlernen, denn auch er ist auf neuentdeckte Lebensformen neugierig und wird Sie bei der erstbesten Gelegenheit aushorchen wollen. Dann können Sie ja mal meine begrenzten empathischen Fähigkeiten mit denen von Prilicla vergleichen.«

Danalta hielt kurz inne und fuhr dann fort: »Meine bescheidenen Fähigkeiten beruhen nämlich eher auf der genauen Beobachtung von Körperbewegungen, Muskelanspannungen, Veränderungen der Hautfarbe und dergleichen als auf der direkten Wahrnehmung der emotionalen Ausstrahlung des betreffenden Wesens. Sie als Heilerin müssen ja auch ein gewisses Maß an Einfühlungsvermögen für Ihre Patienten besitzen und deren gesundheitlichen Zustand oder eine Veränderung dieses Zustands oft ohne direkte medizinische Untersuchung spüren können. Aber wie hoch meine Fähigkeiten auch entwickelt sein mögen, Ihre Gedanken bleiben für mich dennoch stets im verborgenen und sind allein Ihnen vorbehalten. Ich nehme lediglich Ihre stärkeren Empfindungen wahr …«

»Die Kantine«, verkündete Braithwaite plötzlich und bog bereits in den breiten, türlosen Eingang ein. Er konnte gerade noch einen Zusammenstoß mit einem herauskommenden Nidianer und zwei der Wesen mit silbernem Fell vermeiden, und bellte leise, als die drei abfällige Bemerkungen über sein ungeschicktes Verhalten machten. Dann deutete er in eine

Ecke des Raums und drängte die anderen zur Eile: »Schnell, da drüben ist noch ein Tisch frei!«

Einen Moment lang war Cha Thrat nicht in der Lage, auch nur einen einzigen Muskel zu bewegen. Sie starrte auf den sich weit ausdehnenden, spiegelblank polierten Boden und auf die wie kleine Inseln gruppierten Eßtische, Bänke und Stühle, die nach Größe und Form zusammengestellt waren, um der unglaublichen Vielfalt von Benutzern Platz zu bieten. Der erste Eindruck war viel, viel schlimmer als ihre Erlebnisse auf den Korridoren, wo sie immer nur zwei oder drei Aliens auf einmal begegnet war. Hier hielten sich Hunderte von ihnen auf und saßen entweder nach Spezies getrennt oder mit mehreren verschiedenen Lebensformen zusammen am selben Tisch.

Es befanden sich dort Wesen, die einem schon aufgrund ihrer auffallenden Körperstärke und der Reichweite ihrer natürlichen Waffen Angst einjagten. Es gab andere, die durch ihre Farbe, den Glanz des Schleimüberzugs oder ekelerregende Wucherungen auf der Haut her grauenhaft, schrecklich und widerlich wirkten, und viele, die die Wahnvorstellungen sommaradvanischer Alpträume furchtbare Realität werden ließen. An einigen der Tische saßen oder hockten Aliens, deren Körper und Gliedmaßen so unglaublich grotesk gebaut waren, daß Cha Thrat kaum ihren Augen trauen mochte.

»Hier entlang«, bat Danalta, der gewartet hatte, bis Cha Thrats Glieder nicht mehr zitterten. Er führte sie zu dem von Braithwaite bereits besetzten Tisch, wo sie feststellte, daß das Mobiliar weder für die Physiologie der Terrestrier geeignet war, noch zu den drei krebsähnlichen Aliens mit Ektoskelett paßte, die gerade aufgestanden waren.

Sie fragte sich, ob sie jemals in der Lage sein würde, sich den Gebräuchen dieser hoffnungslos chaotisch und schlampig wirkenden Wesen anzupassen. Auf Sommaradva wußte wenigstens jeder, wo sein Platz war.

»Der Automat für die Bestellung und anschließende Auslieferung des Essens funktioniert hier praktisch genauso wie auf dem Schiff«, erklärte Braithwaite, als sich Cha Thrat vorsichtig in den furchtbar ungemütlichen Stuhl sinken ließ und durch ihr Körpergewicht das Display mit der Speisekarte einschaltete. »Sie geben einfach Ihre physiologische Klassifikation ein, und dann werden die vorhandenen Gerichte aufgelistet. Bis der Versorgungscomputer für Speisen und Getränke mit den Einzelheiten der von Ihnen bevorzugten Zusammenstellungen, der Beschaffenheit und der Anordnung der Speisen auf dem Teller programmiert worden ist, wird Ihnen das Gericht wahrscheinlich vorerst nur in unansehnlichen, aber nahrhaften Klumpen serviert werden können. Sie werden sich bald an dieses System gewöhnen, aber in der Zwischenzeit bestelle ich lieber für Sie.«

»Danke«, murmelte Cha Thrat.

Der größte Klumpen auf dem Teller, der jetzt ankam, sah wie ein Block *Tasam* aus. Aber er roch wie gebratenes *Cretsi,* hatte die Konsistenz von gebratenem *Cretsi* und, so fand Cha Thrat heraus, nachdem sie eine kleine Ecke davon probiert hatte, er schmeckte auch wie gebratenes *Cretsi.* Jetzt erst merkte sie, daß sie wirklich Hunger hatte.

»Manchmal kann es vorkommen, daß Sie sich vom bloßen Anblick der anderen Gerichte oder der Tischgenossen derart belästigt fühlen, daß Ihnen dabei der Appetit vergeht«, fuhr Braithwaite fort. »Sie sollten deshalb lieber ein Auge auf Ihrem Teller behalten und die übrigen schließen; wir fühlen uns dadurch keineswegs beleidigt.«

Cha Thrat folgte dem Vorschlag, ließ aber ein Auge leicht geöffnet, damit sie Braithwaite sehen konnte, der sie immer noch aufmerksam musterte, obwohl er aus irgendeinem merkwürdigen terrestrischen Grund vorgab, das nicht zu tun. Während des Essens kehrten ihre Gedanken zu dem Zwischenfall mit dem Herrscher des Schiffs auf Sommaradva sowie zu der Raumreise hierher und ihrem Empfang im Hospital zurück, und sie mußte feststellen, daß sie allmählich mißtrauisch wurde und sogar leicht verärgert war.

»Um noch einmal auf Ihre stärkeren Empfindungen zurückzukommen«, meldete sich Danalta erneut zu Wort, der offenbar vorhatte, seinen am Kantineneingang unterbrochenen Vortrag fortzusetzen, »haben Sie eigentlich irgendwelche starken Vorbehalte dagegen, persönliche oder berufliche Fragen in Gegenwart von Fremden zu besprechen?«

Chiang, der Herrscher des Schiffs, hielt mit einem Stück Nahrung, das wie ein Teil von einem einst lebendigen Wesen aussah, auf halbem Weg zu seiner Eßöffnung inne und sagte: »Den Bewohnern von Sommaradva ist es lieber, wenn man ihnen frei heraus sagt, was man über sie denkt. Andererseits halten sie die Anwesenheit aufgeschlossener Beobachter bei einer Besprechung ihrer Angelegenheiten häufig für nützlich.«

Wie Cha Thrat feststellte, konzentrierte sich Braithwaite fast ausschließlich auf sein ekelerregendes Essen. Deshalb richtete sie so viele Augen auf den Gestaltwandler, wie es ihr Anstand gerade noch zuließ, und übersah die zahlreichen Dinge im Hintergrund, die sie nicht sehen wollte.

»Na gut«, fuhr Danalta fort und blickte sie mit seinen nachgeahmten, aber dennoch fremden Augen an. »Ihnen müßte bereits klargeworden sein, Cha Thrat, daß Sie sich in einer anderen Lage befinden als die übrigen Mitarbeiter, die im Hospital auf Probe beschäftigt werden. Die Stellen im Orbit Hospital sind sehr begehrt, und die Bewerber müssen auf ihren Heimatplaneten äußerst schwierige Eignungstests und gründliche psychologische Untersuchungen bestehen. Auf diese Weise soll sichergestellt werden, daß sie eine wirkliche Chance haben, sich auf die Umgebung in einem Hospital einzustellen, das für viele verschiedene Spezies eingerichtet worden ist, weil ihnen unsere hiesige Ausbildung ansonsten überhaupt nichts nützt.

Sie sind nicht auf diese Weise überprüft worden«, fuhr Cha Thrats fremdes Spiegelbild fort. »Bei Ihnen hat es weder Eignungstests gegeben noch psychologische Persönlichkeitsdiagramme von der Geburt bis zum Erwachsenenalter oder eine objektive Beurteilung Ihres Werts als Heilerin. Wir wissen nur, daß Sie sich auf erstklassige Empfehlungen der Monitorkorpsdivision für Kommunikation und Kulturkontakte berufen können und wahrscheinlich auch auf die Fürsprache Ihrer Fachkollegen auf Sommaradva, einem Planeten, über den uns ebensowenig bekannt ist wie über seine Bevölkerung.

Sind Sie sich unserer Schwierigkeit bewußt, Cha Thrat? Ein Mitarbeiter, der mit Ausnahme seiner eigenen Spezies völlig unvorbereitet ist und keinerlei Vorkenntnisse besitzt, könnte sich selbst wie auch dem Krankenhauspersonal und den Patienten unermeßlichen Schaden zufügen. Wir müssen ganz genau wissen, was wir mit Ihnen bekommen haben, und das umgehend.«

Die anderen hatten ihre Mahlzeit unterbrochen, und Cha Thrat folgte ihrem Beispiel, obwohl sie noch immer einen Mund zum Sprechen frei hatte. »Als Fremde, die mit der Erwartung hierhergekommen ist, eine Stelle anzutreten, habe ich Ihr Verhalten mir gegenüber zunächst für wenig feinfühlig gehalten, aber dann bin ich zu der Überzeugung gekommen, daß daran die fremden Verhaltensmuster schuld sind, mit denen ich nur sehr wenig Erfahrung habe. Schließlich kam mir der Verdacht, daß Ihr schroffes und unsensibles Verhalten Absicht ist und ich auf irgendeine Weise auf die Probe gestellt werden soll. Diesen Verdacht haben Sie eben bestätigt, aber ich ärgere mich sehr darüber, daß ich über den Test nicht informiert worden bin. Meiner Meinung nach können verdeckte Tests durchaus ein Indiz für die mangelnde Befähigung des Testleiters sein.«

Eine Weile herrschte absolute Stille am Tisch. Cha Thrat blickte Danalta an und wandte die Augen wieder ab. Die Körperhaltung und der Gesichtsausdruck des Gestaltwandlers waren wie ein Spiegelbild von ihr und verrieten ihr somit nichts. Deshalb richtete sie ihre Aufmerksamkeit auf Braithwaite, der sich die ganze Zeit auf so verstohlene Weise für sie interessiert hatte, und wartete auf eine Reaktion von ihm.

Einen Moment lang blickten die beiden tiefliegenden Sehorgane des Terrestriers ruhig in ihre vier Augen, und allmählich war sich Cha Thrat fast sicher, daß es sich bei ihm nicht um einen Krieger, sondern um einen Herrscher handeln mußte.

»Manchmal wird ein verdeckter Test nur deshalb durchgeführt, um dem Kandidaten, wenn er durchgefallen ist, diese unerfreuliche Mitteilung zu ersparen«, sagte er. »Wenn man so tut, als habe gar kein Test stattgefunden, kann man dem Kandidaten irgendeine andere Begründung dafür geben, daß man seine Anstellung ablehnt, eine, die keine mangelnde Berufsbefähigung oder psychologische oder seelische Defekte zu verstehen gibt und die von ihm akzeptiert wird. Es tut mir leid, daß der geheime Charakter des Tests Sie verärgert hat. Aber unter den gegebenen Umständen waren wir zu dem Schluß gekommen, es wäre besser, Ihnen ...«

Er brach den Satz ab, bellte leise, als ob die Situation irgend etwas Erheiterndes an sich hätte, und fuhr dann fort: »Wir Terrestrier haben eine Redewendung, die Ihre Lage sehr treffend beschreibt: Wir haben Sie sozusagen ins kalte Wasser gestoßen.«

»Und was haben Sie durch den verdeckten Test herausgefunden?« wollte Cha Thrat wissen, wobei sie sich absichtlich die einem Herrscher gebührende Höflichkeitsgeste sparte.

»Wir haben herausgefunden, daß Sie auch im kalten Wasser eine ausgezeichnete Schwimmerin sind«, antwortete Braithwaite geheimnisvoll, und diesmal bellte er nicht.

2. Kapitel

Braithwaite verließ die Kantine, bevor die anderen mit dem Essen fertig waren, und entschuldigte sich damit, daß O'Mara seine Gedärme als Strumpfhalter verwenden würde, falls er zwei Tage hintereinander zu spät vom Mittagessen zurückkäme. Über O'Mara wußte Cha Thrat nicht mehr, als daß er so etwas wie ein außerordentlich geachteter und gefürchteter Herrscher war, aber diese Strafe für Unpünktlichkeit klang doch ein wenig übertrieben. Danalta sagte ihr, sie solle sich darüber aber keine Gedanken machen, da Terrestrier häufig solche unglaublich übertriebenen Erklärungen abgäben. Es handle sich dabei um eine Art Sprachcode, den man untereinander verwende und der einen losen Zusammenhang mit dem assoziativen Denkprozeß habe, den man Humor nenne.

»Ich verstehe«, entgegnete Cha Thrat.

»Ich nicht«, fügte Danalta hinzu.

Der Herrscher des Schiffs Chiang bellte leise vor sich hin, sagte aber nichts.

Da sich Braithwaite davongemacht hatte, war der Gestaltwandler ihr einziger Führer auf dem noch längeren und komplizierteren Weg zu jener Station, auf der sich Chiang untersuchen lassen sollte – dabei handelte es sich nach Cha Thrats Information um eine der kombinierten Unfallaufnahme- und Beobachtungsstationen, die der Behandlung von warmblütigen Sauerstoffatmern vorbehalten waren. Danalta hatte wieder seine eigene Gestalt einer dunkelgrünen und ungleichmäßigen Riesenkugel angenommen und bewegte sich auf den Korridoren und Gängen mit überraschender Geschwindigkeit und Gewandtheit durch das Gedränge fahrender und gehender Aliens. Cha Thrat fragte sich, ob es ihm lediglich zu große Mühe machte, die sommaradvanische Gestalt beizubehalten, oder ob er spürte, daß sie solche psychologischen Krücken jetzt nicht mehr brauchte.

Zwar war der Raum überraschend groß, doch blieb durch die vielen verschiedenen Untersuchungstische und die dazugehörenden Geräte, die den Boden und die Wände fast völlig verdeckten, nur wenig von ihm übrig. Es gab eine Zuschauergalerie für Besucher und Auszubildende, und Danalta schlug Cha Thrat vor, dort in dem für sie am wenigsten unbequemen Stuhl Platz zu nehmen, während sie warteten. Eins der Wesen mit silbernem Fell hatte Chiang bereits zur Vorbereitung auf die Untersuchung weggebracht.

»Hier oben können wir alles, was da unten vor sich geht, sehen und hören«, erklärte Danalta. »Aber man kann uns nicht hören. Es sei denn, Sie drücken die Sprechtaste hier an der Seite des Stuhls. Falls man Ihnen irgendwelche Fragen stellt, müssen Sie die benutzen.«

Ein zweites Wesen mit silbernem Fell – möglicherweise war es auch dasselbe wie vorhin – bewegte sich wellenförmig in den Saal, nahm ein paar anscheinend sinnlose Handgriffe an einem bislang unbegreiflichen Gerät vor und blickte beim Hinausgehen kurz zu ihnen herauf.

»Und jetzt warten wir am besten einfach ab, was passiert«, fuhr Danalta fort. »Aber Ihnen müssen doch einige Fragen regelrecht auf der Zunge brennen, Cha Thrat. Uns bleibt bestimmt noch genügend Zeit, um ein paar davon zu behandeln.«

Der Gestaltwandler hatte die klumpige Form einer grünen Halbkugel beibehalten, die bis auf ein knollenförmiges Auge und einen dünnen fleischigen Auswuchs, der die Aufgaben des Hörens und Sprechens zu verbinden schien, keine besonderen Merkmale aufwies. Im Laufe der Zeit gewöhnt man sich an alles, dachte Cha Thrat – allerdings nicht an die mangelnde Disziplin dieser Wesen und auch nicht an deren Abneigung, ihren Verantwortungsbereich und die Grenzen ihrer Befugnis genau zu bestimmen.

»Bisher weiß ich noch zu wenig und bin von all den neuen Eindrücken zu verwirrt, um die richtigen Fragen zu stellen«, entgegnete sie in sorgfältig gewählten Worten. »Aber darf ich vielleicht mit der Bitte um eine ausführliche Darlegung Ihres persönlichen Aufgaben- und Verantwortungsbereichs sowie der Klasse von Patienten, die Sie behandeln, beginnen?«

Die Antwort darauf verwirrte sie jedoch noch mehr als alles andere zuvor.

»Ich behandle keine Patienten«, antwortete Danalta, »und wenn es keinen schwerwiegenden Notfall gibt, der eine chirurgische Behandlung erfordert, werde ich auch nicht darum gebeten. Was meinen Dienst angeht, bin ich Mitglied des medizinischen Teams der *Rhabwar*. Das ist das speziell für die Belange des Hospitals ausgerüstete Ambulanzschiff, auf dem eine technische Crew aus Offizieren des Monitorkorps zusammen mit einem Ärzteteam arbeitet, das den Oberbefehl übernimmt, sobald das Ambulanzschiff die Position des verunglückten Schiffs oder, je nachdem, den Schauplatz der Katastrophe erreicht hat.

Zum medizinischen Team«, fuhr er fort, ohne Cha Thrats Verwirrung zu beachten, »das von dem cinrusskischen Empathen Prilicla geleitet wird, gehören außerdem Murchison, eine Terrestrierin, Oberschwester Naydrad, eine in der Bergung im All erfahrene Kelgianerin, und ich. Meine Aufgabe ist es, die Fähigkeit des Gestaltenwechsels einzusetzen, um zu Verunglückten vorzudringen, die möglicherweise noch in Bereichen eingeschlossen sind, die für Wesen mit begrenzter körperlicher Anpassungsfähigkeit unzugänglich sind. Dort leiste ich Erste Hilfe und tue alles mir Mögliche zur Unterstützung der Verletzten, bis die Bergungsmannschaft in der Lage ist, sie zu befreien und aufs Ambulanzschiff zu bringen, um sie dann so schnell wie möglich zum Hospital weiterzutransportieren. Sie werden verstehen, daß man durch das Ausstülpen von Gliedmaßen und Fühlern in jeder erforderlichen Form in den sehr beengten Verhältnissen im Innern eines stark beschädigten Raumschiffs nützliche Arbeit verrichten kann, und zuweilen gelingt es mir sogar, einen wirklich wertvollen Beitrag zur Rettung von Überlebenden zu leisten. Aber wenn ich ehrlich bin, muß ich gestehen, daß die eigentliche Arbeit fast immer vom Hospital erledigt wird.

Das ist also mein Platz in diesem medizinischen Tollhaus«, beendete Danalta seine Ausführungen.

Cha Thrats Verwirrung war mit jedem Wort gestiegen. Zweifellos besaß dieser Alien gewisse körperliche Fähigkeiten und geistige Begabungen, aber war er wirklich bloß ein Diener? Falls Danalta ihre Verwirrung spürte, verkannte er jedenfalls deren Ursache.

»Natürlich habe ich auch noch andere Aufgaben«, fuhr er fort und stieß mit seinem unterrestrischen Mund ein höchst terrestrisches Bellen aus. »Als ich noch relativ neu im Hospital war, hat man mich zum Empfang von Neuankömmlingen wie Ihnen geschickt, weil man annahm, ich würde denen helfen, wenn sie … Achtung, Cha Thrat! Gerade wird Ihr ehemaliger Patient hereingebracht.«

Zwei der Wesen mit silbernem Fell, die Danalta als kelgianische Operationsschwestern bezeichnete, brachten Chiang auf einer Elektrotrage herein, obwohl der Herrscher des Schiffs durchaus gehfähig war und er diese Tatsache den beiden Schwestern auch ständig in Erinnerung rief. Der terrestrische Leib war in ein grünes Tuch gehüllt, so daß nur noch der Kopf sichtbar war. Während die zwei Schwestern ihn zum Untersuchungstisch transportierten, hielten

Chiangs Proteste an, bis ihn eine der beiden Kelgianerinnen in einer Art und Weise, die jeden einem Herrscher gebührenden Respekt vermissen ließ, daran erinnerte, daß er schließlich ein erwachsenes Wesen mit einer gewissen Reife sei und endlich aufhören solle, sich wie ein Kleinkind zu benehmen.

Bevor die Schwester ihre Ermahnung beendet hatte, kam ein sechsbeiniger Alien mit Ektoskelett und einem hohen, üppig gezeichneten Rückenpanzer herein und näherte sich dem Untersuchungstisch. Schweigend streckte er seine Greifzangen aus und wartete, bis die Substanz, mit der eine der Schwestern diese besprüht hatte, zu einem dünnen, transparenten Film getrocknet war.

»Das ist Chefarzt Edanelt«, sagte Danalta. »Er ist Melfaner und gehört zur physiologischen Klassifikation ELNT, deren Ruf in der Chirurgie ...«

»Sie müssen meine Unwissenheit schon entschuldigen«, unterbrach ihn Cha Thrat, »aber abgesehen davon, daß ich eine DCNF bin, die Terrestrier zu den DBDGs gehören und der Melfaner ein ELNT ist, weiß ich nichts über Ihr Klassifikationssystem.«

»Das werden Sie schon noch lernen«, beruhigte sie der Gestaltwandler. »Vorläufig schauen Sie am besten einfach nur zu und halten sich für etwaige Fragen bereit.«

Aber es wurden keine Fragen gestellt. Edanelt sprach im Verlauf der Untersuchung kein Wort, und die Schwestern und der Patient ließen ebenfalls nichts verlauten. Cha Thrat lernte den Verwendungszweck von einem der Geräte kennen, einem Tiefenscanner, der in den kleinsten Einzelheiten das unter der Haut liegende Blutversorgungsnetz, die Muskulatur, den Knochenbau und sogar die Bewegungen der tiefsten inneren Organe zeigte. Die Bilder wurden auf den Bildschirm der Zuschauergalerie übertragen. Dazu erschienen eine Menge physiologischer Daten, die zwar in graphischer Form dargestellt wurden, Cha Thrat aber dennoch vollkommen unverständlich blieben.

»Das ist auch noch etwas, das Sie im Laufe der Zeit lernen werden«, merkte Danalta an.

Cha Thrat hatte den Schirm scharf beobachtet und war von Edanelts peinlich genauem Aufzeichnen der chirurgischen Arbeit, die sie auf Sommardva an Chiang geleistet hatte, derart gefesselt, daß ihr nicht bewußt war, die ganze Zeit über laut gedacht zu haben. Sie schaute aber noch rechtzeitig auf, um Zeuge der Ankunft eines weiteren und noch unglaublicher aussehenden Aliens zu werden.

»Das ist Prilicla«, erklärte Danalta knapp.

Prilicla war ein Insekt, ein riesiges, ungeheuer zerbrechlich wirkendes Fluginsekt, das jedoch im Verhältnis zu den anderen Wesen im Saal klein war. An seinem röhrenförmigen Körper mit Ektoskelett befanden sich sechs bleistiftdünne Beine, vier noch feiner gebaute Greiforgane und zwei breite, schimmernde Flügelpaare, mit denen er langsam schlagend zum Untersuchungstisch flog, über dem er dann in der Luft schwebte. Plötzlich drehte er sich mit einem Ruck um, heftete seine mit Saugnäpfen versehenen Füße an die Decke und bog seine ausstreckbaren Augen nach unten, um den Patienten genauer zu betrachten.

Aus irgendeiner Stelle seines Körper drang eine Folge von melodischen, rollenden Schnalzlauten hervor, die Cha Thrats Translator als »Freund Chiang, Sie sehen ganz so aus, als wären Sie im Krieg gewesen« übersetzte.

»Wir sind doch keine Wilden!« protestierte Cha Thrat wütend. »Auf Sommaradva hat es seit acht Generationen keinen Krieg mehr gegeben ...«

Sie brach abrupt ab, da die langen, äußerst dünnen Beine und die zum Teil gefalteten Flügel des Insekts zu zittern begannen. Es war, als würde durch den Saal ein starker Wind wehen. Alles auf und um den Untersuchungstisch herum starrte auf den kleinen Alien, drehte sich dann geschlossen um und blickte zur Zuschauergalerie hinauf – auf sie.

»Prilicla ist ein echter Empath«, fuhr Danalta sie in scharfem Ton an. »Er empfindet genau das, was Sie empfinden. Also beherrschen Sie bitte Ihre Gefühle!«

Cha Thrat fiel es allerdings sehr schwer, ihre Gefühle zu beherrschen: Das lag nicht nur an ihrem Zorn über die angedeutete Beleidigung ihrer seit langem friedliebenden Spezies, sondern auch an ihrem grundsätzlichen Zweifel, daß solch eine Beherrschung überhaupt notwendig war. Zwar war sie schon oft gezwungen gewesen, Ihre Gefühle vor Vorgesetzten oder Patienten zu verbergen, aber der Versuch, Emotionen zu *beherrschen,* war eine vollkommen neue Erfahrung. Nur mit großer Anstrengung – die seltsamerweise eine Art bewußter Verneinung von Anstrengung zu sein schien – gelang es ihr schließlich, sich zu beruhigen.

»Ich danke Ihnen, meine neue Freundin«, trillerte der Empath, und als er sich wieder Chiang zuwandte, zitterte er nicht mehr.

»Werte Doktoren, Ihr Anliegen mag ja ehrenhaft sein, aber Sie vergeuden mit mir nur Ihre kostbare Zeit«, rief der Terrestrier. »Ehrlich, ich fühle mich großartig.«

Prilicla stieß sich von der Decke ab, schwebte über der Stelle, an der sich Chiangs Verletzungen befanden, die er sich erst kürzlich auf Sommaradva zugezogen hatte, und berührte die Narben mit seinen federleichten Tastorganen. »Ich weiß, wie Sie sich fühlen, Freund Chiang, aber unsere Zeit vergeuden wir keineswegs«, entgegnete er. »Oder wollen Sie uns, einem Melfaner und einem Cinrussker, die beide darauf erpicht sind, ihre Fachkenntnisse über andere Spezies ständig zu erweitern, allen Ernstes die Möglichkeit nehmen, ein wenig an einem Terrestrier herumzudoktern, selbst wenn dieser kerngesund ist?«

»Eigentlich nicht«, antwortete Chiang und fügte leise bellend hinzu: »Aber es wäre für Sie bestimmt interessanter gewesen, wenn Sie mich direkt nach dem Absturz gesehen hätten.«

Während der Empath wieder an die Decke zurückkehrte, fragte er den Melfaner: »Wie lautet Ihre Beurteilung, Freund Edanelt?«

»Die chirurgischen Arbeiten sind zwar nicht so, wie ich sie ausgeführt hätte«, erwiderte der Melfaner, »sie sind aber ... nun, ich würde mal sagen, ausreichend.«

»Mein lieber Freund Edanelt«, entgegnete der Empath freundlich mit einem kurzen Seitenblick zur Galerie, »bis auf das neueste Mitglied unseres Stabs wissen wir alle, daß die operativen Eingriffe, die Sie lediglich als ausreichend erachten, von Conway höchstpersönlich als vorbildlich bezeichnet werden würden. Wenigstens wäre es höchst interessant, mehr über die prä- und postoperative Krankengeschichte zu erfahren.«

»Das habe ich auch gerade gedacht«, pflichtete ihm der Melfaner bei. Seine sechs knochigen Füße erzeugten ein rasches, unregelmäßiges Klackern, während er sich der Zuschauergalerie zuwandte. »Würden Sie bitte zu uns herunterkommen?«

Cha Thrat befreite sich rasch aus dem Alienstuhl, und in dem Bewußtsein, daß jetzt sie an der Reihe war, sich einer noch eingehenderen Untersuchung zu unterziehen, einer, die wahrscheinlich eher ihre berufliche als ihre körperliche Tauglichkeit für den Dienst im Orbit Hospital unter Beweis stellen sollte, folgte sie Danalta nach unten in den Saal zu den anderen am Tisch.

Diese Aussicht mußte sie mehr geängstigt haben, als ihr bewußt war, denn der Empath begann erneut zu zittern. Zudem war es beunruhigend, ja sogar erschreckend, dem Cinrussker plötzlich so nah zu sein. Auf Sommaradva muß man großen Insekten aus dem Weg gehen, weil sie ausnahmslos tödliche Stacheln besitzen. Ihre Instinkte drängten sie, dieses Insekt entweder totzuschlagen oder vor ihm zu fliehen. Insekten hatte sie noch nie ausstehen können und es deshalb immer vermieden, sie aus der Nähe zu betrachten. Jetzt aber blieb ihr keine andere Wahl.

Doch von der komplizierten Symmetrie der zitternden Glieder und des außergewöhnlich zerbrechlich wirkenden Körpers, dessen dunkler Schimmer Farben widerzuspiegeln schien, die im Raum gar nicht vorhanden waren, ging eine unaufdringliche optische Anziehungskraft aus. Der Kopf war – bildlich gesprochen – eine fremdartige, spiralförmig gewundene Eierschale von einem derart feinen Bau, als müßten die an ihm sitzenden Fühler und Greiforgane bei der ersten heftigen Bewegung abfallen. Aber es war die komplexe Struktur und Färbung der teilweise gefalteten Flügel, scheinbar aus einem hauchdünnen, schillernden, auf ein Gerüst aus unvorstellbar dünnen Zweigen gespannten Stoff bestehend, durch die ihr bewußt wurde, daß dieses Insekt, ob nun Alien oder nicht, eins der schönsten Geschöpfe war, das sie je gesehen hatte – zudem konnte sie es jetzt sehr deutlich erkennen, weil Priliclas Gliedmaßen nicht mehr zitterten.

»Nochmals vielen Dank, Cha Thrat«, sagte der Empath. »Sie lernen schnell. Und keine Sorge, wir sind Ihre Freunde und wünschen Ihnen alles Gute.«

Edanelts Füße klackerten erneut unregelmäßig auf dem Boden; womöglich war dieses Geräusch ein Zeichen von Ungeduld. »Führen Sie uns bitte Ihren Patienten vor«, forderte er Cha Thrat auf.

Einen Moment lang blickte sie auf den Terrestrier hinunter, auf den rosafarbenen, eigenartig geformten Alienkörper, der ihr durch den Unfall so vertraut geworden war. Sie erinnerte sich, wie er ausgesehen hatte, als er ihr zum erstenmal vor Augen gekommen war: die blutenden, offenen Wunden und die gebrochenen, heraustretenden Knochen; der allgemeine Zustand, der die sofortige Verabreichung von Beruhigungsmitteln bis zum Exitus stark angebracht erschienen ließ. Selbst jetzt fand sie noch immer nicht die passenden Worte, um zu erklären, warum sie das Leben dieses Terrestriers nicht beendet hatte. Abermals blickte sie an die Decke zum Cinrussker hinauf.

Obwohl Prilicla nichts sagte, hatte Cha Thrat dennoch das Gefühl, als ginge von dem kleinen Empathen eine beruhigende und aufmunternde Ausstrahlung aus. Das war natürlich eine alberne Vorstellung, die wahrscheinlich ebenso absurdem wie törichtem Wunschdenken entsprang, aber trotzdem beruhigend auf sie wirkte.

»Dieser Patient ist einer von drei Insassen eines Flugzeugs gewesen, das in einen Bergsee stürzte«, berichtete Cha Thrat mit ruhiger Stimme. »Bevor das Wrack gesunken ist, wurden noch ein sommaradvanischer Pilot und ein weiterer Terrestrier daraus geborgen, die aber bereits beide tot waren. Der Überlebende wurde an Land gebracht und von einem Heiler untersucht, der nicht ausreichend qualifiziert war und mich kommen ließ, da er wußte, daß ich in der betreffenden Gegend gerade einen Erholungsurlaub verbrachte.

Der Patient hatte sich durch gewaltsamen Kontakt mit dem Metall des Flugzeugs an den Gliedmaßen und am Rumpf zahlreiche Schnitt- und Rißwunden zugezogen und fortgesetzt Blut verloren. Unterschiede im Aussehen der Glieder auf der rechten und der linken Seite ließen auf mehrfache Frakturen schließen, von denen eine sofort an dem durch die Haut gestoßenen Knochen am linken Bein zu erkennen war. Da es keine Anzeichen für Blutungen aus den Atem- und Sprechöffnungen des Patienten gab, konnte man davon ausgehen, daß in der Lunge und im Bauchbereich keine ernsthaften Verletzungen vorlagen. Natürlich mußte ich das ganze Für und Wider dieses Falls genau erwägen, bevor ich mich bereit erklärte, den Patienten zu übernehmen.«

»Natürlich«, stimmte Edanelt zu. »Sie haben vor dem Problem gestanden, einen Angehörigen einer außerplanetarischen Spezies mit einer Physiologie und einem Metabolismus zu behandeln, mit denen Sie vorher keine praktischen Erfahrungen machen konnten. Oder besitzen Sie womöglich doch irgendwelche Vorkenntnisse? Haben Sie nicht mit dem Gedanken gespielt, einen Arzt derselben Spezies zu rufen?«

»Ich hatte ja bis dahin noch nie einen Terrestrier gesehen«, antwortete Cha Thrat. »Ich wußte nur, daß sich eins ihrer Schiffe im Orbit über Sommaradva befand und der freundschaftliche Kontakt weitgehend hergestellt war. Wie ich gehört hatte, reisten die Terrestrier überall zwischen unseren Hauptstädten herum und benutzten dabei häufig unsere Luftverkehrsmittel, wahrscheinlich, um auf diese Weise Erkenntnisse über unseren technologischen Stand zu sammeln. Jedenfalls habe ich eine Nachricht in die nächste Stadt geschickt, in der Hoffnung, man würde sie an die Terrestrier weiterleiten, allerdings war es unwahrscheinlich, daß sie noch rechtzeitig eintreffen könnte. Die Gegend ist nämlich sehr abgeschieden, stark bewaldet und nur äußerst dünn besiedelt. Die Möglichkeiten waren also begrenzt, und die Zeit war knapp.«

»Ich verstehe«, sagte Edanelt. »Aber jetzt beschreiben Sie uns bitte Ihre Vorgehensweise.«

Während sie sich zurückerinnerte, sah Cha Thrat erneut das Gewirr von Narben und die dunklen, durch Quetschungen hervorgerufenen Blutergüsse vor sich, die sich noch nicht aufgelöst hatten.

»Zum Zeitpunkt der Behandlung war mir nicht bekannt, daß einheimische Krankheitserreger auf Lebensformen von anderen Planeten keinen Einfluß haben, deshalb schien mir ernste Infektionsgefahr zu bestehen. Außerdem bin ich davon ausgegangen, daß sommaradvanische Medikamente und Narkotika wirkungslos, wenn nicht sogar tödlich sein könnten. Das einzig angezeigte Vorgehen bestand also darin, die Wunden, insbesondere diejenigen, die durch die Frakturen verursacht worden waren, gründlich mit destilliertem Wasser auszuspülen. Beim Richten der Brüche waren an den entsprechenden Stellen zudem einige kleinere Eingriffe an geschädigten Blutgefäßen erforderlich. Die Schnittwunden wurden genäht und verbunden und die gebrochenen Gliedmaßen ruhiggestellt. Die Behandlung ist sehr schnell durchgeführt worden, da der Patient bei Bewußtsein war und ...«

»Allerdings nicht lange«, warf Chiang leise ein. »Ich bin nämlich ohnmächtig geworden.«

»... und der Puls schwach und unregelmäßig zu sein schien, obwohl ich die für Terrestrier normalen Werte natürlich nicht kannte«, fuhr Cha Thrat fort. »Die einzigen Mittel, die mir zur Bekämpfung des Schocks und der Folgen des Blutverlusts zur Verfügung standen, waren die äußerliche Erwärmung, die ich durch brennendes Holz im Windschatten des Patienten erzielt habe, um das Operationsfeld nicht durch Rauch und Asche zu infizieren, sowie durch reines Wasser, das ich intravenös verabreichte, nachdem der Patient das Bewußtsein verloren hatte. Ich war mir nicht sicher, ob unsere Salzlösung heilsam oder giftig sein würde. Mittlerweile ist mir klar, daß ich übervorsichtig gewesen bin, aber ich wollte nicht den Verlust einer Gliedmaße riskieren.«

»Natürlich ... aber schildern Sie uns doch bitte jetzt Ihre postoperative Behandlungsmethode«, forderte Edanelt sie auf.

»Der Patient kam spät abends wieder zu Bewußtsein«, fuhr Cha Thrat fort. »Geistig und sprachlich machte er einen klaren Eindruck, obwohl ich die genaue Bedeutung einiger Worte nicht verstand, da sie sich auf das Schicksal des defekten Flugzeugs und von mir selbst bezogen und die gesamte aktuelle Situation mit einer ausgesprochen unangenehmen Hypothese über ein Leben nach dem Tod vermengten. Weil sich die einheimischen Pflanzen wahrscheinlich als schädlich erwiesen hätten, konnte der Patient nur mit oral zugeführtem Wasser versorgt werden. Er klagte über starke Beschwerden an den verletzten Stellen. Die Verabreichung sommaradvanischer Schmerzmittel war aber nicht möglich, da sie sich womöglich als giftig herausgestellt hätten, so daß der Verletzte nur durch beruhigendes und ermunterndes Zureden behandelt werden konnte ...«

»Drei volle Tage hat sie ununterbrochen auf mich eingeredet«, ergänzte Chiang. »Sie hat mir Fragen über meine Arbeit gestellt und was ich nach der Rückkehr in den aktiven Dienst machen würde, als für mich schon so gut wie feststand, den Heimweg in einer länglichen Kiste antreten zu müssen. Manchmal hat sie so viel geredet, daß ich einfach eingeschlafen bin.«

An Priliclas Gliedmaßen war ein leichtes Zittern wahrzunehmen, und Cha Thrat fragte sich, ob der Cinrussker so feinfühlig war, daß er sogar die schmerzhaften Erinnerungen des Terrestriers mitempfand.

»Aufgrund mehrerer dringender Bitten trafen schließlich fünf Mitglieder der Spezies des Patienten ein, unter denen auch ein Heiler war, die geeignete Nahrungsmittel und Medikamente mitbrachten«, setzte sie den Bericht fort. »Danach schritt die Genesung rasch voran. Der terrestrische Heiler gab mir Ratschläge zur Ernährung und zur Dosierung der

Medikamente, und es stand ihm jederzeit frei, den Patienten zu untersuchen, aber weitere operative Eingriffe wollte ich keinesfalls zulassen. Dazu sollte ich vielleicht erklären, daß auf Sommaradva kein Chirurg die persönliche Verantwortung für einen Patienten mit jemand anderem teilt oder gar versucht, sich ihr auf irgendeine andere Weise zu entziehen. Dabei ist mein Standpunkt heftig kritisiert worden, sowohl in persönlicher als auch in fachlicher Hinsicht, und zwar besonders von dem terrestrischen Heiler. Ich habe mich geweigert, dem Transport des Patienten auf das terrestrische Schiff vor Ablauf von achtzehn Tagen nach der Operation zuzustimmen, weil ich erst dann davon überzeugt sein konnte, daß eine vollständige Genesung gewährleistet war.«

»Sie hat wie eine Glucke über mich gewacht«, fügte Chiang mit einem gedämpften Bellen hinzu.

Es trat ein – zumindest nach Cha Thrats Eindruck – sehr langes Schweigen ein, während dessen alle Augen auf den Melfaner gerichtet waren, der seinerseits den Patienten betrachtete. Er klopfte mit einem seiner harten Beinenden auf den Boden, aber diesmal hörte sich das dadurch hervorgerufene Geräusch eher nachdenklich als ungeduldig an.

Schließlich sagte Edanelt: »Ohne den sofortigen chirurgischen Eingriff wären Sie Ihren Verletzungen zweifellos erlegen, Major. Sie hatten wirklich riesiges Glück. Schließlich sind sie von einem Lebewesen versorgt und behandelt worden, dem Ihre physiologische Klassifikation vollkommen unbekannt war. Genauso ein Glück war es, daß das betreffende Wesen nicht nur sehr viel Geschick und Einfallsreichtum an den Tag gelegt hat, als es sich um Ihre Nachbehandlung kümmerte, sondern auch den richtigen Gebrauch von den ihm zur Verfügung stehenden begrenzten Möglichkeiten gemacht hat. Ich kann an der hier geleisteten chirurgischen Arbeit keinen ernsthaften Fehler entdecken. Mit dem Patienten vergeuden wir tatsächlich nur unsere Zeit.«

Auf einmal richteten sich alle Augen auf Cha Thrat, doch es war der Empath, der als erster das Wort ergriff.

»Sie können wirklich stolz sein, Cha Thrat. Aus Edanelts Mund ist das ein echtes Lob«, versicherte er.

3. Kapitel

Das Privatbüro des Terrestriers O'Mara war zwar geräumig, aber das Zimmer war durch eine Menge verschiedenster Stühle, Bänke, Ruhesessel und Sitzgestelle, die allesamt für Wesen konstruiert worden waren, die mit dem Chefpsychologen zu tun hatten, völlig überfüllt. Chiang nahm in dem angebotenen Stuhl für Terrestrier Platz, und Cha Thrat wählte einen niedrigen, gewundenen Korbsessel, der nicht ganz so unbequem wie die anderen Möbel wirkte, und setzte sich.

Gleich auf den ersten Blick erkannte sie, daß O'Mara ein älterer Terrestrier war. Das kurze, borstige Fell, das den Kopf oben und an den Seiten bedeckte, und die beiden buschigen Mondsicheln über den Augen wiesen die gräuliche Färbung unlackierten Metalls auf. Die anderen alten Terrestrier, die ihr bislang zu Augen gekommen waren, hatten allerdings an den Schultern, den oberen Gliedmaßen und Händen eine sehr viel weniger ausgeprägte Muskulatur als dieser O'Mara gehabt. Auch seine geschmeidigen, fleischigen Augendeckel, die einen ähnlichen Farbton wie sein Haar aufwiesen, ermüdeten kein einziges Mal, während er jede Einzelheit ihres Körpers musterte.

»Sie sind hier bei uns eine Fremde, Cha Thrat«, schoß er plötzlich los. »Ich bin hier, um Ihnen zu helfen, sich im Orbit Hospital weniger fremd zu fühlen, um Ihnen Fragen zu beantworten, die Sie anderen noch nicht stellen konnten oder wollten, und um zu sehen, wie man Ihre bisher erlangten Fähigkeiten schulen und erweitern kann, damit das Hospital diese in der bestmöglichen Weise einzusetzen vermag.«

Dann wandte er sich an Chiang. »Ich hatte eigentlich vor, mich mit Ihnen gesondert zu unterhalten, aber offensichtlich möchten sie aus irgendwelchen unerfindlichen Gründen bei meinem ersten Gespräch mit Cha Thrat dabeisein. Kann das daran liegen, daß Sie einige der Dinge, die sich das Krankenhauspersonal über mich erzählt, aufgeschnappt haben und womöglich auch noch glauben? Haben Sie die Illusion, Sie wären ein Kavalier und Cha Thrat, obwohl sie zu einer anderen physiologischen Klassifikation gehört, eine Dame, die zwar nicht direkt in Not steckt, aber doch eine Freundin ist, die Ihre moralische Unterstützung benötigt? Ist das etwa der Grund, Major?«

Chiang bellte zwar leise, entgegnete aber nichts.

»Eine Frage«, mischte sich Cha Thrat ein. »Warum geben Sie Terrestrier andauernd dieses merkwürdige Bellen von sich?«

O'Mara wandte sich ihr zu und musterte sie eine ganze Weile. Dann atmete er geräuschvoll aus und antwortete: »Eigentlich hatte ich Ihre erste Frage etwas ... nun, tiefgründiger erwartet. Aber, bitte sehr. Diese Laute werden ›Lachen‹ genannt, nicht ›Bellen‹, und in den meisten Fällen handelt es sich dabei um einen psycho-physischen Mechanismus zum Freisetzen geringer innerer Spannungen. Ein Terrestrier lacht aus Erleichterung über das plötzliche Nachlassen von Angst oder Sorge, aber auch um Verachtung, Unglauben oder Sarkasmus auszudrücken, oder er reagiert damit auf alberne, unlogische oder komische Äußerungen oder Situationen. Womöglich lacht er aber auch lediglich aus Höflichkeit, wenn die Situationen oder Äußerungen *nicht* komisch sind, der Urheber des vermeintlichen Scherzes aber einen hohen Rang bekleidet. Ich werde mich hüten, Ihnen den terrestrischen Humor oder Feinheiten wie Sarkasmus zu erklären, weil wir diese Dinge selbst nicht ganz verstehen. Ich persönlich lache nur selten, und zwar aus

Gründen, die Sie immer besser verstehen werden, je länger Sie hier bei uns sind.«

Aus irgendeinem Grund bellte – lachte – Chiang erneut.

O'Mara überhörte es und fuhr fort: »Jedenfalls ist Chefarzt Edanelt mit Ihren fachlichen Fähigkeiten zufrieden und empfiehlt mir, Sie so bald wie möglich auf einer geeigneten Station einzusetzen. Aber bevor das geschieht, müssen Sie sich mit den Einrichtungen, der Funktionsweise und der Arbeit des Hospitals noch besser vertraut machen. Wie Sie schnell feststellen werden, handelt es sich dabei für jemanden, der sich hier nicht auskennt, um einen höchst gefährlichen Ort, der einem Angst einjagen kann. Und im Moment sind Sie ein solcher Jemand.«

»Ich verstehe«, warf Cha Thrat ein.

»Die Aliens, die Ihnen diese unbedingt notwendigen Kenntnisse vermitteln werden, gehören zu vielen verschiedenen physiologischen Klassifikationen und arbeiten auf ebenso vielen verschiedenen medizinischen und technischen Spezialgebieten«, fuhr O'Mara fort. »Die Bandbreite erstreckt sich von Diagnostikern, Chefärzten und Heilern, die den Ihren ähnlich oder vollkommen unähnlich sind, bis hin zu den Pflegekräften und Labor- und Wartungstechnikern. Einige der Aliens werden Ihre medizinischen oder verwaltungstechnischen Vorgesetzten sein, andere werden Ihnen zwar nominell untergeordnet sein, aber das Wissen, das sie vermitteln, ist genauso wertvoll. Man hat mir mitgeteilt, daß Sie es regelrecht verabscheuen, die Verantwortung für einen Patienten mit jemand anders zu teilen. Während des Lehrgangs kann Ihnen, je nach Ermessen des verantwortlichen Arztes, gestattet werden zu praktizieren, aber nur unter strenger Beaufsichtigung. Haben Sie das verstanden, und akzeptieren Sie das?«

»Ja«, antwortete Cha Thrat mit Bedauern. Es würde

die Wiederholung ihres ersten Jahrs an der Schule der Chirurgen für Krieger auf Sommaradva werden, aber hoffentlich ohne die damit verbundenen Probleme auf dem nichtmedizinischen Sektor.

»Dieses Gespräch entscheidet nicht darüber, ob Sie als ständige Mitarbeiterin des Hospitalpersonals angenommen werden oder nicht«, fuhr O'Mara fort. »Ich kann Ihnen nicht sagen, was Sie in den verschiedenen sich ergebenden Situationen tun oder lassen sollen. Das müssen Sie durch eigene Beobachtungen und die entsprechende Aufnahmebereitschaft für die Ausführungen Ihrer Ausbilder lernen und letztendlich für sich selbst entscheiden. Sollten jedoch wirklich ernsthafte Probleme auftauchen, die Sie nicht alleine lösen können, dann dürfen Sie gerne zu mir zur Beratung kommen. Je weniger Besuche Sie diesem Büro abstatten, desto besser bin ich Ihnen natürlich gesinnt. Ich werde laufend Berichte über die von Ihnen erzielten beziehungsweise nicht erzielten Fortschritte erhalten, und von diesen Berichten wird es abhängen, ob Sie im Orbit Hospital bleiben oder nicht.«

Er hielt kurz inne und strich sich mit den Fingern der rechten Hand durch den kurzgeschorenen, grauen Kopfpelz. Cha Thrat sah zwar genau hin, konnte aber keine Spur von herausgestrichenen Parasiten entdecken und kam zu dem Schluß, daß es sich bei dieser Geste um eine gedankenlose Bewegung gehandelt haben mußte.

»Dieses Gespräch soll einige der nichtmedizinischen Gesichtspunkte Ihrer Behandlung von Chiang untersuchen«, fuhr O'Mara fort. »In der kurzen Zeit, die uns zur Verfügung steht, würde ich gerne soviel wie möglich über Sie als sommaradvanisches Wesen erfahren – über Ihre Gefühle, Interessen, Vorlieben und Abneigungen, diese Art von Dingen also. Gibt es irgendeinen Themenkreis, zu dem Sie lieber keine

Fragen beantworten möchten, beziehungsweise unklare oder falsche Auskünfte geben würden, weil das moralische, elterliche oder stammesgemeinschaftliche Verpflichtungen, die Sie während der Kindheit oder im Erwachsenenalter eingehen mußten, so von Ihnen verlangen? Ich muß Sie darauf aufmerksam machen, daß ich in der Lage bin, Lügen zu entlarven, selbst die eigentümlichsten und mit größtem Einfallsreichtum entwickelten Lügen, die einige unserer Extraterrestrier von sich geben. Das erfordert allerdings stets eine Menge Zeit, und ich habe keine zu verlieren.«

Cha Thrat dachte einen Augenblick lang nach und antwortete dann: »Es gibt Punkte, die mit sexuellen Kontakten zusammenhängen, über die ich lieber nicht sprechen möchte. Alle anderen Fragen werde ich aber vollständig und wahrheitsgemäß beantworten.«

»Sehr schön!« freute sich O'Mara. »Ich habe sowieso nicht die Absicht, diesen Bereich anzusprechen und werde das hoffentlich auch nie tun müssen. Im Augenblick interessieren mich Ihre Gedanken und Empfindungen von dem Moment an, als Sie zum erstenmal Ihren Patienten gesehen haben, bis zu Ihrer Entscheidung, ihn zu operieren. Zudem will ich jede wichtige Äußerung im Verlauf des Gesprächs zwischen Ihnen und dem sommaradvanischen Heiler wissen, der als erster am Ort des Geschehens eintraf, sowie den Grund für die Verzögerung der Operation, nachdem Sie die Verantwortung übernommen hatten. Sollten Sie zu der Zeit unter irgendwelchen übermächtigen Gefühlseindrücken gestanden haben, beschreiben und erläutern Sie diese bitte, falls Sie das können. Sprechen Sie die Gedanken so aus, wie sie Ihnen gerade in den Sinn kommen.«

Einen Moment lang versuchte Cha Thrat, sich ihre Eindrücke zu der fraglichen Zeit genau in Erinnerung zu rufen, dann erwiderte sie: »Ich habe in der Gegend eine Art Zwangsurlaub verbracht, den ich aber nicht genießen konnte, weil ich lieber weiter in meinem Krankenhaus gearbeitet hätte, als mir darüber den Kopf zu zerbrechen, wie man am besten die Zeit totschlagen kann. Als ich von dem Unfall hörte, war ich beinahe froh, da ich zuerst dachte, der Überlebende sei ein Sommaradvaner, so daß ich wieder etwas Anständiges zu tun gehabt hätte. Dann entdeckte ich die schweren Verletzungen des Terrestriers und wußte, daß sich der einheimische Heiler an den Verwundeten niemals herantrauen würde, weil er nur ein Heiler für Sklaven war. Auch wenn es sich bei dem Verunglückten nicht um einen *sommaradvanischen* Krieger handelte, so war er doch auf jeden Fall ein Krieger, der in Erfüllung seiner Pflicht verwundet worden war.

Ihre Zeitmaßeinheiten kenne noch nicht genau. Jedenfalls ereignete sich der Absturz kurz vor Sonnenaufgang, und am Seeufer, an das man Chiang gelegt hatte, traf ich kurz vor unserer Frühstückszeit ein. Ohne die geeigneten Medikamente und entsprechenden Kenntnisse über den Körperbau des Verwundeten waren viele Faktoren in Erwägung zu ziehen. Vernünftig wäre es gewesen, den Überlebenden verbluten zu lassen oder der Sache aus Nächstenliebe nachzuhelfen und ihn im See zu ertränken ...«

An dieser Stelle hielt sie kurz inne, da O'Mara offenbar an einer vorübergehenden Blockierung der Atemwege litt, und fuhr dann fort: »Nach etlichen Untersuchungen und mehrmaligem Abschätzen der Risiken wurde mit der Operation am frühen Nachmittag begonnen. Zu der Zeit wußte ich noch nicht, daß Chiang der Herrscher eines Schiffs ist.«

Die beiden Terrestrier tauschten Blicke aus, und O'Mara sagte schließlich: »Das war fünf, vielleicht sechs Stunden später. Brauchen Sie immer so lange, um zu einer fachlichen Entscheidung zu kommen? Oder hätte es womöglich einen Unterschied gemacht, wenn Sie von Chiangs Rang oder Bedeutung gewußt hätten?«

»Es gab viele Gefahren, die abgewägt werden mußten – ich wollte unter keinen Umständen den Verlust einer Gliedmaße riskieren«, reagierte Cha Thrat in scharfem Ton auf diese unterschwellige Kritik. »Und zur zweiten Frage: Ja, es hätte einen Unterschied gemacht. Ein Chirurg für Krieger steht zu einem Herrscher im gleichen Verhältnis wie der Heiler für Sklaven zu einem Krieger. Es ist mir nicht gestattet, meinen Beruf außerhalb meiner Qualifikation auszuüben. Darauf stehen äußerst schwere Strafen, selbst unter Berücksichtigung der heutzutage immer lockerer gehandhabten Richtlinien. Aber in diesem Fall handelte es sich um eine einzigartige Situation. Ich war verängstigt und aufgeregt und würde wahrscheinlich genauso gehandelt haben, wenn ich gewußt hätte, daß Chiang ein Herrscher ist.«

»Ich bin froh, daß Sie normalerweise nicht über das Maß Ihrer Zuständigkeit hinaus chirurgisch tätig werden ...«, merkte O'Mara an.

»Das war eine gute Tat von ihr«, warf Chiang leise ein.

»... und Ihre Ausbilder werden darüber ebenfalls erleichtert sein«, fuhr O'Mara fort. »Aber mich interessiert die Einteilung der sommaradvanischen Ärzteschaft. Können Sie mir darüber Näheres erzählen?«

Durch diese anscheinend unsinnige Frage verblüfft, antwortete Cha Thrat: »Unserer Redefreiheit sind keinerlei Einschränkungen auferlegt. Auf Sommaradva gibt es drei gesellschaftliche Klassen – Sklaven, Krieger und Herrscher – sowie drei Klassen von Heilern, die für sie sorgen ...«

Auf der untersten Stufe befanden sich die Sklaven, Sommaradvaner, deren Arbeit keine großen Anforderungen stellte und immer die gleichen Abläufe hatte. Diese Tätigkeiten waren zwar in vieler Hinsicht wichtig, aber vollkommen ungefährlich. Der Kreis der Sklaven war zufrieden und vor schweren körperlichen Schäden geschützt, und die für ihr Wohlergehen verantwortlichen Heiler wandten sehr einfache Verfahren und Arzneien wie Kräuter, Wickel und andere traditionelle Heilmittel an. Die zweite Klasse, nicht so groß wie die der Sklaven, bildeten die Krieger, die verantwortungsvolle Positionen bekleideten und häufig großen körperlichen Gefahren ausgesetzt waren.

Zwar hatte es seit vielen Generationen keinen Krieg mehr auf Sommaradva gegeben, aber die Krieger hatten trotzdem ihre Bezeichnung beibehalten. Sie waren die Nachfahren der Sommaradvaner, die gekämpft hatten, um ihre Heimatländer zu schützen. Sie lebten damals von der Jagd, legten Stadtbefestigungen an und verrichteten ganz allgemein die gefährlichen und verantwortungsvollen Arbeiten, während sich um ihre körperlichen Bedürfnisse die Sklaven kümmerten. Heutzutage waren die Angehörigen dieser Klasse Ingenieure, Techniker und Wissenschaftler, die nach wie vor die lebensgefährlichen Arbeiten leisteten, die mit Bergbau, Energieerzeugung, Großbauten und dem Schutz der Herrscher zusammenhingen. Aus diesem Grund lag es in der Natur der Sache, daß die Verletzungen der Krieger einst wie heute durch Gewalteinwirkung zustande kamen und chirurgische Eingriffe erforderlich machten. Und diese Aufgabe fiel in den Verantwortungsbereich der Chirurgen für Krieger.

Die Heiler für Herrscher trugen eine zwar noch größere Verantwortung, doch brachte ihnen ihre Tätigkeit zuweilen viel weniger Belohnung oder Befriedigung ein.

Gegen sämtliche Unfälle und Verletzungen geschützt, stellte die Klasse der Herrscher die Administratoren, Akademiker, Forscher und Planer auf Sommaradva. Sie waren diejenigen, die mit der reibungslosen Führung der Städte, Kontinente und des gesamten Planeten betraut waren, und die Krankheiten, von denen sie befallen wurden, entsprangen ausnahmslos Trugbildern ihrer Phantasie. Ihre Heiler beschäftigten sich ausschließlich mit Zauberei, Beschwörungen, Wunderheilung und all den anderen Seiten nichtnaturwissenschaftlicher Medizin.

»Schon in frühester Zeit war die Praxis des Heilens in dieser Weise unterteilt«, schloß Cha Thrat. »In Ärzte, Chirurgen und Zauberer.«

Als sie ihre Ausführungen beendet hatte, blickte O'Mara einen Augenblick lang auf seine Hände, die mit der Innenfläche nach unten auf dem Schreibtisch lagen, und entgegnete mit ruhiger Stimme: »Es ist schön zu wissen, daß ich zur obersten Klasse der sommaradvanischen Ärzteschaft zählen würde, aber ich bin mir nicht sicher, ob ich mich gern als Zauberer bezeichnen ließe.« Auf einmal blickte er auf. »Was ist, wenn einer Ihrer Krieger oder Herrscher statt einer gewaltsamen Verletzung oder eines seelischen Problems simple Bauchschmerzen bekommt? Oder wenn sich ein Sklave bei einem Unfall ein Bein bricht? Was ist, wenn ein Sklave oder ein Krieger unzufrieden ist und sich verbessern will?«

»Über all das haben Ihnen doch die Leute vom Kulturkontakt einen ausführlichen Bericht als Hintergrundinformation zur neuen Ärztin geschickt«, mischte sich Chiang ein, fügte aber gleich entschuldigend hinzu: »Na ja, die Entscheidung, Cha Thrat hierherzuschicken, ist erst in letzter Minute getroffen worden, und womöglich ist der Bericht erst zusammen mit uns auf der *Thromasaggar* eingetroffen.«

O'Mara atmete laut aus – wobei sich Cha Thrat fragte, ob das ein Zeichen von Verärgerung über Chiangs Einmischung war – und erwiderte dann: »Zudem arbeitet das hausinterne Postverteilungssystem mit einem Tempo, das erheblich unter der

Lichtgeschwindigkeit liegt. Bitte fahren Sie fort, Cha Thrat.«

»In dem äußerst unwahrscheinlichen Fall, daß ein Sklave solch einen Unfall hat, würde ein Chirurg für Krieger um die Behandlung gebeten werden, der den Auftrag seinerseits, je nach Einschätzung der Verletzungen, annehmen oder ablehnen würde«, erklärte sie. »Wie es sich an der verzögerten Behandlung Chiangs gezeigt hat, wird die Verantwortung für einen Patienten auf Sommaradva nicht leichtgenommen, und der Verlust eines Lebens, eines Organs oder einer Gliedmaße hat für den betreffenden Chirurgen ein ernstes Nachspiel.

Falls ein Krieger oder Herrscher einfache medizinische Hilfe benötigt, beauftragt man einen Heiler für Sklaven mit der Durchführung der nötigen Behandlung, was für ihn eine wirkliche Ehre ist.

Wenn ein sowohl tüchtiger als auch ehrgeiziger Sklave oder Krieger mit seiner Lage unzufrieden ist, kann er in eine höhere Klasse aufsteigen«, fuhr Cha Thrat fort. »Aber die Prüfungen sind äußerst umfangreich und schwierig. Es ist sehr viel einfacher, in der Klasse zu verbleiben, der die eigene Familie oder der Stamm traditionell angehört, oder, wenn man sich eine Befreiung von Problemen und Verantwortlichkeiten wünscht, eine Klasse hinabzusteigen. Beförderungen, selbst geringfügige Beförderungen innerhalb einer Klasse, werden auf Sommaradva nämlich nicht so leicht ausgesprochen.«

»Das werden sie hier auch nicht«, belehrte O'Mara die Sommaradvanerin. »Aber warum sind Sie überhaupt ins Orbit Hospital gekommen? War es Ehrgeiz, Neugier oder eher die Flucht vor Problemen zu Hause?«

Das war, wie Cha Thrat wußte, eine wichtige Frage, und die Art und Genauigkeit ihrer Antwort würde einen maßgeblichen Einfluß darauf haben, ob man sie im Hospital aufnehmen würde oder nicht. Sie bemühte sich, eine kurze, präzise und wahrheitsgemäße Antwort vorzuformulieren, doch bevor sie etwas sagen konnte, hatte sich schon der Herrscher des Schiffs zu Wort gemeldet, und er sprach sehr schnell.

»Wir sind Cha Thrat für die Rettung meines Lebens sehr dankbar gewesen, und das haben wir auch ihren Kollegen und Vorgesetzten ganz deutlich gesagt. Dabei kam das Thema Behandlung durch speziesfremde Ärzte und somit auch das Orbit Hospital zur Sprache, an dem so etwas ja eher die Regel als die Ausnahme ist. Man machte uns den Vorschlag, Cha Thrat hierherzuschicken, und wir stimmten zu. Der Kulturkontakt mit Sommaradva läuft sehr gut, und wir wollten es auf keinen Fall riskieren, die Sommaradvaner durch eine etwaige Ablehnung zu kränken oder vielleicht sogar zu beleidigen.

Ich bin mir darüber im klaren, daß wir damit das übliche Auswahlverfahren für Bewerber umgehen, aber Cha Thrats bereits an mir unter Beweis gestellte Fähigkeit, Lebewesen anderer Spezies zu operieren, hat uns davon überzeugt, daß Sie daran interessiert sein müßten, sie ...«

O'Mara hob die Hand. Er hatte Cha Thrat während der Ausführungen des zweiten Terrestriers nicht aus den Augen gelassen. »Sie meinen also, es handelt sich hierbei um so etwas wie eine politische Weisung, die wir akzeptieren müssen, ob wir wollen oder nicht, richtig?« fragte er, ohne eine Antwort abzuwarten. »Aber die ursprüngliche Frage bleibt trotzdem. Warum wollten Sie hierherkommen?«

»Ich wollte gar nicht ins Orbit Hospital«, widersprach Cha Thrat. »Man hat mich hierhergeschickt.«

Chiang hielt sich plötzlich mit einer Hand die Augen zu, eine Geste, die Cha Thrat noch nie bei ihm gesehen hatte. O'Mara musterte sie einen Moment lang und sagte dann: »Erklären Sie das bitte genauer.«

»Als uns die Krieger des Monitorkorps von den vielen verschiedenen intelligenten Spezies erzählten, aus denen die Galaktische Föderation besteht, und mir gegenüber sehr ausführlich vom Orbit Hospital sprachen, wo ich mit vielen dieser Lebensformen zusammenkommen und arbeiten könnte, hat das natürlich meine Neugier und mein Interesse geweckt«, antwortete Cha Thrat wahrheitsgemäß. »Die Vorstellung, nicht nur einer, sondern beinahe siebzig verschiedenen Spezies zu begegnen, hat mir aber viel zuviel Angst eingejagt, da ich das Risiko fürchtete, mir bei dieser Erfahrung eine der Krankheiten der Herrscher zuziehen zu können. Ich habe jedem, der es hören wollte, meine Einstellung zu dieser Frage mitgeteilt und immer wieder darauf hingewiesen, daß meine praktischen und theoretischen Kenntnisse im Vergleich zu dem hohen Niveau der hier praktizierten Chirurgie völlig unzureichend seien. Dabei habe ich keine falsche Bescheidenheit vorgeschützt, denn ich besaß und besitze immer noch wirklich nur dürftige Kenntnisse. Weil ich zur Klasse der Krieger gehöre, konnte ich zwar nicht gezwungen werden mitzukommen, aber es wurde mir von meinen Kollegen und den dortigen Herrschern nachdrücklich empfohlen.«

»Ihre diesbezügliche Unwissenheit muß ja nicht von Dauer sein«, ermutigte O'Mara sie. »Aber diese Empfehlung muß ganz schön nachdrücklich ausgefallen sein, stimmt's? Warum wurde sie ausgesprochen?«

»In meinem Krankenhaus werde ich zwar respektiert, aber beliebt bin ich dort nicht«, antwortete Cha Thrat und hoffte, daß der in ihrer Stimme mitschwingende Zorn vom Translator nicht wiedergegeben wurde. »Obwohl ich eine der ersten weiblichen Chirurgen für Krieger bin – eine Neuerung an sich –, hänge ich an Traditionen. Ich kann die schludrige Arbeitsmoral, die sich immer mehr ausbreitet, einfach nicht hinnehmen und bin Kollegen und Vorgesetzten gegenüber sehr schnell kritisch eingestellt, wenn sie nachlässig werden. Man hat mir zu verstehen gegeben, man würde mich in meiner Arbeit als Chirurgin unter immer stärker werdenden psychischen Druck setzen, falls ich vorhätte, die von den Terrestriern gebotene Gelegenheit nicht zu ergreifen. Die genaueren Umstände sind viel zu verwickelt, um sie in aller Kürze zu beschreiben. Jedenfalls machten meine Herrscher den Monitorkorpsleuten gegenüber Andeutungen, die auf diese sehr beruhigend und überzeugend gewirkt haben müssen. Letztendlich bin ich von den Terrestriern gelockt und von meinen Vorgesetzten zu diesem Schritt gedrängt worden – und deshalb bin ich jetzt hier.

Und da ich schon einmal hier bin«, schloß Cha Thrat, »werde ich meine begrenzten Fähigkeiten so gut nutzen, wie es in meinen Kräften steht … natürlich nur unter entsprechender Anleitung.«

O'Mara blickte jetzt den Herrscher des Schiffs an. Chiang hatte die Hand von den Augen genommen, aber sein rosa Gesicht wies nun eine sehr viel dunklere Farbe als zuvor auf.

»Der Kontakt mit den Sommaradvanern weitete sich zwar immer weiter aus, befand sich aber gerade in einer äußerst heiklen Phase«, rechtfertigte sich Chiang. »Deshalb wollten wir nicht das Risiko eingehen, ihnen etwas abzuschlagen, das ihnen lediglich wie eine kleine Gefälligkeit vorkommen konnte. Außerdem waren wir uns ziemlich sicher, daß man Cha Thrat das Leben schwermachen würde, und deshalb haben wir uns … habe ich mir gedacht, hier im Hospital wäre sie besser dran.«

»Also haben wir es hier nicht nur mit einem Terrestrier zu tun, der sich zum Politiker berufen fühlt, sondern auch noch mit einer Sommaradvanerin, die sich notgedrungen freiwillig gemeldet hat und sich wahrscheinlich niemals einfügen wird«, zischte O'Mara, die Augen immer noch auf den Herrscher des Schiffs gerichtet, dessen Gesicht mittlerweile einen noch dunkleren Rosaton angenommen hatte. »Und aus falsch verstandener Dankbarkeit haben Sie versucht, den wahren Sachverhalt vor mir zu verbergen. Wirklich, einfach prima!«

Er sah wieder Cha Thrat an und fuhr fort: »Ich weiß Ihre Aufrichtigkeit zu schätzen. Ganz gleich, was Ihr Freund glauben mag, wird dieses Material zur Erstellung Ihres Persönlichkeitsprofils sicherlich nützlich sein, schließt aber keineswegs Ihre Einstellung im Hospital aus, vorausgesetzt, Sie entsprechen den übrigen Anforderungen. Was das heißt, werden Sie im Laufe des Unterrichts erfahren, der nach unserer Zeitrechnung gleich morgen früh beginnt.

Im Vorzimmer erhalten Sie ein Informationspaket, Mappen, Unterrichtspläne, allgemeine Regeln und Ratgeber«, fuhr O'Mara jetzt sehr viel schneller als vorher fort, ganz so, als wäre seine Redezeit begrenzt, »die allesamt in der auf Sommaradva am weitesten verbreiteten Sprache gedruckt sind. Von einigen Ihrer Ausbilder werden Sie zu hören bekommen, daß die erste und schwierigste Prüfung bereits darin bestanden habe, Ihre Unterkunft zu finden.

Viel Glück, Cha Thrat!«

Während sie sich zwischen den Sitzmöbeln für Aliens hindurch einen Weg zur Tür bahnte, sagte O'Mara gerade zu dem Herrscher des Schiffs: »Vor allem bin ich an Ihrer seelischen Verfassung nach der Operation interessiert, Major Chiang. Haben Sie in Verbindung mit der Operation irgendwelche Ängste im Wachzustand, sich wiederholende Alpträume oder Momente unerklärlicher innerer Anspannung mit oder ohne Schweißausbruch gehabt? Hatten Sie das Gefühl, zu ertrinken oder zu ersticken, oder ist bei

Ihnen eine zunehmende, unsinnige Angst vor Dunkelheit aufgetreten ...?«

O'Mara ist wirklich ein großer Zauberer, dachte Cha Thrat.

Im Vorzimmer gab ihr der Terrestrier Braithwaite sowohl mündliche als auch schriftliche Ratschläge sowie eine weiße Binde, die sie an einem ihrer vier Oberarme tragen sollte. Wie er ihr lachend erklärte, signalisiere diese Armbinde allen, daß sie noch lerne und wahrscheinlich die Orientierung verlieren und sich verirren werde. Falls das passieren sollte, könne sie jedes Mitglied des Hospitalpersonals um Auskunft bitten. Auch Braithwaite wünschte ihr zum Schluß viel Glück.

Den Weg zu ihrem Quartier zu finden war ein schlimmerer Alptraum als jeder, den Chiang vielleicht gerade O'Mara erzählte, dessen war sie sich sicher. Zweimal mußte sie sich nach dem Weg erkundigen, und jedesmal fragte sie lieber eine Gruppe Kelgianer mit silbernem Fell, die anscheinend überall im Hospital anzutreffen waren, als eins der großen, sich schwerfällig fortbewegenden Ungeheuer oder einen der an ihr vorbeiströmenden, schwammigen Aliens, die in Chloranzügen steckten. Doch trotz der höflichen Art, in der sie ihre Bitten vortrug, wurde ihr die erwünschte Auskunft beide Male nur in ausgesprochen abweisender und kurz angebundener Weise erteilt.

Zuerst fühlte sie sich persönlich schwer beleidigt. Aber dann fiel ihr auf, daß sich die Kelgianer sogar den Angehörigen ihrer eigenen Spezies gegenüber unfreundlich und leicht aufbrausend verhielten, und schloß daraus, daß es vermutlich unangebracht war, ihnen Vorwürfe wegen ihres extremen Mangels an Höflichkeit gegenüber Fremden zu machen.

Als sie schließlich ihr Quartier ausfindig gemacht hatte, stand die Tür sperrangelweit offen, und der

Terrestrier Timmins lag bäuchlings auf dem Boden und hielt ein kleines Metallkästchen mit blinkenden Lampen in der Hand, aus dem leise Geräusche kamen.

»Ich prüfe nur kurz etwas«, sagte Timmins. »Ich bin in einer Sekunde fertig. Sehen Sie sich ruhig um. Die ganzen Bedienungsanleitungen liegen auf dem Tisch. Falls Sie irgend etwas davon nicht verstehen, dann rufen Sie am besten mit dem Kommunikator die Abteilung für Personalschulung an, dort hilft man Ihnen gern weiter.« Er drehte sich auf den Rücken, stand auf eine Weise auf, die für einen Sommaradvaner vom Körperbau her unmöglich war, und fragte: »Na, was halten Sie von Ihrer Unterkunft?«

»Ich ... ich bin wirklich überrascht«, stammelte Cha Thrat, die über Timmins Vertraulichkeit beinahe empört war, »und erfreut zugleich. Das ist ja wie mein Quartier zu Hause.«

»Bei uns ist der Kunde König«, bemerkte Timmins bellend. Dann hob er die rechte Hand – eine Geste, die Cha Thrat nicht verstand – und verschwand.

Eine ganze Weile ging sie in dem kleinen Raum hin und her, begutachtete das Mobiliar und die übrige Ausstattung und konnte kaum glauben, was sie sah und fühlte. Sie wußte zwar, daß von ihrem Quartier auf dem Stockwerk der Chirurgen für Krieger im Haus der Heilung in Calgren Aufnahmen gemacht worden waren, aber eine solch minuziöse Beachtung der Details bei der Nachbildung ihrer Lieblingsbilder, der Wandbespannungen, der Beleuchtung und der persönlichen Gebrauchsgegenstände hatte sie nie und nimmer erwartet. Dennoch gab es teils deutliche, teils eher feine Unterschiede, die sie ständig daran erinnerten, daß sich dieser Raum trotz gegenteiligen Augenscheins nicht auf ihrem Heimatplaneten befand.

Der Raum selbst war größer und das Mobiliar bequemer, aber in den Strukturen waren keine Nahtstellen sichtbar. Es war, als ob jeder einzelne Gegenstand aus einem Stück gefertigt worden wäre. Alle Türen, Schubladen und Halterungen der Kopien funktionierten einwandfrei, was die Originale nie getan hatten, und auch die Luft roch anders – eigentlich roch sie nach gar nichts.

Allmählich wurde ihre anfängliche Freude und Erleichterung von der Erkenntnis überschattet, daß dies nichts weiter als eine kleine, vertraute Insel der Normalität inmitten eines unermeßlich weiten, fremden und furchtbar unübersichtlichen Ozeans war. Die Ängste und Sorgen, die allmählich in ihr aufstiegen, waren größer, als sie sie jemals auf ihrem unvorstellbar weit entfernten Heimatplaneten erlebt hatte, und brachten zudem ein ständig wachsendes und so überwältigendes Gefühl der Einsamkeit mit sich, daß sie es wie einen unbändigen körperlichen Hunger empfand.

Aber auf dem fernen Sommaradva war sie weder beliebt noch erwünscht, und hier im Hospital hatte man wenigstens wirklich etwas getan, um sie willkommen zu heißen, und zwar so viel, daß sie schon deshalb in diesem schrecklichen Gebäude bleiben mußte, um den dadurch entstandenen Verpflichtungen nachzukommen. Außerdem wollte sie alles daran setzen, soviel zu lernen, wie sie nur konnte, bevor die Herrscher des Hospitals sie für ungeeignet halten und nach Hause schicken würden.

Am besten sollte sie sofort mit dem Lernen anfangen.

Ist der Hunger womöglich gar nicht eingebildet, sondern wirklich? fragte sich Cha Thrat. Beim vorhergehenden Besuch der Kantine hatte sie sich nicht satt essen können, weil sie mit den Gedanken ganz woanders gewesen war. Sie machte sich daran, im voraus den Weg von ihrem gegenwärtigen Standpunkt zur Kantine und zum Ort ihrer ersten Unterrichtsstunde am nächsten Morgen festzulegen. Aber im Moment hatte sie keine Lust auf einen erneuten Gang durch die von sonderbaren Wesen bevölkerten Korridore des Hospitals. Erstens war sie sehr müde, und zweitens befand sich für Auszubildende, die das Lernen nicht durch einen Kantinenbesuch unterbrechen wollten, ein Essensspender mit eingeschränktem Menüangebot im Raum.

Sie sah in der Liste der für ihren Metabolismus geeigneten Speisen nach und bestellte mittlere bis große Portionen. Als sich schließlich bei ihr ein angenehmes Völlegefühl einstellte, versuchte sie zu schlafen.

Ihr Zimmer und auch der Korridor davor waren voll von leisen, unbekannten Geräuschen, und ihr derzeitiges Wissen reichte nicht aus, um diese einfach zu überhören. Der Schlaf wollte sich nicht einstellen. Allmählich bekam sie wieder Angst und fragte sich, ob ihre Gedanken und Empfindungen von jener Art waren, die das Interesse des Zauberers O'Mara wecken könnte, und dadurch fürchtete sie noch mehr um ihre Zukunft im Orbit Hospital. Während sie dennoch ruhig dalag, wenn auch nicht in geistig-seelischer, sondern nur in körperlicher Hinsicht, schaltete sie den Kommunikator auf die mögliche Deckenprojektion ein, um zu sehen, was es auf den Unterhaltungs- und Schulungskanälen gab.

Dem entsprechenden Informationsblatt zufolge wurden auf zehn Kanälen ununterbrochen einige der in der Galaktischen Föderation beliebtesten Unterhaltungssendungen, die aktuellsten Tagesereignisse und Spielfilme gebracht, auf Wunsch in einer durch den Translator synchronisierten Fassung. Doch Cha Thrat stellte fest, daß sie zwar die Worte verstehen konnte, die die Aliens verschiedener physiologischer Klassen zu- und übereinander sagten, die gleichzeitig ablaufenden Handlungen aber für sommaradvanische Augen abwechselnd widerwärtig, rätselhaft, albern oder geradezu obszön waren. Deshalb schaltete sie lieber auf die Schulungskanäle um.

Dort hatte sie die Wahl, sich Diagramme mit momentan noch sinnlosen Zahlen und Tabellen über die Körpertemperatur, den Blutdruck und den Puls von mehr als sechzig verschiedenen Lebensformen oder Direktübertragungen von Operationen anzuschauen, deren Bilder beunruhigend wirkten und nicht gerade dazu bestimmt waren, irgend jemanden gemütlich in den Schlaf zu wiegen.

Also probierte Cha Thrat verzweifelt die reinen Tonkanäle aus. Aber die Musik, die ihr dabei zu Ohren kam, klang, selbst wenn sie die Lautstärke fast bis zur Hörschwelle absenkte, als würde sie von einer nicht richtig funktionierenden Maschine in einem Stahlwerk hervorgerufen. Deshalb war es für sie eine um so größere Überraschung, als sie irgendwann vom Wecker im Zimmer mit einem monotonen Klang, aber sich ständig steigernder Lautstärke daran erinnert wurde, daß es an der Zeit war aufzustehen, falls sie vor ihrer ersten Unterrichtsstunde noch frühstücken wollte.

4. Kapitel

Der Ausbilder war ein Nidianer, der sich als Chefarzt Cresk-Sar vorgestellt hatte. Beim Sprechen schritt er vor der Reihe der Auszubildenden wie ein kleines, stark behaartes, fleischfressendes Tier auf und ab und kam deshalb andauernd so nahe an Cha Thrat vorbei, daß sie am liebsten abwehrend die Gliedmaßen gekreuzt hätte oder weggelaufen wäre.

»Um beim Zusammentreffen mit Lebewesen anderer Spezies sprachliche Mißverständnisse auf ein Minimum zu reduzieren und um zu vermeiden, unbeabsichtigt anzuecken, ist es unabdingbar, daß alle Mitglieder des Arzt- und Hilfspersonals, auch wenn sie nicht der eigenen Spezies angehören, als Individuen mit eigenen Gefühlen, Sehnsüchten und Ängsten respektiert werden«, erklärte der Nidianer. »Ob Sie nun jemanden direkt ansprechen oder sich in seiner Abwesenheit über ihn unterhalten, Sie werden Ihre Mitarbeiter immer siezen und den entsprechenden Namen gebrauchen. Diese Regel gilt natürlich nicht für den Freundeskreis, private Beziehungen und dergleichen.

Ich bin ein männlicher DBDG von Nidia, aber stellen Sie sich mich bitte niemals als ›nidianischen Rotpelz‹ oder als ›kleines, behaartes Tier‹ vor, sondern immer als Cresk-Sar.«

Als sich der abstoßende, stark behaarte Körper Cha Thrat erneut bis auf wenige Schritte näherte, bevor er wieder in die entgegengesetzte Richtung davonschritt, dachte sie, daß sie einige Schwierigkeiten haben würde, den Chefarzt in Gedanken nicht als stark behaarten Fleischfresser zu bezeichnen.

Um jemanden zu finden, der auf sie einen etwas

weniger abstoßenden Eindruck machte, richtete sie die Augen auf die neben ihr stehende Schwesternschülerin, die zu den drei am Unterricht teilnehmenden Kelgianerinnen mit silbernem Fell gehörte. Sie empfand es als äußerst merkwürdig, wie ihr innerlich vor der Behaarung des Nidianers schauderte, während der gleichermaßen fremdartige Pelz der Kelgianerin so beruhigend und entspannend wie ein großes Kunstwerk auf sie wirkte. Das Fell befand sich in ständiger Bewegung, breite Kräuselungen, die gelegentlich von Strudeln und kleinen Wellen durchkreuzt wurden, verliefen langsam vom kegelförmigen Kopf bis zum Schwanz hinab, als ob der unglaublich feine Pelz eine Flüssigkeit wäre, die von einem nicht spürbaren Wind aufgewühlt wurde. Zuerst hielt Cha Thrat diese Bewegungsmuster für zufällig, doch je genauer sie hinsah, desto deutlicher schien sich in den Kräuselungen und Strudeln ein Schema herauszubilden.

»Was starren Sie mich denn so an?« wollte die Kelgianerin plötzlich wissen, wobei die vom Translator übersetzten Worte von den stöhnenden und zischenden Lauten ihrer Muttersprache untermalt wurden. »Habe ich irgendwo eine kahle Stelle, oder was?«

»Tut mir leid, ich wollte Sie nicht beleidigen«, entschuldigte sich Cha Thrat. »Ihr Fell ist wirklich wunderschön, und die Art, wie es sich bewegt, fasziniert mich einfach ...«

»He, Sie da! Passen Sie gefälligst auf!« ermahnte Cresk-Sar die beiden in scharfem Ton. Er kam näher, sah sie beide abwechselnd an und schritt die Reihe dann wieder in der anderen Richtung ab.

»Cresk-Sars Fell sieht fürchterlich aus«, flüsterte die Kelgianerin. »Bei diesem Anblick habe ich immer das Gefühl, daß andauernd irgendwelche unsichtbaren Parasiten, die ich mir natürlich nur einbilde, zu mir herübergesprungen kommen. Davon kriege ich ein furchtbares, psychosomatisch bedingtes Jucken.«

Diesmal warf ihnen Cresk-Sar einen zweiten langen Blick zu, stieß ein verärgertes Schnaufen aus, das vom Translator nicht übersetzt wurde, und fuhr mit seinen Ausführungen fort.

»... ein zweiter Punkt ist die Geschlechtszugehörigkeit von Aliens, mit der jede Menge unlogischer Verhaltensweisen verbunden sind. Ich möchte betonen, daß man dieses Thema möglichst ignorieren oder sogar bewußt vermeiden sollte, es sei denn, das Geschlecht eines bestimmten Patienten hat direkten Einfluß auf die Behandlungsmethode. Einige von Ihnen sind vielleicht der Meinung, daß ein solches Wissen über Mitarbeiter einer anderen Spezies hilfreich oder nützlich sein könnte, insbesondere für Gespräche bei Treffen in der Freizeit oder wenn gerade ein besonders interessantes Gerücht kursiert, wie es hier oft vorkommt. Aber glauben Sie mir, auf diesem Gebiet ist Unwissenheit ausnahmsweise eine Tugend.«

In der unteren Hälfte der Reihe meldete sich ein Melfaner zu Wort. »Es gibt doch bestimmt gesellschaftliche Ereignisse, gemeinsame Mahlzeiten oder Vorträge, an denen verschiedene Spezies teilnehmen und wo es eine grobe Verletzung guter Manieren wäre, das Geschlecht eines intelligenten und gesellschaftspolitisch interessierten Lebewesens nicht zu beachten. Ich glaube, es ...«

»Und *ich* glaube«, unterbrach ihn Cresk-Sar mit einem Bellen oder Lachen, »daß Sie das sind, was unsere terrestrischen Freunde einen Kavalier nennen. Sie haben mir nicht zugehört. Übersehen Sie den geschlechtlichen Unterschied. Betrachten Sie jeden, der nicht zu Ihrer Spezies gehört, einfach als Neutrum. Einige unserer Aliens müßten Sie sowieso ganz genau betrachten, um den Unterschied überhaupt festzustellen, und das allein könnte schon große Verlegenheit hervorrufen. Im Fall der Hudlarer, bei denen die Lebensgefährten die männliche und weibliche Rolle wechseln, sind die Verhaltensmuster zum Beispiel äußerst kompliziert.«

»Und was passiert, wenn die zeitliche Abstimmung zwischen den hudlarischen Partnern nur noch teilweise oder gar nicht mehr funktioniert?« fragte die Kelgianerin neben Cha Thrat.

Aus der Reihe der Auszubildenden kam eine Anzahl Laute, von denen Cha Thrats Translator keinen übersetzte. Der Chefarzt musterte die Kelgianerin, deren Fell sich jetzt aus irgendeinem Grund in raschen und unregelmäßigen Wellenbewegungen kräuselte.

»Ich werde das als eine ernsthafte Frage behandeln«, erwiderte Cresk-Sar, »obwohl ich bezweifle, daß sie so gemeint war. Aber anstatt sie selbst zu beantworten, werde ich einen von Ihnen darum bitten. Würde der hudlarische Schüler bitte so nett sein vorzutreten?«

Das ist also ein Hudlarer, staunte Cha Thrat.

Er war ein untersetztes, kräftiges Wesen mit einer fast konturlosen, dunkelgrauen Lederhaut, die mit Flecken übersät war, die wiederum von der getrockneten Farbe stammten, mit der sich der Hudlarer vor dem Betreten des Unterrichtsraums besprüht hatte. Cha Thrat hatte ihn dabei beobachtet und war zu dem Schluß gelangt, daß er beim Auftragen seiner kosmetischen Mittel ausgesprochen nachlässig war. Der Körper wurde von sechs starken Tentakeln getragen, an deren Spitze jeweils ein biegsames Fingerbüschel saß. Die Tentakel waren nach innen gerollt, damit das Körpergewicht auf den kräftigen Ballen ruhte und die Finger nicht den Boden berührten.

Cha Thrat konnte keine Körperöffnungen entdecken, nicht einmal am Kopf. Dort befand sich aber neben den von harten, durchsichtigen Deckeln geschützten Augen auch eine halbkreisförmige Membran, die durch Vibrieren die Worte des Wesens hörbar machte, als es sich jetzt an die anderen Auszubildenden wandte.

»Das ist ganz einfach, verehrte Kolleginnen und Kollegen«, sagte der Hudlarer. »Während ich momentan männlich bin, sind alle Hudlarer bis zur Pubertät geschlechtslos. Welche Richtung danach eingeschlagen wird, hängt von den Einflüssen des sozialen Umfelds ab, die manchmal sehr subtil sind und bei denen Körperkontakt keine Rolle spielt. Beispielsweise kann das Bild eines attraktiven männlichen Angehörigen unserer Spezies einen geschlechtslosen Hudlarer zum weiblichen Geschlecht drängen oder umgekehrt. Falls für die Laufbahn, die man einzuschlagen beabsichtigt, ein bestimmtes Geschlecht bevorzugt wird, kann man sich auch bewußt entscheiden. Hat man keinen Lebensgefährten, ist das nach der Pubertät gewählte Geschlecht für den Rest des Lebens festgelegt.

Werden aber zwei erwachsene Hudlarer ein Paar, das heißt, verbinden sie sich, um eine Familie zu gründen und nicht nur zum vorübergehenden Vergnügen, dann setzt die Geschlechtsumwandlung kurz nach der Empfängnis ein. Bei der Geburt des Kindes ist das männliche Elternteil schon viel weniger aggressiv und seiner Gefährtin gegenüber aufmerksamer und gefühlvoller geworden, wohingegen diese allmählich die weiblichen Wesenszüge verliert. Nach der Geburt setzt sich der Vorgang fort. Der ehemalige Vater übernimmt nun die Verantwortung für das Kind, während er sich vollkommen in ein weibliches Wesen verwandelt, und die Mutter bildet sämtliche männlichen Eigenschaften aus, die sie dazu befähigen, ein zukünftiger Vater zu werden.

Natürlich gibt es einen Zeitpunkt, zu dem sich beide Lebensgefährten vom Gefühl her als geschlechtslos betrachten«, fügte der Hudlarer hinzu, »aber das ist stets die Phase der Schwangerschaft, in der die körperliche Vereinigung sowieso schädlich erscheint.«

»Ich danke Ihnen«, sagte Cresk-Sar, hob aber eine der kleinen, behaarten Hände, um dem Hudlarer zu signalisieren, er solle es dabei belassen. »Irgendwelche weiteren Anmerkungen oder Fragen?«

Der Chefarzt blickte jetzt zwar die Kelgianerin an, die vorhin die Frage zu diesem Thema gestellt hatte, trotzdem meldete sich die neben ihr stehende Cha Thrat spontan zu Wort.

»Mir scheinen die Hudlarer insofern Glück zu haben, als sie sich nicht darüber ärgern müssen, daß sich die Angehörigen des einen Geschlechts denen des anderen von Natur aus überlegen fühlen, wie es auf Sommaradva der Fall ist …«

»Und auf allzu vielen anderen Planeten der Föderation auch«, warf die Kelgianerin ein, deren Fell sich dabei hinter dem Kopf gleich büschelweise sträubte.

»… jedenfalls danke ich dem Hudlarer für seine Erläuterungen, aber mich hat die Feststellung überrascht, daß er momentan männlich ist«, fuhr Cha Thrat fort. »Wegen der Farbe auf seinem Körper, die ich fälschlicherweise für ein kosmetisches Mittel gehalten habe, dachte ich zuerst, er sei ein weibliches Wesen.«

Die Sprechmembran des Hudlarers begann zu vibrieren, aber Cresk-Sar bat mit einem Handzeichen um Ruhe und fragte: »Und was haben Sie danach gedacht?«

Verdutzt starrte sie den kleinen, behaarten Alien an und fragte sich, was sie sagen sollte.

»Kommen Sie schon«, bellte Cresk-Sar. »Erzählen Sie uns, was Ihnen zu dieser Lebensform sonst noch für Gedanken, Beobachtungen und Vermutungen, ob nun richtig oder falsch, durch Ihren sommaradvanischen Kopf gegangen sind. Denken und sprechen Sie klar und deutlich.«

Cha Thrat richtete all ihre Augen auf den Chefarzt, und das auf eine Art, die auf Sommaradva eine sofortige verbale und körperliche Reaktion ausgelöst hätte. »Meinen ersten Gedanken habe ich Ihnen gerade genannt. Mein zweiter war, daß bei den Hudlarern möglicherweise eher die männlichen als die weiblichen Wesen, vielleicht auch beide Geschlechter, Kosmetika benutzen. Dann habe ich beobachtet, daß sich der Alien sehr vorsichtig bewegt hat, als hätte er Angst, andere Lebewesen oder Geräte in seiner Nähe zu beschädigen oder zu verletzen. Das sind die Bewegungen eines Wesens von ungeheurer Körperkraft. Zusammen mit der gedrungenen, untersetzten Gestalt und der Tatsache, daß er nicht zwei oder vier, sondern sechs Beine hat, deutet das auf den Bewohner eines Planeten mit einer sehr dichten Atmosphäre, hoher Schwerkraft und entsprechendem atmosphärischen Druck hin, wo ein versehentlicher Sturz Verletzungen zur Folge hätte. Die sehr harte, aber biegsame Haut, die nirgends irgendwelche ständigen Körperöffnungen zur Aufnahme oder Ausscheidung von Nahrung aufweist, läßt darauf schließen, daß es sich bei der Farbe, mit der sich der Hudlarer nach meiner Beobachtung besprüht hatte, um so etwas wie ein Nahrungspräparat handelt.«

Die ganze Zeit über waren Cresk-Sars Augen und die mannigfaltigen Sehorgane der anderen auf sie geheftet. Niemand sagte ein Wort.

Zögernd fügte Cha Thrat hinzu: »Ein weiterer interessanter und faszinierender Gedanke, der aber wohl eher auf bloßer Vermutung beruht, ist, daß der Körper dieses unter extremen Schwerkraft- und Druckverhältnissen lebenden Aliens über einen eigenen hohen Innendruck verfügen muß, da er den Umweltbedingungen des Hospitals ohne Schutz standhalten kann und ihm wahrscheinlich sogar noch geringere Druckverhältnisse als hier nicht einmal zu schaffen machen würden.

Vielleicht ist er sogar in der Lage, ohne Schutzanzug im All zu arbeiten«, fuhr sie fort, wobei sie insgeheim schon damit rechnete, von dem nidianischen Chefarzt mit Hohn und Spott überschüttet zu werden. »Und das würde bedeuten, daß er ...«

»Demnächst nennen Sie mir auch noch seine physiologische Klassifikation«, unterbrach Cresk-Sar sie mit erhobener Hand, »obwohl wir über das hier gehandhabte System noch kein Wort verloren haben. Ist es eigentlich das erstemal, daß Sie einen Hudlarer gesehen haben?«

»Nein, zwei habe ich schon zuvor in der Kantine gesehen«, antwortete Cha Thrat. »Aber zu der Zeit bin ich noch viel zu verwirrt gewesen, als daß ich meine optischen Eindrücke hätte verarbeiten können.«

»Möge sich Ihre Verwirrung weiterhin verringern, Cha Thrat«, sagte Cresk-Sar geheimnisvoll. Dann fuhr er an alle gewandt fort: »Diese Schülerin hat Ihnen soeben demonstriert, was es heißt, zu beobachten und die richtigen Folgerungen daraus zu ziehen. Wenn Sie diese Fähigkeit erst einmal gelernt und entwickelt haben, werden Sie imstande sein, mit Ihren Kollegen und Patienten von anderen Spezies zusammenzuleben, sie zu verstehen und auch zu behandeln. Jedenfalls würde ich Ihnen den Rat geben, eine bestimmte Lebensform in Gedanken nicht als Nidianer, Hudlarer, Kelgianer, Melfaner oder Sommaradvaner zu bezeichnen, sondern als DBDG, FROB, DBLF, ELNT beziehungsweise DCNF. Auf diese Weise werden Sie immer an die jeweils benötigten Druck-, Schwerkraft- und Atmosphäreverhältnisse sowie an den grundlegenden Stoffwechsel und andere physiologische Bedürfnisse erinnert und wissen sofort, wann und ob eine Umweltbedingung für Sie oder andere Wesen eine potentielle Gefahr darstellt.

Sollte beispielsweise ein PVSJ, der chloratmende Bewohner von Illensa, versehentlich seinen Druckanzug zerreißen, dann bestünde für den Alien selbst sowie für jeden Sauerstoffatmer mit dem ersten Buchstaben D, E und F in dessen näheren Umgebung äußerste Gefahr. Und falls Sie jemals zu einer Rettungsaktion im All gerufen werden, könnte es vorkommen, daß eine dringende und genaue Bestimmung der physiologischen Klassifikation eines Unfallopfers – und damit seiner Lebenserhaltungsbedürfnisse – von einer einzigen Gliedmaße oder einem kleinen Stück der Körperoberfläche abhängt, weil unter den sich verschiebenden Wrackteilen nur hin und wieder eine kleine Stelle von ihm zu sehen ist.

Sie müssen üben, all die unterschiedlichen Merkmale der Lebewesen in Ihrer näheren Umgebung instinktiv wahrzunehmen«, fuhr Cresk-Sar fort und gab dabei leise ein bellend-lachendes Geräusch von sich, »und sei es nur, um zu wissen, wen man ohne Gefahr auf den Gängen und Korridoren anrempeln darf. Und jetzt werde ich Sie auf Ihre jeweiligen Stationen bringen, damit Sie Ihre ersten Erfahrungen mit Patienten sammeln können, bevor ich meine nächste Klasse in…«

»Was ist mit dem Klassifikationssystem?« fragte die Kelgianerin – die DBLF, korrigierte sich Cha Thrat – mit dem silbernen Fell neben ihr. »Wenn es wirklich so wichtig ist, wie Sie gesagt haben, dann taugen Sie offenbar nicht zum Ausbilder, schließlich hätten Sie es uns sonst erklärt.«

Cresk-Sar ging langsam auf die Sprecherin zu, und Cha Thrat fragte sich, ob sie vielleicht die zu erwartende verbale Gewalt durch eine zweite, höflicher formulierte Frage an den Chefarzt abschwächen könnte.

Doch aus irgendeinem Grund übersah der Nidianer die DBLF völlig und wandte sich statt dessen an Cha Thrat.

»Wie Sie bereits bemerkt haben dürften«, begann er gemächlich, »nimmt diese kelgianische Lebensform der Klassifikation DBLF kein Blatt vor den Mund, hat schlechte Umgangsformen, ist unverschämt und besitzt überhaupt kein Taktgefühl ...«

Sie haben gut reden, dachte Cha Thrat.

»... aber dafür gibt es einleuchtende psycho-physiologische Gründe«, fuhr er fort. »Aufgrund der unzulänglichen Anatomie der kelgianischen Sprechorgane weist die gesprochene Sprache dieser DBLFs keine Intonation und Akzentuierung und damit keinerlei emotionale Ausdrucksfähigkeit auf. Doch das wird durch das äußerst bewegliche Fell ausgeglichen, das die Empfindungen des Sprechers, zumindest für einen Kelgianer, vollständig, aber auch unwillkürlich widerspiegelt. Deshalb sind diesen Wesen Begriffe wie Lüge, Diplomatie, Taktgefühl oder gar Höflichkeit vollkommen fremd. Ein DBLF sagt genau das, was er meint oder fühlt, da das Fell ständig seine Empfindungen verrät und es pure Dummheit wäre, sich anders zu verhalten. Aber die Kelgianer haben es auch mit vielen von uns Aliens nicht leicht, denn durch die Höflichkeit und die sprachlichen Umschreibungen, der wir uns bedienen, lassen sie sich wiederum leicht verwirren und irritieren.

Ihnen wird hier im Hospital die eine oder andere Mentalität genauso fremdartig vorkommen wie die Lebensformen selbst«, fuhr er fort. »Wenn ich mir überlege, daß Sie vor Ihrer Ankunft erst einem einzigen Alien, nämlich einem Terrestrier begegnet sind, bin ich mir aufgrund Ihres heutigen Verhaltens sicher, daß Sie keinerlei Anpassungsschwierigkeiten haben werden und ...«

»Streberin!« zischte die DBLF, wobei sich ihr Fell zu

Stacheln bündelte. »Schließlich war ich diejenige, die die Frage gestellt hat. Erinnern Sie sich, Cresk-Sar?«

»Allerdings waren Sie das«, antwortete Cresk-Sar und blickte auf die Wanduhr. »Irgendwann im Laufe des heutigen Tages wird man Ihnen Videobänder, auf denen das physiologische Klassifikationssystem der verschiedenen Lebensformen behandelt wird, in Ihre Unterkünfte schicken. Sehen Sie sich das Bildmaterial mehrmals aufmerksam an, und verwenden Sie für den gesprochenen Begleittext Ihre Translatoren. Im Augenblick bleibt mir nur noch soviel Zeit, um Ihnen einen Überblick über die Grundlagen des Systems zu geben.«

Cresk-Sar wandte sich abrupt ab und nahm wieder seinen Platz vor den Auszubildenden ein. Ganz offensichtlich war der kommende Vortrag an alle gerichtet.

»Falls Sie nicht bereits in einem der kleineren Hospitäler mit vielfältigen Umweltbedingungen gearbeitet haben, werden Sie normalerweise immer nur außerplanetarischen Patienten einer einzigen Spezies zur gleichen Zeit begegnen, wahrscheinlich kurzfristig aufgrund eines Schiffsunfalls, und diese Aliens würden Sie nach deren Heimatplaneten bezeichnen«, fuhr Cresk-Sar fort. »Aber ich muß noch einmal betonen, daß die schnelle und genaue Identifizierung eintreffender Patienten für diese lebenswichtig ist, weil sich die Verletzten allzu oft nicht in dem Zustand befinden, die benötigten physiologischen Informationen über sich selbst geben zu können. Deshalb haben wir ein aus vier Buchstaben bestehendes, grundlegendes Klassifikationssystem entwickelt, das uns in die Lage versetzt, das notwendige Lebenserhaltungssystem bereitzustellen und eine Vorbehandlung durchzuführen, bis von der Pathologie, falls dies erforderlich ist, eine genauere Untersuchung vorgenommen werden kann. Das System funktioniert folgendermaßen.

Der erste Buchstabe zeigt den Stand der physikalischen Evolution an, den die Spezies zum Zeitpunkt der Entwicklung von Intelligenz erreicht hatte. Der zweite weist auf die Art und Verteilung der Gliedmaßen, Sinnesorgane und Körperöffnungen hin, und die restlichen beiden Buchstaben stellen eine Kombination aus dem Metabolismus und der erforderlichen Nahrung und Atmosphäre in Verbindung mit den Schwerkraft- und Druckverhältnissen des Heimatplaneten dar, was zugleich ein Hinweis auf die physische Masse und auf die Beschaffenheit der schützenden Epidermis des Wesens ist.«

Cresk-Sar hielt kurz inne und bellte leise, bevor er seine Erläuterungen fortsetzte. »An diesem Punkt des Vortrags muß ich unsere Auszubildenden normalerweise darauf hinweisen, daß sie wegen des ersten Buchstabens der für sie zutreffenden Klassifikation keine Minderwertigkeitskomplexe bekommen müssen, da der Stand der physikalischen Evolution von Umweltfaktoren gesteuert wird und kaum Schlüsse auf den wirklichen Intelligenzgrad zuläßt...«

Wie er weiterhin erklärte, seien Spezies mit A, B oder C als erstem Buchstaben Wasseratmer. Auf den meisten Planeten war das Leben nämlich im Wasser entstanden, und diese Wesen hatten Intelligenz entwickelt, ohne das nasse Element verlassen zu müssen. Die Buchstaben D bis F bezeichneten warmblütige Sauerstoffatmer – unter diese Klassifikation fielen die meisten intelligenten Wesen der Föderation. G bis K waren zwar auch Sauerstoffatmer, hierbei handelte es sich aber um insektenartige Wesen. Die Lebensformen der Kategorie L und M besaßen Flügel und lebten unter geringen Schwerkraftbedingungen.

Die Chloratmer waren in die Gruppen O und P unterteilt, darauf folgten die eher exotischen, physikalisch höher entwickelten und völlig absonderlich anmutenden Spezies. In diese Kategorien fielen die Strahlungsverwerter, die starrblütigen oder kristallinen Wesen sowie Lebensformen, die ihre körperliche Gestalt beliebig verändern konnten. Diejenigen, die so hochentwickelte übersinnliche Kräfte beziehungsweise telekinetische oder teleportative Fähigkeiten besaßen, daß sie nicht einmal mehr Fortbewegungs- oder Greiforgane benötigten, hatten unabhängig von Form, Größe oder den Umweltbedingungen, unter denen sie lebten, als ersten Buchstaben das V.

»Zwar wissen wir heute, daß dieses System nicht ganz fehlerfrei ist«, räumte der Chefarzt ein, »aber schuld daran ist einfach die mangelnde Vorstellungskraft der Urheber gewesen. AACPs sind zum Beispiel eine Spezies mit vegetarischem Metabolismus. Normalerweise weist das A als deren erster Buchstabe auf Wasseratmer hin. Da das System mit seiner Klassifikation jedoch erst bei den fischähnlichen Lebensformen beginnt und die AACPs als pflanzliche Wesen noch vor den Fischen eingestuft werden müßten, hat man sie einfach dieser Gruppe zugeordnet.

Und jetzt werden Sie einigen dieser eigentümlichen und prachtvollen, vielleicht auch furchterregenden Aliens begegnen«, sagte er und warf einen erneuten Blick auf die Uhr. »Es ist der Grundsatz des Hospitals, Ihnen so früh wie möglich Gelegenheit zu geben, die Patienten und Mitarbeiter kennenzulernen und mit ihnen zusammenzuarbeiten. Unabhängig von Ihrer Position oder der Dauer Ihrer Betriebszugehörigkeit in den Krankenhäusern auf Ihren Heimatplaneten ist Ihr Dienstgrad hier im Orbit Hospital zunächst der einer Schwesternschülerin oder der eines Krankenpflegeschülers – das heißt, bis Sie mich davon überzeugen können, daß Ihre Fachkompetenz eine höhere Stellung rechtfertigt.

Aber ich bin nicht leicht zu überzeugen«, fügte Cresk-Sar hinzu, während er auf den Ausgang zuging. »Bitte folgen Sie mir.«

Dem Chefarzt zu folgen war nicht einfach, da er trotz seiner geringen Körpergröße einen erstaunlich schnellen Schritt anschlug. Zudem hatte Cha Thrat das Gefühl, daß die anderen mehr Routine als sie darin besaßen, sich in den Hospitalfluren zurechtzufinden. Doch dann bemerkte sie, daß der Hudlarer – der FROB – ebenfalls zurückfiel.

»Aus naheliegenden Gründen macht man mir hier reichlich Platz«, sagte der FROB, als sie sich auf gleicher Höhe befanden. »Wenn Sie sich direkt hinter mir halten würden, könnten wir gemeinsam das Tempo wesentlich erhöhen.«

Cha Thrat hatte plötzlich dieses erschütternde Gefühl der Unwirklichkeit, als wäre sie in eine sowohl entsetzliche als auch großartige Alptraumwelt eingetaucht, eine Welt, in der solch ein abscheuliches Ungeheuer wie dieser FROB, der sie zermalmen könnte, ohne dazu auch nur einen einzigen Muskel seiner sechs Tentakel bemühen zu müssen, Liebenswürdigkeit bewies. Aber selbst wenn das ein Traum war, mußte sie eine angemessene Antwort geben.

»Sie sind wirklich sehr aufmerksam«, entgegnete sie. »Danke schön.«

Die Membran des Hudlarers vibrierte zwar, aber der erzeugte Laut wurde vom Translator nicht übersetzt. Dann sagte er: »Um Ihre Kenntnisse über das Nahrungspräparat, das Sie vorhin bemerkt haben, zu vervollständigen, und um Ihnen zu zeigen, wie nah Sie mit Ihren Schlußfolgerungen an der Wirklichkeit lagen, wollte ich Ihnen noch sagen, daß das Präparat bei mir zu Hause nicht erforderlich ist. Dort ist die gesamte Atmosphäre voll von eßbaren, schwebenden Organismen, so daß sie einer dickflüssigen Suppe ähnelt und uns mit Nahrung versorgt, die wir aufgrund unserer hohen Stoffwechselgeschwindigkeit ununterbrochen aufnehmen müssen. Wie Sie sehen, ist die zuletzt aufgetragene Nahrungsschicht schon wieder beinahe verschwunden und muß demnächst erneuert werden.«

Bevor Cha Thrat etwas entgegnen konnte, ließ sich eine der Kelgianerinnen zurückfallen und berichtete aufgebracht: »Also so was! Ich wäre eben fast von einem Tralthaner umgerannt worden. Der Vorschlag des FROB scheint mir eine gute Idee zu sein. Der Platz reicht ja für zwei.«

Sie kam näher an Cha Thrat heran, so daß beide durch den gewaltigen Körper des Hudlarers geschützt wurden. »Ich möchte Sie ja nicht beleidigen«, sagte Cha Thrat, wobei sie sich die Worte sorgfältig überlegte, »aber ich kann zwischen Ihnen und den anderen DBLFs einfach keinen Unterschied erkennen. Sind Sie die Kelgianerin, deren Fell ich im Unterricht bewundert habe?«

»Bewundert, das kann man wohl sagen!« entgegnete die Kelgianerin, deren Fell dabei kreisförmige Wellen schlug, die vom Kopf bis zum Schwanz verliefen. »Darüber machen Sie sich mal keine Gedanken. Wenn außer Ihnen noch eine andere Sommaradvanerin hier wäre, könnte ich den Unterschied auch nicht erkennen.«

Plötzlich blieb der Hudlarer wie angewurzelt stehen, und als Cha Thrat an ihm vorbeiblickte, sah sie auch, warum. Die ganze Gruppe hatte haltgemacht, und Cresk-Sar winkte einen Melfaner und die beiden anderen Kelgianerinnen zu sich heran.

»Das hier ist eine postoperative Genesungsstation für Tralthaner«, verkündete er. »Sie drei werden sich hier täglich nach dem Unterricht melden, bis Sie andere Anweisungen erhalten. Schutzanzüge brauchen Sie nicht, die Luft können Sie atmen, und auf die geringfügigen tralthanischen Körperausdünstungen sollten Sie lieber erst gar nicht achten. Gehen Sie jetzt hinein, Sie werden bereits erwartet.«

Als sich der Zug wieder in Bewegung gesetzt hatte,

sah Cha Thrat, wie sich einige der Auszubildenden ohne Aufforderung von der Gruppe trennten, und schloß daraus, daß sie schon länger zu der Klasse gehörten und bereits entsprechenden Stationen zugeteilt worden waren. Zu ihnen zählte auch ihr hudlarischer Wegbahner. Kurz darauf war die Gruppe bis auf die DBLF und Cha Thrat selbst zusammengeschrumpft, und nun deutete Cresk-Sar auf die Kelgianerin.

»Dies ist die innere Abteilung für PVSJs«, klärte er sie auf. »Man wird Sie in der Schleusenvorkammer empfangen und Ihnen den Gebrauch des Schutzanzugs erklären, bevor Sie da durchgehen können. Dann werden Sie …«

»Aber da sind doch Chloratmer drin!« protestierte die Kelgianerin, wobei sich ihr Fell zu Stacheln aufrichtete. »Können Sie mir nicht eine Station geben, auf der ich wenigstens die Luft atmen kann? Oder versuchen Sie *krampfhaft*, es den Neulingen so schwer wie möglich zu machen? Was passiert, wenn ich mir aus Versehen den Anzug aufreiße?«

»Ich werde Ihre Fragen der Reihe nach beantworten«, erwiderte der Chefarzt. »Erstens, nein. Zweitens, Sie haben es erraten. Drittens, die bereits vorhandenen Verletzungen der in der Nähe liegenden Patienten werden durch die mit Sauerstoff verseuchte Atmosphäre noch mehr in Mitleidenschaft gezogen.«

»Und was ist mit *mir*, Sie Dummkopf?«

»Sie würden eine Chlorvergiftung bekommen«, antwortete Cresk-Sar. »Und was die Oberschwester nach Ihrer Genesung mit Ihnen machen würde, daran möchte ich lieber gar nicht erst denken.«

Sah man von dem zu einem Nagelbett aufgerichteten Fell ab, verschwand die Kelgianerin ohne einen weiteren Kommentar gehorsam in der Schleuse. Als Cha Thrat und Cresk-Sar daraufhin drei Ebenen nach unten gingen, wobei sie völlig überfüllte und scheinbar endlose Korridore durchquerten, mußte sich die Sommaradvanerin so stark darauf konzentrieren, mit dem Chefarzt Schritt zu halten, daß sie keine Möglichkeit hatte, sich danach zu erkundigen, welche Aufgabe sie eigentlich erwarte. Doch schließlich blieb Cresk-Sar vor einem gewaltigen Schleuseneingang stehen, der in den gebräuchlichsten Sprachen der Galaktischen Föderation – zu denen natürlich nicht Sommaradvanisch gehörte – beschriftet war, und beantwortete ihre Frage von selbst.

»Das hier ist die AUGL-Station des Hospitals«, sagte er. »Sie werden feststellen, daß die Patienten, die allesamt Bewohner der Wasserwelt von Chalderescol II sind, zu den optisch furchteinflößendsten Lebewesen gehören, denen Sie wahrscheinlich jemals begegnen werden. Aber die AUGLs sind harmlos, solange Sie sich Ihnen nicht ...«

»Das A als erster Buchstabe weist doch auf Wasseratmer hin«, unterbrach ihn Cha Thrat besorgt.

»Richtig«, bestätigte der Nidianer. »Stimmt irgend etwas nicht? Gibt es ein Problem, von dem mir O'Mara nichts erzählt hat? Fühlen Sie sich im Wasser unwohl, oder sind Sie wasserscheu?«

»Nein«, antwortete Cha Thrat. »Ich schwimme gerne – jedenfalls an der Oberfläche. Das Problem ist, daß ich keine Schutzkleidung habe.«

Cresk-Sar bellte und erwiderte: »Das ist kein Problem. Sicher, die Herstellung komplizierterer Schutzkleidung für Arbeiten unter hoher Schwerkraft, großem atmosphärischen Druck und extremen Temperaturen benötigt zwar seine Zeit, aber ein simpler wasserdichter Anzug, der Ihren Konturen angepaßt ist und mit einem Kommunikations- und Luftversorgungssystem ausgerüstet ist, stellt für unsere technische Fertigungsabteilung kein Problem dar. Ihr Anzug wartet bereits drinnen auf Sie.«

Im Gegensatz zu den anderen begleitete der Chefarzt Cha Thrat. Wie er meinte, müsse er das einwandfreie und reibungslose Funktionieren ihrer Ausrüstung sicherstellen, da sie für das Hospital eine neue Lebensform darstelle. Aber letztlich war es dann der Alien, von dem sie in der Schleusenvorkammer erwartet wurden, der sogleich die Sache in die Hand nahm und sämtliche Erklärungen gab.

»Cha Thrat, ich bin Oberschwester Hredlichli, eine PVSJ«, begrüßte das Wesen sie mit forscher Stimme. »Ihr Schutzanzug besteht aus zwei Teilen. In die untere Hälfte steigen Sie am besten, indem Sie mit den stärkeren Armen an Ihrer Taille in der Reihenfolge, die Ihnen am praktischsten erscheint, ein Bein nach dem anderen überziehen. Streifen Sie sich mit denselben Armen den oberen Teil über, wobei Sie zuerst den Kopf und die vier Arme an den Schultern hineinstecken. Die Arm- und Beinbünde werden ihnen zunächst sehr eng vorkommen, aber das soll einen knappen Sitz und ein Höchstmaß an Feingefühl in den Fingern garantieren. Schließen Sie die Verbindung der beiden Hälften an der Hüfte erst dann, wenn Sie sich vergewissert haben, daß die Luftversorgung funktioniert. Wenn Sie den Anzug luftdicht verschlossen haben, zeige ich Ihnen die verschiedenen Systemkontrollen, die bei jedem Ankleiden durchzuführen sind. Danach werden Sie den Anzug ablegen und erneut anziehen, und zwar so lange, bis wir beide mit Ihrer Leistung zufrieden sind. Und jetzt fangen Sie bitte an.«

Bei den ersten drei Probedurchgängen ging Oberschwester Hredlichli im Kreis um Cha Thrat herum und gab ihr Ratschläge und Anleitungen. Danach unterhielt sie sich mit dem Chefarzt und beachtete Cha Thrat anscheinend nicht mehr. Allerdings wurde der stachelige, membranartige Körper der PVSJ von dem gelben Chlor im Schutzanzug vernebelt, so daß er eher wie eine wahllose Aufschichtung öliger, giftiger

Pflanzen aussah. Zudem war es schon deshalb unmöglich zu sagen, worauf die Oberschwester ihre Aufmerksamkeit richtete, weil Cha Thrat nicht in der Lage war, ihre Augen zu entdecken.

»Im Moment leiden wir unter schwerem Personalmangel«, berichtete Hredlichli gerade, »da sich drei meiner besten Schwestern ausschließlich um ganz spezielle postoperative Genesungsfälle kümmern müssen. Haben Sie eigentlich Hunger?«

Cha Thrat merkte, daß die Frage an sie gerichtet war, war sich aber nicht sicher, in welcher Form ihre Antwort erwartet wurde. Sollte sie nun die unterwürfige, selbstverleugnende Variante wählen, die einem Herrscher gebührte, oder sich lieber für die präzise, wahrheitsgemäße Auskunft entscheiden, die man einem Chirurgenkollegen für Krieger schuldete? Da sie keine Ahnung von Hredlichlis genauer Stellung hatte, gab sie ihr Bestes, um die beiden Antwortarten zu kombinieren.

»Ich habe zwar Hunger«, antwortete sie schließlich, wobei sie gleichzeitig die Gelegenheit nutzte, ihren Anzugkommunikator zu testen, »aber dieser Zustand ist noch lange nicht so weit fortgeschritten, daß er mich bereits körperlich schwächt.«

»Na, prima«, reagierte Hredlichli erfreut. »Als Schwesternschülerin werden Sie übrigens sehr schnell feststellen, daß praktisch alles und jeder Vorrang vor Ihnen hat. Sollte dieser Umstand zu einer emotionalen Anspannung bei Ihnen führen, die sich in verbalen Unmutsbekundungen oder Wutausbrüchen äußern könnte, bemühen Sie sich bitte um Zurückhaltung, bis Sie meine Station verlassen haben. Sie werden die Erlaubnis zu einem zeitlich streng begrenzten Besuch in der Kantine erhalten, sobald jemand von dort zurückkommt, um Sie abzulösen. Und nun, glaube ich, wissen Sie auch, wie Ihr Anzug funktioniert...«

Cresk-Sar wandte sich dem Eingang zu. Er hob eine der kleinen, behaarten Hände und sagte zum Abschied: »Viel Glück, Cha Thrat.«

»... also sollten wir erst mal in den Personalraum gehen«, fuhr Hredlichli fort, die den sich entfernenden Nidianer nicht zu beachten schien. »Überprüfen Sie noch einmal genau Ihre Anzugverschlüsse, und dann folgen Sie mir.«

Kurz darauf befanden sie sich in einem überraschend kleinen Raum mit einer durchsichtigen Wand, die den Blick in eine dämmrige, grüne Welt freigab, in der der optische Unterschied zwischen den Bewohnern und den zur Dekoration bestimmten Pflanzen, durch die sich diese Wesen wie zu Hause fühlen sollten, unklar war. An den übrigen drei Wänden des Raums standen und hingen Schränke, Bildschirme und Geräte, deren Verwendungszweck Cha Thrat nicht einmal erraten konnte. Die gesamte Decke war von geometrischen Formen und Zeichen in leuchtenden Farben bedeckt.

»Bezüglich ihrer Sicherheit für Personal und Patienten genießt unsere Station einen sehr guten Ruf im Orbit Hospital«, berichtete die Oberschwester nicht ohne Stolz. »Und ich möchte nicht, daß Sie den ruinieren. Sollten Sie dennoch Ihren Anzug beschädigen und in Gefahr sein zu ertrinken, müssen Sie, da die Mund-zu-Mund-Beatmung zwischen Sauerstoff- und Chloratmern nicht gerade ratsam ist, schnellstens zu einer der so gekennzeichneten Notluftkammern schwimmen« – sie deutete auf eins der Symbole an der Decke –, »und dort auf Rettung warten. Aber der Unfall – oder sollte ich lieber ernsthafte Unannehmlichkeit sagen? –, den Sie unbedingt verhüten müssen, ist die Verschmutzung des Wassers durch die Exkremente der Patienten. Das Filtern oder Austauschen des Wassers ist nämlich auf einer Station von dieser Größe ein äußerst umfangreiches Wartungsverfahren, das unsere Arbeit behindern und im ganzen Hospital zu abfälligem Gerede über uns führen würde.«

»Ich verstehe«, sagte Cha Thrat. Gleichzeitig fragte sie sich, warum sie bloß an dieses gräßliche Hospital gekommen war, und ob sie vor sich selbst ein sofortiges Ausscheiden aus dem Dienst rechtfertigen könnte. Trotz der Warnungen von O'Mara und Cresk-Sar, daß sie auf der untersten Stufe anfangen werde, war das hier keine Arbeit für eine sommaradvanische Chirurgin für Krieger. Falls auch nur ein einziges Wort über das, was sie hier zu tun hatte, zu ihren früheren Kollegen durchsickern würde, wäre sie fortan zu einem Leben als Einsiedlerin verdammt. Allerdings schienen diese Aliens kaum vorzuhaben, den Sommaradvanern etwas davon zu erzählen, weil derartige Tätigkeiten für sie so alltäglich waren, daß sie ihnen nicht einmal der Rede wert schienen. Vielleicht würde man sie für ungeeignet oder untauglich befinden und aus dem Hospital entlassen, so daß diese erniedrigende und unerfreuliche Episode ihres Lebens geheim und ihre Ehre unangetastet bliebe. Jedenfalls dachte sie schon mit Schrecken daran, was wohl als nächstes kommen würde.

Doch es war nicht halb so schlimm, wie sie erwartet hatte.

»Normalerweise wissen die Patienten schon im voraus, wann sie defäkieren müssen, und werden rechtzeitig die Schwester rufen«, fuhr Hredlichli fort. »Sollten sie zu diesem Zweck gerufen werden, befindet sich das benötigte Gerät in der Kammer, deren Tür so markiert ist.« In ihrem Schutzanzug erschien ein farnwedelförmiger Arm, der erst auf ein besonders gekennzeichnetes Feld an der Decke und dann auf das ferne, hell beleuchtete Gegenstück deutete, das durch die grüne Dämmerung der Station hindurchschimmerte. »Aber Sie brauchen sich keine Sorgen zu machen, die Patienten wissen alles über die Bedienung des Geräts und werden sich lieber selbst helfen. Die meisten benutzen das Gerät jedoch nicht gerne, und Sie werden feststellen, daß sich die Chalder schnell schämen. Deshalb zieht es jeder, der nicht ruhiggestellt ist, vor, den mit diesem Symbol gekennzeichneten Raum zu benutzen. Dabei handelt es sich um eine lange, schmale Kammer, die gerade groß genug für einen Chalder ist und vom Benutzer selbst bedient wird. Die Filtrierung und Befreiung des Wassers von den Exkrementen funktioniert automatisch, und falls irgend etwas schiefgeht, ist das ein Problem des Wartungspersonals.«

Hredlichli hob erneut die Gliedmaße hoch und deutete auf die nur schwer zu erkennenden Umrisse am anderen Ende der Station. »Falls Sie bei einem Patienten Hilfe brauchen, wenden Sie sich an Schwester Towan. Sie verbringt einen Großteil ihrer Zeit bei einem schwerkranken Patienten, lenken Sie sie also nicht unnötig von der Arbeit ab. Ich werde Sie heute noch über den optimalen Puls, Blutdruck und die Körpertemperatur der Chalder informieren und wie und wo man sie mißt. Diese Werte werden in regelmäßigen Zeitabständen ermittelt und aufgezeichnet, wobei die Dauer der Intervalle vom Zustand des jeweiligen Patienten abhängt. Außerdem wird man Ihnen zeigen, wie Operationswunden sterilisiert und verbunden werden müssen – was bei einem Wasseratmer übrigens keine einfache Aufgabe ist –, und in ein paar Tagen werden Sie das dann selbständig machen dürfen. Aber erst einmal müssen Sie Ihre Patienten überhaupt kennenlernen.«

Die Gliedmaße deutete auf eine türlose Öffnung zur Hauptstation. Alle zwölf Glieder Cha Thrats schienen von einer plötzlichen Lähmung befallen zu sein, und sie bemühte sich verzweifelt, jede Bewegung durch Fragen hinauszuzögern.

»Zu welcher Spezies gehört denn Schwester Towan?« erkundigte sie sich.

»Die ist eine AMSL«, antwortete die Oberschwester. »Ein für das Orbit Hospital qualifizierter creppelianischer Oktopode, Sie brauchen sich also überhaupt keine Sorgen zu machen. Die Patienten wissen, daß uns eine Schwesternschülerin von einer neuen Spezies zugeteilt worden ist, und erwarten Sie schon. Da Ihr Körperbau für das Medium Wasser wie geschaffen ist, schlage ich vor, daß Sie einfach hineinschwimmen und mit der Arbeit beginnen, indem Sie sich selbst beibringen, wie man sich auf der Station bewegen muß.«

»Entschuldigung, aber ... aber eine weitere Frage hätte ich noch«, stammelte Cha Thrat verzweifelt. »Die AMSL ist eine Wasseratmerin. Warum sind denn hier nicht alle medizinischen Kräfte Wasseratmer? Wäre es nicht viel einfacher, wenn sich das Personal ausschließlich aus Chaldern zusammensetzen würde, weil die Patienten es dann mit derselben Spezies zu tun hätten?«

»Sie sind noch nicht einmal einem Patienten begegnet und versuchen schon, die Station umzuorganisieren!« wies Hredlichli sie zurecht, holte von irgendwoher eine zweite Gliedmaße hervor und fuchtelte mit beiden herum. »Es gibt zwei Gründe, warum wir es nicht so machen, wie Sie vorschlagen. Der eine ist, daß sehr große Patienten äußerst wirkungsvoll von kleinen Ärzten behandelt werden können, und das Orbit Hospital ist genau aus dieser Absicht heraus errichtet worden. Der zweite Grund ist architektonischer Natur. Der Platz für die Unterbringung und Erholung des Personals steht hier hoch im Kurs, und können Sie sich vorstellen, wieviel Raum die Lebenserhaltungsbedürfnisse einer festen Ärzte- und Schwesternbelegschaft von, sagen wir mal, einhundert wasseratmenden Chaldern beanspruchen würden?

Aber genug davon«, beendete die Oberschwester

ungeduldig ihre Ausführungen. »Schwimmen Sie jetzt auf die Station, und verhalten Sie sich einfach so, als wüßten Sie, was Sie tun. Wir unterhalten uns später. Wenn ich nicht auf der Stelle zum Mittagessen gehe, wird man mich noch wegen Unterernährung tot auf dem Korridor auffinden…«

Cha Thrat schien eine sehr lange Zeit zu vergehen, bevor sie fähig war, sich in die grüne Unendlichkeit der Station zu wagen, und auch dann schwamm sie nur bis zu einem Pfeiler, der weniger als fünf Körperlängen vom Eingang entfernt war. Die harten, eckigen Konturen des Metalls waren, wie Cha Thrat beim Schwimmen um den Pfeiler herum feststellte, durch unregelmäßige Farbflecke und das Anbringen künstlichen Blattwerks optisch weicher gemacht worden, zweifellos, damit das Ambiente der Vegetation auf dem Heimatplaneten ähnelte.

Hredlichli hatte recht gehabt; auf die Bewegung im Wasser konnte sich Cha Thrat wirklich schnell einstellen. Als sie mit den Füßen ausschlug und gleichzeitig die vier mittleren Arme nach unten drückte, schnellte sie vorwärts und trieb noch um drei Körperlängen weiter. Hielt sie einen oder zwei der mittleren Arme ruhig und winkelte die Hände an, war eine ziemlich genaue Richtungs- und Lagesteuerung möglich. Bisher war sie nie imstande gewesen, länger als ein paar kurze Augenblicke unter Wasser zu bleiben, und allmählich genoß sie das Gefühl. Sie umkreiste weiterhin den Pfeiler, wobei sie ihn über die gesamte Länge von oben nach unten abschwamm und die künstlichen Pflanzen noch genauer untersuchte. An ihnen befanden sich Trauben, die Unterwasserfrüchte hätten sein können, bei Cha Thrats Näherkommen jedoch in vielfarbigem Licht erstrahlten und sich dadurch als Teil der Beleuchtungsanlage der Station entpuppten. Leider waren diese Entdeckerfreuden nur von kurzer Dauer.

Einer der langen, dunkelgrünen Schatten, die entlang des Bodens der Station die ganze Zeit reglos dagelegen hatten, hatte sich aus dem Pulk gelöst und schnellte lautlos auf sie zu. Er wurde langsamer, nahm eine entsetzliche, riesengroße dreidimensionale Form an und begann, Cha Thrat gemächlich zu umkreisen, so, wie sie es kurz zuvor noch mit dem Pfeiler getan hatte.

Das Wesen sah wie ein gewaltiger, gepanzerter Fisch mit einem kräftigen, messerscharfen Schwanz aus, der eine scheinbar planlose Anordnung von kurzen Flossen und einen breiten Ring streifenförmiger Tentakel besaß, die aus den wenigen Öffnungen seines organischen Panzers hervorragten. Beim Vorwärtsschwimmen lagen die Tentakel flach an den Körperseiten an, aber sie waren so lang, daß sie über die dicke, stumpfe Keilform des Kopfes hinausreichten. Ein kleines, lidloses Auge beobachtete Cha Thrat, während das Wesen sie in immer engeren Kreisen umschwamm.

Plötzlich teilte sich der Kopf und entblößte ein riesiges, rosafarbenes Maul mit etlichen Reihen großer, weißer Zähne. Das Wesen trieb immer näher an Cha Thrat heran, so daß sie sogar das regelmäßige Trüben des Wassers rings um die Kiemen sehen konnte. Dann öffnete sich das Maul noch weiter.

»Hallo, Schwester«, begrüßte sie der Alien schüchtern.

5. Kapitel

Cha Thrat fragte sich allen Ernstes, ob der Dienstplan der AUGL-Station von Oberschwester Hredlichli oder von einem unter einer schweren Betriebsstörung leidenden Computer, den das Wartungspersonal bei der letzten technischen Kontrolle übersehen hatte, aufgestellt worden war. Sich danach zu erkundigen war ihr jedoch nicht möglich, es sei denn, ihr war daran gelegen, das Niveau der geistigen Fähigkeiten von irgendeinem Mitarbeiter in Frage zu stellen. Jedenfalls konnte die- oder derjenige nach ihrem Dafürhalten nicht ganz normal sein, ganz gleich, ob es sich dabei um ein namenloses Wesen vom Wartungsdienst, um Hredlichli oder um den Plan selbst handelte. Nach sechs Tagen und zweieinhalb Nächten, in denen sie wie ein überarbeiteter Aal zwischen den riesengroßen Chaldern hin- und hergeflitzt war, hatte man ihr zwei ganze Tage gewährt, in denen sie tun durfte, was sie wollte – vorausgesetzt, sie verbrachte einen Teil der Freizeit mit Lernen.

Dabei sollte laut ihres unnachgiebigen nidianischen Ausbilders Cresk-Sar der Anteil für das Lernen am besten gleich neunundneunzig Prozent an der Freizeit betragen.

Inzwischen wirkten die Korridore des Orbit Hospitals nicht mehr ganz so furchterregend auf Cha Thrat wie noch vor ein paar Tagen, und sie versuchte gerade, sich zu entscheiden, ob sie auf Erkundung gehen oder lieber weiterlernen sollte, als es an der Tür klingelte.

»Tarsedth? Komm rein!« rief sie erfreut.

»Ich hoffe, der fragende Ausruf meines Namens bezieht sich auf den Zweck meines Besuchs und ist nicht wieder mal ein Ausdruck des Zweifels an meiner Identität«, murrte die kelgianische Schwesternschülerin, als sie sich in wellenförmigen Bewegungen ins Zimmer hereinschlängelte. »*Allmählich* müßtest du mich wirklich von den anderen unterscheiden können!«

Wie Cha Thrat wußte, war keine Antwort oft die beste Antwort.

Die DBLF blieb vor dem Bildschirm stehen und fragte dann: »Was ist *das* denn? Der Unterkieferknochen eines ELNT? Du bist gut dran, Cha Thrat. Diese Sache mit der physiologischen Klassifikation hast du viel schneller kapiert als der Rest von uns. Ist das nur Glück, oder liegt das etwa daran, daß du in jeder freien Minute lernst? Als uns Cresk-Sar diese Abbildung ganze drei Sekunden lang vorgesetzt hat und du sie als Vergrößerung des großen Mittelfußknochens und der Fußwurzel eines FGLIs erkannt hast, noch bevor das Bild vom Schirm verschwunden war, da …«

»Du hast recht, ich habe nur Glück gehabt«, unterbrach Cha Thrat sie. »Zwei Tage vorher war der Diagnostiker Thornnastor bei uns auf der Station gewesen. Als wir damals den Patienten zur Untersuchung vorgeführt haben, hat es ein unbedeutendes Mißverständnis gegeben, ein kleines Mißgeschick meinerseits. Jedenfalls bin ich gestolpert und habe ein paar Augenblicke lang einen tralthanischen Riesenzeh von ganz nahem gesehen, während der Fuß versucht hat, nicht auf mich draufzutreten.«

»Und Hredlichli ist wahrscheinlich mit diesen fünf schwabbeligen Dingern, die sie als Füße bezeichnet und sogar als solche benutzt, direkt auf dich zugesprungen, oder?«

»Sie hat mir gesagt, daß ich …«, begann Cha Thrat, aber Tarsedths Mund und Fell hatten nicht aufgehört, sich zu bewegen.

»Das tut mir leid für dich«, fuhr die Kelgianerin fort.

»Hredlichli ist eine knallharte Chloratmerin. Bevor sie sich um die Arbeit mit anderen Spezies bei den Chaldern beworben hat, war sie Oberschwester auf der PVSJ-Station, auf der ich jetzt bin. Ich habe alles über sie erfahren, auch eine Episode, die sich zwischen ihr und einem PVSJ-Chefarzt auf Ebene dreiundfünfzig abgespielt haben soll. Ich wüßte zu gern, was da wohl passiert ist. Man hat mir das zwar zu erklären versucht, aber wer weiß schon, was bei Chloratmern so etwas wie richtiges, falsches, normales oder völlig empörendes Verhalten ist? Einige der Aliens in diesem Hospital sind mir wirklich äußerst *fremd*.«

Einen Moment lang starrte Cha Thrat den silbrigen Körper mit den dreißig Gliedmaßen, der wie ein pelziges Fragezeichen vor dem Bildschirm hockte, erstaunt an. »Das ist allerdings wahr«, stimmte sie ihrer Freundin schließlich zu.

»Hast du mit Hredlichli denn Ärger gehabt?« erkundigte sich Tarsedth neugierig und kam damit auf ihre ursprüngliche Frage zurück. »Ich meine, wegen deines Mißgeschicks, als dieser Diagnostiker auf der Station war. Hat er vor, dich bei Cresk-Sar zu melden?«

»Ich habe keine Ahnung«, antwortete Cha Thrat. »Nachdem wir die abendliche Visite bei den frisch operierten Patienten beendet hatten, sagte sie, daß ich ihr die nächsten zwei Tage lieber aus den Augen gehen solle und diese Maßnahme zweifellos genauso genießen würde wie sie. Habe ich dir schon erzählt, daß sie mir kurz darauf erlaubt hat, bei einigen Operationswunden den Verband zu wechseln? Natürlich unter ihrer Aufsicht und nur bei fast verheilten Wunden.«

»Also, wenn du ihr doch wieder unter die Augen kommen darfst, können die Probleme mit ihr ja nicht allzu groß sein. Was hast du eigentlich mit den beiden freien Tagen vor, Cha Thrat? Willst du lernen?«

»Ja, aber nicht nur. Ich möchte das Hospital erkunden, das heißt die Bereiche, in die ich mit meinem Schutzanzug hineinkomme. Cresk-Sars Hochgeschwindigkeitsführungen und -unterrichtsstunden lassen mir einfach nicht genügend Zeit, um ihm mal in Ruhe ein paar Fragen stellen zu können.«

Die Kelgianerin ließ weitere drei oder vier Beinpaare auf den Boden fallen, ein deutliches Zeichen, daß sie im Begriff war, sich zu verabschieden.

»Das hier wird ein gefährliches Leben für uns, Cha Thrat«, sagte sie. »Mir reicht es völlig, wenn ich über dieses medizinische Tollhaus nach und nach immer mehr erfahre und vor allem alles zu seiner Zeit. Außerdem verringert sich auf dieses Weise die Wahrscheinlichkeit, daß ich hier eines Tages womöglich noch als eins der Unfallopfer ende. Aber wie ich gehört habe, soll der Freizeitbereich unbedingt einen Besuch wert sein. Zu deinen Erkundigungen könntest du ja von dort aus starten. Kommst du mit?«

»Klar!« stimmte Cha Thrat begeistert zu. »Dort werden sich wohl selbst diese Schwergewichtler mal entspannen und ausruhen und nicht wie bewegliche Katastrophen, die nur darauf warten, über einen hereinzubrechen, die Korridore entlangstürmen.«

Später mußte sich Cha Thrat wundern, wie sie sich dermaßen hatte täuschen können.

Auf den Schildern über dem Eingang stand in den verschiedensten Sprachen und Schriftzeichen:

FREIZEITBEREICH DER SPEZIES
DBDG, DBLF, DBPK, DCNF, EGCL, ELNT, FGLI & FROB.
SPEZIES GKMN & GLNO AUF EIGENE GEFAHR.

Für Personalangehörige, deren Schriftsprache nicht vertreten war, wurde dieselbe Auskunft pausenlos über den Translator wiederholt.

»DCNF«, stellte Tarsedth fest. »Die haben deine

Klassifikation schon da oben draufstehen. Wahrscheinlich eine routinemäßige Aktualisierungsmaßnahme vom Personal.«

»Wahrscheinlich«, stimmte Cha Thrat ihr beiläufig zu, doch insgeheim freute sie sich und fühlte sich zum erstenmal wichtig.

Nach Tagen auf überfüllten Krankenhausfluren, in ihrem kleinen Zimmer und den noch beengteren Verhältnissen des Anzugs, den sie in den lauwarmen, grünen Tiefen der AUGL-Station tragen mußte, rief die bloße räumliche Ausdehnung der Freizeitebene bei ihr ein Gefühl der Verunsicherung und Bedrohung hervor. Doch waren die Weite, der offene Himmel und die großen Entfernungen mehr Schein als Sein, wie sie bald feststellen konnte, und der anfängliche Schock ließ schnell nach und wich angenehmer Überraschung.

Die täuschend echt wirkende künstliche Beleuchtung und die wirklich geniale Landschaftsgestaltung des Freizeitbereichs vermittelten einem die Illusion unendlicher Weite. Das Endprodukt war ein kleiner, von Felsen eingerahmter, tropischer Meeresstrand, der zur See hin offen war. Das Wasser erstreckte sich scheinbar bis zum Horizont, der unmerklich in ein Hitzeflimmern überging. Der Himmel war blau und wolkenlos, und das Wasser in der Bucht schimmerte tiefblau mit einem leicht türkisfarbenen Stich und plätscherte in sanften Wellen gegen den goldglänzenden Strand.

Lediglich die künstliche Sonne, die nach Cha Thrats Geschmack ein wenig zu rötlich ausgefallen war, und die fremdartigen Grünpflanzen, die den Strand und die Felsen umsäumten, raubten einem die Illusion, man würde sich in irgendeiner tropischen Bucht auf Sommaradva befinden.

Daß der Platz im Orbit Hospital relativ knapp war, hatte sie schon vor ihrem ersten Kantinenbesuch erfahren, und deshalb mußten die Wesen, die zusammen arbeiteten, auch möglichst miteinander essen. Nun hatte es den Anschein, daß sie sogar ihre Freizeit gemeinsam verbringen mußten.

»Realistische Wolkeneffekte sind nur schwer nachzuahmen«, erklärte Tarsedth unaufgefordert. »Deshalb hat man es lieber erst gar nicht auf einen Versuch ankommen lassen, als das Risiko einzugehen, daß die Wolken unnatürlich aussehen. Das hat mir der Wartungstechniker erzählt, der mir vorgeschlagen hat, hierherzukommen. Er hat auch gesagt, das beste am Freizeitbereich sei, daß hier nur die halbe Schwerkraft des Planeten Erde herrsche, was ziemlich genau der halben Anziehungskraft von Kelgia und Sommaradva entspricht. Diejenigen, die sich lieber durch Bewegung entspannen, können aktiver sein, und für die anderen, die sich nur sonnen wollen, ist der Sand viel weicher … Paß auf!«

Drei Tralthaner mit insgesamt achtzehn gewaltigen Füßen donnerten an ihnen vorbei und hechteten unter weit durch die Luft spritzenden Sand- und Gischtwolken ins seichte Wasser. Die Schwerkraft von einem halben Ge, die es den normalerweise langsamen und schwerfälligen FGLIs ermöglichte, wie Zweifüßer umherzuspringen, ließ allerdings auch den von ihnen aufgewirbelten Sand lange in der Luft schweben, bevor er sich wieder auf dem Strand ablagerte. Einige Körner hatten den Boden noch lange nicht erreicht, und Cha Thrat versuchte immer noch, sie durch Blinzeln aus den Augen zu bekommen.

»Laß uns lieber nach dahinten rübergehen«, schlug Tarsedth vor. »Wir können zwischen dem FROB und den beiden ELNTs Schutz suchen. Die sehen nicht gerade danach aus, als hätten sie es auf einen Aktivurlaub abgesehen.«

Doch Cha Thrat hatte keine Lust, einfach still dazuliegen und nichts anderes zu tun, als das künstliche

Sonnenlicht aufzusaugen. Ihr ging viel zuviel im Kopf herum, zu viele Fragen, die man nicht stellen konnte, ohne ernsten Unwillen hervorzurufen. Zudem hatte sie in der Vergangenheit festgestellt, daß sich bei anstrengender körperlicher Betätigung der Geist entspannte – wenigstens hin und wieder.

Sie beobachtete, wie sich ihr eine steile Welle im Zeitlupentempo näherte und sich am Strand brach. Die Wellenaktivität in der Bucht wurde nicht etwa künstlich erzeugt, sondern hing in ihrem Ausmaß von der körperlichen Größe, der Anzahl und der Begeisterung der Badenden ab. Der besonders bei den schwersten und unförmigsten Lebensformen beliebteste Sport bestand offensichtlich darin, von einem der an den Felswänden angebrachten Sprungbrettern in die Bucht zu springen. Zu den Brettern, die Cha Thrat zunächst gefährlich hoch vorkamen, bis sie sich an die verringerte Schwerkraft erinnerte, gelangte man durch im Felsen verborgene Tunnelgänge. Ein Brett, das höchste von allen, war stark versteift und bog sich fast überhaupt nicht, um wahrscheinlich so die Gefahr zu verringern, daß sich ein übereifriger Springer an dem künstlichen Himmel einen Schädelbruch zuzog.

»Hast du Lust zu schwimmen?« fragte Cha Thrat plötzlich. »Ich meine, das heißt natürlich nur, wenn DBLFs das überhaupt können.«

»Und ob wir das können, aber ich möchte nicht«, antwortete die Kelgianerin, wobei sie die Furche im Sand, die sie sich bereits gegraben hatte, noch tiefer machte. »Nach dem Schwimmen klebt mein Fell immer flach am Körper, und ich kann es den ganzen Tag nicht mehr bewegen. Und falls irgendein fescher Nidianer kommt, könnte ich mich mit ihm nicht richtig unterhalten. Leg dich hin und entspann dich.«

Cha Thrat kreuzte ihre beiden Hinterbeine und ließ sich sanft in die Horizontale fallen. Doch selbst ihre

Freundin, die einer völlig anderen Spezies angehörte, konnte ihr sofort ansehen, daß sie alles andere als entspannt war.

»Machst du dir über irgendwas Sorgen?« fragte Tarsedth, wobei sich ihr Fell besorgt zu Büscheln kräuselte. »Wegen Cresk-Sar vielleicht? Oder ist es wegen Hredlichli oder deiner Station?«

Cha Thrat schwieg eine Weile und überlegte, wie eine sommaradvanische Chirurgin für Krieger einem Wesen, das einer Spezies angehörte, die einen vollkommen anderen kulturellen Hintergrund hatte, und das obendrein vielleicht eine Sklavin war, das Problem erklären könnte. Aber solange sie über Tarsedths genauen Rang keine Gewißheit hatte, wollte sie die Kelgianerin als fachlich ebenbürtig betrachten.

»Ich will wirklich niemanden beleidigen«, begann sie vorsichtig, »aber schließlich erwartet man von uns, daß wir uns hier weitreichende Kenntnisse aneignen. Und trotz der seltsamen und verschiedenartigen Aliens, die wir versorgen, und all der großartigen Geräte, die wir dazu einsetzen, scheint mir unsere Tätigkeit eher monoton, unwürdig, ohne jede persönliche Verantwortung, nie selbständig und ... nun ja, so etwas wie Sklavenarbeit zu sein. Wir sollten mit unserer Zeit, oder zumindest mit einem Großteil davon, etwas Wichtigeres anfangen können, als Exkremente von den Patienten zur Beseitigungsanlage zu befördern.«

»Ach, das ist es also, was dich bedrückt«, sagte Tarsedth, wobei sie sich mit ihrem kegelförmigen Kopf zu Cha Thrat umdrehte. »Man hat dich in deinem Stolz gekränkt, stimmt's?«

Cha Thrat antwortete nicht, und die Kelgianerin fuhr fort: »Bevor ich Kelgia verlassen habe, bin ich Schwesternvorsteherin gewesen und war als solche für die Krankenpflege auf acht Stationen verantwortlich. Natürlich hatte ich nur mit Patienten meiner eigenen Spezies zu tun, aber immerhin bin ich damals über den Pflegedienst bis zu dieser Position aufgestiegen. Einige der anderen Auszubildenden sind, wie du ja auch, früher allerdings Ärzte gewesen, deshalb kann ich mir vorstellen, wie die – und du – sich fühlen müssen. Aber unsere Sklavenarbeit hier ist nur vorübergehend. Sie wird bestimmt abwechslungsreicher werden, sobald oder falls wir unsere Ausbildung zu Cresk-Sars Zufriedenheit abgeschlossen haben. Versuch am besten, dir darüber keine Sorgen zu machen. Du lernst eben die Alienmedizin von der Pike auf, wenn du den Ausdruck entschuldigst.

Du mußt dich einfach bemühen, dich mehr für die andere Seite der Patienten zu interessieren, anstatt dir andauernd den Kopf über deren Exkremente zu zerbrechen«, fügte Tarsedth hinzu. »Unterhalt dich mit den Patienten, und versuch ihre Denkweise zu verstehen.«

Cha Thrat fragte sich, wie sie der Kelgianerin, die einer offenbar hochentwickelten, aber völlig wirren und klassenlosen Gesellschaft angehörte, erklären könnte, daß es Dinge gab, die eine Chirurgin für Krieger tun sollte, und andere, die sie lieber nicht tun sollte. Obwohl es der Ärzteschaft auf Sommaradva vollkommen gleichgültig sein dürfte, was hier mit ihr passierte, so war sie doch durch die Umstände im Orbit Hospital zu einem sowohl im positiven als auch negativen Sinne falschen Verhalten gezwungen worden. Ihre Fähigkeiten wurden durch ihre gegenwärtige Arbeit teils über-, teils unterfordert, und das ärgerte sie.

»Ich habe mich ja mit den Patienten unterhalten«, rechtfertigte sie sich. »Besonders mit einem, und der hat gesagt, er plaudere gerne mit mir. Ich bemühe mich zwar, keinen bestimmten Patienten zu bevorzugen, aber dieser Patient ist noch elender dran als all die anderen. Eigentlich sollte ich nicht mit ihm sprechen, da ich für seine Behandlung nicht qualifiziert genug bin, aber außer mir will oder kann keiner etwas für ihn tun.«

Tarsedths Fell kräuselte sich besorgt. »Ist er etwa unheilbar krank?«

»Keine Ahnung. Ich glaube nicht«, antwortete Cha Thrat. »Er liegt schon sehr lange auf der Station. Manchmal wird er von Chefärzten im Beisein von fortgeschrittenen Auszubildenden untersucht, und als neulich einer der Diagnostiker wegen eines anderen Patienten auf der Station war, hat Thornnastor mit ihm gesprochen, aber nicht, um sich nach seinem Zustand zu erkundigen. Ich habe zwar keinen Zugang zu seiner Krankengeschichte, aber ich bin mir ziemlich sicher, daß die Medikamente, die man ihm verabreicht, eher lindernde als heilende Wirkung haben. Natürlich wird er nicht vernachlässigt oder gar schlecht behandelt, sondern einfach höflich übersehen. Ich bin die einzige, die für die Schilderungen seiner Symptome ein Ohr hat, und deshalb spricht er bei jeder Gelegenheit mit mir. Eigentlich sollte ich mich nicht mit ihm unterhalten, jedenfalls solange ich nicht weiß, was ihm wirklich fehlt. Schließlich bin ich nicht dazu qualifiziert.«

Die Bewegungen von Tarsedths Fell wurden ruhiger und gleichmäßiger. »Das ist doch Unsinn«, widersprach sie. »Gespräche kann schließlich jeder führen, und ein kleines bißchen verbale Zuneigung und Aufmunterung wird deinem Patienten schon nicht schaden. Aber wenn seine Krankheit tatsächlich unheilbar wäre, dann würde es in dem Wasser auf deiner Station von Diagnostikern und Chefärzten nur so wimmeln, da alle ganz versessen darauf wären, das Gegenteil zu beweisen. Hier läuft das nämlich so, daß ein Patient *niemals* von jemandem aufgegeben wird. Außerdem hast du doch durch das Problem deines Patienten wenigstens etwas, über das du dir bei der

Verrichtung der weniger ansprechenden Tätigkeiten Gedanken machen kannst. Oder willst du dich gar nicht mit ihm unterhalten?«

»Doch, natürlich. Mir tut dieser riesige, kranke Alien nur leid, und ich möchte ihm gerne helfen. Aber ich frage mich allmählich, ob er nicht ein Herrscher ist, denn in dem Fall sollte ich mich mit ihm lieber nicht mehr unterhalten.«

»Was immer er auf Chalderescol ist oder war, hat für seine Behandlung als Patient hier im Orbit Hospital keinerlei Bedeutung, oder sollte es zumindest nicht haben«, belehrte Tarsedth sie. »Was kann euch beiden ein wenig Zuneigung und Aufmunterung über den medizinischen Aspekt hinaus schon schaden? Ehrlich gesagt, sehe ich nicht, wo das Problem liegt.«

»Ich bin dazu nicht qualifiziert«, wiederholte Cha Thrat geduldig.

Tarsedths Fell bewegte sich in einer Weise, die Unruhe verriet. »Ich verstehe dich trotzdem nicht. Sprich oder sprich nicht mit ihm. Mach, was du willst.«

»Ich *habe* mich doch schon mit ihm unterhalten«, sagte Cha Thrat. »Das ist es ja gerade, was mir Sorgen bereitet … Hast du irgendwas?«

»Kann der mich nicht endlich in Ruhe lassen?« schimpfte Tarsedth mit zu wütenden Stacheln aufgerichtetem Fell. »Ich bin sicher, dieser Cresk-Sar hat unsere Armbinden gesehen und kommt jetzt bestimmt zu uns rüber. Die erste Frage, die er uns stellen wird, ist, warum wir nicht lernen. Ob wir wohl jemals seinem ewigen ›Ich hätte da ein paar Fragen an Sie‹ entkommen können? Das macht mich noch rasend!«

Der Chefarzt trennte sich gerade von einer Gruppe, die aus zwei weiteren Nidianern und einem Melfaner bestand und dem Wasser zustrebte. Er blieb stehen und blickte auf die beiden Schwesternschülerinnen herab.

»Ich hätte da ein paar Fragen an Sie beide«, sagte er fast zwangsläufig und fuhr dann aber unerwarteterweise fort: »Gelingt es Ihnen, sich hier am Strand auszuruhen? Sind Sie dadurch imstande, Ihre Arbeit völlig zu vergessen? Ihre Oberschwestern? Mich?«

»Wie sollten wir Sie vergessen können, wenn Sie sich hier herumtreiben und uns prompt fragen, warum wir hier sind?« fragte Tarsedth unwirsch zurück.

Wie Cha Thrat wußte, war die scheinbare Unverschämtheit der Kelgianerin unvermeidlich, aber sie selbst entschloß sich zu einer diplomatischeren Antwort.

»Die Antwort auf alle vier Fragen lautet: Nicht ganz«, sagte sie. »Wir haben uns zwar ausgeruht, dabei aber die ganze Zeit Probleme erörtert, die direkt mit unserer Arbeit zu tun haben.«

»Gut«, sagte Cresk-Sar. »Ich sehe es nämlich nicht gerne, wenn Sie Ihre Arbeit – oder mich – völlig vergessen. Haben Sie ein bestimmtes Problem oder eine spezielle Frage, die ich Ihnen vielleicht beantworten kann, bevor ich wieder zu meinen Freunden gehe?«

Während sich Tarsedth immer tiefer in den künstlichen Sand eingrub und ihren Ausbilder demonstrativ übersah, kam Cha Thrat der Nidianer jetzt, wo er nicht im Dienst war, sehr viel weniger abstoßend vor als sonst. Cresk-Sar verdiente eine freundliche Antwort, obwohl das letzte Gesprächsthema, das sich um die mit der Beseitigung von Exkrementen fremder Lebensformen verbundenen psychologischen und emotionalen Probleme drehte, sicherlich kein Gebiet war, auf dem ein Chefarzt unmittelbare Erfahrung besaß. Vielleicht konnte sie eine allgemeinere Frage stellen, die sowohl den sozialen Erfordernissen der Situation als auch ihrer eigenen Neugier gerecht würde.

»Als Schwesternschülerinnen werden wir auf den Stationen meistens nur mit den am wenigsten angenehmen nichtmedizinischen Aufgaben betraut, insbesondere mit der Entsorgung der anfallenden Körperausscheidungen«, begann Cha Thrat. »Diese Abfallstoffe sind ein unerfreuliches, aber zwangsläufiges Nebenprodukt aller Spezies, die Nahrung aufnehmen, verdauen und die Reste ausscheiden. Dennoch muß es erhebliche Unterschiede in der chemischen Zusammensetzung der verschiedenen Stoffe geben. Da das Hospital weitestgehend so konzipiert worden ist, ein geschlossenes Ökosystem zu bilden, würde es mich interessieren, was mit diesen Stoffen geschieht.«

Cresk-Sar schien einen Moment lang Schwierigkeiten mit dem Atmen zu haben und antwortete dann: »Der Kreislauf ist nicht ganz geschlossen. Wir stellen nicht alle unsere Nahrungsmittel oder Medikamente selbst her, und zudem kann ich Ihnen mit Freuden versichern, daß es keine uns bekannte intelligente Lebensform gibt, die sich von den eigenen Körperausscheidungen oder denen anderer Spezies ernähren kann. Aber was Ihre eigentliche Frage angeht, weiß ich leider keine Antwort, Cha Thrat. Bisher ist über diesen Punkt in meiner Gegenwart noch nie geredet worden.«

Er wandte sich rasch ab und ging zu seinen nidianischen und melfanischen Freunden zurück. Kurz darauf fing der ELNT an, mit seinen Kiefern zu klackern, während die pelzigen DBDGs laut bellten oder möglicherweise lachten. Cha Thrat konnte an ihrer Frage nichts Belustigendes entdecken. Im Gegenteil, denn sie empfand dieses Thema wirklich als ausgesprochen unerfreulich. Aber die lauten, unübersetzbaren Geräusche, die von der Gruppe herüberdrangen, schienen überhaupt nicht aufhören zu wollen – bis sie von der grellen, durchdringenden und noch lauteren Stimme aus der Übertragungsanlage übertönt wurden.

»Notfall«, brüllte die Stimme in den Freizeitbereich

und dröhnte gleichzeitig aus Cha Thrats Translator heraus. *»Notfall Code Blau, AUGL-Station. Alle genannten Mitarbeiter bestätigen ihren Aufruf am nächsten Kommunikator und begeben sich unverzüglich auf die AUGL-Station. Chefpsychologe O'Mara, Oberschwester Hredlichli, Schwesternschülerin Cha Thrat. Notfall Code Blau. Bestätigen Sie Ihren Aufruf, und begeben Sie sich unverzüglich auf ...«*

Den Rest hörte Cha Thrat nicht mehr, weil Cresk-Sar zurückgekommen war und zornig auf sie herabstarrte. Der Chefarzt bellte oder lachte jetzt nicht mehr.

»Na los, Bewegung, Cha Thrat!« befahl er ihr barsch. »Ich bestätige die Nachricht für uns beide und werde Sie begleiten. Schließlich bin ich als Ihr Ausbilder auch für Ihre medizinischen Missetaten verantwortlich. Beeilung!«

Während sie den Freizeitbereich verließen, fuhr er fort: »Code Blau steht für einen Notfall höchster Alarmstufe, der äußerste Gefahr sowohl für die Patienten als auch für das medizinische Personal bedeutet, also treten dabei jene Arten von Problemen auf, bei denen das ungeschulte Personal generell angewiesen wird, sich rauszuhalten. Ich verstehe das nicht. Warum hat man Sie, eine Schwesternschülerin, bloß aufgerufen? Und dann noch unter allen möglichen Lebewesen im Hospital ausgerechnet diesen Chefpsychologen O'Mara!

Was haben Sie bloß angestellt?«

6. Kapitel

Cha Thrat und der Chefarzt trafen ein paar Minuten vor O'Mara und Oberschwester Hredlichli auf der AUGL-Station ein und begaben sich sofort zu den drei diensthabenden Schwestern – zwei kelgianischen DBLFs und einer melfanischen ELNT –, die ihre Patienten im Stich gelassen und im Personalraum Zuflucht gesucht hatten.

Nach Aussage des Ausbilders konnte dieses normalerweise tadelnswerte Verhalten aber nicht als schuldhaftes Versäumnis der medizinischen Pflicht betrachtet werden, da es in der weit zurückreichenden Geschichte des Hospitals bezüglich des Verhältnisses zwischen Patienten und dem medizinischen Personal noch nie vorgekommen war, daß ein Chalder in fremder Gesellschaft plötzlich gewalttätig geworden war.

Im grünen Halbdunkel am anderen Ende der Station trieb ein langer, dunkler Schatten langsam von einer Seitenwand zur anderen, wie es Cha Thrat während ihrer Arbeitszeit schon bei vielen der wendigen, häufig apathischen und dennoch rastlosen Chaldern beobachtet hatte. Bis auf ein paar abgelöste und zwischen den Streben durcheinandertreibende Teile der Dekorationspflanzen wirkte die Station ganz friedlich und normal.

»Was ist mit den anderen Patienten, Oberschwester?« erkundigte sich Cresk-Sar ohne Umschweife; als anwesender Chefarzt trug er die alleinige medizinische Verantwortung. »Ist jemand verletzt?«

Hredlichli schwamm die Reihe der Überwachungsmonitore entlang und meldete: »Die Patienten sind zwar alle aufgeregt und verängstigt, haben aber keine

Verletzungen davongetragen, und das Versorgungssystem für die Nahrung und Medikamente ist ebenfalls nicht in Mitleidenschaft gezogen worden. Die haben großes Glück gehabt.«

»Oder der Patient ist bei seinen Gewalttätigkeiten wählerisch, weil ...«, setzte O'Mara an, verstummte aber gleich wieder.

Der lange Schatten am anderen Ende der Station hatte sich perspektivisch verkürzt und wurde jetzt rasch größer, während er auf sie zugeschossen kam. Cha Thrat konnte kurz die vom schnellen Schlagen verwischten Flossenumrisse erkennen sowie die nach hinten flatternden, streifenförmigen Tentakel und die dicht geschlossenen, glänzenden Zahnreihen, die das riesige, gähnende Maul umsäumten, bevor der Chalder gegen die durchsichtige Wand des Personalraums krachte. Die Wand bog sich zwar beängstigend weit nach innen, hielt dem Druck aber stand.

Wie Cha Thrat erkennen konnte, war der Chalder für den türlosen Eingang zu groß, doch er wechselte die Stellung und streckte drei seiner Tentakel in den Raum. Zum Glück waren sie nicht lang oder stark genug, als daß er damit jemanden nach draußen ziehen und sich womöglich ins Maul stopfen konnte, trotzdem mußte eine der kelgianischen Schwestern einige Angstmomente durchstehen. Schließlich wandte sich der Chalder enttäuscht ab und schwamm davon. Im Sog hinter ihm wirbelten einige abgetrennte Dekorationspflanzen herum.

O'Mara stieß einen Laut aus, den der Translator nicht übersetzte, und fragte dann: »Wer ist dieser Patient, und warum wurde Schwesternschülerin Cha Thrat herbeizitiert?«

»Das ist unser Dauerpatient AUGL-Eins-Sechzehn«, antwortete die melfanische Schwester. »Kurz bevor er gewalttätig geworden ist, hat er nach der neuen Schwesternschülerin Cha Thrat verlangt. Als ich dem Patienten mitgeteilt habe, daß die Sommaradvanerin einige Tage lang abwesend sei, schweigt er und hat seither kein Wort mehr mit uns gesprochen, obwohl sein Translator immer noch richtig sitzt und funktioniert. Deshalb habe ich auch Cha Thrats Namen ausrufen lassen, als ich Alarmstufe Blau gegeben habe.«

»Interessant«, entgegnete der Terrestrier und wandte sich Cha Thrat zu. »Wieso hat er gerade nach Ihnen verlangt, und warum soll er ausgerechnet in dem Augenblick damit angefangen haben, die Station auseinanderzunehmen, als Sie gerade mal nicht zur Verfügung standen? Haben Sie zu AUGL-Eins-Sechzehn eine besondere Beziehung aufgebaut?«

Bevor Cha Thrat antworten konnte, warf Cresk-Sar empört ein: »Können diese umfangreichen psychologischen Nachforschungen nicht warten, Major? Meine unmittelbare Sorge gilt im Moment ausschließlich den übrigen Patienten und dem Stationspersonal. Die Pathologie kann uns umgehend ein rasch wirkendes Narkotikum und ein Gewehr zum Abschießen von Betäubungspfeilen liefern, um den Patienten ruhigzustellen, und dann können Sie gern …«

»Ein Betäubungsgewehr!« rief eine der Kelgianerinnen mit sich verächtlich kräuselndem Fell. »Lieber Doktor, Sie scheinen völlig zu vergessen, daß der Pfeil erst das Wasser durchdringen muß, wodurch er bereits gewaltig abgebremst wird, und dann noch die Körperpanzerung von Eins-Sechzehn! Der einzig sichere Weg, den Pfeil wirkungsvoll zu plazieren, ist, ihn in das weiche Zellgewebe im Innern des Mauls zu schießen. Um genau die richtige Stelle zu treffen, müßte sich derjenige, der das Gewehr abfeuert, sehr nah an den Chalder heranwagen und könnte bei einem mißglückten Versuch dem Pfeil auf dem Weg ins offene Maul direkt hinterherfolgen, was natürlich den sofortigen Tod zur Folge hätte. Ich melde mich dafür jedenfalls nicht freiwillig!«

Bevor Cresk-Sar antworten konnte, sagte Cha Thrat zu ihrem Ausbilder: »Wenn Sie mir genau erklären, was ich tun muß, stelle ich mich gern freiwillig für diese Aufgabe zur Verfügung.«

»Aber Ihnen fehlt doch jede Erfahrung in solchen Dingen, und Sie wären völlig überfordert, wenn ...«, setzte der Nidianer an, verstummte aber, als O'Mara mit erhobener Hand um Ruhe bat.

»Natürlich wollen Sie sich freiwillig melden, Cha Thrat«, sagte O'Mara leise. »Aber warum? Sind Sie besonders mutig? Sind Sie von Natur aus dumm? Haben Sie den Drang, sich umzubringen? Empfinden Sie vielleicht ein gewisses Maß an Verantwortung, oder fühlen Sie sich einfach nur schuldig?«

»Major O'Mara«, mischte sich Hredlichli energisch ein, »jetzt ist bestimmt nicht die Zeit, jemandem die Verantwortung zuzuschieben, und erst recht nicht, um eingehende Analysen durchzuführen! Welche Maßnahmen sind im Fall des Patienten Eins-Sechzehn – und meiner übrigen Patienten – zu ergreifen?«

»Sie haben ja recht, Oberschwester«, räumte O'Mara mürrisch ein. »Ich werde es auf meine Art erledigen und versuchen, Eins-Sechzehn zu beruhigen und vernünftig mit ihm zu reden. Ich habe mich schon oft mit ihm unterhalten, jedenfalls häufig genug, daß er mich in diesem leichten Anzug von anderen Terrestriern unterscheiden kann. Während ich mit Eins-Sechzehn beschäftigt bin, muß ich vielleicht hin und wieder auch mit Ihnen sprechen, Cha Thrat. Bleiben Sie deshalb bitte immer am Kommunikator. Verstanden?«

»Nicht nötig, ich begleite Sie«, entgegnete Cha Thrat in bestimmtem Ton, wobei sie bereits in aller Stille mit geistig-seelischen Übungen begann, die ihr dabei helfen sollten, sich mit dem Gedanken an eine vorzeitige Beendigung ihres Lebens anzufreunden.

»Na gut. Wahrscheinlich werde ich mit Ihrem durchgedrehten Freund sowieso viel zu beschäftigt sein, als daß ich Sie daran hindern könnte«, willigte O'Mara ein und gab danach erneut einen merkwürdigen Laut von sich, den der Translator nicht übersetzte. »Dann kommen Sie jetzt mit!«

»Aber sie ist doch nur eine *Schwesternschülerin*, O'Mara!« protestierte Cresk-Sar. »Außerdem sollten Sie bedenken, daß Eins-Sechzehn Sie in Ihrem leichten Anzug vielleicht lediglich als ein hübsch ordentlich in Plastikfolie gewickeltes Stück Fleisch ansieht. Diese Lebensform gehört zu den Allesfressern und hat sich noch bis vor kurzem von ...«

»Ach, Cresk-Sar«, unterbrach ihn der Chefpsychologe, während er bereits auf den Eingang zur Station zuschwamm. »Versuchen Sie etwa, mir Angst einzujagen?«

»Na gut«, lenkte der Nidianer ein. »Aber falls Sie dieses Problem nicht allein durch Ihre Redekunst in den Griff bekommen, werde ich diese Angelegenheit ebenfalls auf meine Art in die Hand nehmen. Oberschwester, fordern Sie sofort einen vierköpfigen Transporttrupp an, mit schweren Anzügen sowie Betäubungsgewehren und Mitteln zur körperlichen Ruhigstellung für einen AUGL, der bei vollem Bewußtsein und alles andere als kooperativ ist ...«

Der Chefarzt sprach immer noch, als Cha Thrat bereits hinter O'Mara in die Station hineinschwamm.

Scheinbar eine Ewigkeit lang schwebten sie reglos und schweigend in der Mitte des riesigen Bassins und wurden dabei von einem sich genauso verhaltenden Patienten aus seiner Deckung heraus beobachtet, die er hinter zerfetzten künstlichen Grünpflanzen gesucht hatte. O'Mara hatte Cha Thrat zuvor angewiesen, bloß nichts zu unternehmen, was Eins-Sechzehn als

Bedrohung auffassen könnte. Deshalb müßten sie sich ihm ohne Waffen zeigen, und der erste Schritt sollte vom Patienten ausgehen. Zwar glaubte Cha Thrat, daß der Terrestrier damit wahrscheinlich recht hatte, aber trotzdem schwitzte sie so gewaltig, daß ihr Körper ganz glitschig und sehr viel wärmer war, als es sich allein durch die Temperatur des lauwarmen, grünen Wassers, das ihren Schutzanzug umgab, erklären ließ. Offensichtlich hatte sie sich bis jetzt noch nicht ganz mit dem Gedanken angefreundet, das ihrem Leben demnächst ein Ende gesetzt werden könnte.

Die Stimme des Chefarztes, die Cha Thrat über den Kopfhörer in ihrem Anzug hörte, ließ sie an allen Gliedern erzittern.

»Das Transportteam ist eben eingetroffen«, berichtete Cresk-Sar leise. »Bei Ihnen passiert ja gerade nichts. Kann ich das Team jetzt reinschicken, um die anderen Patienten in den OP bringen zu lassen? Es wird zwar furchtbar eng darin werden, aber immerhin kann man dort die Patienten behandeln, und gemütlicher als es derzeit auf der Station ist, ist es dort auch. Außerdem sind Sie dann mit Eins-Sechzehn ganz allein.«

»Ist die Behandlung der Patienten denn dringend?« erkundigte sich O'Mara im Flüsterton.

»Nein«, antwortete Cha Thrat, bevor Cresk-Sar die Frage an die Oberschwester weiterleiten konnte. »Hauptsächlich geht es um routinemäßige Beobachtungen und Aufzeichnungen der wichtigsten Lebensfunktionen, außerdem müssen ein paar Verbände gewechselt und heilungsfördernde Medikamente verabreicht werden. Eigentlich nichts wirklich Dringendes.«

»Herzlichen Dank auch, Schwesternschülerin Cha Thrat«, warf Oberschwester Hredlichli in einem Ton ein, der so ätzend war wie die Atmosphäre, die sie einatmete. »Ich bin hier erst seit kurzem Oberschwester, Major O'Mara«, fuhr sie fort, »aber ich glaube, daß ich ebenfalls das Vertrauen des Patienten genieße, und würde gerne zu Ihnen kommen.«

»Nein, Sie werden nicht kommen und das Transportteam auch nicht!« widersprach O'Mara entschieden. »Ich möchte unseren Freund nicht durch zu viel Hin und Her auf der Station verängstigen oder verunsichern. Und noch was, Hredlichli. Ihr Schutzanzug könnte einen Riß bekommen, und Sie wissen sehr gut, daß die Berührung mit Wasser bei Chloratmern auf der Stelle zum Tod führt. Wir Sauerstoffatmer können schlimmstenfalls ertrinken, wenn uns nicht rechtzeitig geholfen wird, aber Wasser ist für uns wenigstens nicht giftig oder sogar ... Ojemine!«

Der Patient AUGL-Eins-Sechzehn gab zwar immer noch keinen Laut von sich, dafür hatte er sich aber in Bewegung gesetzt. Wie ein organischer Riesentorpedo schoß er auf O'Mara und Cha Thrat zu, wobei er sich von echten Torpedos lediglich dadurch unterschied, daß diese keine Mäuler haben, die sich plötzlich aufsperren.

Verzweifelt schwammen die beiden Sauerstoffatmer in entgegengesetzte Richtungen, um dem angreifenden Chalder zwei Ziele statt eines zu bieten. Während der Patient den einen erledigte, so lautete die Theorie, hätte der andere vielleicht genügend Zeit, es bis zum sicheren Personalraum zu schaffen. Wie O'Mara zuvor beteuert hatte, sei das allerdings nur der Plan für das Eintreten einer kaum vorstellbaren Eventualität. Er hatte einfach nicht glauben wollen, daß der normalerweise so schüchterne, zurückhaltende und zugängliche AUGL-Eins-Sechzehn fähig sein könnte, gegen irgend jemanden einen tödlichen Angriff zu führen.

Diesbezüglich sollte er recht behalten.

Das gewaltige Maul klappte zu, kurz bevor der Chalder durch die Lücke schoß, die sich zwischen dem Chefpsychologen und der Sommaradvanerin geöffnet hatte. Der große Körper schwenkte nach oben, bis er über ihnen war, tauchte auf der anderen Seite wieder nach unten und umschwamm sie in engen Kreisen. Die gewaltige Strömung wirbelte und drehte die beiden Sauerstoffatmer wie Treibholz in der Mitte eines Strudels herum. Cha Thrat hatte keine Ahnung, ob der Chalder sie in der vertikalen oder horizontalen Ebene umkreiste; sie wußte nur, daß er so nah war, daß sie jedesmal die Druckwellen des Wassers spürte, wenn das Maul zuklappte, was nur zu häufig der Fall war. In ihrem ganzen Leben war sie sich noch nie so hilflos, verwirrt und verängstigt vorgekommen.

»Hören Sie mit diesem Unsinn auf, Muromeshomon!« rief Cha Thrat laut. »Wir sind hier, um Ihnen zu helfen. Warum machen Sie das?«

Zwar wurde der Chalder langsamer, doch zog er weiter seine engen Kreise um die beiden herum. Schließlich riß er das Maul auf und antwortete: »Sie können mir nicht helfen, Cha Thrat. Sie haben selbst gesagt, daß Sie dazu nicht qualifiziert sind. Hier kann mir niemand helfen. Ich möchte weder Ihnen noch sonst jemandem etwas antun, aber ich fürchte mich. Ich habe große Schmerzen. Manchmal möchte ich allen anderen auch Schmerzen zufügen. Halten Sie sich lieber von mir fern, sonst verletzte ich Sie noch...«

Als der Schwanz des Chalders ruckartig ausschlug, Cha Thrats Sauerstoffflaschen streifte und sie dadurch erneut herumgewirbelt wurde, breitete sich ein gedämpfter Knall im Wasser aus. Eine terrestrische Hand ergriff die Sommaradvanerin an einer der Hüftgliedmaßen und stoppte so ihre kreiselnden Bewegungen. Cha Thrat sah, daß der Patient sich wieder in seine dunkle Ecke zurückgezogen hatte und sie nun beobachtete.

»Sind Sie verletzt?« fragte O'Mara und ließ sie vorsichtig los. »Ist mit Ihren Anzug noch alles Ordnung?«

»Ja«, antwortete Cha Thrat und fügte hinzu: »Er ist fluchtartig weggeschwommen. Ich bin mir sicher, daß er mich nur aus Versehen mit dem Schwanz geschlagen hat.«

Der Terrestrier schwieg einen Augenblick lang und entgegnete dann: »Sie haben den Patienten Eins-Sechzehn vorhin beim Namen genannt. Natürlich kenne ich seinen Namen ebenfalls, weil das Hospital ihn für eine mögliche Benachrichtigung der nächsten Angehörigen benötigt, aber ich würde niemals daran denken, ihn auszusprechen, es sei denn unter ganz besonderen Umständen, und auch dann nur mit der Erlaubnis des AUGL. Aber irgendwie haben Sie seinen Namen erfahren und sprechen ihn nun ebenso selbstverständlich und beiläufig aus wie den von Cresk-Sar, Hredlichli oder mir. Cha Thrat, Sie dürfen einen Chalder niemals ...«

»Er hat mir seinen Namen selbst gesagt«, unterbrach ihn Cha Thrat. »Wir haben uns unsere Namen verraten, während wir uns über meine Beobachtungen bezüglich seiner unzulänglichen Behandlung unterhalten haben.«

»Sie haben seine Behandlung als unzulänglich bezeichnet?« fragte O'Mara ungläubig. Er stieß einen unübersetzbaren Laut aus und fuhr dann fort: »Erzählen Sie mir ganz genau, was Sie ihm gesagt haben.«

Cha Thrat zögerte. Der AUGL hatte inzwischen die dunkle Ecke verlassen und bewegte sich wieder auf sie zu, diesmal aber langsamer. Er hielt auf halbem Wege an, schwebte mit reglosen Flossen und starrem Schwanz auf der Stelle, wobei er die streifenförmigen Tentakel wie einen wallenden, kreisförmigen Fächer um sich herumgeschlagen hatte. Er beobachtete die beiden und lauschte wahrscheinlich auf jedes Wort, das sie miteinander sprachen.

»Wenn ich es mir recht überlege, erzählen Sie es mir lieber *nicht*«, korrigierte sich O'Mara verärgert. »Zuerst sage ich Ihnen, was ich über den Patienten weiß, und dann können Sie versuchen, meine lückenhaften Kenntnisse aufzubessern. Auf diese Weise vermeiden wir Wiederholungen und sparen Zeit. Ich weiß nämlich nicht, wieviel Zeit er uns fürs Gespräch zugestehen wird, bevor er uns wieder unterbricht. Vermutlich nicht besonders viel, deshalb muß ich schnell reden...«

Bei dem Patienten AUGL-Eins-Sechzehn handelte sich um einen Dauerpatienten, dessen Aufenthaltszeit im Orbit Hospital die der meisten medizinischen Mitarbeiter längst übertroffen hatte. Das Krankheitsbild war und blieb unklar. Mehrere der besten Diagnostiker des Hospitals hatten Eins-Sechzehn untersucht und an bestimmten Stellen der Körperpanzerung Anzeichen für Verformungen gefunden, die zum Teil die körperlichen Beschwerden erklärten: Ein Lebewesen, das fast vollständig in einem Ektoskelett steckte, sich kaum bewegte und eine Art Vielfraß war, konnte unter dem Panzer schließlich nur zunehmen. Die allgemein anerkannte Diagnose lautete Hypochondrie, und dieses Leiden galt als unheilbar.

Der Chalder wurde immer nur dann ernsthaft krank, sobald die Rede davon war, ihn nach Hause zu schicken, und so war das Hospital zu einem Dauerpatienten gekommen. Den Chalder störte das nicht weiter. Ärzte und Psychologen des Hospitals untersuchten ihn damals wie heute in regelmäßigen Abständen, und Assistenzärzte und Schwestern aller im Personal vertretenen Spezies folgten ihrem Beispiel. Zudem wurde Eins-Sechzehn fortwährend von unterschiedlich sanft vorgehenden Studenten gründlich untersucht, von innen nach außen gekehrt und erbarmungslos abgeklopft – und er genoß jede Minute davon. Der Lehrkörper des Hospitals war mit dieser Regelung zufrieden und der Chalder ebenfalls.

»Inzwischen spricht ihm gegenüber niemand mehr von seiner Entlassung«, schloß O'Mara. »Haben Sie mit ihm darüber geredet?«

»Ja«, antwortete Cha Thrat.

O'Mara gab einen weiteren unübersetzbaren Laut von sich, und sie fuhr schnell fort: »Das erklärt auch, warum ihn die übrigen Schwestern nicht beachtet haben, wenn andere Patienten behandelt werden mußten, und der von mir gestellten Diagnose einer unbekannten Herrscherkrankheit zugestimmt haben, die ...«

»Sie sollen zuhören, nicht reden!« unterbrach sie der Terrestrier in scharfem Ton, während der Patient immer näher an sie heranzutreiben schien. »Meine Abteilung hat zwar versucht, die eigentlichen Gründe für Eins-Sechzehns Hypochondrie herauszufinden, aber ich sah mich nicht genötigt, seine Probleme zu lösen, und deshalb bestehen sie immer noch. Das klingt wie eine Entschuldigung, und das ist es auch. Aber Sie müssen verstehen, daß das Orbit Hospital keine psychiatrische Klinik ist und auch nie sein kann. Können Sie sich ein Krankenhaus wie dieses vorstellen, in dem der Großteil der Patienten so vieler verschiedener Spezies, deren bloßer Anblick geistig gesunden Lebewesen Alpträume bereitet, womöglich in guter körperlicher Verfassung, aber ansonsten geistesgestört ist? Es ist für mich so schon schwer genug, die Verantwortung für das geistig-seelische Wohlbefinden des Personals zu tragen, und ich kann gut darauf verzichten, zusätzlich umnachtete Patienten am Hals zu haben, und sei es auch nur ein harmloser Irrer wie Eins-Sechzehn. Wenn ein vom medizinischen Standpunkt kranker Patient Anzeichen geistiger Instabilität aufweist, wird er unter strenger Beobachtung gehalten, falls nötig ruhiggestellt und zur angemessenen Behandlung auf seinen Heimatplaneten zurückgebracht, sobald seine körperliche Verfassung einen solchen Transport zuläßt.«

»Ich verstehe. Das entschuldigt natürlich auch Ihr Verhalten«, bemerkte Cha Thrat.

Die rosa Gesichtsfarbe des Terrestriers wurde dunkler, und er fuhr fort: »Hören Sie genau zu, Cha Thrat, das ist jetzt sehr wichtig. Die Chalder sind eine der wenigen intelligenten Spezies, bei denen die Eigennamen nur zwischen Lebensgefährten, direkten Familienangehörigen oder ganz besonderen Freunden benutzt werden. Jetzt haben Sie, eine Fremde von einer anderen Spezies, den Namen von Eins-Sechzehn aus seinem eigenen Mund erfahren und sogar laut ausgesprochen. Haben Sie das aus Versehen getan? Ist Ihnen bewußt, was dieser Namensaustausch bedeutet? Er bedeutet, daß alles, was Sie dem Chalder gesagt und jede zukünftige Maßnahme, die Sie ihm versprochen haben, genauso bindend ist, wie das feierlichste Versprechen gegenüber der höchsten physischen oder metaphysischen Macht, die man sich vorstellen kann?

Begreifen Sie jetzt den Ernst der Lage?« wollte O'Mara wissen, wobei er einen ruhigen, aber eindringlichen Ton anschlug. »Warum hat er Ihnen seinen Namen verraten? Und worüber haben Sie sich mit ihm genau unterhalten?«

Einen Moment lang konnte Cha Thrat nichts sagen, weil der Patient sehr nah herangekommen war, und zwar so nah, daß sie jede einzelne Zacke der sechs Zahnreihen erkennen konnte. Ein seltsam distanzierter und unbeeindruckter Teil ihres Verstands warf die Frage auf, durch welche evolutionäre Notwendigkeit die oberen drei Reihen länger als die unteren waren. Da klappte das Maul mit einem knöchernen, vom Wasser gedämpften Krachen zu, und der beeindrucktere Teil ihres Gehirns machte sich darüber Gedanken, wie es wohl geklungen hätte, wenn eine Gliedmaße oder gleich der ganze Körper zwischen diese Zähne geraten wäre.

»Sind Sie eingeschlafen?« raunzte O'Mara sie an.

»Nein«, antwortete Cha Thrat und fragte sich, wie ein intelligentes Wesen eine derart dumme Frage stellen konnte. »Der Chalder und ich haben uns unterhalten, weil er einsam und unglücklich ist. Im Gegensatz zu mir haben die Schwestern für ihn sowieso keine Zeit, da sie ständig mit der prä- oder postoperativen Behandlung anderer Patienten beschäftigt sind. Ich habe dem Chalder von Sommaradva und den Umständen erzählt, die zu meinem Herkommen geführt haben, und auch davon, was ich alles machen könnte, falls ich mich fürs Orbit Hospital als geeignet erweisen sollte. Er sagte mir, ich sei zwar mutig und einfallsreich und vor allem nicht alt und krank, aber zunehmend ängstlich wie er selbst.

Er hat mir erzählt, daß er oft davon geträumt habe, frei im warmen Ozean von Chalderescol II umherzuschwimmen, anstatt in dieser keimfreien, wassergefüllten Kiste mit seinen ungenießbaren Plastikpflanzen«, fuhr sie fort. »Er könne zwar mit den anderen AUGL-Patienten über seinen Heimatplaneten sprechen, aber die stünden während der postoperativen Erholung oft unter Beruhigungsmitteln. Das medizinische Personal sei freundlich und spreche auch in den seltenen Momenten, in denen es dafür Zeit habe, mit ihm. Außerdem hat er mir versichert, er werde niemals aus dem Hospital fliehen, weil er zu alt, ängstlich und krank sei.«

»Aus dem Hospital fliehen?« staunte O'Mara. »Wenn unser Patient das Orbit Hospital allmählich als Gefängnis betrachtet, ist das, von der psychologischen Seite her gesehen, durchaus als Zeichen der Besserung seines Zustands zu werten. Aber fahren Sie fort. Was haben Sie ihm gesagt?«

»Wir haben in erster Linie über ganz allgemeine Themen gesprochen«, antwortete Cha Thrat. »Über unsere Planeten, unsere Arbeit, unsere Erlebnisse in der Vergangenheit, unsere Freunde und Familien, unsere Weltanschauungen ...«

»Ja, ja«, unterbrach sie der Terrestrier ungeduldig mit Blick auf Eins-Sechzehn, der sich langsam immer näher heranschob. »Diese oberflächlichen Plaudereien interessieren mich nicht. Ich will nur wissen, ob Sie möglicherweise etwas gesagt haben, das bei ihm diese Reaktionen hervorgerufen haben könnte.«

Cha Thrat bemühte sich redlich, die Sachlage in knappen, präzisen und unmißverständlichen Worten auszudrücken. »Er hat mir von dem Raumunfall und seinen Verletzungen berichtet, wegen denen er ursprünglich hier eingeliefert worden war, von den ständigen, aber unregelmäßigen Schmerzphasen, wegen denen er hierbleibt, und von seiner tiefen Unzufriedenheit mit seinem Leben im allgemeinen.

Ich war mir seiner genauen Stellung auf Chalderescol nicht sicher, aber so, wie er seine Arbeit beschrieben hat, habe ich ihn wenigstens für einen Krieger der oberen Klasse gehalten, wenn nicht sogar für einen Herrscher«, fuhr sie fort. »Zu der Zeit hatten wir uns schon unsere Namen gesagt, und deshalb entschied ich mich, ihm mitzuteilen, daß die vom Hospital durchgeführte Behandlung eher die Symptome als die Ursachen bekämpfe und sich zudem gegen die falsche Krankheit richte. Weiter habe ich ihm erklärt, daß mir sein Leiden nicht unbekannt sei, und obwohl ich nicht die Qualifikation zu seiner Behandlung besäße, gäbe es auf Sommaradva Zauberer, die dazu befähigt seien. Mehrmals habe ich ihn darauf hingewiesen, daß er hier im Hospital langsam zu einer Art Institution geworden sei und er vielleicht glücklicher wäre, wenn er nach Hause zurückkehren würde.«

Mittlerweile trieb der Patient sehr nahe vor ihnen.

Sein gewaltiges Maul war zwar geschlossen, aber nicht reglos, denn es vollführte eine gleichmäßige Kaubewegung, die darauf hindeutete, daß er mit den Zähnen knirschte. Untermalt wurde diese Kieferaktivität von einem hohen, gurgelnden Stöhnen, das gleichermaßen gräßlich und seltsam mitleiderregend klang.

»Fahren Sie fort, Cha Thrat«, bat O'Mara sie mit leiser Stimme. »Aber passen Sie bloß auf, was Sie sagen.«

»Viel gibt es eigentlich nicht mehr zu berichten«, kam Cha Thrat allmählich zum Ende. »Bei unserer letzten Begegnung habe ich ihm mitgeteilt, daß ich zwei Tage frei hätte. Er wollte sich aber unbedingt mit mir über die Zauberer auf Sommaradva unterhalten und fragte mich, ob sie nicht nur seine Schmerzen, sondern auch seine Angst heilen könnten. Er hat mich als mein Freund gebeten, ihn zu behandeln oder einen unserer sommaradvanischen Brüder zu rufen, der ihn heilen könnte. Ich habe ihm erklärt, daß ich zwar einiges Wissen über die Beschwörungen der Zauberer besäße, aber nicht genug, um eine Behandlung zu wagen. Außerdem erlaube mir das nicht meine Position hier im Hospital, und ich hätte auch nicht die Befugnis, einen Zauberer kommen zu lassen.«

»Und was hat er ihnen darauf geantwortet?« fragte O'Mara.

»Nichts«, entgegnete Cha Thrat. »Und danach wollte er auch nicht mehr mit mir sprechen.«

Plötzlich blickten sie in das weit aufgerissene Maul des AUGL, der aber immerhin seinen Abstand beibehalten hatte, auch wenn dieser noch immer unangenehm nah war. »Sie sind nicht so wie die anderen, die nichts für mich getan und mir aber auch nie etwas versprochen haben, Cha Thrat«, beklagte er sich. »Mit Ihren Zauberern haben Sie bei mir die Hoffnung geweckt, eines Tages geheilt zu werden, und im selben Augenblick einen Rückzieher gemacht. Die Schmerzen, die Sie mir zugefügt haben, sind sehr viel schlimmer als die, wegen denen ich hier im Hospital bleiben muß. Und jetzt verschwinden Sie endlich, Cha Thrat! Zu Ihrer eigenen Sicherheit, gehen Sie mir aus den Augen!«

Das Maul klappte krachend zu. Der Chalder fegte um sie herum und steuerte auf das andere Ende der Station zu. Sie konnten zwar nichts Genaues sehen, aber den Stimmen nach zu urteilen, die aus dem Personalraum herüberdrangen, schien der AUGL vorzuhaben, dort Unheil anzurichten.

»Meine Patienten!« schrie Oberschwester Hredlichli verzweifelt. »Meine neuen Regale und Arzneischränke ...«

»Den Bildschirmen zufolge ist den Patienten nichts passiert«, fiel ihr Cresk-Sar ins Wort. »Das war allerdings nur Glück. Ich schicke jetzt den Transporttrupp rein, um Eins-Sechzehn aus dem Verkehr zu ziehen. Aber das wird ein bißchen kitzlig werden. Sie beide kommen jetzt schnell hierher zurück.«

»Nein, warten Sie«, widersprach O'Mara. »Wir versuchen noch einmal, mit ihm zu sprechen. Schließlich ist er kein gewalttätiger Patient, und ich glaube nicht, daß wir uns wirklich in Gefahr befinden.« Auf Cha Thrats Frequenz fügte er hinzu: »Aber irgendwann irrt man sich immer zum erstenmal.«

Aus irgendeinem Grund tauchte plötzlich vor Cha Thrats geistigem Auge ein Bild aus ihrer Kindheit auf. Sie erinnerte sich an ihr Lieblingstier, den kleinen, bunten Fisch, der immer im Kreis herumschwamm und hoffnungslos und verzweifelt gegen die durchsichtigen Wände seiner Glaskugel stieß. Hinter diesen Wänden, wie hinter denen des Hospitals, herrschten äußere Bedingungen, unter denen er rasch erstickt und gestorben wäre. Aber daran hatte dieser kleine

Fisch genausowenig wie jetzt dieses riesengroße Wesen auf der AUGL-Station gedacht.

»Als Eins-Sechzehn Ihnen seinen Namen verraten hat, hat er Ihnen und sich selbst die bindende Verpflichtung auferlegt, einander in jeder erdenklichen Weise zu helfen, so, wie Sie sich gegenüber einem Lebensgefährten oder einem Mitglied Ihrer Familie verhalten würden«, belehrte O'Mara sie im ruhigen, aber bestimmten Ton. »Nachdem Sie die Möglichkeit einer Heilung durch einen sommaradvanischen Zauberer erwähnt hatten, wobei die tatsächliche Wirksamkeit solch einer Behandlung jetzt überhaupt keine Rolle spielt, hat der Chalder von Ihnen erwartet, daß Sie weder Kosten noch Mühen oder Gefahren scheuen, um den Zauberer herbeizuschaffen.«

Durch das grüne Wasser breiteten sich jetzt die Geräusche berstenden Metalls und das Jammern der übrigen AUGLs aus, und Hredlichlis Stimme klang sehr aufgeregt.

O'Mara überhörte den Lärm und fuhr eindringlich fort: »Sie müssen ihm gegenüber ihr Wort halten, Cha Thrat, auch wenn Ihre Zauberer Eins-Sechzehn möglicherweise nicht mehr helfen können als wir. Mir ist klar, daß Sie nicht die Befugnis haben, einen Ihrer Zauberer hierherzubestellen. Aber wenn das Orbit Hospital und das Monitorkorps ihren Einfluß geltend machen und gemeinsam Ihrem Wunsch Nachdruck verleihen ...«

»Es würde trotzdem niemand hierherkommen«, unterbrach ihn Cha Thrat. »Zauberer sind zwar für ihre Beeinflußbarkeit bekannt, aber dumm sind deswegen noch lange nicht ... Vorsicht! Er kommt zurück!«

Diesmal näherte sich ihnen Eins-Sechzehn langsamer und bedächtiger, doch immer noch zu schnell, um sich schwimmend in Sicherheit bringen zu können. Auch der mit den Betäubungsgewehren ausgerüstete Transporttrupp konnte sie nicht mehr rechtzeitig erreichen, um ihnen beizustehen. Die Patienten auf der Station und die ängstlich zusehenden Wesen im Personalraum gaben keinen Laut von sich. Während der AUGL bedrohlich anrückte, glaubte Cha Thrat, in seinen Augen den wilden, wahnsinnigen Blick eines verwundeten Raubtiers zu erkennen. Langsam öffnete der Chalder das Maul.

»Sprechen Sie ihn mit seinem *Namen* an, verdammt noch mal!« brüllte O'Mara aufgeregt.

»Mu… Mu… Muromeshomon, mein… mein Freund«, stammelte Cha Thrat. »Wir sind hier, um Ihnen zu helfen.«

Das zornige Funkeln in den Augen des Chalders schien sich ein wenig zu legen, so daß sich in ihnen nunmehr das eigentliche Leiden des AUGL widerspiegelte. Das Maul öffnete und schloß sich langsam, aber nur zum Sprechen.

»Meine Freundin, Sie befinden sich in großer Gefahr«, warnte sie der AUGL. »Sie haben mich mit meinem Namen angesprochen und mir erzählt, daß mich das Hospital mit seinen Ärzten und Geräten sowieso nicht heilen kann und mich längst aufgegeben hat. Und Sie selbst wollen mir auch nicht helfen, obwohl meine Heilung nach Ihren eigenen Worten möglich ist. Wenn unsere Rollen vertauscht wären, würde ich mich nicht so verhalten wie Sie, mich sogar strikt weigern, so vorzugehen. Sie sind keine ebenbürtige Freundin, Sie besitzen überhaupt kein Ehrgefühl. Ich bin von Ihnen schwer enttäuscht und verachte Sie. Verschwinden Sie sofort! Retten Sie Ihr Leben! Mir ist nicht mehr zu helfen.«

»Nein!« widersprach Cha Thrat heftig. Das Maul des Chalders öffnete sich weiter, in die Augen trat erneut dieses wahnsinnige Funkeln, und Cha Thrat war klar, daß sie bei einem Angriff des AUGL dessen erstes Opfer sein würde. Verzweifelt fuhr sie fort: »Es stimmt, ich kann Ihnen nicht helfen. Ihre Krankheit ist weder durch die Kräuter eines Heilers noch durch das Messer eines Chirurgen zu heilen, weil es sich um das Leiden eines Herrschers handelt, das die Beschwörungen eines Zauberers erfordert. Vielleicht könnte Sie ein sommaradvanischer Zauberer heilen, aber da Sie selbst kein Sommaradvaner sind, ist das keineswegs sicher. Allerdings ist dieser Terrestrier hier ein Zauberer. Er hat in der Heilung von Herrschern, die den verschiedensten Lebensformen angehörten, bereits sehr viel Erfahrung gesammelt. Ich hätte ihn auch sofort auf Ihren Fall angesprochen, aber da ich mich noch in der Ausbildung befinde und mir unsicher war, wie ich vorgehen sollte, hatte ich vorgehabt, ihn aus irgendeinem vorgeschobenen Grund um ein Gespräch zu bitten, um ihm dann ausführlich von Ihnen zu berichten ...«

Der AUGL hatte das Maul wieder geschlossen, bewegte die Kiefer aber auf eine Weise, die sowohl Wut als auch Ungeduld bedeuten konnte, und Cha Thrat beeilte sich zu sagen: »Ich habe hier im Hospital immer wieder von allen Seiten gehört, daß O'Mara große Zauberkräfte besitzt ...«

»Verdammt, ich bin hier der Chefpsychologe und kein Zauberer!« fuhr O'Mara dazwischen. »Wir sollten lieber versuchen, bei den Tatsachen zu bleiben, und nicht mehr Versprechungen machen, als wir auch halten können!«

»In meinen Augen sind Sie *kein* Psychologe, sondern ein Zauberer!« widersprach Cha Thrat heftig. Sie war auf diesen Terrestrier, der das Nächstliegende nicht sehen wollte, so zornig, daß sie für einen Augenblick fast die durch Eins-Sechzehn drohende Gefahr vergaß. Nicht zum erstenmal fragte sie sich, was für eine obskure und unbekannte Herrscherkrankheit dafür verantwortlich war, daß sich Lebewesen von hoher Intelligenz und großer Macht zuweilen so dumm verhielten. Weniger heftig fuhr sie fort: »Nach sommaradvanischer Auffassung ist ein Psychologe weder ein Heiler für Sklaven noch ein Chirurg für Krieger, sondern ein Wesen, das sich um wissenschaftliche Erkenntnisse bemüht, indem es durch körperliche und seelische Anspannung hervorgerufene Gehirnströme oder Veränderungen im Körper mißt oder eingehende Beobachtungen bezüglich des Verhaltens anstellt. Ein Psychologe versucht, auf dem Gebiet der Zaubersprüche, Alpträume und wechselnden Realitäten unumstößliche Gesetze aufzustellen und aus *dem* eine Wissenschaft zu machen, was schon immer eine Kunst gewesen ist, und zwar eine ausschließlich von Zauberern ausgeübte Kunst.«

Beide, der AUGL und O'Mara, glotzten Cha Thrat mit starren, unbeweglichen Augen an. Die Miene des Patienten hatte sich zwar nicht verändert, aber das rosa Gesicht des Terrestriers war viel dunkler geworden.

»Ein Zauberer hingegen kann sich für seine Beschwörungen die Hilfsmittel und tabellarischen Aufstellungen des Psychologen zunutze machen, um die komplizierten, unstofflichen Strukturen des Bewußtseins zu beeinflussen, muß es aber nicht unbedingt«, fuhr Cha Thrat unbeirrt fort. »Ein Zauberer wendet Worte, Schweigen, sehr genaue Beobachtungen und die eigene Intuition an, um die anormale subjektive Wirklichkeit des Patienten mit der objektiven Wirklichkeit zu vergleichen und sie ihr schrittweise anzupassen. Das ist der Unterschied zwischen einem Zauberer und einem Psychologen.«

Das Gesicht des Terrestriers war immer noch unnatürlich dunkel. Mit einer Stimme, die zugleich ruhig und barsch war, entgegnete er: »Danke, daß Sie mich daran erinnert haben.«

»Für das, was getan werden muß, ist kein Dank nötig«, erwiderte Cha Thrat förmlich. »Darf ich bitte hierbleiben und Ihnen zugucken? Bisher hatte ich noch nie Gelegenheit, einem Zauberer bei der Arbeit zuzusehen.«

»Was hat der Zauberer denn mit mir vor?« wollte der AUGL plötzlich wissen.

Er klang eher neugierig und gespannt als verärgert, und zum erstenmal seit Betreten der Station fühlte sich Cha Thrat allmählich wieder etwas wohler in ihrer Haut.

»Nichts«, antwortete O'Mara überraschend. »Ich werde überhaupt nichts tun…«

Selbst auf Sommaradva steckten die Zauberer voller Überraschungen. Ihr Verhalten war unberechenbar und oft gaben sie Äußerungen von sich, die zunächst belanglos, merkwürdig formuliert oder gar dumm klangen. Die geringe Auswahl an Fachliteratur, die jemandem, der zur Klasse der Chirurgen für Krieger gehörte, zur Verfügung stand, hatte Cha Thrat immer wieder genauestens studiert. Deshalb mischte sie sich jetzt nicht mehr ein und sah und hörte mit großer Erwartung zu, während der Terrestrier zunächst tatsächlich keinerlei Anstalten machte, etwas zu unternehmen.

Sehr zurückhaltend begann O'Mara schließlich mit der Beschwörung, wobei die von ihm gewählten Worte allerdings alles andere als zurückhaltend waren, und er schilderte, wie AUGL-Eins-Sechzehn als befehlshabender Offizier und einziger Überlebender seines Schiffs im Hospital eingeliefert worden war. Die Raumfahrzeuge der Wasseratmer, insbesondere die der riesigen Bewohner von Chalderescol II, waren für ihre Schwerfälligkeit und Unsicherheit berüchtigt, und Eins-Sechzehn war zwar sowohl von den Ermittlern des Monitorkorps als auch von den Behörden auf Chalderescol II von jeglicher Verantwortung für den Unfall freigesprochen worden, er selbst hatte die Folgen dieses tragischen Ereignisses aber nie richtig überwunden. Das stellte sich damals heraus, als die körperlichen Wunden des Patienten zwar verheilt waren, er aber nicht aufhören wollte, über ernsthafte, psychosomatisch bedingte Beschwerden zu klagen, wann immer das Thema seiner Heimkehr angeschnitten wurde.

Man hatte viele Versuche unternommen, um dem Patienten klarzumachen, daß er sich durch die Trennung von seinem Zuhause und seinen Freunden selbst für ein Verbrechen bestrafe, das er sich höchstwahrscheinlich nur einbilde, aber ohne Erfolg: Eins-Sechzehn wollte nicht bewußt zugeben, ein Verbrechen begangen zu haben, und deshalb erreichte man durch die Beteuerung seiner Unschuld nichts bei ihm. Für einen Chalder bestand das wertvollste Gut in seiner persönlichen Unbescholtenheit, die moralisch niemals angefochten werden durfte. AUGL-Eins-Sechzehn war ein sensibles, intelligentes Wesen mit großen Fähigkeiten und äußerlich ein folgsamer und hilfsbereiter Patient. Doch wenn es um die eigene Selbsttäuschung ging, reagierte er gegen Beeinflussungen von außen genauso empfindlich wie die Umlaufbahn eines großen Planeten.

Da sich der Chalder letztendlich nur im Hospital relativ schmerzfrei und glücklich fühlte, war das Orbit Hospital zu einem Dauerpatienten, einen kerngesunden AUGL, gekommen, und die psychologische Abteilung, die sich eigentlich ausschließlich um die Belange des Personals kümmern sollte, hatte es seither mit einer ständigen, strikt inoffiziellen Herausforderung zu tun.

Im stillen entschuldigte sich Cha Thrat bei dem Terrestrier dafür, daß sie ihm Gleichgültigkeit unterstellt hatte, und hörte voller Bewunderung zu, während die Beschwörung konkretere Formen annahm.

»Und jetzt ist durch eine unglückliche Verkettung von Umständen eine wesentliche Veränderung eingetreten«, fuhr O'Mara fort. »Durch Ihre Gespräche mit anderen Patienten von Chalderescol II, die in der Regel nur für kurze Zeit hier sind, haben Sie immer stärkeres Heimweh bekommen. Ihr Zorn über die Vernachlässigung durch das medizinische Personal ist ständig größer geworden, weil Sie selbst – wenn auch nur unterbewußt – daran zweifelten, ob Sie überhaupt krank sind und die Aufmerksamkeit des Personals benötigen. Und dann kam es zu der ungerechtfertigten, für Sie jedoch glücklichen Einmischung der Schwesternschülerin Cha Thrat, die Ihren Verdacht, nicht wie ein Patient behandelt zu werden, bestätigte.

Mit unserer offenherzigen Schülerin haben Sie viele Gemeinsamkeiten. Sie beide haben wirkliche oder eingebildete Gründe, nicht nach Hause zurückkehren zu wollen. Auf Sommaradva wie auf Chalderescol II stehen persönliche Unbescholtenheit und öffentliches Ansehen sehr hoch im Kurs. Doch hat Ihre sommaradvanische Freundin von den Sitten und Bräuchen fremder Spezies keinerlei Ahnung, und als Sie den beispiellosen Schritt unternommen haben, einem Nicht-Chalder Ihren Namen zu verraten, sind Sie von Cha Thrat in Ihren Augen enttäuscht und schwer verletzt worden, weil sie sich Ihnen gegenüber im nachhinein wie die übrigen Personalangehörigen verhalten hat. Dadurch waren Sie gezwungen, mit Gewalt zu reagieren, doch aufgrund Ihrer charakterlich bedingten Selbstbeherrschung richtete sich diese Gewalt nur gegen leblose Gegenstände.

Aber der simple Akt, dieser verständnisvollen und am Anfang ihrer Ausbildung stehenden Sommaradvanerin Ihren Namen zu verraten, ist das allerdeutlichste Zeichen dafür, wie dringend Sie sich dabei helfen lassen wollen, aus dem Hospital herauszukommen. Sie wollen doch noch immer nach Hause, oder?«

AUGL-Eins-Sechzehn antwortete mit einem weiteren hohen, gurgelnden Laut, der vom Translator nicht übersetzt wurde. Seine Augen beobachteten nur den Terrestrier, und die Muskeln um das geschlossene Maul herum waren nicht mehr hart wie Eisen angespannt.

»Das war natürlich eine dumme Frage«, räumte O'Mara selbstkritisch ein. »Natürlich wollen Sie nach Hause. Das Problem ist nur, daß Sie Angst davor haben und genauso gerne hierbleiben möchten. Also stecken Sie in einem Dilemma. Aber lassen Sie mich versuchen, es dadurch zu lösen, indem ich Ihnen hiermit offiziell mitteile, daß Sie ab sofort wieder ein Patient wie jeder andere sind und sich an die Anweisungen des Hospitalpersonals zu halten haben. Deshalb werde ich Sie höchstpersönlich mit einer speziellen, längerfristigen Therapie behandeln und Sie nicht nach Hause zurückkehren lassen, bevor ich Sie nicht für geheilt erklärt habe ...«

Vordergründig hatte sich die Situation nicht geändert, dachte Cha Thrat voll Bewunderung: Das Hospital behielt seinen Dauerpatienten AUGL-Eins-Sechzehn, über die Dauer dieser Regelung bestanden nun allerdings keine Zweifel mehr. Der Chalder hatte seine Lage jetzt völlig begriffen und stand vor der Wahl, entweder zu bleiben oder heimzukehren, wobei der Tag seiner Entlassung offengeblieben war, um seine natürliche Angst vor der Abreise zu verringern. Da er aber mit dem Leben im Krankenhaus nicht mehr ganz zufrieden war und der terrestrische Zauberer die Rehabilitierungsmaßnahmen der Therapie vorsichtig angesprochen hatte, war die subjektive Wirklichkeit des Chalders bereits jetzt verändert worden.

Wie O'Mara weiter ausführte, könne dem AUGL vom Monitorkorps jederzeit Material über die seit seiner Abwesenheit eingetretenen Veränderungen auf seinem Heimatplaneten bereitgestellt werden. Sollte er sich zur Abreise entschließen, wäre das für ihn sehr nützlich, falls er aber lieber bleiben wollte, immerhin informativ. O'Mara selbst und andere Wesen, die der Chalder selbst benennen könne, würden ihm regelmäßige und häufige Besuche abstatten.

O ja, dachte Cha Thrat, während O'Mara fortfuhr, *dieser Terrestrier ist wirklich ein guter Zauberer.*

Der Transporttrupp hatte mitsamt den Betäubungsgewehren längst den Personalraum verlassen; Cresk-Sar und Hredlichli mußten also zu dem Schluß gelangt sein, daß die von AUGL-Eins-Sechzehn ausgehende Gefahr bereits gebannt war. Bei einem Blick auf den ruhig im Wasser schwebenden, schmerzfreien Patienten, der an O'Maras Lippen hing, mußte Cha Thrat den beiden voll und ganz zustimmen.

»Über eins sollten Sie sich jetzt im klaren sein: Wenn Sie aus dem Hospital entlassen werden wollen und mich davon überzeugen können, daß Sie in der Lage sind, sich wieder in das Leben auf Ihrem Heimatplaneten einzufügen, werde ich Sie sowohl mit großem Vergnügen als auch mit äußerstem Bedauern hier hinauswerfen«, sagte der Terrestrier gerade. »Sie sind sehr lange Patient gewesen, und bei vielen dienstälteren Angehörigen des Personals hat sich das berufliche Interesse an Ihnen längst in ein persönliches gewandelt. Aber das Beste, was ein Krankenhaus für einen Freund tun kann, ist, ihn so schnell wie möglich zu entlassen, und zwar als geheilt.

Verstehen Sie das?« wollte O'Mara wissen.

Zum erstenmal, seit der Terrestrier mit ihm zu sprechen begonnen hatte, wandte sich AUGL-Eins-Sechzehn wieder an Cha Thrat. »Ich glaube, ich fühle mich jetzt schon sehr viel besser. Trotzdem bin ich verunsichert und kriege Angst, wenn ich daran denke, was auf mich alles zukommt. War das eben so eine Beschwörung wie auf Sommaradva? Ich meine, ist O'Mara ein guter Zauberer?«

Cha Thrat bemühte sich, ihre Begeisterung zu zügeln. »Das war der Anfang einer ganz hervorragenden Beschwörung, und es heißt bei uns, daß ein wirklich guter Zauberer die mühsame Arbeit seinem Patienten überläßt.«

O'Mara stieß erneut einen seiner unübersetzbaren Laute aus und gab Hredlichli durch ein Zeichen zu verstehen, daß sich die Schwestern jetzt ohne Gefahr den anderen Patienten widmen könnten. Als O'Mara und Cha Thrat sich abwandten, um AUGL-Eins-Sechzehn zu verlassen, der wieder so freundlich und sanftmütig wie immer war, meldete sich dieser noch einmal zu Wort.

»O'Mara, Sie können mich ruhig mit meinem Namen anreden«, sagte er förmlich.

Als sich O'Mara, Cresk-Sar und Cha Thrat wieder in der Luft der Schleusenvorkammer befanden und alle außer Hredlichli das Visier geöffnet hatten, schimpfte die Oberschwester verärgert: »Ich will diese... diese lästige *Sitsachi* nicht mehr länger in meiner Nähe haben! Ich weiß, daß es Eins-Sechzehn allmählich bessergehen und er uns eines Tages verlassen wird, und darüber bin ich heilfroh. Aber sehen Sie sich doch mal die Station an! Alles kurz und klein geschlagen! Ich weigere mich, Cha Thrat noch mal auf die Station zu lassen, und dieser Entschluß ist endgültig!«

O'Mara blickte die Chloratmerin einen Augenblick lang an und entgegnete dann im ruhigen, sachlichen Ton eines Herrschers: »Selbstverständlich haben Sie das Recht, eine Auszubildende anzunehmen oder abzulehnen. Aber Cha Thrat wird volle Besuchsfreiheit erhalten, ob mit oder ohne meine Begleitung, wann immer und sooft der Patient oder ich selbst dies für nötig erachten. Mit einer besonders langwierigen Behandlung rechne ich allerdings nicht. Wir sind Ihnen für Ihre Mitarbeit dankbar, Oberschwester, und jetzt möchten Sie bestimmt wieder an Ihre Arbeit gehen.«

Als sich Hredlichli mürrisch entfernt hatte, sagte Cha Thrat: »Bis jetzt hatte sich keine Gelegenheit geboten, mit Ihnen zu sprechen, und ich bin mir nicht sicher, wie Sie meine Äußerungen aufnehmen werden. Jedenfalls wird auf Sommaradva von einem Zauberer oder hohen Herrscher gute Arbeit erwartet, und deshalb ist für einen Höherstehenden das Lob eines Untergebenen überflüssig und sogar beleidigend. Aber in diesem Fall ...«

O'Mara bat mit erhobener Hand um Ruhe und entgegnete: »Nichts von dem, was Sie sagen, ob nun schmeichelhaft oder nicht, wird sich auf das auswirken, was auf Sie sowieso noch zukommt. Also sparen Sie sich lieber Ihre Worte.« Grimmig fuhr er fort: »Sie stecken in ernsthaften Schwierigkeiten, Cha Thrat. Die Nachricht von dem, was hier geschehen ist, wird sich bald im ganzen Hospital verbreitet haben. Sie müssen verstehen, daß eine Oberschwester ihre Station als ihr Reich und die Schwestern als ihre Untertanen betrachtet. Unruhestifterinnen, zu denen auch Schwesternschülerinnen gehören, die zu früh zu viel Eigeninitiative an den Tag legen, werden in die Verbannung geschickt. Praktisch kann das bedeuten, entweder müssen Sie nach Hause oder an ein anderes Krankenhaus gehen. Ich wäre überrascht, wenn es hier auch nur noch eine einzige Oberschwester gibt, die Sie zur praktischen Ausbildung auf ihrer Station aufnimmt.«

Der Terrestrier hielt kurz inne, um Cha Thrat für einen Moment Zeit zu geben, seine Worte zu verarbeiten, und fuhr dann fort: »Sie haben zwei Möglichkeiten: Fliegen Sie wieder nach Hause, oder nehmen Sie einen nichtmedizinischen Sklavenjob beim Wartungsdienst an.«

In verständnisvollerem Ton, als er ihn je zuvor gegenüber Cha Thrat angeschlagen hatte, ergriff jetzt Cresk-Sar das Wort: »Sie sind eine äußerst fleißige und vielversprechende Schwesternschülerin, Cha Thrat. Wenn Sie eine solche Stelle annehmen würden, könnten Sie trotzdem noch Eins-Sechzehn besuchen und mit ihm sprechen, an meinem Unterricht teilnehmen und sich in Ihrer Freizeit das Programm auf den Schulungskanälen ansehen. Doch ohne praktische Stationserfahrung brauchen Sie sich keine Hoffnung zu machen, sich für eine medizinische Tätigkeit am Orbit Hospital qualifizieren zu können.

Wenn Sie nicht aufgeben«, fuhr der Chefarzt fort, »kann es gut sein, daß Sie die Antwort auf die Frage, die Sie mir heute morgen im Freizeitbereich gestellt haben, selbst finden.«

Cha Thrat erinnerte sich sehr gut an die Frage und auch an die Belustigung, die sie unter den Freunden des Ausbilders hervorgerufen hatte. Sie erinnerte sich ebenfalls an den anfänglichen Schock und vor allem an das Gefühl der Schande, als man ihr damals die Aufgaben einer Schwesternschülerin erklärt hatte. Einer sommaradvanischen Chirurgin für Krieger konnte man keine erniedrigendere Tätigkeit zumuten, hatte sie damals gedacht, was sich aber im nachhinein als Irrtum herausgestellt hatte.

»Ich kenne zwar die im Hospital geltenden Grundsätze immer noch nicht genau«, antwortete sie, »aber mir ist bewußt, daß ich sie in irgendeiner Weise verletzt habe und deshalb die Konsequenzen tragen muß. Für den einfachen Weg werde ich mich jedenfalls nicht entscheiden.«

O'Mara murmelte seufzend: »Das ist allein Ihre Entscheidung, Cha Thrat.«

Bevor sie antworten konnte, mischte sich erneut der nidianische Chefarzt ein. »Wenn Cha Thrat in den Wartungsdienst gesteckt wird, wäre das eine fast kriminelle Vergeudung ihrer Fähigkeiten«, protestierte Cresk-Sar. »Sie ist die vielversprechendste Schülerin der ganzen Klasse. Wenn wir warten würden, bis

Hredlichlis Aufschrei der Empörung verklungen ist oder sich das Gerede auf einen neuen Skandal konzentriert, könnte man vielleicht eine Station finden, die Cha Thrat zumindest probehalber aufnehmen würde und …«

»Schluß jetzt«, unterbrach ihn O'Mara, der sich zusehends erweichen ließ. »Ich halte eigentlich nichts davon, sich etwas zweimal zu überlegen, weil der erste Gedanke gewöhnlich der richtigere ist. Zunächst habe ich auch die Nase voll von Ihrer Schülerin gehabt, außerdem bin ich müde und habe Hunger …

… es gibt solch eine Station«, fuhr er fort. »Die Lage der Geriatrie für FROBs, die an chronischem Personalmangel leidet, ist möglicherweise verzweifelt genug, um Cha Thrat aufzunehmen. Das ist zwar keine Station, der ich unter normalen Umständen eine Schwesternschülerin zuteilen würde, die nicht zur Spezies der dort behandelten Patienten gehört, aber trotzdem werde ich bei der erstbesten Gelegenheit Diagnostiker Conway darauf ansprechen.

Und jetzt verschwinden Sie endlich«, schloß er mürrisch, »bevor ich Sie beide mit einem Zauberspruch ins Zentrum des nächsten weißen Zwergs schleudere!«

Auf dem Weg zur Kantine sagte Cresk-Sar: »Das ist eine unangenehme Station, und die Arbeit ist, wenn überhaupt, noch anstrengender als die Tätigkeit beim Wartungsdienst. Aber dafür können Sie diesen Patienten sagen, was Sie wollen, das macht da niemandem etwas aus. Was auch immer dort passiert, Probleme können Sie auf dieser Station jedenfalls nicht bekommen.«

Die Worte des Nidianers klangen zwar zuversichtlich und beruhigend, aber in seiner Stimme schwang ein zweifelnder Unterton mit.

7. Kapitel

Cha Thrat erhielt zwei zusätzliche freie Tage, aber ob das als Belohnung für ihre Hilfe bei AUGL-Eins-Sechzehn gemeint war oder O'Mara solange brauchte, um ihren Wechsel an die Geriatrie für FROBs in die Wege zu leiten, wollte Cresk-Sar nicht verraten. Die Sommaradvanerin stattete Eins-Sechzehn drei ausgedehnte Besuche in der AUGL-Station ab, in der sie so herzlich aufgenommen wurde, daß sich das lauwarme Wasser fast in Eis verwandelte, aber sie wollte es nicht riskieren, noch einmal zum Freizeitbereich zu gehen oder das Hospital auf eigene Faust zu erkunden. Die Chance, in Schwierigkeiten zu geraten, war geringer, wenn sie auf ihrem Zimmer blieb und sich das Programm auf den Schulungskanälen ansah.

Tarsedth erklärte sie für so verrückt, daß sie ihrer Ansicht nach in eine Anstalt gehöre, und wunderte sich, warum O'Mara diese Diagnose nicht bestätigt hatte.

Zwei Tage später erhielt Cha Thrat die Mitteilung, rechtzeitig zum Frühdienst in der Geriatrie für FROBs zu erscheinen und sich bei der leitenden DBLF-Schwester zu melden. Cresk-Sar sagte, daß es diesmal nicht notwendig sei, sie auf der Station vorzustellen, da Oberschwester Segroth – wie wahrscheinlich sämtliche Mitarbeiter des Hospitals – mittlerweile alles Wissenswerte über sie erfahren haben dürfte. Das mag auch der Grund gewesen sein, weshalb man Cha Thrat nach ihrem überpünktlichen Eintreffen erst gar nicht zu Wort kommen ließ.

»Das hier ist eine chirurgische Station«, erklärte ihr Segroth beflissen und deutete auf die Monitorreihen, die allein drei Wände des Personalraums einnahmen. »Wir haben siebzig hudlarische Patienten und sind einschließlich Ihnen zweiunddreißig Schwestern und Krankenpfleger. Alle Mitarbeiter sind warmblütige Sauerstoffatmer verschiedener Spezies, und auch Sie brauchen bei den hiesigen Umweltbedingungen keine andere Ausrüstung als einen G-Gürtel und einen Atemschutz. Die FROBs sind in prä- und postoperative Patienten eingeteilt und durch eine licht- und schalldichte Wand voneinander getrennt. Solange Sie hier noch nicht Bescheid wissen, werden Sie sich mit keinem der postoperativen Patienten befassen oder sich ihm auch nur nähern.«

Bevor Cha Thrat Zeit hatte zu sagen, daß sie verstanden habe, fuhr die Kelgianerin schon fort: »Wir haben hier einen FROB-Schüler, einen Klassenkameraden von Ihnen, der Ihnen bestimmt mit Vergnügen all die Fragen beantworten wird, die Sie mir aus Angst nicht zu stellen wagen.«

Das silberne Fell kräuselte sich an den Flanken in unregelmäßigen Wellen, und zwar auf eine Art, die, wie Cha Thrat durch die Beobachtung von Tarsedth in Erfahrung gebracht hatte, nichts anderes als Zorn und Ungeduld bedeuten konnte. »Nach dem, was ich von Ihnen gehört habe, Schwester«, erzählte die DBLF unbeirrt weiter, »sind Sie eine von der Sorte, die sich das über die Hudlarer verfügbare Material längst angeschaut hat und nun ungeduldig darauf wartet, einen eigenen Beitrag zu leisten. Versuchen Sie das gar nicht erst. Bei dieser Station handelt es sich um ein vom Diagnostiker Conway speziell eingerichtetes Projekt, und wir erschließen hier chirurgisches Neuland, deshalb sind Ihre Kenntnisse bereits überholt. Bis auf die wenigen Male, bei denen O'Mara Sie für den Patienten AUGL-Eins-Sechzehn braucht, werden Sie nichts anderes tun als Zusehen und Zuhören und nur hin und wieder auf Anweisung der erfahreneren

Schwestern und Pfleger oder von mir ein paar einfache Aufgaben verrichten.

Ich will nämlich nicht gleich am ersten Tag von Ihnen durch eine Wunderheilung in Verlegenheit gebracht werden«, schloß sie.

Es war einfach, ihren FROB-Klassenkameraden unter dem übrigen diensthabenden Personal, das sich teils aus kelgianischen DBLFs und teils aus melfanischen ELNTs zusammensetzte, ausfindig zu machen, und noch einfacher, ihn von all den FROB-Patienten zu unterscheiden. Cha Thrat konnte kaum glauben, daß es solch einen entsetzlichen Unterschied zwischen einem erwachsenen und einem alten Hudlarer gab.

Als sie sich ihm näherte, vibrierte die Sprechmembran ihres Klassenkameraden sanft. »Wie ich sehe, haben Sie Ihr erstes Treffen mit Segroth heil überstanden«, sagte er. »Ärgern Sie sich nicht über die Oberschwester; eine Kelgianerin mit Weisungsbefugnis ist noch schlimmer als eine ohne. Wenn Sie genau das tun, was Sie Ihnen sagt, dann geht schon alles in Ordnung. Ehrlich gesagt, bin ich heilfroh, endlich mal ein freundliches und bekanntes Gesicht hier auf der Station zu sehen.«

Das war eine seltsame Bemerkung, dachte Cha Thrat, weil Hudlarer gar keine Gesichter im eigentlichen Sinne hatten. Aber dieser bemühte sich redlich, sie zu beruhigen, und dafür war sie ihm dankbar. Er hatte sie jedoch nicht mit ihrem Namen angesprochen, und ob er das absichtlich oder aus Versehen unterlassen hatte, wußte sie nicht. Vielleicht besaßen Hudlarer und Chalder außer der enormen Körperkraft noch weitere Gemeinsamkeiten. Bis sie sich sicher war, ihn beim Namen zu nennen, ohne daß er sich beleidigt fühlte, könnten sie sich gegenseitig ja mit ›Schwester‹, ›Pfleger‹ oder einfach nur mit ›Hallo, Sie!‹ ansprechen.

»Ich bin im Moment gerade damit beschäftigt, die Patienten mit dem Schwamm zu waschen und mit dem Nahrungspräparat zu besprühen«, erklärte der hudlarische Krankenpflegeschüler. »Würden Sie sich bitte einen der Behälter mit dem Nahrungspräparat umschnallen und mir auf meiner Runde folgen? Auf diese Weise können Sie gleich einige unserer Patienten kennenlernen.«

Ohne auf eine Antwort zu warten, fuhr er fort: »Mit diesem Patienten hier können Sie schon deshalb nicht sprechen, weil auf seiner Sprechmembran ein Schalldämpfer sitzt, damit die Laute, die er ausstößt, den übrigen Patienten und dem Personal nicht auf die Nerven gehen. Er hat nämlich erhebliche Beschwerden, und auf die Behandlung mit schmerzstillenden Medikamenten spricht er praktisch nicht an. Im übrigen ist er sowieso nicht in der Lage, sich verständlich auszudrücken.«

Es sprang sofort ins Auge, daß dies kein gesunder Hudlarer war. Seine sechs gewaltigen Tentakel, die den schweren Rumpf normalerweise das ganze Leben hindurch beim Schlafen wie beim Wachen in aufrechter Stellung tragen, hingen wie verfaulte Baumstämme reglos an den Seiten des Stützgestells herab. Die harten Hornhautballen – die Knöchel, auf denen der FROB läuft, während die Finger zum Schutz vor Bodenkontakt nach innen gedreht sind – waren verblaßt, ausgetrocknet und rissig. Die Finger selbst, die sich gewöhnlich mit traumwandlerischer Sicherheit und Präzision bewegten, wurden von unaufhörlichen spastischen Zuckungen heimgesucht.

Große Bereiche des Rückens und der Körperseiten waren von teilweise aufgenommenem Nahrungspräparat bedeckt, das man erst abwaschen mußte, bevor die neue Schicht aufgesprüht werden konnte. Während Cha Thrat den alten Hudlarer betrachtete, bildete sich an dessen Unterseite eine milchige Ausdünstung und tropfte in die Absaugpfanne, die sich unter dem Gestell befand.

»Was fehlt ihm denn?« fragte Cha Thrat. »Wird er oder kann er überhaupt geheilt werden?«

»Hohes Alter«, antwortete ihr Klassenkamerad barsch. In beherrschterem und sachlicherem Ton fuhr er fort: »Wir Hudlarer sind eine Spezies mit großem Energiebedarf und stark gesteigertem Stoffwechsel. Mit zunehmendem Alter sind insbesondere die Nahrungsaufnahme- und Ausscheidungsmechanismen, die normalerweise beide willkürlich gesteuert werden, als erstes von einer fortschreitenden Degeneration betroffen. Würden Sie bitte diesen Bereich neu besprühen, sobald ich mit dem Abwaschen des eingetrockneten Nahrungspräparats fertig bin?«

»Selbstverständlich«, sagte Cha Thrat.

»Die Degeneration ruft wiederum eine starke Verminderung der Blutzirkulation in den Gliedmaßen hervor, was zu wachsenden Schäden an dem betreffenden Nervensystem und der Muskulatur führt«, fuhr der Hudlarer fort. »Das Endergebnis ist eine allgemeine Lähmung, das Absterben der Enden der Gliedmaßen und schließlich der Exitus.«

Der Hudlarer arbeitete sehr behende mit dem Schwamm und trat schließlich zurück, damit Cha Thrat frisches Nahrungspräparat aufsprühen konnte. Als er seine Ausführungen fortsetzte, hatte seine Stimme ein wenig von der kühlen Gelassenheit verloren.

»Das ernsthafteste Problem für einen hudlarischen Patienten der Geriatrie ist jedoch, daß das Gehirn, das nur einen relativ geringen Teil der vorhandenen Energie verbraucht, vom Degenerationsprozeß noch einige Zeit über den Stillstand des Doppelherzens hinaus organisch unbeeinträchtigt bleibt. Darin liegt auch die eigentliche Tragödie. Daß ein Hudlarer, dessen Körper um ihn herum unter Schmerzen verfällt, verstandesmäßig ruhig und ausgeglichen bleiben kann, gibt es nur selten. Jetzt verstehen Sie bestimmt, warum diese Station, die erst vor kurzem für Conways Projekt vergrößert worden ist, von allen im Hospital diejenige ist, auf der noch am ehesten psychisch gestörte Patienten behandelt werden.

Das galt jedenfalls bis zu jenem Zeitpunkt«, fügte er hinzu und schlug einen unbeschwerteren Ton an, während sie zum nächsten Patienten weitergingen, »an dem Sie angefangen haben, AUGL-Eins-Sechzehn zu analysieren.«

»Erinnern Sie mich jetzt bloß nicht daran«, seufzte Cha Thrat.

Auch auf der Sprechmembran des nächsten Patienten saß ein dicker, zylindrischer Schalldämpfer, aber entweder waren die Laute, die der Hudlarer ausstieß, für das Gerät zu kräftig oder es funktionierte nicht richtig. Vieles von dem, was der Hudlarer von sich gab, war offenbar das Produkt fortgeschrittenen Schwachsinns und starker Schmerzen und wurde von Cha Thrats Translator aufgefangen und übersetzt.

»Ich hätte ein paar Fragen«, sagte Cha Thrat plötzlich. »Aber die könnten Sie kränken oder womöglich die philosophischen Werte oder das Berufsethos der Hudlarer angreifen. Auf Sommaradva ist die Situation innerhalb der Ärzteschaft vielleicht anders gelagert. Ich möchte keinesfalls das Risiko eingehen, Sie zu beleidigen.«

»Fragen Sie nur«, entgegnete der Klassenkamerad. »Ihre Entschuldigung nehme ich, falls überhaupt erforderlich, schon mal im voraus an.«

»Vorhin habe ich gefragt, ob diese Patienten geheilt werden können«, begann Cha Thrat vorsichtig, »und bisher haben Sie mir darauf keine Antwort gegeben. Sind die Patienten unheilbar krank? Und wenn ja, warum rät man ihnen dann nicht, ihr Leben selbst zu beenden, bevor sie dieses Stadium erreichen?«

Mehrere Minuten lang wischte der Hudlarer weiter wortlos eingetrocknetes Nahrungspräparat mit dem Schwamm vom Rücken des zweiten Patienten und antwortete dann: »Sie beleidigen mich nicht, aber Sie überraschen mich, Schwester. Ich selbst kann die medizinische Praxis auf Sommaradva nicht kritisieren, weil die heilende Medizin und die Chirurgie auf meinem Heimatplaneten bis zu unserem Beitritt zur Föderation vor ein paar Generationen unbekannt war. Aber habe ich Sie richtig verstanden, daß Sie unheilbar kranke Patienten auffordern wollen, sich selbst das Leben zu nehmen?«

»Nicht ganz«, erwiderte Cha Thrat. »Wenn ein Heiler für Sklaven, ein Chirurg für Krieger oder ein Zauberer für Herrscher nicht die persönliche Verantwortung für die Heilung eines Patienten übernehmen will, wird dieser Patient nicht behandelt. Ihm wird der gesamte Sachverhalt der Situation erläutert, und zwar knapp und präzise und ohne die gutgemeinten, aber unangebrachten Lügen und trügerischen Aufmunterungsversuche, die unter dem hiesigen Personal so verbreitet sind. Auf Sommaradva versucht man erst gar nicht, in irgendeine Richtung Einfluß auszuüben; die Entscheidung wird voll und ganz dem Patienten überlassen.«

Während Cha Thrats Ausführungen hatte der Hudlarer aufgehört zu arbeiten. »Schwester, Sie dürfen, trotz Ihrer Einstellung zu unseren medizinischen Notlügen, niemals mit einem Patienten in dieser Weise über seinen Fall sprechen«, warnte er sie. »Wenn Sie das tun, halsen Sie sich eine Menge Probleme auf.«

»Das habe ich auch gar nicht vor«, entgegnete Cha Thrat. »Jedenfalls vorläufig nicht. Es sei denn, man gibt mir an diesem Hospital die Chance, wie auf Sommaradva wieder als Chirurgin zu praktizieren.«

»Nicht einmal dann«, widersprach ihr der Hudlarer besorgt.

»Das verstehe ich nicht«, sagte Cha Thrat. »Wenn ich die volle Verantwortung für die Heilung eines Patienten übernehme, dann …«

»Dann sind Sie also zu Hause eine Chirurgin gewesen?« unterbrach sie ihr Klassenkamerad, der offensichtlich Streit vermeiden wollte. »Ich hoffe ebenfalls, mit der Eignung als Chirurg nach Hause zurückkehren zu können.«

Cha Thrat wollte auch keinen Streit. »Wie viele Jahre wird das dauern?«

»Wenn ich Glück habe, zwei«, antwortete der Hudlarer. »Ich habe nicht vor, die volle chirurgische Qualifikation für fremde Spezies zu erwerben, sondern mache gleichzeitig elementare Krankenpflege und den FROB-Chirurgiekurs. Jedenfalls habe ich mich deshalb Conways Projekt angeschlossen und werde, sobald ich den Abschluß geschafft habe, zu Hause gebraucht.

Und um Ihre Frage von vorhin zu beantworten«, fügte er hinzu. »Ob Sie es glauben oder nicht, Schwester, die Beschwerden der meisten dieser Patienten werden gelindert, wenn nicht sogar geheilt. Die Patienten werden in der Lage sein, ein langes und sinnvolles Leben ohne Schmerzen zu führen, das ihnen gestattet, sich innerhalb gewisser Grenzen geistig und körperlich zu betätigen.«

»Ich bin wirklich beeindruckt«, sagte Cha Thrat, wobei sie versuchte, die Skepsis, die sie empfand, nicht durchklingen zu lassen. »Aber worum geht es bei Conways Projekt eigentlich?«

»Da ich Ihnen das Projekt nur unvollständig und ungenau beschreiben kann, wäre es besser, sich von Conway selbst darüber aufklären zu lassen«, antwortete der Hudlarer. »Conway ist im Hospital der leitende Diagnostiker der Chirurgie und wird noch heute nachmittag die wichtigsten seiner neuen FROB-Operationstechniken erläutern und demonstrieren.

Für mich ist es natürlich dringend erforderlich, daran teilzunehmen«, fuhr er fort. »Aber wir werden in naher Zukunft derart viele Chirurgen benötigen, daß Sie sich nicht einmal dem Projekt anschließen müßten, sondern bloß Ihr Interesse daran äußern bräuchten, um zu dieser Demonstration eingeladen zu werden. Außerdem wäre es für mich ganz beruhigend, jemanden bei mir zu haben, der fast genausowenig Ahnung hat wie ich.«

»Alienchirurgie ist mein Hauptinteressengebiet«, sagte Cha Thrat. »Aber ich habe ja gerade erst auf dieser Station angefangen. Würde mich denn die Oberschwester schon so früh vom Dienst befreien?«

»Natürlich«, erwiderte der FROB, während sie sich zum nächsten Patienten begaben. »Solange Sie sich die Oberschwester nicht zur Feindin machen.«

»Das werde ich bestimmt nicht«, versicherte sie und fügte rasch hinzu: »Jedenfalls nicht absichtlich.«

Auf der Sprechmembran des dritten Patienten, den sie aufsuchten, befand sich kein Schalldämpfer, und er hatte noch wenige Minuten zuvor mit einem Patienten auf der anderen Seite der Station ein angeregtes Gespräch über seine Enkel geführt. Cha Thrat sprach ihn mit der traditionellen Begrüßung der Heiler auf Sommaradva an, der sich anscheinend auch jeder Arzt im Hospital bediente.

»Wie geht es Ihnen heute?«

»Danke, recht gut, Schwester«, antwortete der Patient, wie sie es von vornherein gewußt hatte.

Ganz offensichtlich ging es dem FROB alles andere als gut. Obwohl er geistig auf der Höhe war und der körperliche Degenerationsprozeß noch nicht das Stadium erreicht hatte, in dem selbst die schmerzstillenden Medikamente nicht mehr wirkten, bekam Cha Thrat von dem bloßen Anblick der Oberflächenbeschaffenheit seiner Körperpanzerung und Tentakel einen Juckreiz. Doch wie so viele der anderen Patienten, die sie behandelt hatte, dachte auch dieser nicht im Traum daran, ihr durch die Antwort, ihm würde es nicht gutgehen, mangelnde Fähigkeiten zu unterstellen.

»Wenn Sie ein bißchen mehr Nahrung aufgenommen haben, werden Sie sich noch besser fühlen«, ermunterte sie ihn, während ihr Kollege mit dem Schwamm beschäftigt war.

Jedenfalls einen Hauch besser, fügte sie in Gedanken hinzu.

»Ich habe Sie hier noch nie gesehen, Schwester«, stellte der Patient fest. »Sie sind neu, oder? Ich finde, Sie haben höchst interessante und optisch äußerst ansprechende Körperformen.«

»Der letzte, der mir so was gesagt hat«, antwortete Cha Thrat, während sie das Nahrungspräparat aufsprühte, »war ein etwas zu leidenschaftlicher junger Sommaradvaner.«

Aus der Sprechmembran des Patienten drangen unübersetzbare Laute, und der riesige, von der Krankheit geschwächte Körper begann in seinem Gestell zu zucken, als er sagte: »Ihre Unschuld ist vor mir vollkommen sicher, Schwester. Leider bin ich zu alt und gebrechlich, um Ihnen gefährlich zu werden.«

Cha Thrat erinnerte sich wieder an Sommaradva, wo schwerverletzte und ruhiggestellte Krieger ihrer Spezies versucht hatten, während der Visite mit ihr zu flirten, und sie wußte nicht, ob sie lachen oder weinen sollte.

»Das ist aber nett von Ihnen«, bedankte sie sich scherzhaft. »Aber vielleicht müssen Sie mir das noch einmal versichern, sobald Sie sich wieder auf dem Wege der Besserung befinden ...«

Mit den übrigen Patienten war es genau das gleiche: Während sich Cha Thrat angeregt mit ihnen unterhielt, sagte der hudlarische Klassenkamerad kaum ein Wort. Cha Thrat war neu auf der Station, gehörte einer Spezies von einem Planeten an, über den die Patienten nichts wußten, und wurde deshalb zum Objekt maßloser, aber dennoch höflicher Neugier. Die Patienten hatte keine Lust, über sich selbst oder ihre traurige körperliche Verfassung zu sprechen, sondern nur über Sommaradva und Cha Thrat, der es ihrerseits Vergnügen bereitete, diese verständliche Neugier zu stillen – zumindest was die erfreulicheren Seiten des Lebens auf ihrem Heimatplaneten anging.

Das ständige Reden half ihr dabei, die zunehmende Erschöpfung sowie die Tatsache zu vergessen, daß die Gurte, obwohl der G-Gürtel das Gewicht des schweren Behälters mit dem Nahrungspräparat auf Null reduzierte, in ihrem oberen Brustkorb schmerzhafte und womöglich bleibende Striemen hervorriefen. Dann waren auf einmal nur noch drei Patienten zu säubern und zu besprühen, und hinter Cha Thrat und ihrem Klassenkameraden tauchte wie aus dem Nichts Segroth auf.

»Wenn Sie genauso gut arbeiten, wie Sie reden, Cha Thrat, werde ich mich über Sie nicht beschweren können«, sagte die Oberschwester und fragte dann den Hudlarer: »Wie stellt Sie sich denn an?«

»Sie ist mir wirklich eine große Hilfe, Oberschwester«, antwortete der FROB, »und beklagt sich auch nicht. Den Patienten gegenüber verhält sie sich sehr freundlich und gelöst.«

»Na, prima«, freute sich Segroth, wobei sich ihr Fell anerkennend kräuselte. »Aber Cha Thrat gehört zu einer dieser Spezies, die wenigstens dreimal pro Tag Nahrung aufnehmen müssen, wenn sie bei Laune gehalten werden sollen. Ich will damit sagen, daß das Mittagessen längst überfällig ist. Wären Sie bereit, die Arbeit bei den restlichen Patienten alleine zu beenden?«

»Selbstverständlich«, antwortete der Hudlarer, als sich Segroth zum Gehen wandte.

»Oberschwester!« rief Cha Thrat ihr schnell hinterher. »Ich weiß, ich habe gerade erst angefangen, aber würden Sie mir vielleicht die Erlaubnis erteilen, heute nachmittag an…«

»…an Conways Vorlesung teilzunehmen?« beendete Segroth die Frage für sie. »Ihnen ist wohl jedes Mittel recht, um sich vor der anstrengenden Arbeit auf der Station zu drücken, wie? Aber vielleicht tue ich Ihnen unrecht. Nach den Gesprächen zu urteilen, die ich über die Schallsensoren mitgehört habe, haben Sie bei der Unterhaltung mit den Patienten bewiesen, daß Sie Ihre Gefühle sehr gut im Zaum halten können, und in Anbetracht Ihrer chirurgischen Vorbildung dürfte Ihnen der praktische Teil der Vorlesung kaum zu schaffen machen. Falls Sie jedoch irgendeinen Teil der Demonstration nervlich nicht aushalten sollten, ziehen Sie sich von dort sofort und so unauffällig wie möglich zurück.

Normalerweise würde eine Schwesternschülerin wie Sie, die gerade erst auf der Station angefangen hat, nicht solch eine Erlaubnis erhalten«, schloß die Oberschwester, »aber falls Sie es innerhalb der einen Stunde, die Ihnen noch verbleibt, bis zur Kantine und wieder zurück schaffen können, dürfen Sie daran teilnehmen.«

»Das ist sehr nett von Ihnen«, bedankte sich Cha Thrat bei der Kelgianerin, die schon fast außer Hörweite war, und löste dann rasch die Gurte des Behälters.

»Würde es Ihnen etwas ausmachen, Schwester, mir, bevor Sie gehen, auch ein bißchen von dem Präparat aufzusprühen?« fragte der Hudlarer. »Ich sterbe nämlich vor Hunger!«

Cha Thrat war unter den ersten, die im FROB-Vorlesungssaal eintrafen. Sie stellte sich so dicht wie möglich an das Operationsgestell – Hudlarer benutzen keine Stühle, und andere Sitzgelegenheiten waren dort auch nicht vorhanden – und beobachtete, wie sich der Raum allmählich füllte. Unter den Anwesenden befanden sich zwar vereinzelte Häufchen melfanischer ELNTs, kelgianischer DBLFs und tralthanischer FGLIs, doch die meisten waren Hudlarer, die sich in den verschiedensten Ausbildungsstadien befanden. Cha Thrat war so eng von FROBs eingekesselt, daß sie das Gefühl hatte, den Saal nicht verlassen zu können, selbst wenn sie es hätte wollen, und sie vermutete, daß es sich bei dem neben ihr stehenden Hudlarer – sie konnte die FROBs immer noch nicht auseinanderhalten – um ihren Kollegen handelte, mit dem sie am Vormittag zusammengearbeitet hatte.

Aus den Gesprächen, die rings um sie geführt wurden, ging deutlich hervor, daß der Diagnostiker Conway von allen für eine wirklich höchst bedeutende Persönlichkeit gehalten wurde, wenn nicht gar für einen medizinischen Halbgott, dessen Gehirn durch einen mächtigen Zauberspruch des Chefpsychologen O'Mara und den Einsatz einiger technischer Hilfsmittel die Kenntnisse, Erinnerungen und Instinkte von Persönlichkeiten der unterschiedlichsten Spezies beherbergte. Nachdem Cha Thrat den besorgniserregenden Zustand der noch nicht operierten Patienten auf der FROB-Station gesehen hatte, sah sie mit wachsender Spannung Conways Demonstration entgegen.

Von der äußeren Erscheinung her wirkte Conway auf sie alles andere als beeindruckend: Das Wesen war ein terrestrischer DBDG, lag mit seiner Größe etwas über dem Durchschnitt und hatte einen Kopfpelz, der noch dunklere Grauschattierungen als der von Zauberer O'Mara aufwies.

Conway sprach mit der ruhigen Bestimmtheit eines großen Herrschers und begann die Vorlesung ohne große Einleitung.

»Allen, die noch nicht vollständig über das Hudlarerprojekt informiert sind und denen vielleicht der moralische Aspekt am Herzen liegt, möchte ich versichern, daß sowohl der Patient, den wir heute operieren werden, als auch seine Kollegen auf der FROB-Station und die ganzen anderen geriatrischen und prägeriatrischen Fälle, die in großer Not auf ihrem Heimatplaneten warten, allesamt dringend um eine Operation nachsuchen, bei der eine Vorauswahl getroffen werden muß.

Die Zahl der Fälle ist so groß – tatsächlich handelt es sich um einen beträchtlichen Teil der Gesamtbevölkerung –, daß wir unmöglich alle Hudlarer im Orbit Hospital behandeln können ...«

Im Verlauf der Ausführungen des terrestrischen Diagnostikers wurde Cha Thrat durch das bloße Ausmaß des Problems immer mehr entmutigt. Ein Planet, auf dem sich ständig viele Millionen Lebewesen in derselben entsetzlichen Verfassung wie jene Patienten befanden, mit denen sie es bereits zu tun gehabt hatte, war eine Vorstellung, der sie nicht ins Auge blicken wollte. Allerdings wurde schon bald deutlich, daß sich Conway diesem Problem seit langem gewidmet hatte und auf eine endgültige Lösung hinarbeitete – und zwar bildete er, unterstützt von Freiwilligen anderer Spezies, die medizinisch ungeschulten Hudlarer in großer Zahl aus, damit sich diese später selbst helfen konnten.

Anfänglich sollte das Orbit Hospital für den grundlegenden Unterricht in FROB-Physiologie und prä- und postoperativer Krankenpflege sowie für die Ausbildung in nur einer einzigen und sehr einfachen Operationstechnik sorgen. Die erfolgreichen Absolventen sollten nach Hause zurückkehren, um ihre eigenen Ausbildungsinstitute aufzubauen, es sei denn, sie legten eine solch ungewöhnlich hohe Begabung an den Tag, daß es ratsamer wäre, ihnen eine Stelle als Mitarbeiter am Hospital anzubieten. Innerhalb von drei Generationen würde es auf diese Weise genügend auf die eigene Lebensform spezialisierte Chirurgen geben, daß diese furchtbare, aber bislang unausweichliche Geißel der Hudlarer der Vergangenheit angehören dürfte.

Allein die bloße Größenordnung und die anscheinend völlige, ja fast kriminelle Unverantwortlichkeit dieses Projekts bestürzte Cha Thrat und schmeckte ihr überhaupt nicht. Conway bildete keine Chirurgen aus, sondern produzierte gewaltige Mengen gewissenloser, organischer Maschinen! Schon als der Hudlarer die zur Qualifikation benötigte Zeit ihr gegenüber erwähnt hatte, war sie insgeheim aus dem Staunen nicht mehr herausgekommen, selbst wenn es den Ausbildern an diesem Hospital durchaus zuzutrauen war, in solch einem kurzen Zeitraum die erforderlichen praktischen Kenntnisse zu vermitteln. Aber was war mit der langfristigen Schulung, den geistigen und körperlichen Übungskursen, durch die die Teilnehmer erst darauf vorbereitet werden, Verantwortung zu übernehmen und das Leid zu ertragen, und was war mit der langen, dem Operieren vorausgehenden Lehrzeit? Als der Diagnostiker fortfuhr, erwähnte er all diese Dinge mit keinem Wort.

»Das ist ja unglaublich!« platzte es plötzlich aus Cha Thrat heraus.

»Ja, allerdings«, flüsterte der Hudlarer neben ihr. »Aber seien Sie jetzt lieber still, und hören Sie gefälligst zu, Schwester!«

»Der Grad und das Ausmaß des Leids der älteren FROBs ist unvorstellbar und unmöglich zu beschreiben«, sagte der Terrestrier gerade. »Wenn die Mehrheit der übrigen Spezies der Föderation vor dasselbe Problem gestellt wäre, würde es für die Betroffenen nur eine einfache, wenn auch völlig unbefriedigende Lösung geben. Aufgrund ihrer Weltanschauung sind die Hudlarer aber glücklicher- oder unglücklicherweise nicht dazu imstande, sich selbst das Leben zu nehmen.

Würden Sie jetzt bitte den Patienten FROB-Elf-Zweiunddreißig hereinbringen?«

Ein fahrbares Operationsgestell, das von einer kelgianischen Schwester hereingeschoben wurde, kam vor dem Diagnostiker zum Stehen. Darin hing der bereits für die Operation vorbereitete Patient, einer der Hudlarer, die Cha Thrat am Vormittag besprüht hatte.

»Das Leiden von Elf-Zweiunddreißig ist schon zu weit fortgeschritten, als daß ein chirurgischer Eingriff den Degenerationsprozeß vollständig rückgängig machen könnte«, erläuterte der Terrestrier. »Die heutige Operation wird jedoch dafür sorgen, daß der Patient den Rest seines Lebens praktisch ohne Schmerzen verbringen kann, was wiederum bedeutet, daß er im Vollbesitz seiner geistigen Kräfte sein wird und ein sinnvolles, wenn nicht sogar sehr aktives Leben führen kann. Bei Hudlarern, die sich vor Beginn des Leidens für eine solche Operation entscheiden – und in den betreffenden Altersgruppen gibt es nur sehr wenige, die sich nicht dazu entschließen –, sind die Ergebnisse noch sehr viel besser.

Bevor wir beginnen«, fuhr er fort, wobei er den Tiefenscanner aus der Tasche zog, »möchte ich die physiologischen Ursachen erörtern, die hinter dem erschütternden Krankheitsbild stecken, das wir hier vor uns sehen ...«

Welche unverantwortliche und verbotene Wunderoperation könnte Elf-Zweiunddreißig wohl wieder gesund machen? fragte sich Cha Thrat angewidert.

Doch wurde ihre Neugier von wachsender Furcht verdrängt; sie wußte nicht, ob sie die Antworten, die dieser furchtbare Terrestrier geben würde, ertragen könnte, ohne dabei den Verstand zu verlieren.

»Genau wie bei den meisten anderen uns bekannten Lebensformen ist die Hauptursache für den als

Altern sichtbar werdenden Degenerationsprozeß ein immer stärkeres Nachlassen der Leistungsfähigkeit der lebenswichtigen Organe und das damit zusammenhängende Versagen des Kreislaufs«, setzte der Diagnostiker seine Ausführungen fort.

»Bei den FROBs wird der endgültige Verlust der Funktionsfähigkeit der Gliedmaßen und das abnorme Ausmaß der Verkalkung und die Fissurbildung an den Extremitäten noch durch den Bedarf an Nährstoffen verschlimmert, die der Körper nicht mehr verarbeiten kann.

Aus Ihren Vorlesungen über die Physiologie der FROBs wissen Sie, daß ein gesunder Erwachsener dieser Spezies einen extrem raschen Stoffwechsel hat, der eine praktisch ununterbrochene Zufuhr von Nährstoffen benötigt, die über den Absorptionsmechanismus umgewandelt werden, um lebenswichtige Organe wie die beiden Herzen, die Absorptionsorgane selbst und natürlich die Gliedmaßen zu versorgen sowie die Gebärmutter, wenn es sich bei dem Individuum um ein weibliches Wesen handelt, das gerade schwanger ist. Diese sechs ungeheuer kräftigen Glieder hier bilden das System des Körpers, das die meiste Energie verbraucht und annähernd achtzig Prozent der insgesamt umgewandelten Nährstoffe benötigt.

Wenn man die Zufuhr dieses unangemessen hohen Bedarfs von der Energieversorgung abtrennt«, erklärte der Diagnostiker langsam und nachdrücklich, »wird die Nährstoffzufuhr zu den Organen mit geringerem Bedarf automatisch bis zum Optimum erhöht.«

Jetzt hatte Cha Thrat über die chirurgischen Absichten des Terrestriers keine Zweifel mehr, doch nach wie vor versuchte sie sich einzureden, daß die Situation nicht ganz so furchtbar sei, wie es den Anschein hatte. »Wachsen die Gliedmaßen dieser Lebensform denn nach?« erkundigte sie sich bei ihrem Nachbarn mit sanftem Nachdruck.

»Dumme Frage«, erwiderte der Hudlarer. »Natürlich nicht. Wenn das der Fall wäre, hätten die Degenerationserscheinungen der Muskulatur und der Blutzirkulation in den Extremitäten gar nicht erst das derzeitige Ausmaß erreicht. Und jetzt halten Sie endlich den Mund, Schwester, und hören Sie gefälligst zu!«

»Ich habe natürlich die Gliedmaßen des Terrestriers gemeint, nicht die des Patienten«, entgegnete Cha Thrat hartnäckig.

»Nein, die natürlich auch nicht«, erwiderte der Hudlarer ungeduldig, und als Cha Thrat versuchte, eine weitere Frage zu stellen, beachtete er die Sommaradvanerin einfach nicht mehr.

»Das Hauptproblem, das bei einem tiefen chirurgischen Eingriff an jeder unter großer Schwerkraft und hohem atmosphärischen Druck entwickelten Lebensform auftritt, ist natürlich die Verschiebung der inneren Organe und die mögliche Schädigung durch Druckverminderung«, sagte Conway gerade. »Aber bei der Art Operation, die wir heute durchführen werden, gibt es kein echtes Problem. Die Blutung wird mit Klammern unter Kontrolle gehalten, und das Verfahren ist so einfach, daß Sie es als fortgeschrittene Auszubildende alle unter Anleitung durchführen können.

Ich selbst«, fügte der Diagnostiker hinzu und entblößte auf einmal die Zähne, »werde den Patienten übrigens mit keinem Messer berühren. Die Verantwortung für die Operation tragen Sie alle gemeinsam.«

Die letzten Worte des Terrestriers wurden mit ruhiger und höflich zurückhaltender Begeisterung aufgenommen. Die Auszubildenden drängten näher an die Absperrung heran und keilten Cha Thrat zwischen Mauern aus eisenharten Hudlarerkörpern und -tentakeln ein. Es wurden so viele Gespräche gleichzeitig geführt, daß ihr Translator mehrmals überlastet war, doch nach dem, was sie verstehen konnte, schien es, als ob alle Studenten mit diesem höchst schändlichen Akt beruflicher Feigheit nicht nur einverstanden waren, sondern zudem noch so dumm, sich um die Verantwortung für die Operation zu reißen, anstatt davor zurückzuschrecken.

Nicht einmal in ihren wildesten und schrecklichsten Vorstellungen hatte Cha Thrat mit etwas Derartigem gerechnet, noch war ihr jemals in den Sinn gekommen, mit einer solch heimtückischen und entmutigenden Attacke auf ihre Moralvorstellung konfrontiert zu werden. Auf einmal wollte sie nur noch aus diesem Alptraum, in dem diese wahnsinnigen und sittenlosen Hudlarer die Hauptrolle spielten, fliehen. Doch unglücklicherweise waren sie alle viel zu beschäftigt, mit ihren flatternden Sprechmembranen aufeinander einzureden, als daß sie Cha Thrat hätten hören können.

»Ruhe, bitte!« fuhr Diagnostiker Conway dazwischen, und sofort trat Stille ein. »Ich glaube zwar nicht an Wunder, ob sie nun erfreulich sind oder nicht, aber früher oder später werden die Hudlarer unter Ihnen auf ihrem Heimatplaneten Stunde für Stunde und Tag für Tag Mehrfachamputationen wie diese hier vornehmen, und ich finde, Sie sollten sich lieber zu früh als zu spät mit dieser Vorstellung anfreunden.«

Er schwieg, um einen Blick auf eine weiße Karte zu werfen, die er in der Hand hielt, und sagte dann: »FROB-Dreiundsiebzig, Sie fangen an.«

Cha Thrat verspürte einen fast überwältigenden Drang, aus vollem Hals zu schreien, sie wolle sofort hier raus und weit weg von diesem abscheulichen Geschehen sein. Doch Conway, ein Diagnostiker und einer der hohen Herrscher des Hospitals, hatte um Ruhe gebeten, und die ihr ein Leben lang anerzogene Disziplin konnte nicht einfach durchbrochen werden, auch wenn Cha Thrat weit von Sommaradva entfernt war. Sie drückte zwar behutsam gegen die Wände aus Hudlarerkörpern, die sie von drei Seiten einschlossen, aber ihre Versuche hindurchzukommen wurden ignoriert, falls man sie überhaupt bemerkte. Alle Blicke konzentrierten sich ausschließlich auf das Operationsgestell und den Patienten FROB-Elf-Zweiunddreißig, und obwohl sich Cha Thrat bemühte, woanders hinzusehen, schaute sie doch in dieselbe Richtung.

Von Anfang an war offensichtlich, daß die Probleme von FROB-Dreiundsiebzig eher psychologischer als chirurgischer Natur waren und durch die unmittelbare Nähe von einem der führenden Diagnostiker des Hospitals hervorgerufen wurden, der jede seiner Bewegungen genau beobachtete. Aber Conways kommentierende Bemerkungen zur Operation fielen sowohl taktvoll als auch ermutigend aus. Wann immer der Auszubildende unschlüssig schien, gelang es dem Terrestrier, indirekt die gebotenen Ratschläge und Anweisungen zu erteilen, ohne daß sich der Adressat dumm vorkam oder gar noch mehr verunsichert wurde.

Nach Cha Thrats Dafürhalten hatte dieser Diagnostiker etwas von einem Zauberer an sich, was allerdings keineswegs sein dem Berufsethos zuwiderlaufendes Verhalten entschuldigte.

»Das Messer Nummer drei wird für den ersten Schnitt und zum Entfernen der unter der Haut liegenden Muskelschichten benutzt«, erläuterte Conway. »Aber für die Arbeit an den Venen und Arterien ziehen einige die feinere Nummer fünf vor, da die glatteren Ränder des Schnitts das spätere Vernähen der Wunden viel einfacher gestalten und den Heilungsprozeß beschleunigen.

Die Nervenstränge werden besonders lang gelassen, in Edelmetallhülsen gesteckt und direkt unter der Oberfläche des Stumpfs befestigt. Auf diese Weise wird der Anschluß von Nervenimpulsverstärkern ermöglicht, die später die Prothesen steuern ...«

»Was sind Prothesen?« wollte Cha Thrat von ihrem Nachbarn wissen.

»Künstliche Gliedmaßen«, klärte sie der Hudlarer auf. »Hören und sehen Sie doch einfach zu. Fragen können Sie hinterher immer noch stellen.«

Zu sehen gab es eine ganze Menge, aber zu hören weniger, da FROB-Dreiundsiebzig jetzt viel schneller arbeitete und die diskreten Ratschläge des Diagnostikers nicht mehr zu benötigen schien. Cha Thrat hatte einen direkten Blick auf das Operationsfeld und konnte auch die sorgfältigen und präzisen Bewegungen der Instrumente in der Gliedmaße verfolgen, da das Bild des Innenscanners auf einen großen Bildschirm übertragen wurde, der schräg über dem Patienten an der Decke hing.

Dann war die Gliedmaße plötzlich nicht mehr da – sie war starr wie ein kranker Ast von einem Baum in einen Behälter auf dem Boden gefallen –, und Cha Thrat sah zum erstenmal einen Amputationsstumpf. Verzweifelt kämpfte sie gegen den Drang an, sich übergeben zu müssen oder in Ohnmacht zu fallen.

»Der große Hautlappen wird über den Stumpf geklappt und mit Klammern befestigt, die sich auflösen, sobald der Heilungsprozeß abgeschlossen ist«, erläuterte Conway. »Wegen des erhöhten Innendrucks dieser Lebensform und der extremen Festigkeit der Haut, die man kaum mit einer Nadel durchstechen kann, hat das normale Vernähen keinen Sinn, und deshalb ist es ratsam, lieber großzügigen Gebrauch von den Klammern zu machen.«

Auf Sommaradva hatte es immer wieder unappetitliche Gerüchte über ähnliche Fälle gegeben, bei denen es durch schwere Betriebs- oder Verkehrsunfälle zu gewaltsam herbeigeführten Amputationen gekommen war, die die Opfer überlebt hatten. Die Wunden wurden normalerweise von jungen Chirurgen für Krieger notdürftig versorgt, da sie aufgrund ihrer noch fehlenden Qualifikation keinerlei Verantwortung trugen, oder sogar – wenn gerade niemand anders zur Verfügung stand – von bereitwilligen Heilern für Sklaven. Doch selbst wenn sich die betreffenden Krieger die Verletzungen durch eine tapfere Tat zugezogen hatten, wurde die ganze Geschichte geheimgehalten und so schnell wie möglich vergessen.

Die Unfallopfer begaben sich stets freiwillig ins Exil. Sie würden nie auch nur davon träumen, ihre körperliche Behinderung oder Entstellung den Blikken der Öffentlichkeit preiszugeben, und außerdem war das auch gar nicht erlaubt. Dafür achtete man auf Sommaradva seinen Körper zu sehr. Und daß Leute mit mechanischen Vorrichtungen als Ersatz für die Gliedmaßen umherstolzierten, war verabscheuungswürdig und unvorstellbar.

»Danke schön, FROB-Dreiundsiebzig, gut gemacht«, sagte der Terrestrier und warf erneut einen kurzen Blick auf die weiße Karte. »FROB-Einundsechzig, würden Sie uns jetzt bitte zeigen, was Sie können?«

So widerlich und abstoßend das alles war, Cha Thrat konnte einfach nicht die Augen von dem Operationsgestell abwenden, während der neue FROB seine chirurgischen Fähigkeiten unter Beweis stellte. Die Tiefe und Plazierung jedes Schnitts und Instruments brannte sich unauslöschlich in ihr Gedächtnis ein, als würde sie bei irgendeiner scheußlichen, aber faszinierenden Perversion zusehen. Auf FROB-Einundsechzig folgten zwei weitere fortgeschrittene Auszubildende, und danach besaß der Patient FROB-Elf-Zweiunddreißig nur noch zwei seiner sechs Tentakel.

»Eine der vorderen Gliedmaßen ist immer noch einigermaßen beweglich«, ergriff Conway erneut das Wort, »und in Anbetracht des fortgeschrittenen Alters und der verringerten geistig-seelischen Anpassungsfähigkeit des Patienten denke ich, daß sie sowohl aus psychologischen als auch aus physiologischen Gründen unangetastet bleiben sollte. Zudem kann es gut sein, daß der Zustand der Muskulatur und die Durchblutung in diesem Glied zum Teil verbessert wird, da sich aufgrund des Fehlens der übrigen Extremitäten sowohl die Blutzufuhr als auch die Versorgung mit den vorhandenen Nährstoffen steigert. Wie Sie sehen, ist dagegen das zweite Vorderglied praktisch abgestorben und muß entfernt werden.

Die Amputation wird die Sommaradvanerin Cha Thrat durchführen«, fügte er hinzu.

Plötzlich waren alle Blicke auf sie gerichtet, und für einen Moment hatte Cha Thrat das alberne Gefühl, im Zentrum eines dreidimensionalen Bildes zu stehen, zu dem dieser Alptraum in alle Ewigkeit erstarrt war. Doch der wahre Alptraum stand ihr erst in wenigen Minuten bevor, wenn sie zu einem beruflichen Entschluß von großer Tragweite gezwungen sein würde.

Die Sprechmembran ihres Kollegen von der Station vibrierte schwach. »Glückwunsch. Das ist ein riesiges Kompliment, Schwester.«

Bevor sie darauf etwas entgegnen konnte, hatte sich der Diagnostiker schon wieder an alle gewandt.

»Cha Thrat stammt von einem neuentdeckten Planeten namens Sommaradva, auf dem sie als ausgebildete Chirurgin gearbeitet hat«, sagte er. »Sie hat bereits Erfahrungen in Alienchirurgie bei einem terrestrischen DBDG sammeln können, einer Lebensform, der sie nur wenige Stunden zuvor zum erstenmal begegnet war. Trotzdem hat sie, wie ich von Chefarzt Edanelt gehört habe, sachgerechte Arbeit geleistet und dem Terrestrier ohne Zweifel das Bein und wahrscheinlich auch das Leben gerettet. Und jetzt kann sie mit einem viel weniger schwierigen Eingriff bei einem FROB ihre Kenntnisse in Alienchirurgie erweitern.

Treten Sie bitte vor, Cha Thrat«, ermutigte sie der Chefarzt. »Sie brauchen keine Angst zu haben. Falls irgend etwas schiefgeht, bin ich ja hier, um Ihnen zu helfen.«

Innerlich packte Cha Thrat die kalte Angst, gemischt mit einer hilflosen Wut darüber, sich der endgültigen Herausforderung ohne angemessene geistig-seelische Vorbereitung stellen zu müssen. Doch die abschließenden Worte des Diagnostikers, mit denen er ihr unterstellt hatte, daß sich ihre natürliche Scheu in irgendeiner Weise negativ auf ihr Handeln auswirken könnte, erfüllten sie regelrecht mit Zorn. Er war ein Herrscher des Hospitals, und egal, wie abwegig oder verantwortungslos seine Anweisungen ihr auch vorkommen mochten, würden sie befolgt werden müssen – das war ein unumstößliches Gesetz. Kein Sommaradvaner aus der Klasse der Krieger würde gegenüber jemand anderem seine Angst offenbaren, und das schloß auch eine Gruppe speziesfremder Wesen mit ein. Trotzdem zögerte sie noch.

»Sind Sie in der Lage, diese Operation vorzunehmen?« erkundigte sich der Terrestrier etwas ungeduldig.

»Ja«, antwortete Cha Thrat gefaßt.

Hätte er sie gefragt, ob sie die Operation vornehmen *wolle*, dachte Cha Thrat betrübt, als sie auf das Operationsgestell zuging, wäre die Antwort bestimmt anders ausgefallen. Mit dem unglaublich scharfen FROB-Messer Nummer drei in der Hand unternahm sie einen letzten Versuch.

»Wo liegt in diesem Fall meine genaue Verantwortung?« fragte sie schnell.

Der Terrestrier holte tief Luft und stieß sie langsam wieder aus. Dann antwortete er: »Sie sind für die operative Entfernung des linken Vorderglieds des Patienten verantwortlich.«

»Ist es möglich, dieses Glied zu retten?« fragte Cha

Thrat zögernd. »Kann man die Durchblutung verbessern, vielleicht durch eine operative Erweiterung der Blutgefäße oder durch die Entfer …«

»Nein!« fiel ihr Conway ins Wort. »Und jetzt fangen Sie bitte an.«

Cha Thrat machte die ersten Schnitte und fuhr dann, ohne ein zweites Mal zu zögern oder die Hilfe des Diagnostikers zu erbitten, genauso fort, wie es die anderen getan hatten. Da sie nun wußte, was ihr bevorstand, unterdrückte sie ihre Angst und faßte den Entschluß, sich erst dann über den auf sie zukommenden Schmerz Gedanken zu machen, wenn es sowieso kein Entrinnen mehr für sie geben würde. Jetzt war sie felsenfest entschlossen, diesem seltsamen und äußerst sachkundigen, aber offenbar völlig verantwortungslosen Arzt zu zeigen, was für ein Verhalten man von einer sommaradvanischen Chirurgin für Krieger, die ihren Beruf von ganzem Herzen liebte, zu erwarten hatte.

Als sie die letzten Klammern in den Hautlappen drückte, der den Stumpf bedeckte, lobte sie der Diagnostiker in freundlichem Ton: »Das war eine schnelle, präzise und ganz vorbildliche Arbeit, Cha Thrat. Besonders beeindruckt bin ich von … Um Himmels willen! Was *machen* Sie denn da?«

Sie dachte, daß ihre Absicht klar wäre, als sie das Messer Nummer drei in die Hand nahm. Sommaradvanische DCNFs haben zwar keine solchen Vorderglieder wie die FROBs, aber das Abtrennen einer linken Hüftgliedmaße müßte den fachlichen Anforderungen dieser Situation gerecht werden. Ein rascher, sauberer Schnitt genügte, und sie blickte auf ihre abgetrennte Gliedmaße, die nun zwischen denen des Hudlarers im Behälter lag. Dann drückte sie den Amputationsstumpf fest zusammen, um die Blutung einzudämmen.

Ihre letzte bewußte Erinnerung an den Vorfall war,

daß Diagnostiker Conway über den allgemeinen Tumult hinweg in den Kommunikator brüllte.

»FROB-Vorlesungssaal, dringender Notfall!« rief er bestürzt. »Eine DCNF mit einer selbst herbeigeführten Amputation. Bereiten Sie sofort den OP auf Ebene dreiundvierzig vor, und stellen Sie umgehend ein mikrochirurgisches Team zusammen!«

8. Kapitel

Cha Thrat wußte nicht mit Sicherheit, wieviel Zeit sie nach der Operation zur Erholung brauchen würde, sondern nur, daß sie mehrmals lange bewußtlos gewesen war und jede Menge Besuche vom Chefpsychologen O'Mara und den Diagnostikern Thornnastor und Conway erhalten hatte. Die ihr zugeteilte DBLF-Schwester lästerte fortwährend über die besondere Aufmerksamkeit, die Cha Thrat von den führenden Kreisen des Hospitals zuteil wurde, über die Mengen an Essen, die sie für eine vermeintlich kranke Patientin heranschaffen mußte, und über eine frisch eingetroffene nidianische Schwesternschülerin, der ausgerechnet Cresk-Sar den pelzigen kleinen Kopf verdreht hatte. Aber sobald Cha Thrat auf ihren eigenen Fall zu sprechen kam, war an dem aufgewühlten Fell der kelgianischen Schwester deutlich zu erkennen, daß es sich hierbei um ein verbotenes Thema handelte.

Doch scherte sie das nicht weiter, weil die Medikamente, die ihr verabreicht wurden, bei ihr beabsichtigt oder unbeabsichtigt das Gefühl hervorriefen, ihr Gehirn wäre eine Art lenkbares Luftschiff, das sich gleichgültig und losgelöst von allen weltlichen Problemen auf sie zubewegte. Wie sie schnell feststellte, war das zwar ein sehr angenehmer, aber auch labiler Zustand.

Bei einem seiner letzten Besuche hatte O'Mara sie darauf hingewiesen, daß sie ganz unabhängig von den Gründen, die sie für ihre Handlungsweise gehabt habe, ihren besonders strengen beruflichen Verpflichtungen nachgekommen sei und deshalb keine weiteren Handlungen von ihrer Seite erforderlich seien; sie habe ihre eigene Gliedmaße vollständig vom Rumpf abgetrennt. Die Tatsache, daß Conway und Thornnastor gemeinsam einen sehr kunstvollen mikrochirurgischen Eingriff durchgeführt hätten, um das Glied ohne Einbuße der Funktionen und des Gefühls wieder anzunähen, sei ein Glücksfall, den sie dankbar und ohne Schuldgefühle hinnehmen solle.

Es hatte lange gedauert, den Zauberer davon zu überzeugen, daß sie bereits zu demselben Schluß gelangt sei und nicht nur ihrem Glück danke, sondern auch den Diagnostikern Conway und Thornnastor, weil sie ihr die Gliedmaße zurückgegeben hatten. Wie sie O'Mara weiterhin erzählte, sei ihr an dem ganzen Vorfall nur noch rätselhaft, warum es auf ihre edle und löbliche Tat eine solch allgemein ablehnende Reaktion gegeben habe.

O'Mara schien sich daraufhin etwas beruhigt zu haben und war danach mit einer langen, verschlungenen Beschwörung fortgefahren, bei der er Themen angeschnitten hatte, die Cha Thrat schon bei einem Gespräch mit einem Sommaradvaner für zu persönlich und sensibel gehalten hätte, und erst recht bei einem Fremden. Vielleicht waren es damals die Medikamente, die ihre Erschütterung und Empörung über die aufgestellten Behauptungen des Zauberers dämpften und es ihr wert erscheinen ließen, lieber über das Gesagte nachzudenken, anstatt es vorbehaltlos zurückzuweisen.

Eine seiner Behauptungen lautete, daß ihre Tat aus objektiver Sicht weder edel noch löblich gewesen sei, sondern schlicht ein bißchen dämlich. Am Ende dieses Gesprächs war sie mit ihm fast einer Meinung gewesen, und auf einmal hatte er ihr erlaubt, wieder Besucher zu empfangen.

Tarsedth und der hudlarische Krankenpflegeschüler waren die ersten, die vorbeischauten. Die Kelgianerin stürmte ins Zimmer, um Cha Thrat zu fragen, wie es ihr gehe, während der FROB mitten im Eingang schweigend stehenblieb. Cha Thrat fragte sich, ob ihn irgend etwas bedrückte, und vergaß dabei völlig, daß sie wegen der Medikamente ihre Gedanken häufig laut aussprach.

»Nein, nichts«, antwortete Tarsedth für ihn. »Vergiß diesen riesigen Weichling einfach. Als ich eben gekommen bin, hat er schon wer weiß wie lange vor der Tür gestanden, weil er befürchtete, daß du schon von dem bloßen Anblick eines weiteren Hudlarers so eine Art emotionalen Rückfall bekommen könntest. Trotz ihrer harten Muskeln haben die Hudlarer ein sehr weiches Herz, und das gleich in doppelter Ausführung. Nach dem, was O'Mara unserem lieben Cresk-Sar erzählt hat, wirst du hier höchstwahrscheinlich nichts Unerwartetes oder Melodramatisches veranstalten. Du bist weder geistig noch psychisch gestört. Seine genauen Worte waren, daß du ganz normal verrückt, aber nicht vollkommen durchgedreht wärst, was ja bei einer ganzen Reihe von Leuten, die hier arbeiten, der Normalzustand sei.«

Sie wandte sich plötzlich an den FROB und rief ihm zu: »Jetzt kommen Sie schon endlich herein! Cha Thrat liegt im Bett, kann eine Gliedmaße und den größten Teil des Körpers nicht mehr bewegen, ist mit Beruhigungsmitteln in eine niedrige Umlaufbahn geschossen worden und wird Sie wahrscheinlich auch nicht beißen!«

Der Hudlarer näherte sich und sagte schüchtern: »Wir alle, das heißt jeder der im Vorlesungssaal war, wünschen Ihnen eine gute Besserung. Das schließt auch Patient Elf-Zweiunddreißig ein, der inzwischen keine Schmerzen mehr hat und gute Fortschritte macht, und Oberschwester Segroth, deren gute Wünsche, nun … ehm … etwas allgemeiner ausfielen. Werden Sie Ihre Gliedmaße später wieder ganz bewegen können?«

»Seien Sie nicht albern!« mischte sich Tarsedth ein. »Bei zwei Diagnostikern, die sich mit dem Fall beschäftigen, wird sie es erst gar nicht wagen, sich nicht wieder vollkommen zu erholen.« An Cha Thrat gewandt fuhr sie fort: »Aber dir ist in letzter Zeit so viel zugestoßen, daß ich überhaupt nicht mehr folgen kann. Stimmt es, daß du den Chefpsychologen auf der Chalder-Station vor allen Anwesenden angepfiffen hast? Und hast du ihn wirklich eine Art Medizinmann genannt und ihn an seine ärztliche Pflicht gegenüber dem Patienten AUGL-Eins-Sechzehn erinnert? Nach den Gerüchten, die man überall so hört...«

»So schlimm war das alles nicht«, unterbrach Cha Thrat ihre kelgianische Freundin.

»Das sagt man immer so«, plapperte die DBLF unbeirrt weiter, deren gekräuseltes Fell sich allerdings enttäuscht legte. »Aber jetzt zu dieser Geschichte bei der FROB-Demonstration. Was da passiert ist, kannst du nun wirklich nicht abstreiten oder so einfach herunterspielen.«

»Vielleicht möchte sie lieber nicht darüber reden«, gab der Hudlarer leise zu bedenken.

»Wieso denn nicht?« begehrte Tarsedth auf. »Es sprechen doch sowieso alle darüber.«

Cha Thrat schwieg einen Moment lang und blickte zum Kopf und den Schultern der Kelgianerin auf, deren Gestalt wie ein mit silbernem Fell bewachsener Bergkegel auf der einen Seite ihres Bettes emporragte. Dann schaute sie zu dem mächtigen Körper des Hudlarers hinüber, der sich auf der anderen Seite erhob, und versuchte, ihre ungewöhnlich wirren Gedanken auf das zu konzentrieren, was sie sagen wollte.

»Ich würde mich lieber über die ganzen Vorlesungen unterhalten, die ich verpaßt habe«, schlug sie schließlich vor. »Gab es irgend etwas besonders Wichtiges oder Interessantes? Und würdet ihr Cresk-Sar bitte fragen, ob ich eine Fernbedienung für den mit dem Kommunikator verbundenen Bildschirm bekommen könnte, damit ich die Schulungskanäle anschalten kann? Sagt ihm, daß ich hier nichts zu tun habe und so bald wie möglich mit dem Lernen weitermachen möchte.«

»Meine liebe Freundin, ich glaube, damit würdest du leider nur deine Zeit verschwenden«, gab Tarsedth zu bedenken, wobei sich ihr Fell verärgert zu Stacheln aufrichtete.

Zum erstenmal wünschte sich Cha Thrat, daß ihre kelgianische Klassenkameradin einmal ein bißchen weniger als absolut ehrlich sein würde. Sie hatte zwar damit gerechnet, so etwas zu hören, aber die schlechte Nachricht hätte man ihr auch etwas schonender beibringen können.

»Was unsere offenherzige Freundin Ihnen hätte mitteilen sollen, ist, daß wir uns bei Cresk-Sar nach etwaigen Konsequenzen für Sie erkundigt haben«, ergriff der Hudlarer das Wort. »Er wollte uns allerdings keine eindeutige Antwort geben und hat uns nur erklärt, daß Sie nicht so sehr daran schuld seien, irgendwelche Regeln des Hospitals verletzt zu haben, sondern vielmehr Regeln, die es gar nicht gibt und an die niederzuschreiben niemand auch nur im Traum gedacht hätte. Wie er sagt, sei die Entscheidung, was mit Ihnen letztendlich geschehen soll, nach oben weitergeleitet worden, und Sie könnten sehr bald mit einem Besuch von O'Mara rechnen.

Als wir ihn gefragt haben, ob wir Ihnen Vorlesungsmaterial mitbringen dürften, hat Cresk-Sar leider nein gesagt«, beendete er seine Ausführungen entschuldigend.

Es machte keinen Unterschied, wie einem die Nachricht beigebracht worden war, dachte Cha Thrat, nachdem die beiden gegangen waren, schlecht blieb sie so oder so. Doch der plötzliche, kratzende Klang des Kommunikators an ihrem Bett hielt sie davon ab, zu lange über ihre Probleme nachzudenken.

Es war Patient AUGL-Eins-Sechzehn, der mit Oberschwester Hredlichlis Hilfe vom Eingang zur AUGL-Station aus in einen der Kommunikatoren des dortigen Personalraums schrie. Er begann damit, sich dafür zu entschuldigen, daß er Cha Thrat nicht besuchen könne, da seine Physiologie und die Umweltbedingungen dies nicht zuließen, und erzählte ihr dann, wie sehr er ihre Besuche vermisse – dem terrestrischen Zauberer O'Mara fehle einfach ihre verständnisvolle Art und vor allem der notwendige Charme – und er hoffe, sie werde möglichst bald wieder gesund, ohne körperlichen oder seelischen Schaden davonzutragen.

»Es ist alles in bester Ordnung«, log sie ihn an. Es war nicht gut, einen Patienten mit den Problemen einer Ärztin zu belasten, auch wenn diese Ärztin nur den Rang einer Schwesternschülerin bekleidete und vorübergehend selbst Patientin war. »Wie geht es Ihnen?«

»Sehr gut, danke«, antwortete der Chalder in einem Ton, der begeistert klang, obwohl seine Worte Cha Thrat durch zwei Kommunikatoren, einen Translator und eine beachtliche Menge Wasser erreichten. »O'Mara sagt, daß ich schon sehr bald entlassen werden soll und zu meine Familie zurückkehren kann und schon mal anfangen soll, mich mit der Raumbehörde auf Chalderescol II wegen meiner alten Arbeitsstelle in Verbindung zu setzen. Für einen Chalder bin ich nämlich immer noch relativ jung, und ich fühle mich wirklich ausgezeichnet.«

»Das freut mich sehr für Sie, Eins-Sechzehn«, entgegnete Cha Thrat, wobei sie absichtlich seinen Namen vermied, weil vielleicht andere zuhörten, die ihn nicht beim Namen nennen durften. Zudem war sie überrascht, welch überwältigende Gefühle sie für dieses Wesen empfand.

»Ich habe die Schwestern über Sie sprechen hören«, fuhr der Chalder fort, »und es scheint, daß Sie in ernsthaften Schwierigkeiten stecken. Ich hoffe, es wendet sich für Sie alles zum Guten, doch falls das nicht der Fall sein sollte und Sie das Hospital verlassen müssen... Na ja, Sie sind hier draußen so weit von Sommaradva entfernt; wenn Sie auf Ihrem Flug nach Hause Lust haben sollten, mal einen anderen Planeten zu sehen, würde meine Familie sich freuen, Sie so lange bei sich zu beherbergen, wie Sie möchten. Wir auf Chalderescol II sind in technologischer Hinsicht fast auf dem neuesten Stand, und die synthetische Herstellung Ihrer Nahrung und die Fertigung eines Lebenserhaltungssystems für Sie wäre überhaupt kein Problem.

Chalderescol II ist ein wunderschöner Planet«, fügte er hinzu, »viel, viel schöner als diese AUGL-Station...«

Als der Chalder schließlich die Verbindung abbrach, lehnte sich Cha Thrat müde, aber nicht niedergeschlagen oder unglücklich in die Kissen zurück und dachte an die Wasserwelt von Chalderescol II. Vor ihrer Arbeit auf der AUGL-Station hatte sie das Video aus der Krankenhausbibliothek über diesen Planeten sorgfältig studiert, um sich mit den Patienten über deren Heimat unterhalten zu können. Folglich war ihr diese Welt nicht mehr ganz unbekannt. Die Vorstellung, dort zu leben, war aufregend, und sie wußte, daß sie als Außerplanetarierin, die Muromeshomon mit seinem Namen ansprechen durfte, von seiner Familie und seinen Freunden herzlich empfangen werden würde, egal, wie lang oder kurz ihr Aufenthalt dort wäre. Doch waren solche Gedanken auch unangenehm, weil sie von der Grundvoraussetzung ausgingen, daß sie das Hospital verlassen müßte.

Statt dessen fragte sie sich lieber, wie der normalerweise schüchterne und liebenswürdige Chalder die scharfzüngige Hredlichli dazu gebracht hatte, den Kommunikator des Personalraums benutzen zu dürfen. Hatte er sie womöglich durch die Drohung, die Station ein zweites Mal zu verwüsten, zur Hilfe gezwungen? Oder war sein Anruf, was wahrscheinlicher war, von O'Mara befürwortet oder sogar vorgeschlagen worden?

Das war ebenfalls ein unangenehmer Gedanke, der sie aber nicht wachzuhalten vermochte. Die anhaltende Beschwörung des terrestrischen Zauberers beziehungsweise die Arznei, die er ihr verschrieben hatte, oder beides zusammen hatte noch nichts von seiner tückischen Wirkung verloren.

Im Laufe der folgenden Tage erhielt Cha Thrat Besuche von verschiedenen Klassenkameraden und, wenn es die physiologischen Umstände zuließen, auch von kleinen Gruppen. Cresk-Sar kam gleich mehrere Male, wollte aber wie alle anderen Besucher keinesfalls über medizinische Themen sprechen. Dann trafen eines Tages der Psychologe O'Mara und der Diagnostiker Conway gemeinsam ein, die sich wiederum über nichts anderes unterhalten wollten.

»Guten Morgen, Cha Thrat, wie geht es Ihnen?« fragte der Diagnostiker, wie sie es im voraus gewußt hatte.

»Sehr gut, danke«, antwortete sie, wie Conway es im voraus gewußt hatte. Danach wurde sie der wohl gründlichsten körperlichen Untersuchung unterzogen, die sie je erlebt hatte.

»Ihnen ist inzwischen wahrscheinlich klar, daß diese Untersuchung nicht unbedingt notwendig war«, sagte Conway, als er Cha Thrat wieder mit dem Betttuch zudeckte. »Aber für mich war das die erste Gelegenheit, mir die physiologische Klassifikation DCNF einmal ganz genau von oben bis unten anzusehen – und nicht nur eine der Gliedmaßen. Vielen Dank, das war sehr interessant und äußerst lehrreich.

Aber da Sie nun wieder vollkommen gesund sind«, fuhr er mit einem raschen Seitenblick auf O'Mara fort, »und nur noch ein bißchen Heilgymnastik brauchen werden, bevor Sie wieder diensttauglich sind, was sollen wir da mit Ihnen machen?«

Cha Thrat hatte den Verdacht, daß die Frage rhetorisch gemeint war, aber sie wollte sie dennoch unbedingt beantworten. »Es ... es hat Irrtümer und Mißverständnisse gegeben«, stammelte sie ängstlich. »Das wird bestimmt nicht wieder vorkommen. Ich würde gerne am Hospital bleiben und meine Ausbildung fortsetzen.«

»Ausgeschlossen!« widersprach Conway in scharfem Ton. Mit ruhigerer Stimme fuhr er fort: »Sie sind eine ausgezeichnete Chirurgin, Cha Thrat – eventuell sogar eine ganz bedeutende Kapazität auf Ihrem Gebiet. Sie zu verlieren wäre eine geradezu schändliche Vergeudung von Talent. Aber bei Ihren eigenartigen Vorstellungen, wie man sich dem Berufsethos entsprechend verhält, kommt es gar nicht in Frage, Sie weiterhin im medizinischen Stab zu beschäftigen. Im Hospital gibt es keine einzige Station, die Sie noch zur praktischen Ausbildung aufnehmen würde. Selbst Segroth hat das nur getan, weil O'Mara und ich sie darum gebeten hatten.

Ich halte meine Vorlesungen ja gerne so interessant und aufregend wie möglich ab«, fügte Conway hinzu, »aber alles hat, verdammt noch mal, seine Grenzen!«

Bevor einer der beiden die schicksalshaften Worte aussprechen konnte, die Cha Thrats Laufbahn am Hospital beenden würden, fragte sie schnell: »Und was wäre, wenn es eine Möglichkeit gäbe, die garantiert, daß ich mich in Zukunft vernünftig verhalte? In einer meiner ersten Unterrichtsstunden sind diese

Schulungsbänder behandelt worden, durch die man Alienphysiologie und -medizin lernt und die Dinge aus dem Blickwinkel einer anderen Spezies betrachtet. Wenn ich das Band einer Spezies im Kopf speichern könnte, die in Ihren Augen eine akzeptablere Vorstellung vom Berufsethos hat als wir Sommardvaner, würde ich bestimmt nicht mehr in Schwierigkeiten geraten.«

Gespannt wartete sie auf eine Antwort, aber die beiden Terrestrier blickten sich schweigend an und beachteten sie nicht.

Ohne diese Schulungs- oder Physiologiebänder, so hatte Cha Thrat gelernt, hätte ein Krankenhaus mit vielfältigen Umweltbedingungen wie das Orbit Hospital nicht funktionieren können. Kein einzelnes Lebewesen, egal, welcher Spezies es angehörte, konnte die gewaltige Menge physiologischen Wissens im Kopf behalten, die für die erfolgreiche Behandlung der vielen verschiedenen Patienten, die ins Hospital eingeliefert wurden, erforderlich war. Deshalb wurden die vollständigen physiologischen Daten jeder beliebigen Spezies durch ein Schulungsband vermittelt, auf dem einfach die Gehirnströme einer medizinischen Kapazität aufgezeichnet worden waren, die derselben oder einer ähnlichen Spezies angehörte wie der zu behandelnde Patient.

Ein Wesen, das ein derartiges Band im Kopf speicherte, mußte seinen Geist mit einer vollkommen fremdartigen Persönlichkeit teilen, und genau diesen subjektiven Eindruck hatte der Betreffende dann auch. Mit einem Schulungsband wurden einem nämlich nicht nur ausgewählte medizinische Informationen ins Gehirn übertragen, sondern auch sämtliche Erinnerungen, Erlebnisse und persönlichen Eigenschaften des Wesens, von dem das Band stammte. Ein Schulungsband konnte nicht geschnitten werden, und nicht einmal die Chefärzte und Diagnostiker, die darin Erfahrung besaßen, waren imstande, das Ausmaß an Verwirrung, seelischer Desorientierung und persönlicher Zerrüttung zu beschreiben, das es bei einem auslösen konnte.

Die Diagnostiker waren die höchsten medizinischen Herrscher des Orbit Hospitals und Wesen, deren Psyche und Verstand sowohl für anpassungsfähig als auch stabil genug erachtet wurden, permanent bis zu zehn Physiologiebänder gleichzeitig im Kopf gespeichert zu haben. Ihren mit Daten vollgestopften Hirnen oblag in erster Linie die Aufgabe, Grundlagenforschung in Alienmedizin zu leisten und neue Krankheiten bislang unbekannter Lebensformen zu behandeln.

Aber Cha Thrat hatte nicht vor, sich wie die Diagnostiker freiwillig einer Vielfalt fremder Vorstellungen und Einflüsse auszusetzen. Wie sie mitbekommen hatte, gab es unter den Mitarbeitern des Hospitals die Redensart, daß jeder geistig Zurechnungsfähige, der freiwillig Diagnostiker werden wollte, schon von vornherein verrückt sein müsse, und das glaubte sie gern. Mit ihrem Plan verfolgte sie nämlich eine viel weniger rigorose Lösung des Problems.

»Wenn ich mein Gehirn mit einer terrestrischen, kelgianischen oder sogar nidianischen Persönlichkeit teilen würde, könnte ich verstehen, warum man die Dinge, die ich manchmal tue, für falsch hält, und so eine Wiederholung vermeiden«, beteuerte Cha Thrat. »Die Informationen über eine fremde Spezies würde ich nur als Orientierungshilfe für mein Verhalten anderen gegenüber benutzen. Als Auszubildende – und erst recht nicht als Schwesternschülerin – würde ich auf keinen Fall versuchen, die medizinischen oder chirurgischen Kenntnisse ohne Erlaubnis auf meine Patienten anzuwenden.«

Den Diagnostiker überkam plötzlich ein Hustenanfall. Als er sich wieder erholt hatte, sagte er: »Ich danke Ihnen, Cha Thrat, und ich bin mir sicher, Ihre Patienten wären Ihnen ebenfalls sehr verbunden. Aber es ist unmöglich … O'Mara, das ist Ihr Fachgebiet. Antworten Sie.«

Der Chefpsychologe rückte nah an die Bettkante heran und sah Cha Thrat mitleidig an. »Die Vorschriften des Hospitals gestatten es mir nicht, Ihrem Wunsch nachzukommen, aber selbst wenn ich es könnte, würde ich es nicht tun. Obwohl Sie eine ungewöhnlich starke und unbeugsame Persönlichkeit besitzen, würden Sie große Schwierigkeiten haben, Ihren Gehirnpartner unter Kontrolle zu halten. Natürlich ist er *kein* Alien, der um die geistige Vorherrschaft in Ihrem Gehirn kämpft, aber da die Bänder stets von einem führenden medizinischen Spezialisten stammen, dessen Charakter sich häufig durch Willensstärke und Überzeugungskraft auszeichnet und der es zudem gewohnt ist, seinen Willen durchzusetzen, würde es Ihnen so vorkommen, als ob er die Macht über sie gewinnt. Der sich daraus ergebende, lediglich eingebildete Konflikt könnte zu zeitweiligen Schmerzen, Hautausschlag und noch unangenehmeren organischen Störungen führen. Das alles hat natürlich psychosomatische Gründe, aber die werden Ihnen genauso viele Schmerzen bereiten wie körperliche Ursachen. Zudem besteht die große Gefahr eines bleibenden Gehirnschadens. Bevor ein Auszubildender nicht gelernt hat, die äußeren Wesenszüge der Aliens in seiner Umgebung zu verstehen, bekommt er auch keins der Schulungsbänder eingespielt.

In Ihrem Fall spricht noch ein weiterer Grund dagegen«, merkte O'Mara noch an. »Sie sind eine Frau.«

Sogar im Orbit Hospital gab es also sommaradvanische Vorurteile, dachte Cha Thrat wütend und stieß einen Laut aus, der bei ihr zu Hause zu einem sofortigen und wahrscheinlich gewaltsamen Abbruch des Gesprächs geführt hätte. Zum Glück wurde der Laut nicht vom Translator übersetzt.

»Die Schlußfolgerung, die Sie eben offenbar gezogen haben, ist falsch«, fuhr O'Mara fort. »Es ist einfach so, daß sämtliche weiblichen Angehörigen der bislang entdeckten Spezies mit zwei Geschlechtern gewisse Eigenheiten – aber beileibe nicht Abnormitäten – in den Denkstrukturen entwickelt haben. Eine davon ist eine tiefverwurzelte, auf dem Geschlecht beruhende Feindseligkeit und Abneigung gegen alles und jeden, der in ihre Gedanken eindringt oder sich ihrer zu bemächtigen versucht. Die einzige Ausnahme von dieser Regel findet man nach der Verbindung mit einem Lebensgefährten, in der sich die beiden Partner bei vielen Spezies durch den körperlichen und geistigen Austausch und das Gefühl des gegenseitigen Besitzes ergänzen. Aber ich kann mir nicht vorstellen, daß Sie sich in die Sinneseindrücke eines Aliens verlieben.«

»Erhalten denn männliche Lebewesen Aufzeichnungen der Gehirnströme von weiblichen Aliens?« fragte Cha Thrat, von O'Maras Erklärung zugleich zufriedengestellt und fasziniert. »Könnte ich nicht ein Band von einer Frau bekommen?«

»Dafür gibt es bei den Aufzeichnungen nur ein einziges Beispiel ...«, setzte O'Mara an.

»Wir sollten uns jetzt wirklich nicht damit befassen!« unterbrach ihn Conway, dessen Gesicht einen dunkleren Rotton annahm. »Tut mir leid, Cha Thrat, aber Sie werden weder jetzt noch irgendwann später ein Schulungsband bekommen. O'Mara hat Ihnen erklärt, weshalb. Genauso hat er Ihnen bereits die politischen Hintergründe Ihrer Anstellung am Hospital und den heiklen Stand des Kulturkontakts mit Sommaradva erläutert, der gefährdet wäre, wenn wir Sie kurzerhand aus dem Hospital rauswerfen würden. Wäre es nicht für alle Beteiligten besser, wenn Sie uns aus freiem Entschluß heraus verlassen?«

Cha Thrat schwieg für einen Moment, wobei sie die Augen auf die Gliedmaße richtete, die sie schon als für alle Zeiten verloren geglaubt hatte, und versuchte die richtigen Worte zu finden. »Für die Behandlung des Herrschers über das Schiff Chiang schulden Sie mir nichts«, sagte sie schließlich. »Schon bei meinem ersten Gespräch mit dem Chefpsychologen habe ich erklärt, daß die Verzögerung bei der Behandlung der Wunden eingetreten ist, weil ich selbst keine Gliedmaße verlieren wollte. Hätte Chiang nämlich infolge meiner Entscheidung, die Operation durchzuführen, eine Gliedmaße eingebüßt, hätte ich auch eine opfern müssen. Als Chirurgin für Krieger kann ich mich nicht einer Verantwortung entziehen, die ich bereitwillig übernommen habe.

Aber wenn ich jetzt das Hospital verlassen müßte, wie Sie es mir nahelegen«, fuhr sie fort, »dann wäre das nicht mein eigener, freier Entschluß. Ich kann nicht etwas tun oder unterlassen, wenn ich weiß, daß es falsch wäre.«

Der Diagnostiker blickte ebenfalls auf die wiederangenähte Gliedmaße. »Ich vertraue Ihnen da ganz«, bemerkte er knapp.

O'Mara, schon halb zum Gehen gewandt, atmete langsam aus. »Ich bedaure sehr, daß ich die Bemerkung über das Opfern eines Glieds, die sie bei unserem ersten Gespräch gemacht haben, nicht mitbekommen habe; das hätte uns allen eine Menge Ärger erspart. Ich habe mich schon nach der Sache mit AUGL-Eins-Sechzehn wider besseres Wissen erweichen lassen, aber das blutige Schauspiel bei der FROB-Demonstration war einfach zu viel. Der Rest Ihres Aufenthalts im Hospital wird nicht besonders angenehm werden, weil Sie trotz der früheren Empfehlungen von Diagnostiker Conway und mir niemand mehr in der Nähe seiner Patienten haben will.

Seien wir ehrlich, Cha Thrat«, schloß O'Mara,

während er mit Conway zur Tür ging, »Sie sind bei den meisten in Ungnade gefallen.«

Cha Thrat hörte die beiden mit einem Dritten auf dem Korridor sprechen, aber die Stimmen waren für den Translator zu gedämpft. Dann öffnete sich die Tür, und ein anderer Terrestrier betrat das Zimmer. Er trug die dunkelgrüne Uniform des Monitorkorps und kam ihr irgendwie bekannt vor.

»Ich habe draußen gewartet, für den Fall, daß es den beiden nicht gelingen sollte, Sie zu einem vorzeitigen Abschied zu überreden. O'Mara war sich von vornherein ziemlich sicher, daß er und Conway das nicht schaffen würden. Ich bin Timmins, falls Sie sich nicht an mich erinnern. Wir werden ein langes Gespräch miteinander führen müssen.

Und bevor Sie etwas fragen«, fuhr er fort, »die Ungnade, in die Sie laut O'Mara bei den meisten gefallen sind, bedeutet für Sie Wartungsdienst.«

9. Kapitel

Von Anfang an war klar, daß Lieutenant Timmins seine Arbeit weder als sklavisch noch als erniedrigend empfand, und es dauerte nicht lange, bis er auch Cha Thrat soweit gebracht hatte, allmählich denselben Eindruck zu gewinnen. Das lag nicht nur an der stillen Begeisterung des Terrestriers für seine Tätigkeit, sondern auch an dem tragbaren Videogerät und dem Stapel Videobändern mit Ausbildungsmaterial, die er neben ihrem Bett zurückgelassen hatte und die sie letztendlich davon überzeugten, daß der Wartungsdienst eine Arbeit für Krieger war – wenn auch nicht unbedingt eine für Krieger-Chirurginnen. Ihre vorhergehenden medizinischen und physiologischen Studien schienen geradezu lächerlich einfach, als sie diese mit den umfassenden und komplizierten Problemen verglich, die sich ergaben, wenn für mehr als sechzig verschiedene Lebensformen die technischen Voraussetzungen und die erforderlichen Umweltbedingungen bereitgestellt werden mußten. Denn aus so vielen unterschiedlichen Spezies setzten sich die Patienten und die Belegschaft des Hospitals zusammen – und einige unterschieden sich wirklich sehr voneinander. Cha Thrats letzter offizieller Kontakt mit dem medizinischen Ausbildungsprogramm fand statt, als Cresk-Sar eintraf. Er führte eine kurze, aber gründliche Untersuchung bei ihr durch und bescheinigte ihr für die neue Aufgabe eine körperlich einwandfreie Verfassung – vorbehaltlich der Befunde des Augenspezialisten Dr. Yeppha, der sie in Kürze aufsuchen würde. Cha Thrat erkundigte sich, ob man irgendwelche Bedenken habe, daß sie sich in der Freizeit weiterhin die medizinischen Schulungskanäle ansah, und der Chefarzt erklärte ihr, sie könne sich in ihrer Freizeit anschauen, wozu sie Lust habe, aber es sei unwahrscheinlich, daß sie jemals wieder die Gelegenheit erhalte, etwas von dem dabei erlangten medizinischen Wissen in die Praxis umzusetzen.

Cresk-Sar schloß mit den Worten, er sei zwar erleichtert, daß die Schulungsabteilung nicht mehr für sie verantwortlich sei, bedaure es aber auch, sie zu verlieren. Er schließe sich ihren ehemaligen Klassenkameraden an, die ihr bei der neuen Arbeit, für die sie sich entschieden habe, Erfolg und persönliche Befriedigung wünschten.

Dr. Yeppha war für sie eine neue Lebensform, ein kleines, dreifüßiges, sehr zerbrechlich wirkendes Wesen, das sie als DRVJ klassifizierte. Aus seinem pelzigen, kuppelförmigen Kopf ragten – einzeln oder in kleinen Gruppen – wenigstens zwanzig Augen hervor. Cha Thrat fragte sich, ob die überreichlich vorhandenen Sehorgane irgendeinen Einfluß auf die Wahl seines Fachgebiets gehabt hatten, hielt es jedoch für angebrachter, sich lieber nicht danach zu erkundigen.

»Guten Morgen, Cha Thrat«, begrüßte er sie, holte ein Band aus einem Hüftbeutel hervor und schob es in den Videorecorder. »Das hier ist ein Sehtest, mit dem man in erster Linie Farbenblindheit auf die Spur kommen will. Uns ist es egal, ob sie Muskeln wie ein Hudlarer oder eher wie ein Cinrussker haben, für die wirkliche Knochenarbeit gibt es Maschinen. Sehen müssen Sie allerdings können, und nicht nur das: Sie müssen auch in der Lage sein, deutlich Farben und die feinen Farbschattierungen und -abstufungen zu erkennen, die durch unterschiedlich helle Raumbeleuchtungen hervorgerufen werden. Was sehen Sie dort?«

»Einen Kreis aus roten Punkten, in dem sich ein Stern aus grünen und blauen Punkten befindet«, antwortete Cha Thrat.

»Gut«, sagte Yeppha. »Was ich Ihnen jetzt sagen werde, ist stark vereinfacht, aber wie kompliziert es in Wirklichkeit ist, lernen Sie noch früh genug. Die Wartungsschächte und die Verbindungstunnel sind voller Kabelbäume und Rohrleitungen, die allesamt farblich unterschiedlich gekennzeichnet sind. Dadurch sind die Wartungstechniker in der Lage, auf einen Blick zu sagen, welche Kabel Starkstrom führen und welche die weniger gefährlichen Kommunikationsleitungen beherbergen, oder in welchen Rohren sich Sauerstoff, Chlor, Methan oder organische Abfallstoffe befinden. Die Gefahr der Verseuchung von Stationen durch die Atmosphäre einer artfremden Spezies ist immer gegenwärtig, und man sollte es nicht zulassen, daß sich eine solche Umweltkatastrophe ereignet, nur weil irgendein Einfaltspinsel mit einem Sehfehler die falschen Rohre zusammengesteckt hat. Was sehen Sie jetzt?«

Und so ging es immer weiter: Yeppha ließ Muster mit feinen Farbabstufungen auf dem Bildschirm erscheinen, und Cha Thrat sagte ihm, was sie gerade sah oder nicht sah. Schließlich schaltete der DRVJ das Gerät aus und steckte das Band wieder in den Beutel zurück.

»Sie haben zwar nicht so viele Augen wie ich«, sagte er, »aber sie funktionieren alle gut. Von daher spricht nichts dagegen, daß Sie Ihre Tätigkeit beim Wartungsdienst aufnehmen. Mein allerherzlichstes Beileid. Viel Glück!«

Die ersten drei Tage bestanden ausschließlich aus Übungen, sich ohne Anleitung überall im Hospital zurechtzufinden. Timmins wies sie darauf hin, daß man bei den Wartungstechnikern voraussetze, daß sie schnellstmöglich am Unglücksort einträfen, wann und wo immer sich ein Notfall ereignete, selbst wenn nur eine geringfügige Störung gemeldet würde. Da sie normalerweise auf einem Rollwagen mit Elektroantrieb Werkzeuge oder Ersatzteile mit sich führten, sei ihnen die Benutzung der Hospitalkorridore nur im äußersten Notfall gestattet –, da diese von dem Patienten- und Mitarbeiterverkehr ohnehin schon verstopft genug seien, so daß man keinen unnötigen Stau durch Fahrzeuge riskieren wolle.

Aus diesem Grund sollte Cha Thrat die Verbindung von A nach B mit Umwegen über die Punkte H, P und W finden, ohne die Versorgungsschächte und Tunnel zu verlassen oder irgendwen, dem sie begegnen könnte, nach dem Weg zu fragen. Nicht einmal zum Essengehen durfte sie eine verbotene Bestimmung ihres Standorts durchführen, und es war ihr nicht einmal gestattet, kurz im Hauptkorridornetz aufzutauchen, um sich dort zu orientieren.

»Es wird sich wahrscheinlich als überflüssig herausstellen, den leichten Schutzanzug zu tragen«, sagte Timmins, während er das Bodengitter direkt vor ihrem Zimmer anhob, »aber Wartungstechniker haben ihn immer an, falls sie durch ein Gebiet müssen, in dem es ein kleines Leck gibt, das noch nicht abgedichtet worden ist und aus dem für die eigene Spezies giftiges Gas austritt. Sie haben Sensoren dabei, die Sie vor allen giftigen Stoffen in der Luft einschließlich radioaktiver Strahlung warnen; außerdem eine Lampe, sofern in einem der Tunnel die Beleuchtung ausgefallen ist; eine Karte, auf der Ihr Weg deutlich eingezeichnet ist; einen Signalgeber, falls Sie sich hoffnungslos verirrt haben oder es zu irgendeinem anderen persönlichen Notfall kommt, und, wenn ich das so sagen darf, mehr als genug Proviant, um nicht nur einen Tag, sondern eine ganze Woche lang zu überleben!

Sie brauchen keine Angst zu haben und sollten versuchen, nicht zu hetzen, Cha Thrat«, fuhr er fort. »Betrachten Sie Ihre Aufgabe als einen ausgedehnten, gemütlichen Spaziergang durch unerforschtes Gebiet mit häufigen Essenspausen. Ich erwarte Sie dann auf der Ebene einhundertzwanzig vor der Einstiegsluke zwölf im Korridor sieben, und zwar in fünfzehn Stunden oder früher.«

Plötzlich lachte er und fügte hinzu: »Möglicherweise auch später.«

Die Wartungstunnel waren zwar sehr gut beleuchtet, aber eng und niedrig – zumindest für die sommaradvanische Spezies –, und wiesen über die gesamte Länge in regelmäßigen Abständen Nischen auf. Diese Nischen waren Cha Thrat insofern rätselhaft, als sich in ihnen weder Kabelstränge noch Rohre oder irgendwelche mechanischen Vorrichtungen befanden. Aber als ein Kelgianer in einem Wagen den Tunnel entlang auf sie zugerast kam und ihr zurief »Zur Seite, Dummkopf!«, wußte sie, wozu sie da waren.

Von dieser Begegnung abgesehen, schien Cha Thrat den Tunnel für sich allein zu haben, und sie vermochte sich viel leichter fortzubewegen, als sie es je im Hauptkorridor gekonnt hatte, der sich jetzt direkt über ihrem Kopf befand. Durch die Belüftungsgitter hindurch konnte sie deutlich das Bumsen, Pochen und Schlurfen der zur Fortbewegung dienenden Gliedmaßen der Aliens über sich hören und das unbeschreibliche Gewirr von knurrenden, zischenden, krächzenden und piepsenden Stimmen, von denen diese Gehgeräusche begleitet wurden.

Sie bewegte sich stetig vorwärts, achtete darauf, nicht von einem weiteren Fahrzeug überrascht zu werden, als sie die Karte zu Rate zog, und blieb hin und wieder stehen, um sich Beschreibungen der Größe, des Durchmessers und der Farbmarkierungen auf den Schutzummantelungen der Apparaturen, Rohrleitungen und Kabelstränge, die sich überall an den Wänden und an der Decke des Tunnels befanden, auf Band zu sprechen. Durch diese Aufzeichnungen, hatte ihr Timmins erklärt, könne sie ihre Fortschritte während dieses Übungseinsatzes selbst überprüfen und zudem wertvolle Hinweise zur Bestimmung ihres jeweiligen Standorts erhalten.

Die Strom- und Kommunikationsleitungen sahen zwar überall im Hospital gleich aus, aber an Cha Thrats gegenwärtigen Aufenthaltsort trugen die meisten Rohre die Farbmarkierungen für Wasser und die von den warmblütigen Sauerstoffatmern bevorzugten Atmosphäregemische. Unter den Ebenen, auf denen man Chlor, Methan oder heißen Dampf atmete, wären die Farben ganz anders gewesen und dort hätte sie auch einen anderen Schutzanzug tragen müssen.

Eine Apparatur, die nicht zu funktionieren schien, erregte ihre Aufmerksamkeit. Durch die transparente Abdeckung erkannte Cha Thrat einige Signalleuchten und so etwas wie eine Seriennummer, die wahrscheinlich nur für die Wesen etwas bedeutete, die das Ding gebaut hatten, aber bestimmt nicht für jemanden, der nicht mit ihrer Schrift vertraut war. Cha Thrat machte an dem Gerät den Knopf für die akustische Selbsterklärung ausfindig, drückte ihn und schaltete den Translator ein.

»Ich bin eine Reservepumpe in der Trinkwasserversorgungsleitung zur Diätküche der DBLF-Station dreiundachtzig«, verkündete eine Computerstimme. »Ich funktioniere im Bedarfsfall automatisch, bin aber momentan außer Betrieb. Die aufklappbare Inspektionsluke wird geöffnet, indem Sie Ihren Generalschlüssel in den mit einem roten Kreis markierten Schlitz stecken und ihn um neunzig Grad nach rechts drehen. Zur Reparatur oder dem Austausch von Einzelteilen ziehen Sie Wartungsanleitungsband drei, Abschnitt einhundertzwanzig zu Rate. Vergessen Sie nicht, die Luke wieder zu schließen, bevor Sie gehen.

Ich bin eine Reservepumpe ...«, ging es wieder von vorne los, aber Cha Thrat nahm ihre Hand vom

Knopf und brachte auf diese Weise die Pumpe zum Schweigen.

Anfangs war sie vor dem Gedanken, unaufhörlich den langen und relativ engen Wartungsschächten zu folgen, zurückgeschreckt, obwohl O'Mara Timmins versichert hatte, daß ihr psychologisches Persönlichkeitsbild frei von jeder Veranlagung zur Platzangst sei. Sämtliche Tunnel waren hell erleuchtet, und wie man ihr gesagt hatte, ändere sich das auch nicht, wenn sie lange Zeit nicht betreten wurden. Auf Sommaradva hätte man so etwas als kriminelle Energieverschwendung bezeichnet. Doch im Orbit Hospital fiel der zusätzliche Strombedarf der ständig brennenden Beleuchtung, den der Hauptreaktor decken mußte, nicht weiter ins Gewicht. Zudem wurde er durch die Vermeidung von Wartungsproblemen, die aufgetreten wären, wenn man an jeder Tunnelkreuzung Ein-und-aus-Schalter installiert hätte, mehr als aufgewogen.

Allmählich führte sie ihr Weg von den Korridoren und den fremdartigen, mißtönenden Geräuschen der Wesen, die sie benutzten, fort, und sie kam sich so mutterseelenallein und einsam vor, wie sie es nie für möglich gehalten hätte.

Das Fehlen jeglicher Geräusche von außen ließ das gedämpfte Summen und Klopfen der Strom- und Rohrleitungen um sie herum immer lauter und bedrohlicher erscheinen, und Cha Thrat ging dazu über, wahllos auf irgendwelche akustischen Selbsterklärungsknöpfe zu drücken, nur um eine andere Stimme zu hören – auch wenn diese bloß einer Maschine gehörte, die Auskunft über sich selbst und ihren oftmals rätselhaften Zweck gab.

Hin und wieder ertappte sie sich sogar dabei, wie sie sich bei der Maschine für die Auskunft bedankte.

Die Farbmarkierungen waren allmählich von den Kennzeichnungen für das Sauerstoff-Stickstoff-Gemisch und Wasser zu denen für Chlor und jener ätzenden Flüssigkeit übergegangen, den der Metabolismus der illensanischen PVSJs zur Erhaltung der Lebensfunktionen benötigte, und die Gänge waren kürzer geworden und wiesen immer mehr Biegungen und Krümmungen auf. Bevor sich ihre Bestürzung in Panik verwandeln konnte, entschloß sich Cha Thrat, es sich in einer Nische so gemütlich wie möglich zu machen, um dort die Proviantmenge, die sie bei sich trug, beträchtlich zu verringern und in Ruhe nachzudenken.

Ihrer Karte zufolge gelangte sie von der PVSJ-Abteilung aus nach unten durch eine der Produktionsanlagen, in denen die von den Chloratmern benötigte Nahrung synthetisch hergestellt wurde, und von dort aus in den Versorgungsabschnitt der wasseratmenden AUGLs. Das erklärte die scheinbar widersprüchlichen Markierungen und die quadratischen Leitungsrohre, die zischten und polterten, wenn die fertig verpackte PVSJ-Nahrung mittels Druck durch sie hindurchbefördert wurde. Ein großer Teil der AUGL-Abteilung war jedoch zu einem Operationssaal und einer postoperativen Beobachtungsstation für PVSJs umgebaut worden, die mit der Hauptabteilung für Chloratmer durch einen in Spiralen ansteigenden Gang verbunden waren, der zum schnellen Transport von Mitarbeitern und Patienten mit Rollbändern ausgestattet war, da die PVSJs aus physiologischen Gründen keine Treppen steigen konnten. Um die komplexe Lage und Anordnung dieser Hindernisse zu umgehen, waren die Biegungen und Krümmungen des Wartungsschachts notwendig. Sobald sie erst einmal wohlbehalten durch diese komplizierte gegenseitige Durchdringung der Wasser- und Chloratmerabteilungen hindurchgekommen sein würde, müßte die Strecke sehr viel einfacher werden.

An Gesellschaft durch Stimmen herrschte kein

Mangel. Akustische Warnschilder, die sprachen, egal, ob Cha Thrat auf die Bedienknöpfe drückte oder nicht, wiesen sie an, die Luft ständig auf eine etwaige Verseuchung durch eine andere Atmosphäre zu überprüfen.

Es waren zwar Vorkehrungen getroffen worden, Essen zu sich nehmen zu können, ohne den Schutzanzug öffnen zu müssen, aber nach Cha Thrats Sensoren war die Gegend frei von giftigen Substanzen in gefährlichen Mengen, und deshalb öffnete sie das Visier. Der Geruch, der ihr entgegenschlug, war eine unbeschreibliche Mischung aus sämtlichen scharfen, beißenden, betäubenden, unangenehmen und sogar angenehmen Düften, die sie jemals gerochen hatte, war aber zum Glück nur sehr schwach. Sie nahm schnell einen kleinen Imbiß zu sich, schloß sofort wieder das Visier und ging mit gewachsener Zuversicht weiter.

Drei lange, schnurgerade Tunnelabschnitte später wurde ihr klar, daß ihre Zuversicht unangebracht war.

Nach ihrer Schätzung der Richtungen und der Entfernung, die sie eingeschlagen, beziehungsweise zurückgelegt hatte, hätte sie sich irgendwo zwischen den Ebenen der Hudlarer und Tralthaner befinden müssen. An den Tunnelwänden hätten die dicken, stark isolierten Stromkabel für die künstlichen Schwerkraftgitter der FROBs und wenigstens eine deutlich gekennzeichnete Rohrleitung für die Versorgung der Sprühbehälter mit dem Nahrungspräparat entlanglaufen müssen, sowie die Leitungen mit der von den FGLIs benötigten Luft, dem Wasser und den zu entsorgenden organischen Ausscheidungen. Doch die vorhandenen Kabelstränge waren mit Farbkombinationen markiert, die dort nicht hingehörten, und die einzige sichtbare Atmosphäreleitung war die Röhre mit dem geringen Durchmesser, die Sauerstoffversorgung des Tunnels. Verärgert über sich selbst drückte Cha Thrat auf den nächsten akustischen Selbsterklärungsknopf.

»Ich bin eine Steuereinheit für den synthetischen Herstellungsprozeß Eins-Zwölf-B, die sich selbst überwacht«, erklärte das Gerät wichtigtuerisch. »Drücken Sie den blauen Knopf, dann wird sich die Zugangsklappe zur Seite schieben. Warnung: Nur das Gehäuse und die akustische Selbsterklärung sind wiederverwendbar. Wenn einzelne Teile schadhaft sind, sind sie nicht zu reparieren, sondern auszuwechseln. Die Zugangsklappe darf nur dann von Angehörigen der Spezies MSVK, LSVO oder anderen Lebensformen mit geringer Strahlentoleranz geöffnet werden, wenn besondere Schutzmaßnahmen getroffen worden sind.«

Cha Thrat hatte kein Verlangen, das Gehäuse zu öffnen, obwohl ihr Strahlenmeßgerät anzeigte, daß die Gegend für ihre Lebensform sicher war. In der nächsten Nische warf sie erneut einen Blick auf die Karte und die Tabelle mit den Farbmarkierungen.

Irgendwie war sie in einen der Abschnitte geraten, in denen es nur vollautomatische Maschinen gab. Die Karte wies fünfzehn derartige Gebiete im Hauptkomplex des Hospitals aus, aber keins davon befand sich auch nur in der Nähe ihrer geplanten Route. Ganz offensichtlich hatte sie eine oder vielleicht sogar eine ganze Reihe von falschen Abzweigungen genommen, gleich nachdem sie den spiralförmigen Tunnel verlassen hatte, der die PVSJ-Station mit dem neuen Operationssaal verband.

Sie machte sich wieder auf den Weg und sah sich dabei genau die Tunnelwände und die Decke an, weil sie hoffte, durch die nächste Veränderung der Farbmarkierungen einen Hinweis darauf zu erhalten, wo sie sich möglicherweise befand. Sie fluchte laut über ihre eigene Dummheit und drückte jeden Selbsterklärungsknopf, an dem sie vorbeikam, gelangte aber bald zu dem Schluß, daß ihr beides nicht viel weiterhalf. Die Entscheidung, keinen unnötigen Lärm mehr zu veranstalten, erwies sich als klug, denn an der nächsten Tunnelkreuzung hörte sie entfernte Stimmen.

Timmins hatte ihr zwar verboten, mit irgend jemandem zu sprechen oder einen der öffentlichen Korridore zu betreten, aber wenn sie sowieso schon hoffnungslos vom Weg abgekommen war, dann sprach ihrer Meinung nichts dagegen, den Seitentunnel zu nehmen und auf die Stimmen zuzugehen. Vielleicht würde es ihr gelingen, durch genaues Hinhorchen an einem der Belüftungsgitter zu den Korridoren ein Gespräch aufzuschnappen, um auf diese Weise einen Hinweis auf ihren momentanen Aufenthaltsort zu bekommen.

Zwar schämte sich Cha Thrat bei diesem Gedanken, aber verglichen mit einigen der Überlegungen, die sie noch vor kurzem hatte anstellen müssen, war dieser Plan nur eine geringe persönliche Schande, mit der sie glaubte, leben zu können.

Die Unterhaltung der entfernten Stimmen wurde immer wieder von langen Pausen unterbrochen. Anfangs waren die Stimmen so leise und so weit entfernt, daß Cha Thrats Translator den Inhalt des Gesprächs nicht übersetzen konnte, und als sie sich endlich der Quelle genähert hatte, verharrten sie gerade wieder in langem Schweigen. Die Folge war, daß Cha Thrat, als sie an die nächste Kreuzung kam, plötzlich vor ihnen stand, bevor sie überhaupt eine Chance hatte, das Gespräch nur zu belauschen.

Es handelte sich um einen kelgianischen DBLF und einen terrestrischen DBDG in den Overalls des Wartungsdiensts, auf denen zusätzlich das Rangabzeichen des Monitorkorps prangte. Zwischen ihnen auf dem Boden lagen Werkzeuge und zerlegte Rohrstücke. Nachdem die beiden Techniker einen kurzen Blick nach oben auf Cha Thrat geworfen hatten, setzten sie ihre Unterhaltung ungerührt fort.

»Ich hatte mich schon die ganze Zeit gefragt, was da eigentlich durch den Tunnel auf uns zukommt und mehr Lärm als ein betrunkener Tralthaner veranstaltet«, sagte der Kelgianer. »Das muß die neue DCNF sein, von der man uns erzählt hat, daß sie heute ihren ersten Tag unter den Korridoren verbringt. Mit der dürfen wir nicht sprechen, obwohl ich dazu sowieso keine Lust hätte. Die sieht ganz schön komisch aus, findest du nicht?«

»Ich würde nicht mal im Traum daran denken, die anzusprechen oder mich von der auch nur ansprechen zu lassen«, erwiderte der DBDG. »Gib mir mal den Elfer-Schlüssel und halt dein Ende fest. Glaubst du, die hat eine Ahnung, wo der Gang hinführt?«

Der Kelgianer drehte seinen kegelförmigen Kopf kurz in die Richtung, in die Cha Thrat weitergehen wollte, und antwortete: »Das weiß sie erst dann, wenn sie das Gefühl gehabt hat, die Tunnelwände kämen langsam auf sie zu, und der drohenden Klaustrophobie mit einem Schuß Agoraphobie durch einen Spaziergang auf der Außenwand entgegenwirken will.« Dann murmelte er vor sich hin: »Ach, das hier ist einfach keine Arbeit für einen höheren Unteroffizier wie mich, der, wenn es stimmt, was der Major neulich gesagt hat, kurz vor der Beförderung zum Lieutenant des Monitorkorps steht.«

»Das hier ist für niemanden eine Arbeit, also mach dir darüber mal keine Gedanken«, meinte der Terrestrier, wobei er demonstrativ in den Gang zu seiner Linken blickte. »Andererseits könnte sie auch einen Abstecher zur VTXM-Abteilung im Auge haben. Das ist natürlich ganz schön blöd und auch nicht gerade gesund, wenn man nur einen leichten Schutzanzug trägt. Aber Wartungslehrlinge müssen wohl blöd sein, sonst würden sie sich nach irgendeinem anderen Job umsehen.«

Der Kelgianer stieß einen verärgerten Laut aus, der vom Translator nicht übersetzt wurde, und sagte: »Warum haben wir eigentlich in der unendlichen Weite des bislang erforschten Universums noch nie eine Lebensform entdeckt, deren Körperausscheidungen gut riechen?«

»Mein pelziger Freund«, erwiderte der Terrestrier, »ich glaube, damit hast du eine der großen philosophischen Wahrheiten unserer Zeit angeschnitten. Und wo wir schon bei unerklärlichen Phänomenen sind: Wie konnte eine melfanische Dehnsonde der Größe drei in das Abwasserleitungsnetz geraten und durch vier Ebenen gespült werden, bevor sie hier unten alles verstopft hat?«

Cha Thrat sah, wie sich das Fell des Kelgianers unter dem Overall kräuselte, als er entgegnete: »Glaubst du wirklich, daß die DCNF blöd ist? Will die da etwa den ganzen Tag nur dumm rumstehen und uns beobachten? Oder hat sie vor, uns nach Hause zu begleiten?«

»Nach dem, was ich über Sommaradvaner gehört habe«, antwortete der DBDG, wobei er Cha Thrat immer noch nicht direkt ansah, »würde ich nicht sagen, daß sie direkt blöd ist, sondern eher ein bißchen schwer von Begriff.«

»Ausgesprochen schwer von Begriff«, pflichtete ihm der Kelgianer bei.

Doch Cha Thrat war bereits klargeworden, daß das mitgehörte Gespräch drei genaue Hinweise enthalten hatte, die, so sehr sie auch zwischen abwertenden und persönlich beleidigenden Äußerungen versteckt waren, es ihr leicht ermöglichen würden, ihren Standort zu bestimmen und auf die geplante Route zurückzukehren. Einen Moment lang betrachtete sie die zwei Wartungstechniker und bedauerte, daß sie nicht mit ihnen sprechen durfte. Sie verabschiedete sich mit dem sommaradvanischen Zeichen des Danks zwischen Gleichgestellten und wandte sich dann ab, um in die einzige Richtung zu gehen, die die beiden *nicht* erwähnt hatten.

»Ich glaube, die hat mit dem mittleren Vorderglied irgendeine unanständige Geste gemacht«, bemerkte der Kelgianer.

»An ihrer Stelle hätte ich das auch getan«, antwortete der Terrestrier.

Den restlichen Teil der endlosen Strecke überprüfte Cha Thrat jeden Richtungswechsel zweimal und hielt auf dem Weg zur Ebene einhundertzwanzig unentwegt nach unerwarteten Veränderungen der Farbmarkierungen Ausschau. Sie legte nur noch eine kurze Pause ein, um ein weiteres großes Loch in ihre Lebensmittelvorräte zu reißen. Als sie schließlich die Einstiegsluke zwölf öffnete und in den Korridor sieben stieg, wurde sie dort von Timmins bereits erwartet.

»Gut gemacht, Cha Thrat, Sie haben es geschafft!« lobte der Terrestrier sie mit entblößten Zähnen. »Nächstes Mal sollte ich die Strecke ein Stückchen länger und komplizierter gestalten. Danach werde ich Sie schon mal bei ein paar einfacheren Arbeiten aushelfen lassen. Allmählich können Sie ruhig damit anfangen, sich hier Ihren Lebensunterhalt zu verdienen.«

Erfreut und ein bißchen verwirrt antwortete Cha Thrat: »Ich dachte, ich wäre zu früh am Ziel angekommen. Habe ich Sie lange warten lassen?«

Timmins schüttelte den Kopf. »Der Notsignalgeber war nur zu Ihrer persönlichen Beruhigung da, falls Sie sich verirrt geglaubt oder Angst bekommen hätten. Das war Teil des Tests. Doch wir verfolgen unsere Leute ständig über Sensoren, deshalb wußte ich über jede Ihrer Bewegungen Bescheid. Ganz schön hinterhältig von mir, nicht wahr? Aber einmal sind Sie sehr nah an einem Wartungsteam vorbeigekommen. Ich hoffe, Sie haben sich bei denen nicht nach dem Weg erkundigt. Sie kennen ja die Regel.«

Cha Thrat fragte sich, ob es überhaupt eine Regel im Orbit Hospital gab, die so starr war, daß man sie nicht für sich zurechtbiegen konnte, und hoffte, die äußeren Anzeichen für ihre Verlegenheit könnten nicht von einem Mitglied einer fremden Spezies in ihrem Gesicht gelesen werden.

»Nein«, antwortete sie wahrheitsgemäß. »Wir haben kein Wort miteinander gewechselt.«

10. Kapitel

Cha Thrat sollte letztendlich erst dann eine Aufgabe zugeteilt bekommen, wenn Timmins ihr den vollen Umfang und die ganze Vielschichtigkeit der Arbeit gezeigt hatte, die sie eines Tages möglicherweise würde leisten müssen. Es war deutlich zu erkennen, daß der Terrestrier insgeheim auf seinen Wartungsdienst äußerst stolz war und mit gutem Grund ein wenig angab, während er gleichzeitig versuchte, etwas von seinem eigenen Stolz auch Cha Thrat einzuflößen. Zugegeben, bei einem Großteil der Aufgaben handelte es sich um Sklavenarbeit, aber diese hatte auch Seiten, die die Eigenschaften eines Kriegers oder sogar eines niedrigeren Herrschers erforderten. Außerdem wurde man beim Wartungsdienst, anders als auf Sommaradva, wo die Betätigungsfelder streng voneinander abgegrenzt waren, zum Aufstieg in höhere Positionen geradezu ermuntert.

Timmins legte sich mächtig ins Zeug, Cha Thrat zu begeistern, und verbrachte anscheinend einen ungewöhnlich großen Teil seiner Zeit mit nichts anderem, als sie überall herumzuführen.

»Bei allem Respekt«, sagte Cha Thrat nach einem besonders interessanten Rundgang durch die extrem kalten Methanebenen, »nach Ihrem Rang und Ihren offensichtlichen Fähigkeiten zu urteilen, könnten Sie mit Ihrer Zeit etwas Wichtigeres anfangen, als Sie ausgerechnet mit mir zu verbringen – ihrem neuesten und, wie ich befürchte, technisch am wenigsten bewanderten Wartungslehrling. Warum wird mir diese Sonderbehandlung gewährt?«

Timmins lachte leise und antwortete: »Sie dürfen nicht glauben, daß ich gerade wichtigere Arbeiten vernachlässige, um mit Ihnen zusammenzusein, Cha Thrat. Falls ich gebraucht werde, kann man mich jederzeit erreichen. Aber es ist sehr unwahrscheinlich, daß das passiert, weil sich meine Untergebenen mit aller Gewalt darum bemühen, mir ständig das Gefühl zu geben, hier vollkommen überflüssig zu sein.

Den nächsten Abschnitt werden Sie übrigens besonders interessant finden«, fuhr er fort. »Dabei handelt es sich um die VTXM-Station, die, so seltsam es vielleicht klingt, einen Teil des Hauptreaktors ausmacht. Aus Ihren medizinischen Vorlesungen wissen Sie, daß die Telfi eine Lebensform sind, die eine geschlossene Einheit, eine sogenannte Gestalt bilden und von der direkten Umwandlung harter Strahlung leben. Deshalb müssen alle Untersuchungen und Behandlungen der Patienten mittels ferngesteuerter Sensoren und Greifarme durchgeführt werden. Um dem Wartungsdienst in diesem Bereich zugeteilt zu werden, bräuchten Sie eine spezielle Ausbildung in…«

»Eine spezielle Ausbildung bedeutet eine Sonderbehandlung«, unterbrach ihn Cha Thrat, die allmählich die Geduld verlor. »Ich habe Sie schon vorhin danach gefragt: Erhalte ich eine Sonderbehandlung?«

»Ja«, antwortete der Terrestrier in scharfem Ton. Er wartete, bis ein Kühlfahrzeug vorbeigerollt war, in dem einer der kaltblütigen SNLU-Methanatmer saß, und fuhr fort: »Selbstverständlich bekommen Sie eine Sonderbehandlung.«

»Und wieso?«

Timmins schwieg.

»Warum beantworten Sie diese einfache Frage nicht?« hakte Cha Thrat nach.

»Weil es auf Ihre Frage keine einfache Antwort gibt«, erwiderte der Terrestrier, dessen Gesicht eine dunklere Farbe annahm. »Zudem bin ich mir nicht sicher, ob ausgerechnet ich dafür der Richtige bin, weil ich sie gleichzeitig seelisch verletzen, kränken, beleidigen oder zornig machen könnte.«

Cha Thrat ging einen Augenblick schweigend weiter und sagte schließlich: »Ich glaube, allein durch die Rücksichtnahme auf meine Gefühle sind Sie schon der Richtige. Ein Untergebener, der sich falsch verhalten hat, ist vielleicht wirklich seelisch leicht verletzbar oder leicht in Rage zu bringen, weil er sich womöglich selbst nicht mehr ausstehen kann, aber wenn ein Vorgesetzter ihm etwas zu Recht sagt, kann dieser ihn damit unmöglich kränken oder beleidigen.«

Der Terrestrier schüttelte den Kopf, was, wie Cha Thrat gelernt hatte, entweder eine Verneinung war oder Verwirrung ausdrückte. »Manchmal geben Sie mir das Gefühl, selbst der Untergebene zu sein, Cha Thrat. Aber was soll's? Ich werde versuchen, Ihre Frage zu beantworten. Eine Sonderbehandlung erhalten Sie wegen des Unrechts, das Ihnen von uns angetan worden ist, und aufgrund des psychischen Unbehagens, das wir Ihnen bereitet haben. Es gibt mehrere bedeutende Persönlichkeiten, die sich verpflichtet fühlen, das wiedergutzumachen.«

»Aber diejenige, die sich falsch verhalten hat, bin doch ich«, wandte Cha Thrat verblüfft ein.

»Das stimmt allerdings«, bestätigte Timmins, »aber letztendlich haben wir Ihnen zuerst Unrecht getan, und Ihr Verhalten war die direkte Folge davon. In erster Linie ist das Monitorkorps dafür verantwortlich, Ihnen erlaubt, nein, Sie geradewegs dazu *ermuntert* zu haben, hierherzukommen und auf die Einstellungsbedingungen zu verzichten. Ihr Vergehen, das sich an diese Mischung aus unangebrachter Dankbarkeit für die Rettung von Chiangs Leben und reinem politischen Opportunismus angeschlossen hat, war nur die unvermeidliche Folge davon.«

»Aber ich *wollte* ins Orbit Hospital kommen und

will auch immer noch hierbleiben«, protestierte Cha Thrat.

»Um sich selbst für die jüngsten Verstöße zu bestrafen?« fragte Timmins mit ruhiger Stimme. »Ich habe gerade versucht, Sie davon zu überzeugen, daß die wirklich Schuldigen wir sind.«

»Ich bin weder geistig noch moralisch abnorm«, entgegnete Cha Thrat und versuchte, ihren Zorn über Timmins' Äußerung zu zügeln, die auf ihrem Heimatplaneten einer schweren Beleidigung gleichgekommen wäre. »Eine gerechte Strafe nehme ich hin, aber ich trachte nicht danach, sie mir selbst aufzuerlegen. Das Leben hier im Hospital hat zwar einige sehr beunruhigende und unerfreuliche Seiten, doch auf Sommaradva könnte ich in keiner Gesellschaftsschicht derart vielfältige und intensive Erfahrungen sammeln. Das ist der Grund, weshalb ich hier bleiben möchte.«

Der Terrestrier schwieg einen Moment lang und sagte dann: »Conway, O'Mara, Cresk-Sar und einige andere, darunter sogar Hredlichli, waren sich von vornherein sicher, daß Sie für Ihren Wunsch hierzubleiben eher positive als negative Gründe hätten und meine Chancen, Sie zur Rückkehr nach Hause zu bewegen, gering wären …«

Als Cha Thrat wie angewurzelt auf dem Korridor stehenblieb, brach Timmins im Satz ab.

»Haben Sie etwa mit all diesen Aliens meine Taten und Untaten, meine Fähigkeiten beziehungsweise meine Unfähigkeit, vielleicht sogar meine Zukunftsaussichten erörtert, ohne mich zu dieser Besprechung einzuladen?« fragte sie verärgert.

»Gehen Sie weiter, wir halten nur den Verkehr auf«, bat Timmins. »Es gibt überhaupt keinen Grund, so wütend zu sein. Seit dieser Sache bei der Hudlarer-Demonstration gibt es kein einziges Wesen mehr im Hospital, das *nicht* über ihre Taten, Untaten, Fähigkeiten oder den Mangel daran und über Ihre äußerst ungewissen Zukunftsaussichten im Hospital gesprochen hätte. Sie bei all diesen Gesprächen dabeizuhaben war gar nicht möglich. Aber falls Sie das, was über Sie gesagt worden ist – das heißt die ernsthaften Erörterungen, nicht den bloßen Hospitaltratsch –, bis in die kleinsten und letzten Einzelheiten wissen wollen, O'Mara hat die Aufzeichnungen Ihrem psychologischen Persönlichkeitsdiagramm hinzugefügt und spielt Sie Ihnen unter Umständen auf Wunsch vor. Möglicherweise aber auch nicht.

Andererseits«, fuhr er fort, während sie weitergingen, »möchten Sie vielleicht, daß ich Ihnen eine kurze Zusammenfassung dieser Besprechungen gebe, die natürlich insofern ungenau ist, weil es mir an dem reichen Wortschatz und dem abwechslungsreichen Stil unseres geschätzten Chefpsychologen fehlt.«

»Genau das ist mein Wunsch«, drängte Cha Thrat.

»Na schön«, willigte Timmins ein. »Lassen Sie mich damit beginnen, daß die Angehörigen des Monitorkorps und alle betroffenen höheren Mitglieder des medizinischen Personals für diese Situation verantwortlich sind. Beim ersten Gespräch hatten Sie gegenüber O'Mara erwähnt, daß Sie Ihre Entscheidung, Chiang zu behandeln, so lange hinausgezögert hätten, weil Sie auf keinen Fall den Verlust einer Gliedmaße riskieren wollten. O'Mara nahm fälschlich an, Sie hätten damit ausschließlich Chiangs Bein gemeint, und glaubt jetzt, daß er in den Gesprächen mit Lebewesen anderer Spezies mehr auf die genaue Bedeutung der dabei gefallenen Äußerungen hätte achten sollen und deshalb die Hauptverantwortung für Ihre Selbstamputation trägt.

Conway wiederum fühlt sich verantwortlich, weil er Ihnen die Entfernung des Hudlarerglieds aufgetragen hat, ohne auch nur das Geringste über Ihr außerordentlich strenges Berufsethos gewußt zu haben.

Cresk-Sar glaubt, er hätte sie über genau dieses Thema eingehender befragen sollen. Beide sind der Meinung, daß Sie eine ausgezeichnete Alienchirurgin abgeben würden, wenn man Sie von dem Einfluß, den die sommaradvanische Gesellschaft auf Sie gehabt hat, befreien und umerziehen könnte. Hredlichli gibt sich die Schuld, weil sie die besondere Freundschaft, die sich zwischen Ihnen und AUGL-Eins-Sechzehn entwickelt hatte, nicht richtig bewertet hat. Und zu guter Letzt hat das Monitorkorps, das sich als Urheber des ganzen Problems für Sie verantwortlich fühlt, eine Lösung vorgeschlagen, die allen Beteiligten den geringstmöglichen Verdruß bereiten sollte.«

»Und die bestand in meinem Wechsel zum Wartungsdienst«, beendete Cha Thrat die Zusammenfassung für Timmins.

»Ja, aber eigentlich haben wir den Vorschlag nie richtig ernstgenommen«, fuhr der Terrestrier fort, »weil wir nicht glauben konnten, daß Sie ihn akzeptieren würden. Nein, wir wollten Sie nach Hause zurückschicken.«

Ein kleiner Teil des Gehirns steuerte Cha Thrats Körper geradeaus und um die kräftigeren oder ranghöheren Personalmitglieder herum, während der Rest über das Wesen neben ihr, das sie gerade erst angefangen hatte, für einen Freund zu halten, verärgert und bitter enttäuscht war.

»Natürlich haben wir versucht, Ihre Gefühle zu berücksichtigen«, fuhr Timmins fort. »Sie sind daran interessiert, mit außerplanetarischen Lebensformen zusammenzutreffen und zu arbeiten, deshalb würden wir Ihnen die Stelle einer kulturellen Verbindungsoffizierin, also als eine Art Ratgeberin in sommaradvanischen Angelegenheiten, auf unserem dortigen Stützpunkt oder auf der *Descartes* geben. Das ist unser größter spezialisierter Kontaktkreuzer für fremde Spezies, der sich auf der Umlaufbahn um Ihren Planeten befindet, bis irgendwo eine neue intelligente Spezies entdeckt wird. In dieser Position müßten Sie erhebliche Verantwortung übernehmen, und die Sommaradvaner, die etwas gegen Sie haben, könnten keinerlei Einfluß auf Sie ausüben.

Selbstverständlich kann man zu diesem Zeitpunkt noch nichts garantieren. Aber vorbehaltlich Ihrer zufriedenstellenden Zusammenarbeit mit uns würde man Ihnen die Wahl zwischen einer festen Anstellung als Beraterin für zwischenkulturelle Beziehungen bei der sommaradvanischen Vertretung des Korps oder als Mitglied des Kontaktteams auf der *Descartes* lassen. Wir haben versucht, für Sie zu tun, was wir für Sie und alle Beteiligten als das Beste erachtet haben.«

»Das stimmt allerdings«, räumte Cha Thrat ein, und sie spürte, wie sich ihr Zorn und ihre Enttäuschung allmählich legten.

»Diese Regelung haben wir für einen vernünftigen Kompromiß gehalten«, fuhr Timmins fort. »Aber O'Mara hat seine Zustimmung verweigert und darauf bestanden, daß Sie zunächst eine Stelle hier beim Wartungsdienst im Hospital bekommen, damit sie so schnell wie möglich die Aufnahmeformalitäten zum Beitritt ins Monitorkorps erledigen können.«

»Weshalb?«

»Ich habe keine Ahnung«, antwortete Timmins. »Wer weiß schon, was im Gehirn eines Chefpsychologen vorgeht?«

»Weshalb soll ich dem Monitorkorps beitreten?« wiederholte Cha Thrat ihre Frage.

»Ach so, das meinen Sie ... nur verwaltungstechnischer Bequemlichkeit halber. Wir sind für die Versorgung und Wartung des Orbit Hospitals zuständig, und jeder, der kein Patient ist oder nicht zum medizinischen Personal gehört, ist automatisch Mitglied des Monitorkorps. Der Personalcomputer muß schließlich Ihren Namen, Rang und Ihre Nummer wissen, damit er Ihnen das Gehalt auszahlen und O'Mara Ihnen ganz offiziell den Marsch blasen kann...

...wenn er ein Instrument beherrschen würde«, fügte er noch hinzu.

»Ich habe noch nie den rechtmäßigen Befehl eines Vorgesetzten verweigert...«, begann Cha Thrat, doch Timmins wehrte mit erhobener Hand ab.

»Das ist nur ein Scherz des Korps, machen Sie sich nichts daraus«, beruhigte er sie. »Was ich damit sagen wollte, ist, daß unser Chefpsychologe verwaltungstechnisch zwar den Rang eines Majors bekleidet, seine Machtbefugnisse innerhalb des Hospital aber nur schwer einzugrenzen sind, denn er kommandiert Colonels und Diagnostiker gleichermaßen herum, und das nicht immer auf die netteste Art. Ihr eigener Dienstgrad als rangniedrige Technikerin zweiter Klasse beim Wartungsdienst für Umweltbedingungssysteme, der bereits automatisch in Kraft getreten ist, als wir O'Maras Anweisungen erhielten, wird Ihnen in Zukunft nicht viel Spielraum für Ihre Eskapaden lassen.«

»Bitte, das ist eine sehr ernste Angelegenheit«, drängte Cha Thrat Timmins zur Sachlichkeit. »Wenn ich es richtig verstehe, ist das Monitorkorps eine Organisation von Kriegern. Auf Sommaradva sind die Bürger der Kriegerklasse schon seit vielen Generationen nicht mehr gemeinsam in den Kampf gezogen, aber der Frieden und die moderne Technik bergen noch immer genug Gefahren. Als Chirurgin für Krieger soll ich Verletzungen heilen, nicht zufügen.«

»Also, jetzt mal im Ernst, Cha Thrat. Ich glaube, Ihre Kenntnisse vom Monitorkorps haben Sie hauptsächlich aus den Unterhaltungskanälen. Raumschlachten und Nahkämpfe kommen äußerst selten vor. Die Bibliotheksvideos werden Ihnen ein viel zutreffenderes und langweiligeres Bild von unseren Aktivitäten und von den Gründen dafür vermitteln. Befassen Sie sich damit. Sie werden feststellen, daß es keinen Loyalitätskonflikt zwischen Ihren Pflichten gegenüber dem Korps und denen gegenüber Ihrem Heimatplaneten oder Ihren ethischen Grundsätzen gibt.

Wir sind da«, fügte er rasch hinzu und deutete auf das Zeichen an der schweren Tür direkt vor ihnen. »Von hier an brauchen wir schwere Strahlenschutzanzüge. Ach, Sie haben offenbar noch eine Frage, richtig?«

»Ja, es handelt sich dabei um mein Gehalt«, sagte Cha Thrat zögernd.

Timmins lachte. »Wie ich diese selbstlose Sorte Wesen hasse, die Geld für unwichtig hält. Bei Ihrem gegenwärtigen Dienstgrad ist der Sold nicht hoch. Den entsprechenden Betrag in sommaradvanischer Währung kann Ihnen die Personalabteilung nennen. Aber im Hospital gibt es sowieso nicht viele Möglichkeiten zum Geldausgeben. Also können Sie Ihr Gehalt und Urlaubsgeld immer sparen und irgendwann eine Reise davon machen. Vielleicht besuchen Sie ja mal Ihren AUGL-Freund auf Chalderescol II oder fliegen nach ...«

»Hätte ich denn genügend Geld für solch eine interstellare Reise?« unterbrach ihn Cha Thrat.

Der Terrestrier bekam einen Hustenanfall, fing sich wieder und antwortete: »Für eine derartige Reise hätten Sie *nicht* genügend Geld. Aber aufgrund der abgeschiedenen Lage des Orbit Hospitals hat jeder Personalangehörige, soweit es dessen Physiologie zuläßt, das Anrecht auf eine kostenlose Beförderung durch das Korps zu seinem Heimatplaneten oder, mit ein bißchen Herumtricksen, zu einem Planeten eigener Wahl. Ihr Geld könnten Sie dort also ausschließlich zum eigenen Vergnügen ausgeben. Würden Sie sich jetzt bitte den Schutzanzug überziehen?«

Cha Thrat rührte sich nicht, und der Terrestrier blickte sie schweigend an.

Schließlich sagte sie: »Ich erhalte eine Sonderbehandlung, werde durch Abteilungen geführt, in denen zu arbeiten ich nicht qualifiziert bin, und bekomme Geräte zu sehen, auf deren Bedienung ich mir erst in sehr ferner Zukunft Hoffnungen machen kann. Zweifellos soll das ein Anreiz sein, um mir zu zeigen, was ich zukünftig alles erreichen kann. Ich verstehe die Überlegung, die dahintersteckt, und weiß sie auch zu schätzen, aber es wäre mir viel lieber, mit der Besichtigung aufzuhören und mich an irgendeine einfache und nützliche Arbeit zu machen.«

»Na gut«, lenkte Timmins ein und entblößte beifällig die Zähne. »Die Telfi können wir uns sowieso nicht direkt ansehen, deshalb verpassen wir nicht viel. Ich schlage vor, Sie lernen als erstes, wie man einen G-Schlitten fährt. Zunächst nur einen kleinen, damit Sie bei einem etwaigen Unfall sich selbst mehr Schaden zufügen als dem Hospitalgebäude. Dazu müssen Sie Ihre Kenntnisse von der inneren Anlage des Baus wirklich beherrschen und imstande sein, mit großer Genauigkeit und Geschwindigkeit durch das Wartungstunnelnetz zu steuern. Es scheint nämlich ein Naturgesetz zu sein, daß, sobald eine Station oder die Diätküche Nachschub braucht, die Bestellung immer eilt und gewöhnlich zu spät geliefert wird.

Wir werden jetzt zur betriebsinternen Transporthalle gehen«, schloß er. »Es sei denn, Sie haben noch eine weitere Frage.«

Cha Thrat hatte noch eine, hielt es aber für besser, damit zu warten, bis sie sich wieder in Bewegung gesetzt hatten.

»Was ist mit den Schäden auf der AUGL-Station, an denen ich indirekt schuld gewesen bin?« fragte sie schließlich. »Werden mir die Kosten von meinem Lohn abgezogen?«

Timmins entblößte erneut die Zähne und antwortete: »Ich schätze, es würde etwa drei Jahre dauern, die von Ihrem AUGL-Freund verursachten Schäden zu bezahlen. Aber als das passiert ist, waren Sie noch eine von diesen verrückten Schwesternschülerinnen und keine ernstzunehmende und verantwortungsbewußte Mitarbeiterin des Wartungsdienstes, deshalb machen Sie sich mal darüber keine Gedanken.«

Cha Thrat machte sich darüber auch gar keine Gedanken mehr, weil es den restlichen Tag viel wichtigere Dinge gab, die ihr Sorgen bereiteten – in erster Linie die Bedienung und Steuerung der nicht zu bändigenden, mißratenen und schon oft verfluchten Klapperkiste, die man G-Schlitten nannte.

In Betrieb glitt dieses Fahrzeug ohne Bodenberührung auf einem Repulsionskissen dahin. Die Fahrtrichtung konnte man ändern, indem man wechselseitig absenkbare Reibungskissen zum Bremsen einsetzte, die Triebwerke drehte oder, wenn man nur eine feine Richtungskorrektur vornehmen wollte, sich zur Seite lehnte. War eine Vollbremsung erforderlich, schaltete man einfach die Energiezufuhr ab. Dadurch sackte das Fahrzeug zu Boden und kam laut knirschend zum Stehen. Doch wurde von diesem Manöver abgeraten, weil es den Lenker des G-Schlittens bei dem Inspektionsteam, das die Repulsionsgitter neu justieren mußte, sehr unbeliebt machte.

Am Ende des Tages war Cha Thrat mit dem Schlitten über den ganzen Boden der Transporthalle gerutscht und geschleudert, hatte jede umklappbare Markierung, um die sie eigentlich hätte herumfahren müssen, gerammt und sich ganz allgemein an diesem Tag äußerst unkooperativ gezeigt. Timmins gab ihr zum Abschluß einen Stapel Studienbänder, die sie sich bis zum nächsten Morgen ansehen sollte, und sagte ihr, daß sie für eine Anfängerin sehr gut gefahren sei.

Drei Tage später glaubte sie das allmählich auch.

»Ich bin in einem Schlitten mit Anhänger, beide voll

beladen, von der achtzehnten bis zur dreiunddreißigsten Ebene gefahren«, berichtete sie Tarsedth, als ihre ehemalige Klassenkameradin sie zum üblichen Abendplausch besuchte. »Dabei habe ich ausschließlich die Wartungstunnel benutzt und nichts und niemanden gerammt.«

»Sollte ich jetzt beeindruckt sein?« fragte die Kelgianerin.

»Ein bißchen schon«, antwortete Cha Thrat, wobei sie ihre Enttäuschung kaum verbergen konnte. »Und? Was gibt es bei dir Neues?«

»Cresk-Sar hat mich in die LSVO-Chirurgie versetzt«, berichtete Tarsedth, deren Fell sich dabei zu einer undeutbaren Gefühlsmischung kräuselte. »Er meinte, ich wäre soweit, meine Fachkenntnisse in der Pflege fremder Lebensformen zu erweitern, und die Arbeit mit einer unter geringer Schwerkraft lebenden Spezies würde das Feingefühl des Tastsinns verbessern. Außerdem, hat er gesagt, wäre Oberschwester Lentilatsar – diese hinterhältige, schleimige, chloratmende Schlampe! – sowieso nicht ganz glücklich damit gewesen, wie ich meine Entschlußkraft auf ihrer Station umgesetzt hätte. Was ist das eigentlich für ein Video? Sieht enorm uninteressant aus.«

»Ganz im Gegenteil«, widersprach Cha Thrat und drückte auf die Pausentaste. Auf dem Bildschirm war eine Gruppe von Offizieren des Monitorkorps zu sehen, die sich mit dem namhaften Terrestrier MacEwan und dem nicht weniger berühmten Orligianer Grawlya-Ki trafen, den, wie es hieß, wahren Gründern des Orbit Hospitals. »Es geht um die Geschichte, die Organisation und die gegenwärtigen Aktivitäten des Monitorkorps. Ich finde das zwar sehr interessant, aber vom moralischen Standpunkt aus gesehen, auch verwirrend. Warum muß zum Beispiel eine friedenserhaltende Streitmacht so schwer bewaffnet sein?«

»Weil sie ohne schwere Bewaffnung nicht den Frieden sichern könnte, Dummerchen«, meinte Tarsedth. »Aber auf dem Gebiet des Monitorkorps bin ich absolute Expertin. Heutzutage treten viele Kelgianer ins Korps ein, und ich wollte mich schon um die Stelle einer Stabsärztin, das heißt einer Schiffsärztin, bewerben und werde es vielleicht tun, wenn ich mich nicht fürs Hospital qualifizieren kann.

Natürlich gibt es auch noch andere, nichtmilitärische Stellen ...«, fuhr sie begeistert fort.

Das Monitorkorps verschaffte den Gesetzen der galaktischen Föderation Geltung und stellte eine Polizeitruppe von interstellarer Größenordnung dar, doch im Verlauf des ersten Jahrhunderts seines Bestehens waren ihm noch viel mehr Aufgaben übertragen worden. Ursprünglich, als die Föderation nicht mehr als eine wackelige Allianz von lediglich vier bewohnten Planetensystemen – Nidia, Orligia, Traltha und der Erde – gewesen war, hatte sich das Korpspersonal ausschließlich aus Terrestriern zusammengesetzt. Und diese Terrestrier hatten weitere bewohnte Systeme und immer mehr intelligente Lebensformen entdeckt und freundschaftlichen Kontakt mit ihnen aufgenommen.

Das hatte zur Folge, daß sich die Föderation mittlerweile aus beinahe siebzig verschiedenen Spezies zusammensetzte – die Zahl mußte ständig nach oben hin korrigiert werden – und die friedenserhaltende Funktion des Monitorkorps hinter die Aufgaben der Erforschung und Vermessung neuentdeckter Planeten und der Kommunikation mit fremden Spezies zurücktrat. Das machte den schwerbewaffneten Monitoren nichts aus, weil sich eine Polizeitruppe im Gegensatz zu einer Armee nur dann am effektivsten vorkommt, wenn es für sie nicht viel mehr zu tun gibt, als zum Beispiel durch die gelegentliche Sprengung eines mineralienreichen Asteroiden in Übung zu bleiben oder durch das Roden und Einebnen ausgedehnter Flächen unberührten Lands auf einem neuentdeckten Planeten, um so die Landung von Kolonisten vorzubereiten.

Das letzte Mal, daß ein Polizeieinsatz des Monitorkorps nicht von einer kriegerischen Handlung zu unterscheiden gewesen war, lag beinahe zwei Jahrzehnte zurück. Damals mußte man das Orbit Hospital selbst gegen die arg fehlgeleiteten Etlaner verteidigen, die inzwischen zu gesetzestreuen Bürgern der Föderation geworden waren. Mittlerweile dienten einige von ihnen sogar im Monitorkorps.

»Heutzutage steht jeder Spezies die Mitgliedschaft im Korps offen«, fuhr Tarsedth fort, »obwohl der Großteil des raumreisenden Personals aus physiologischen Gründen und wegen der Probleme mit der Lebenserhaltung und der Unterbringung an Bord der kleineren Schiffe aus warmblütigen Sauerstoffatmern besteht.

Wie ich schon gesagt habe«, fügte die Kelgianerin hinzu, wobei sie sich nach vorne schlängelte und wieder das Video startete, »beim Korps gibt es für rastlose, abenteuerlustige und die Häuslichkeit verachtende Charaktere wie uns eine Menge interessanter offener Stellen. Du würdest bestimmt keinen Fehler machen, wenn du beitrittst.«

»Ich bin schon beigetreten – worden«, klärte Cha Thrat ihre Freundin auf. »Aber einen G-Schlitten zu fahren ist nicht unbedingt ein Abenteuer.«

Tarsedths Fell richtete sich überrascht zu Stacheln auf, legte sich aber wieder. »Na klar! Natürlich bist du schon Mitglied! Wie dumm von mir, ich hatte ganz vergessen, daß alle nichtmedizinischen Mitarbeiter automatisch ins Monitorkorps gesteckt werden. Und den bei euch üblichen Fahrstil habe ich auch schon kennengelernt – an Selbstmord grenzende Waghalsigkeit ist wohl die treffendste Beschreibung dafür. Aber du hast eine gute Entscheidung getroffen. Meinen Glückwunsch.«

Die Entscheidung war zwar für sie getroffen worden, dachte Cha Thrat verbittert, aber das hieß noch lange nicht, daß sie zwangsläufig falsch gewesen war.

Die beiden Freundinnen hatten sich gemütlich zurückgelehnt, um sich den Rest des Videos über die Geschichte des Monitorkorps anzusehen, als Tarsedths Fell auf einmal wieder in Bewegung geriet.

»Ich mache mir um dich und die Leute vom Korps wirklich etwas Sorgen, Cha Thrat«, sagte die Kelgianerin. »Einige Dinge werden dort ziemlich kleinlich und andere wiederum ganz schön schlampig gehandhabt. Du mußt einfach viel lernen und hart arbeiten. Und überleg dir bloß alles zweimal, bevor du irgend etwas anstellst, das deinen Rausschmiß zur Folge hat.«

11. Kapitel

Die Zeit strich dahin, und Cha Thrat hatte das Gefühl, keinerlei Fortschritte zu machen, bis ihr eines Tages auffiel, daß sie mittlerweile selbst die schwierigen Aufgaben routiniert erledigte, die sie bis vor kurzem niemals bewältigt hätte. Zwar bestand ein Großteil ihrer Tätigkeit aus reinster Sklavenarbeit, aber seltsamerweise wuchs ihr Interesse daran immer mehr, und sie war stolz, wenn sie dabei gute Ergebnisse erzielte. Hin und wieder sorgte die morgendliche Arbeitsverteilung allerdings für eine unangenehme Überraschung.

»Heute werden Sie damit anfangen, Energiezellen und andere Gebrauchsgüter auf das Ambulanzschiff *Rhabwar* zu schaffen«, trug ihr Timmins auf, wobei er auf seinen Arbeitsplan schaute. »Aber ich möchte, daß Sie vorher noch eine Kleinigkeit erledigen, und zwar sollen Sie auf der AUGL-Station die neuen Dekorationspflanzen anbringen. Lesen Sie aber die Befestigungsanleitung durch, bevor Sie gehen, damit die Ärzte glauben, Sie verstünden was von Ihrer Arbeit ... Gibt es ein Problem, Cha Thrat?«

In ihrer Gruppe waren noch andere und ranghöhere Techniker – drei Kelgianer, ein Ianer und ein Orligianer –, die auf die Arbeitsverteilung für den heutigen Tag warteten. Cha Thrat bezweifelte zwar, ob sie die Befähigung besaß, eine der Aufgaben ihrer Kollegen zu übernehmen, aber versuchen mußte sie es trotzdem, auch wenn ihr eigener Auftrag wahrscheinlich viel zu leicht war, als daß der Lieutenant einem Tausch zustimmen würde.

Vielleicht könnte sie den Terrestrier dazu bringen, ihr wie früher eine Art Sonderbehandlung zuteil werden zu lassen, in deren Genuß sie, seit sie im Wartungsdient beschäftigt war, aus irgendeinem Grund nie wieder gekommen war.

»Ja, es gibt ein Problem«, antwortete Cha Thrat leise, wobei sie hoffte, daß der flehende Unterton in ihrer Stimme bei der Übersetzung verlorenging. »Wie Sie wissen, bin ich bei Oberschwester Hredlichli nicht besonders gut angesehen«, fuhr sie fort, »und wahrscheinlich wird meine Anwesenheit auf der AUGL-Station zumindest verbale Unfreundlichkeiten hervorrufen. Vielleicht legt sich mit der Zeit die Verstimmung, an der zum großen Teil ich schuld bin, aber im Moment halte ich es für besser, jemand anders dorthin zu schicken.«

Timmins betrachtete sie einen Augenblick lang schweigend, lächelte dann und erwiderte: »Gerade im Moment will ich niemand anders als Sie auf die AUGL-Station schicken. Machen Sie sich mal keine Sorgen.

Krachlan«, fuhr er forsch fort, »Sie begeben sich auf Ebene dreiundachtzig. Von dort ist uns schon wieder eine Störung im Stromgleichrichter auf Station vierzehn B gemeldet worden. Vielleicht müssen wir mal das Gerät komplett austauschen...«

Auf dem ganzen Weg zur Ebene der Chalder schäumte Cha Thrat vor Wut, während sie sich fragte, wie ein derart dummer und gefühlloser Mischling aus verschiedenen Spezies wie Timmins zu einem so hohen Rang mit einer solch großen Verantwortung aufgestiegen war, ohne von den Händen, Scheren oder Tentakeln eines Untergebenen tödliche Wunden davongetragen zu haben. Nachdem sie bei der AUGL-Station eingetroffen und unauffällig durch die Wartungstunnelschleuse hineingelangt war, hatte sie sich genügend beruhigt, um sich an einige wenige – sehr wenige – gute Eigenschaften von Timmins zu erinnern.

Als sie sich an die Arbeit machte und sich ihr niemand näherte, war sie erleichtert. Sämtliche Patienten und Schwestern schienen sich am anderen Ende der Station versammelt zu haben, und durch das trübe grüne Wasser hindurch konnte sie verschwommen den charakteristischen Overall eines Mitglieds des Transportteams erkennen. Ganz offensichtlich ging dort hinten etwas sehr Wichtiges vor, was bedeutete, daß sie mit etwas Glück ihre Arbeit ungestört und vor allem unbemerkt zu Ende bringen könnte.

Aber anscheinend sollte es doch nicht ihr Glückstag werden.

»Sie schon wieder«, begrüßte sie die vertraute, spöttische Stimme von Hredlichli, die sich Cha Thrat leise von hinten genähert hatte. »Wie lange werden Sie brauchen, um dieses scheußliche Zeug anzubringen?«

»Fast den ganzen Morgen, Oberschwester«, antwortete Cha Thrat höflich.

Sie wollte mit der Chloratmerin keinen Streit, allerdings hatte es ganz den Anschein, daß eine von ihnen beiden kurz davor war, damit anzufangen. Sie fragte sich, ob es möglich wäre, einer Auseinandersetzung vorzubeugen, indem sie einen Monolog über ein Thema hielt, in dem ihr Hredlichli nicht widersprechen konnte – nämlich über das gesteigerte Wohlbefinden der Patienten.

»Es dauert deshalb so lange, die Pflanzen anzubringen, Oberschwester«, sagte sie schnell, »weil das hier nicht die üblichen Plastiknachahmungen sind. Wie ich gehört habe, sind sie frisch aus Chalderescol eingetroffen. Es handelt sich um eine einheimische Unterwasserpflanze, die sehr robust ist und nur minimalste Pflege benötigt. Sie setzt einen angenehmen Duft frei, der sich im Wasser ausbreitet und auf Patienten, die sich auf dem Weg der Genesung befinden, eine wohltuende psychologische Wirkung haben soll.

Der Wartungsdienst wird den Wuchs und den allgemeinen Zustand der Pflanzen in regelmäßigen Abständen überprüfen und die Nährstoffe bereitstellen«, fuhr sie rasch fort, bevor die Chloratmerin etwas sagen konnte. »Aber mit der Pflege der Pflanzen könnte man ja die Patienten betrauen, um ihrer Langeweile abzuhelfen und ihnen eine interessante Abwechslung zu verschaffen und den Schwestern freie Hand zur Pflege …«

»Cha Thrat«, fiel ihr Hredlichli in scharfem Ton ins Wort, »wollen Sie mir etwa vorschreiben, wie ich meine Station zu führen habe?«

»Nein«, antwortete Cha Thrat und wünschte sich nicht zum ersten Mal in ihrem Leben, daß ihr Mundwerk nicht immer so viel schneller als ihre Gedanken wäre. »Entschuldigung, Oberschwester. Natürlich habe ich mit der Patientenpflege überhaupt nichts mehr zu tun und wollte keineswegs das Gegenteil andeuten. Solange ich mich hier aufhalte, werde ich kein einziges Wort mit einem Patienten wechseln.«

Hredlichli stieß einen unübersetzbaren Laut aus und erwiderte: »Zumindest mit einem Patienten werden Sie heute doch noch sprechen. Schließlich habe ich Timmins deshalb gebeten, Sie heute hierherzuschicken. Ihr Freund, AUGL-Eins-Sechzehn, fliegt nach Hause, und ich dachte, Sie möchten ihm vielleicht alles Gute wünschen – wie es offenbar gerade alle anderen auf der Station schon machen. Lassen Sie dieses ekelhafte Zeug, mit dem Sie uns beglücken wollen, doch einfach liegen, und erledigen Sie den Kram später.«

Einen Moment lang bekam Cha Thrat kein Wort heraus. Seit dem Wechsel zum Wartungsdienst hatte sie den Kontakt zu ihrem Freund von Chalderescol II verloren und wußte nur, daß er immer noch auf der Liste der im Hospital behandelten Patienten stand. Das höchste, was sie für heute zu hoffen gewagt hatte – und dabei hatte es sich nur um eine reichlich schwache Hoffnung gehandelt –, war, daß ihr Hredlichli gestatten würde, während der Arbeit ein paar Worte mit dem Chalder zu wechseln. Aber diese neue Entwicklung der Dinge kam für sie vollkommen überraschend.

»Danke schön, Oberschwester, das ist wirklich sehr nett von Ihnen.«

Die Chloratmerin gab erneut einen unübersetzbaren Laut von sich. »Seit meiner Ernennung zur Oberschwester habe ich mich dafür stark gemacht, dieses antiquierte Unterwasserverlies renovieren, neu ausstatten und zu etwas umbauen zu lassen, das Ähnlichkeit mit einer richtigen Station hat. Dank Ihnen wird das jetzt endlich durchgeführt, und als ich mich erst einmal von dem anfänglichen Schock über die Zerstörung meiner Station erholt hatte, bin ich zu dem Schluß gekommen, daß ich Ihnen einen Gefallen schulde.

Trotzdem«, fügte sie hinzu, »würde ich keine endlosen Seelenqualen erleiden, falls ich Sie heute zum letztenmal sehen sollte.«

AUGL-Eins-Sechzehn war bereits in den Transportbehälter geschoben worden. Nur noch die Luke über seinem Kopf war zu schließen, und danach sollte er durch die Schleuse in der Außenwand hindurch bis zum wartenden Chalderschiff gebracht werden. Eine Gruppe, die sich aus alles Gute wünschenden Schwestern, sichtlich ungeduldigen Mitgliedern des Transportteams und dem Terrestrier O'Mara zusammensetzte, hing wie ein Schwarm unbeholfener Fische rings um die Öffnung, aber durch das laute Sprudeln der Wasserfilterungsanlage im Behälter war es schwierig, das Gespräch zu verstehen. Als sich Cha Thrat näherte, winkte der Chefpsychologe die anderen zurück.

»Fassen Sie sich kurz, Cha Thrat, das Team ist

schon im Verzug«, sagte O'Mara. Dann entfernte er sich und ließ sie mit dem ehemaligen Patienten allein.

Scheinbar eine ganze Ewigkeit blickte sie schweigend in das gewaltige Auge und auf die riesigen Zähne an dem Teil des Kopfes, der durch die offenstehende Luke sichtbar war, und brachte einfach nicht die Worte heraus, die sie sagen wollte. »Der Behälter sieht sehr klein aus. Haben Sie es darin auch bequem?« fragte sie schließlich.

»Hier drinnen ist es richtig gemütlich, Cha Thrat«, antwortete der Chalder. »Der Behälter ist eigentlich nicht viel kleiner als mein späteres Quartier auf dem Schiff, aber diese beengten Verhältnisse sind ja nur von vorübergehender Dauer. Schließlich habe ich bald einen ganzen Planeten zum Schwimmen.

Und bevor Sie mich danach fragen«, fuhr der AUGL fort, »mir geht es gut, sogar ganz ausgezeichnet, Sie brauchen diesen schmerzfreien und vor Gesundheit strotzenden Körper also gar nicht erst mit Fragen zu durchlöchern, um meine Lebensfunktionen zu überprüfen.«

»Solche Fragen stelle ich nicht mehr«, entgegnete Cha Thrat und wünschte sich plötzlich, wie die Terrestrier lachen zu können, um zu verbergen, daß ihr nicht zum Lachen zumute war. »Ich bin jetzt beim Wartungsdienst, deshalb sind meine Instrumente viel größer und würden ein ganzes Stück unangenehmer sein.«

»O'Mara hat mir schon davon erzählt. Ist die Arbeit wenigstens interessant?«

Keiner von ihnen, dessen war sich Cha Thrat sicher, sagte das, was er eigentlich sagen wollte.

»Hochinteressant sogar«, antwortete sie. »Ich lerne eine Menge darüber, wie das Hospital im Innern funktioniert, und bekomme dafür vom Monitorkorps auch noch Gehalt, allerdings nicht sehr viel. Sobald ich genügend gespart habe, um Urlaub auf Chalderescol II zu machen, werde ich nachsehen, wie es Ihnen so geht.«

»Wenn Sie mich besuchen, Cha Thrat«, unterbrach sie der AUGL, »werden wir es nicht zulassen, daß Sie auf Chalderescol Ihren schwerverdienten Korpssold ausgeben. Da Sie meinen Namen gebrauchen dürfen und somit praktisch ein außerplanetarisches Mitglied meiner Familie sind, wären meine Verwandten zutiefst gekränkt und würden Sie wahrscheinlich zum Mittagessen verspeisen, falls Sie es trotzdem versuchen sollten.«

»In dem Fall werde ich Sie vermutlich schon bald besuchen kommen«, versprach Cha Thrat fröhlich.

»Wenn Sie jetzt nicht wegschwimmen, wertes Wesen«, sagte einer der Terrestrier im Overall des Transportteams, der neben ihr aufgetaucht war, »schließen wir Sie mit im Behälter ein. Dann können Sie gleich mit Ihrem Freund zusammen nach Chalderescol II fliegen!«

»Muromeshomon ...«, sagte sie leise, als sich die Luke schloß, »... mach's gut!«

Während sie zu den noch nicht befestigten Pflanzen zurückschwamm, beschäftigte sich Cha Thrat in Gedanken so sehr mit ihrem Freund von Chalderescol II, daß sie nicht die Ungehörigkeit der Bemerkung bedachte, die sie als eine einfache Technikerin zweiter Klasse gegenüber dem terrestrischen Major des Monitorkorps fallenließ, als sie an ihm vorbeikam.

»O'Mara, ich gratuliere Ihnen zu dieser äußerst erfolgreichen Beschwörung«, sagte sie dankbar.

O'Mara reagierte zwar, indem er den Mund öffnete, doch brachte er nicht einmal einen unübersetzbaren Laut über die Lippen.

Die folgenden drei Tage verbrachte Cha Thrat mit dem Auffüllen der Schiffsvorräte der *Rhabwar*. Sie schaffte Nahrungsmittel und Gebrauchsgüter für die

Besatzung an Bord und brachte überholungsbedürftige Geräte zu den zumeist terrestrischen Wartungstechnikern, die damit betraut waren, das Ambulanzschiff zur höchstmöglichen betrieblichen Leistungsfähigkeit zu bringen. Hin und wieder durfte sie auch beim Einbau einfacherer Gegenstände helfen. Beim nächsten Flug der *Rhabwar* sollte Diagnostiker Conway, der ehemalige Leiter des medizinischen Teams des Ambulanzschiffs, mit an Bord sein, und die jetzige Besatzung wollte ihm keinen Grund zur Klage geben.

Am vierten Tag bat Timmins Cha Thrat, sich während der Arbeitsverteilung ein wenig zu gedulden, da sie ausnahmsweise mal als letzte an der Reihe sei.

»Sie scheinen an unserem Ambulanzschiff sehr interessiert zu sein«, sagte der Lieutenant, als sie allein waren. »Wie ich gehört habe, sollen Sie andauernd und überall auf und in dem Schiff herumklettern, und zwar meistens dann, wenn niemand mehr an Bord ist und Sie eigentlich dienstfrei haben. Stimmt das?«

»Das stimmt allerdings, Lieutenant«, antwortete Cha Thrat voller Begeisterung. »Und nach dem zu urteilen, was ich dort schon alles gehört und gesehen habe, ist das ein unglaublich komplexes und herrlich funktionelles Schiff, fast eine Miniaturausgabe des Hospitals selbst. Besonders die Vorrichtungen zur Behandlung der Unfallopfer und die Ausrüstung zur Schaffung der geeigneten Umweltbedingungen für fremde Spezies sind ...« Sie brach mitten im Satz ab, um vorsichtig hinzuzufügen: »Selbstverständlich würde ich nie auf die Idee kommen, irgendeins dieser Geräte ohne Erlaubnis auszuprobieren oder gar zu benutzen.«

»Das will ich auch nicht hoffen!« ermahnte sie der Lieutenant. »Also schön. Ich habe eine neue Aufgabe für Sie, und zwar auf der *Rhabwar,* wenn Sie sich das zutrauen. Kommen Sie mit.«

Kurz darauf befanden sie sich in einer kleinen Kammer, die vor dem Umbau ein postoperativer Erholungsraum gewesen war und immer noch die direkte Verbindung zum ELNT-Operationssaal besaß. Die Zimmerdecke war abgesenkt worden, was darauf hindeutete, daß der zukünftige Bewohner entweder auf dem Boden kroch oder im Stehen nicht besonders groß war. Die Rohr- und Energieversorgungsleitungen, die man hinter der noch unvollständigen Wandverkleidung aus Holz sehen konnte, trugen die Farbmarkierungen für einen warmblütigen Sauerstoffatmer, der mittlere Schwerkraft- und Druckverhältnisse benötigte.

Die bereits angebrachten Wandverkleidungsplatten waren so gefertigt, daß sie wie eine grobe Verschalung mit eigenartiger Oberflächenstruktur aussahen, die eher der Faserung eines Minerals als der Maserung von Holz ähnelte. Auf dem Boden lag ein unordentlicher Haufen Dekorationspflanzen, die noch aufgehängt werden mußten, und daneben stand eine riesige Landschaftsaufnahme, die von jedem x-beliebigen bewaldeten Seengebiet auf Sommaradva hätte stammen können, wenn die Anordnung der Bäume nicht feine Unterschiede aufgewiesen hätte.

An der Wand gegenüber dem Eingang befand sich das Gestell eines kleinen, niedrigen Betts mit Matratze. Doch die bemerkenswerteste Besonderheit des Raums – mit der Cha Thrat auf schmerzhafte Weise Bekanntschaft machte – war die durchsichtige Wand, die den Raum in zwei Hälften teilte. An der linken Seite der Wand befand sich eine Tür, die durch eine rote Umrandung gekennzeichnet war, und genau in der Mitte eine kleinere Öffnung, die eine ferngesteuerte Greif- und Untersuchungsvorrichtung enthielt, die bis zum Bett der anderen Seite reichte.

»Dieser Raum ist für eine ganz besondere Patientin vorbereitet worden«, erklärte Timmins. »Und zwar handelt es sich bei ihr um eine Gogleskanerin der physiologischen Klassifikation FOKT, eine persönliche Freundin von Diagnostiker Conway. Die Patientin, eigentlich die ganze Spezies, hat ernste Probleme, über die Sie sich informieren können, wenn Sie mehr Zeit haben. Die Gogleskanerin ist schwanger und nähert sich langsam der Geburt. Aufgrund gewisser psychologischer Umstände muß ihr ständig zugeredet werden, und Conway will seine momentane Arbeit noch im Laufe der nächsten Woche erledigen, damit er Zeit für den Flug nach Goglesk hat, um dort die Patientin an Bord zu nehmen und rechtzeitig vor der Geburt mit ihr zum Orbit Hospital zurückkehren zu können.«

»Ich verstehe«, warf Cha Thrat ein.

»Für Sie habe ich nun folgenden Auftrag«, fuhr Timmins fort. »Ich möchte, daß Sie eine kleinere und einfachere Version dieser Unterkunft auf dem Unfalldeck der *Rhabwar* einrichten. Die Einzelteile besorgen Sie sich im Lager, und von uns erhalten Sie die vollständige Montageanleitung. Diese Arbeit geht zwar ein wenig über Ihre derzeitigen technischen Fähigkeiten hinaus, aber falls sie es nicht schaffen sollten, bleibt noch für jemand anders Zeit genug, den Zusammenbau zu beenden. Wollen Sie es versuchen?«

»Gerne sogar!« stimmte Cha Thrat begeistert zu.

»Gut. Sehen Sie sich dieses Zimmer genau an. Achten Sie besonders auf die Befestigungsbeschläge der durchsichtigen Wand. Über die ferngesteuerten Greifvorrichtungen machen Sie sich mal nicht allzu viele Gedanken, das Schiff hat dafür eigene Geräte an Bord. Die Gurte zur Ruhigstellung der Patientin müssen getestet werden, aber nur unter Aufsicht eines Mitglieds des medizinischen Teams, von dem Sie von Zeit zu Zeit Besuch erhalten werden.

Anders als bei diesem Zimmer hier wird die Einrichtung auf dem Unfalldeck nur für die Dauer des Flugs von Goglesk zum Hospital benutzt, deshalb wird die Wandverkleidung lediglich aus einer Kunststoffolie bestehen, die mit der Maserung der Holztäfelung in diesem Raum bedruckt ist und auf die Innenhaut und Schotten des Schiffes gespannt wird. Das spart beim Einbau Zeit, und Captain Fletcher wäre sowieso nicht damit einverstanden, daß wir überflüssige Löcher in sein Schiff bohren. Wenn Sie glauben, verstanden zu haben, was Sie tun sollen, holen Sie sich das Material aus dem Lager, und bringen Sie es aufs Schiff. Ich werde Sie noch heute dort aufsuchen, bevor Sie Feierabend machen, um Ihnen alle ...«

»Wozu dienen die transparente Wand und die ferngesteuerte Greifvorrichtung?« unterbrach ihn Cha Thrat schnell, bevor sich der Lieutenant zum Gehen wandte. »Die Klassifikation FOKT klingt nicht gerade nach einer besonders großen oder gefährlichen Lebensform.«

»... um Ihnen dann alle Fragen zu beantworten, die nicht auf Ihrem Informationsband behandelt werden«, schloß er in bestimmtem Ton. »Viel Vergnügen, Cha Thrat.«

Die folgenden Tage sollten sich allerdings alles andere als vergnüglich erweisen, höchstens rückblickend betrachtet. Den ganzen ersten Tag und die erste Nacht hindurch bereiteten die dreidimensionalen Zeichnungen und Montageanleitungen Cha Thrat gewaltige Kopfschmerzen, aber von da an wurden Timmins Besuche, um ihre Fortschritte zu kontrollieren, immer seltener. Dreimal schaute auch Oberschwester Naydrad, die kelgianische Mitarbeiterin des medizinischen Teams, vorbei, die, wie Tarsedth mal erwähnt hatte, eine Spezialistin für Bergungstechniken unter erschwerten Bedingungen war.

Cha Thrat verhielt sich ihr gegenüber sehr freundlich, ohne unterwürfig zu sein, und Naydrad legte wie alle Kelgianer ein unhöfliches, fast unverschämtes Benehmen an den Tag. Doch hatte sie an Cha Thrats Arbeit nichts auszusetzen und beantwortete alle Fragen, die sie nicht für dumm oder zu belanglos hielt.

»Ich verstehe nicht ganz den Grund für die transparente Trennwand in diesem Raum«, sagte Cha Thrat bei einem der Besuche Naydrads. »Der Lieutenant hat mir erklärt, das habe psychologische Gründe, damit sich die Patientin geschützt fühle. Aber hinter einer undurchsichtigen Wand mit einem kleinen Fenster würde sie sich doch bestimmt noch sicherer vorkommen. Braucht die FOKT neben einem Geburtshelfer auch einen Zauberer?«

»Einen *Zauberer?*« wiederholte die Kelgianerin verwundert und fuhr dann fort: »Ach ja! Sie müssen diese ehemalige Schwesternschülerin sein, die hier noch immer in aller Munde ist und die O'Mara für einen Medizinmann hält, stimmt's? Ich persönlich glaube ja, daß Sie, was O'Mara angeht, recht haben. Aber es ist nicht nur diese Patientin namens Khone, die einen Zauberer braucht, sondern die gesamte Bevölkerung von Goglesk. Khone ist entweder eine sehr mutige oder eine sehr dumme FOKT, die sich freiwillig als Versuchspatientin zur Verfügung gestellt hat.«

»Ich kann Ihnen immer noch nicht ganz folgen, Oberschwester. Könnten Sie mir das bitte genauer erklären?«

»Nein. Ich habe einfach keine Zeit, all die verzwickten Probleme dieses Falls zu erläutern und schon gar nicht einer Wartungstechnikerin, die krankhaft neugierig, aber nicht einmal direkt betroffen ist, oder die sich einsam fühlt und lieber plaudern, als arbeiten will. Seien Sie froh, daß Sie keine Verantwortung tragen, dieser Fall ist nämlich sehr heikel.

Jedenfalls«, fuhr sie fort und deutete dabei auf das Videogerät und das Regal mit den Videobändern am anderen Ende des Raums, »ist unsere Kopie des Bands mit der Krankengeschichte über zwei Stunden lang, falls Sie an diesem Fall wirklich so interessiert sind. Nehmen Sie dieses Band bitte nur nicht mit von Bord.«

Trotz der ständigen Versuchung, eine Pause zu machen und einen raschen Blick in das FOKT-Video zu werfen, setzte Cha Thrat ihre Arbeit fort, bis der Wartungsingenieur, der das Kommandodeck überprüft hatte, den Kopf zum Unfalldeck hereinsteckte.

»Zeit zum Mittagessen«, sagte er. »Ich gehe jetzt in die Kantine. Kommen Sie mit?«

»Nein danke«, antwortete Cha Thrat. »Ich muß hier noch etwas erledigen.«

»Das ist das zweitemal in drei Tagen, daß Sie das Mittagessen verpassen«, ermahnte sie der Terrestrier. »Sind alle Sommaradvaner so verrückt nach Arbeit? Haben Sie keinen Hunger oder nur eine verständliche Abneigung gegen das Kantinenessen?«

»Nein, sehr großen und manchmal«, beantwortete Cha Thrat die drei Fragen der Reihe nach.

»Ich habe einen Packen Sandwiches dabei«, fuhr der Wartungsingenieur fort. »Garantiert nahrhaft und ungiftig für alle Sauerstoffatmer, und wenn Sie sich den Belag nicht allzu genau ansehen, müßten Sie es eigentlich schaffen, das Zeug im Magen zu behalten. Interessiert?«

»Ja, sehr sogar«, bedankte sich Cha Thrat, wobei sie den Hintergedanken hegte, jetzt gleichzeitig ihren knurrenden Magen befriedigen und sich die ganze Mittagspause hindurch das FOKT-Video ansehen zu können.

Das gedämpfte, aber hartnäckige Heulen der Alarmsirene lenkte ihre Gedanken vom Planeten Goglesk und seinen eigenartigen Problemen auf die Erkenntnis, daß sie sich mit dem Video schon viel länger beschäftigt hatte, als die festgesetzte Mittagspause dauerte, und sich das Schiff plötzlich mit Leben füllte.

Sie sah drei Terrestrier in den grünen Uniformen des Monitorkorps am Eingang zum Unfalldeck vorbei in Richtung Kontrollraum rennen, und ein paar Minuten später kam der unförmige, grüne Ball, der Körper Danaltas, aufs Unfalldeck gerollt. Direkt hinter ihm folgte eine weißgekleidete Terrestrierin mit dem Abzeichen der pathologischen Abteilung, bei der sich um die DBDG Murchison handeln mußte. Danach erschienen auch Naydrad und Prilicla: Die Kelgianerin schlängelte sich in schnellen Wellenbewegungen über den Boden, und der insektenartige Empath huschte die Decke entlang. Die Oberschwester begab sich direkt zum Videorecoder, in dem noch das FOKT-Video lief, und schaltete das Gerät ab, als noch zwei Terrestrier an Deck stürmten.

Einer der beiden war Timmins, und bei dem zweiten handelte es sich, nach dem Abzeichen auf der Uniform und seinem gebieterischen Auftreten zu urteilen, um den Herrscher des Schiffs, Major Fletcher. Der Lieutenant ergriff als erster das Wort.

»Wie lange brauchen Sie noch, bis Sie hier fertig sind?« fragte er Cha Thrat ungeduldig.

»Den Rest des Tages und den Großteil der Nacht«, antwortete sie wie aus der Pistole geschossen.

Fletcher schüttelte den Kopf.

»Ich könnte noch mehr Leute darauf ansetzen, Sir«, schlug Timmins vor. »Natürlich müßte man sie kurz in ihre Tätigkeit einweisen, was ein bißchen Zeit kosten würde. Aber ich bin mir sicher, daß man damit die Arbeitsdauer allenfalls auf vier, vielleicht auch drei Stunden reduzieren könnte.«

Der Herrscher des Schiffs schüttelte abermals den Kopf.

»Dann bleibt uns wohl nur noch eine Alternative«, meinte der Lieutenant.

Zum erstenmal blickte Fletcher Cha Thrat direkt an. »Nach Aussage des Lieutenants sind Sie imstande, diese Einrichtung selbständig fertigzustellen und zu testen. Ist das richtig?«

»Ja«, antwortete Cha Thrat.

»Haben Sie irgend etwas dagegen, das auf einem dreitägigen Flug nach Goglesk zu erledigen?«

»Nein«, erwiderte sie mit fester Stimme.

Der Captain blickte nach oben auf Prilicla, den Leiter des medizinischen Teams des Schiffs, ohne etwas sagen zu müssen.

»Ich kann bei meinen Kolleginnen und Kollegen keine besonders ausgeprägte Abneigung gegen die Begleitung dieses Wesens feststellen, Freund Fletcher«, berichtete der Empath. »Schließlich handelt es sich um einen Notfall.«

»Wenn das so ist, starten wir in fünfzehn Minuten«, teilte Fletcher mit, während er sich zum Gehen wandte.

Timmins blickte Cha Thrat an, als ob er ihr irgend etwas sagen wollte – möglicherweise einen Rat zur Vorsicht oder eine Empfehlung oder ein beruhigendes Wort. Doch schließlich hielt er nur eine locker geballte Faust hoch, über der der abgespreizte Daumen senkrecht nach oben ragte; eine Geste, die sie noch nie bei ihm gesehen hatte. Dann war auch er verschwunden. Cha Thrat hörte das Stapfen seiner Füße auf dem Metallboden des Bordtunnels, und auf einmal kam sie sich trotz der vier höchst unterschiedlichen Lebensformen, von denen sie dicht umringt war, sehr einsam vor.

»Haben Sie keine Angst, Cha Thrat«, tröstete Prilicla sie, wobei die übersetzte Stimme von den rollenden Schnalzlauten seiner melodischen cinrusskischen Sprache untermalt wurde. »Sie befinden sich unter Freunden.«

»Es gibt da ein Problem«, meldete sich Naydrad zu Wort. »Wir haben für Ihre blöde Körperform keine passende Beschleunigungsliege, Cha Thrat. Legen Sie sich auf eine Trage, dann schnalle ich sie darauf fest.«

12. Kapitel

Die FOKT-Einrichtung wurde fertiggestellt und gründlich getestet, zuerst von Naydrad und dann – auf Anordnung Major Fletchers – vom technischen Offizier der *Rhabwar*, Lieutenant Chen. Abgesehen von kurzen Begegnungen auf dem Weg von oder zu den Speise- und Aufenthaltsräumen, war das Cha Thrats bisher einzige Möglichkeit, mit einem der Schiffsoffiziere direkt in Berührung zu kommen.

Nicht, daß man solch einen Kontakt zwischen den Offizieren der Herrscherklasse und einem Wesen des niedrigsten technischen Dienstgrads zu verhindern versucht oder bei Cha Thrat absichtlich Minderwertigkeitsgefühle hervorgerufen hätte; das tat man beides nicht. Aber sämtliche Mitarbeiter des Monitorkorps, die die ausgesprochen hohen technischen und theoretischen Anforderungen des Dienstes auf Interstellarschiffen erfüllen mußten, kamen – zumindest nach der standesbewußten Einstellung einer Sommaradvanerin – dem Rang eines Herrschers so nah, daß es keinen Unterschied machte. Ohne jemanden bewußt kränken zu wollen, verfielen sie immer wieder in eine eigene, äußerst technische Sprache, die nur Eingeweihte verstanden, und verursachten bei Cha Thrat tiefstes Unbehagen.

Jedenfalls fühlte sie sich bei den Ärzten in Zivil heimischer als bei diesen Wesen, die, bis auf ein paar kleine, aber wichtige Rangabzeichen auf dem Kragen, die gleiche Uniform trugen wie sie. Überdies war es unmöglich, in Gesellschaft von Prilicla zu sein, wenn man sich nicht wirklich ausgesprochen wohl fühlte. Deshalb machte sich Cha Thrat so klein, wie es ihre Physiologie zuließ, rief sich ständig in Erinnerung, daß sie nicht mehr zur ärztlichen Zunft, sondern zu den Wartungstechnikern gehörte, und bemühte sich angestrengt, sich nicht einzumischen, wenn sich die anderen über den Sinn und Zweck des Einsatzes unterhielten.

Aus Sicht der Kulturkontaktspezialisten handelte es sich bei Goglesk um einen Grenzfall. Der intensive Kontakt mit einer eher rückständigen Zivilisation konnte gefährlich sein, weil man sich, wenn die Monitorkorpsschiffe wie aus heiterem Himmel auf die Planetenoberfläche fielen, nie sicher sein konnte, ob man den Bewohnern in ihrer technologischen Entwicklung unter die Arme greifen sollte oder bei ihnen einen vernichtenden Minderwertigkeitskomplex auslösen würde. Doch die Gogleskaner waren trotz ihrer Rückständigkeit in den Naturwissenschaften und der verheerenden Rassenpsychose, die sie am Fortschritt hinderte, zumindest als Individuen psychologisch gefestigt, und ihr Planet hatte bereits seit etlichen tausend Jahren keinen Krieg mehr erlebt.

Für das Korps wäre es der einfachste Weg gewesen, sich zurückzuziehen, die gogleskanische Kultur so weitermachen zu lassen, wie sie es seit Beginn der Geschichtsschreibung getan hatte, und ihre Probleme als unlösbar abzuschreiben. Nichtsdestoweniger hatten die Spezialisten eins ihrer seltenen Zugeständnisse gemacht und einen kleinen Stützpunkt zur Beobachtung, Nachforschung und begrenzten Kontaktaufnahme errichtet.

Der Fortschritt ist bei jeder intelligenten Spezies von der verstärkten Zusammenarbeit zwischen Einzelwesen, Familien oder Stämmen abhängig. Auf Goglesk hatte jedoch schon immer jeder enge Kooperationsversuch einen starken Rückgang des Verständnisses, blinde Zerstörungswut und ernste körperliche Verletzungen zur Folge gehabt, so daß sich die Gogleskaner gezwungenermaßen zu einer Spezies von Individualisten entwickelt hatten, die nur für die Dauer des kurzen Fortpflanzungsprozesses oder der Betreuung der Kleinkinder miteinander engen Körperkontakt hatten.

Das Problem war aufgrund einer Lösung entstanden, die sich den Gogleskanern vor der Entwicklung von Intelligenz aufgedrängt hatte. Damals waren sie die Beute sämtlicher Raubtiere gewesen, von denen es in den gogleskanischen Meeren wimmelte, hatten aber selbst ebenfalls natürliche Angriffs- und Verteidigungswaffen entwickelt: Stacheln, die kleinere Lebensformen lähmten oder töteten, und lange Fühler auf dem Kopf, mit denen sie durch Berührung telepathischen Kontakt herstellen konnten. Wurden sie von großen Raubtieren bedroht, schlossen sie ihre Körper und Gehirne zusammen, bis sie die erforderliche Größe hatten, um mit ihren vereinten Stacheln jeden Angreifer zu töten.

Nach fossilen Funden auf Goglesk zu urteilen, hatte es einen gigantischen Überlebenskampf zwischen den FOKTs und einer Spezies riesiger und besonders wilder Meeresraubtiere gegeben, eine Schlacht, die viele, viele tausend Jahre gewütet hatte. Den Sieg trugen am Ende die FOKTs davon, die sich danach zu intelligenten Landbewohnern entwickelten. Aber der Preis, den sie zu zahlen hatten, war furchtbar.

Um eins der gewaltigen Raubtiere zu Tode zu stechen, hatten sich Hunderte von einzelnen FOKTs körperlich und telepathisch zusammenschließen müssen. Bei jeder derartigen Begegnung waren sehr viele von ihnen umgekommen, zerrissen oder gefressen worden, und den sich daraus ergebenden Todeskampf, der sich bei jedem Sterbenden wiederholte, nahm aufgrund der telepathischen Verbindung jedes einzelne Mitglied der Gruppen am eigenen Leibe wahr. In dem Bestreben, ihr Leiden zu verringern, hatten die FOKTs die Wirkung der telepathischen Kräfte in der Gruppe durch die Entwicklung blinder Zerstörungswut abgeschwächt, die sich unterschiedslos gegen alles richtete, was sich in ihrer Nähe befand. Doch selbst so waren ihre in der Vorgeschichte erhaltenen seelischen Wunden nicht verheilt.

Der von einem Gogleskaner in Not ausgestoßene Ruf, der einen solchen Gruppenzusammenschluß einleitete, konnte, wenn er erst einmal gehört worden war, weder bewußt noch unterbewußt verdrängt werden, da dieser Schrei nur eins bedeutete: die Bedrohung durch äußerste Gefahr. Das war selbst in der heutigen Zeit, wo derartige Bedrohungen nur eingebildet oder unbedeutend waren, nicht anders. Der Zusammenschluß führte zwangsläufig zur blinden Zerstörung von allem, was sich in ihrer unmittelbaren Nähe befand und die FOKTs als Individuen hatten bauen, schreiben oder schaffen können: Häuser, Fahrzeuge, technische Anlagen, Bücher oder Kunstobjekte.

Aus diesem Grund erlaubten es die heutigen Gogleskaner, mit Ausnahme einiger sehr seltener Fälle, niemandem, sie zu berühren, sich ihnen zu nähern oder sie auch nur ansatzweise mit persönlichen Worten anzusprechen, während sie hilflos und – bis ihnen Conway vor kurzem einen Besuch auf ihrem Planeten abgestattet hatte – hoffnungslos gegen die ihnen von der Evolution aufgezwungenen Lebensbedingungen ankämpften.

Cha Thrat war klar, daß sich das medizinische Team ausschließlich über die Probleme der Gogleskaner im allgemeinen und die von Khone im besonderen unterhalten wollte, und über diese Themen entwickelten sich dann auch endlose Gespräche, die zu nichts anderem führten als stets wieder zum Ausgangspunkt zurück. Eigentlich hatte Cha Thrat mehrmals Vorschläge machen oder Fragen stellen wollen. Aber schon bald stellte sie fest, daß, wenn sie einfach den Mund hielt und geduldig abwartete – ein Verhalten, das ihrem Naturell schon immer widersprochen hatte –, dieselben Vorschläge und Fragen, die ihr unter den Nägeln brannten, von einem Mitglied des Teams unterbreitet beziehungsweise beantwortet wurden.

Normalerweise war es Naydrad, die solche Fragen stellte, wenn auch viel weniger höflich, als es Cha Thrat getan hätte.

»Conway hätte mitkommen sollen«, sagte die Kelgianerin, deren Fell sich mißbilligend kräuselte. »Er hat es der Patientin versprochen, und dafür gibt es keine Ausflüchte!«

Das rosagelbe Gesicht der Pathologin Murchison wurde dunkler. An der Decke zitterten Priliclas schimmernde Flügel als Reaktion auf die unter ihm ausgestrahlten Emotionen, aber weder der Empath noch die Terrestrierin sagten ein Wort.

»Ich nehme an, daß es Conway durch die unbeabsichtigte, gefährliche und beispiellose Geistesverschmelzung gelungen ist, die geistig-seelische Ausrichtung dieser Gogleskanerin zu durchbrechen«, unterbrach Danalta das entstandene Schweigen. »Aus diesem Grund ist er auch das einzige Wesen einer anderen Spezies, das Aussichten hat, sich der Patientin bis zumindest auf geringen Abstand zu nähern, selbst wenn er sie vor oder während der Geburt wohl kaum berühren darf. Obwohl wir viel früher als erwartet gerufen worden sind, muß es doch im Hospital noch viele andere geben, die fähig und willens sind, für die paar Tage, die für den Flug erforderlich sind, Conways Aufgaben zu übernehmen.

Jedenfalls finde ich auch, daß Conway uns hätte begleiten sollen«, schloß der Gestaltwandler. »Schließlich ist Khone seine Freundin, und er hat es ihr versprochen.«

Während Danaltas Ausführungen hatte Murchisons

Gesicht bis auf weiße Flecken rund um die Lippen den dunkelrosa Farbton beibehalten, und an Priliclas Zittern war deutlich abzulesen, daß die emotionale Ausstrahlung der Pathologin für den Empathen alles andere als angenehm war.

»Ich stimme Ihnen ja grundsätzlich zu, daß niemand unentbehrlich ist, nicht einmal der leitende Diagnostiker der Chirurgie«, räumte Murchison in einem Ton ein, der das Gegenteil zu verstehen gab. » Ich will Conway auch gar nicht verteidigen, nur weil er zufällig mein Lebensgefährte ist. Er könnte eine ganze Menge Chefärzte, die in der Lage sind, seine Arbeit zu verrichten, um Hilfe bitten. Aber das geht eben nicht innerhalb weniger Minuten oder Stunden und vor allem nicht, solange er mitten in einer Operation steckt. Außerdem hätte allein die Einweisung in seinen Operationsplan Zeit gekostet, wenigstens noch mal zwei Stunden. Der Funkspruch der Gogleskaner hatte den Zusatz ›äußerst dringend‹. Also mußten wir sofort aufbrechen, auch ohne Conway.«

Danalta entgegnete nichts, doch Naydrads Fell schlug unzufriedene Wellen. »Ist das die einzige Entschuldigung, die Conway Ihnen für den Bruch seines Versprechens der Patientin gegenüber gegeben hat?« wollte die Kelgianerin wissen. »Wenn ja, ist das vollkommen unbefriedigend. Wir haben doch schon alle unsere Erfahrungen mit plötzlichen Notfällen gemacht und wissen, daß die Übernahme einer Arbeit durch andere auch ohne ausführliche Einweisungen und auch ohne jede Vorwarnung erforderlich sein kann. Mit seiner Entscheidung legt Conway gegenüber seiner Patientin eine unglaubliche Rücksichtslosigkeit an den Tag und ...«

»Gegenüber welcher Patientin?« fiel Murchison der DBLF verärgert ins Wort. »Gegenüber Khone oder dem Wesen, das er im Moment operiert? Und falls Sie es vergessen haben sollten, ergibt sich ein Notfall nun einmal unerwartet oder weil eine Situation versehentlich außer Kontrolle geraten ist. Vor allem sollte er nicht absichtlich herbeigeführt werden, nur weil sich jemand moralisch verpflichtet fühlt, woanders zu sein.

Jedenfalls hat Conway mitten in einer Operation gesteckt und nur Zeit für ein paar Worte gehabt«, fuhr sie fort, »und die lauteten, wir sollten sofort ohne ihn losfliegen und uns keine Sorgen machen.«

»Dann wollen Sie also tatsächlich das Fehlverhalten Ihres Lebensgefährten entschuldigen? Nach meiner Meinung ...«, setzte Naydrad an, wurde jedoch von Prilicla, der sich zum erstenmal einmischte, unterbrochen.

»Bitte«, besänftigte er in ruhigem Ton die aufwallenden Wogen der Empörung. »Ich spüre, daß unsere Freundin Cha Thrat etwas sagen möchte.«

Als Chefarzt und Leiter des medizinischen Teams der *Rhabwar* wäre Prilicla gut und gerne dazu berechtigt gewesen, seine Mitarbeiter darauf hinzuweisen, daß ihm ihr ständiges Gezänk Unbehagen bereite und sie gefälligst sofort den Mund halten sollten. Aber Cha Thrat wußte auch, daß der kleine Empath nicht einmal im Traum daran denken würde, so etwas zu tun, weil die Teamkollegen ihrem friedfertigen, von allen geliebten und für Emotionen empfänglichen Leiter mit ihrer daraus resultierenden Verlegenheit und den Schuldgefühlen über die verursachten Beschwerden noch mehr Unannehmlichkeiten bereitet hätten.

Deshalb lag es in Priliclas eigenem Interesse, Anweisungen zumeist nur indirekt zu erteilen, um die Ausstrahlung unangenehmer Gefühle in seiner Umgebung auf ein Minimum zu reduzieren. Wenn er jetzt Cha Thrats Wunsch, sich zu äußern, spürte, konnte er höchstwahrscheinlich auch fühlen, daß sie genau wie er die gegenwärtige Verstimmung im Raum verringern wollte.

Alle Augen waren jetzt auf sie gerichtet, und Prilicla hatte aufgehört zu zittern. Offenbar machte ihm die emotionale Ausstrahlung von Neugier wesentlich weniger zu schaffen als die vorherigen Gefühle, die sich mittlerweile gelegt hatten.

»Ich habe mir ebenfalls aufmerksam das Video über Goglesk und insbesondere das Material über Khone angesehen ...«, begann Cha Thrat.

»Das ist ja wohl nicht Ihre Sache«, unterbrach Danalta sie. »Sie sind Wartungstechnikerin.«

»Aber eine ausgesprochen wißbegierige Wartungstechnikerin«, fügte Naydrad hinzu. »Also lassen Sie sie weitersprechen.«

»Außerdem sollte eine Wartungstechnikerin schließlich alles über das Wesen, für dessen Unterkunft sie verantwortlich ist, wissen wollen!« wehrte sich Cha Thrat verärgert gegen Danaltas Kritik. Dann sah sie, daß Prilicla wieder zu zittern begann, und brachte ihre Gefühle unter Kontrolle. »Mir scheint, daß Sie sich womöglich unnötig Sorgen machen. Diagnostiker Conway hat sich nicht so mit Pathologin Murchison unterhalten, als wäre er übermäßig beunruhigt gewesen. Wie ist im Funkspruch von Goglesk der Zustand der Patientin denn geschildert worden?«

»Überhaupt nicht«, antwortete Murchison. »Wir haben keine Ahnung, wie das klinische Bild aussieht. Leider ist es nicht möglich, von einem kleinen Standort mit geringer Energie wie Goglesk eine ausführliche Nachricht zu senden. Um einen Funkspruch durch den Hyperraum zu schicken, braucht man eine Menge Energie, und darum ...«

»Danke«, schnitt ihr Cha Thrat höflich das Wort ab. »Die technischen Probleme sind in einer meiner Unterrichtsstunden beim Wartungsdienst behandelt worden. Wie hat der Funkspruch gelautet?«

Murchisons Gesicht war wieder dunkler geworden, als sie antwortete: »Der genaue Wortlaut war: ›Conway, Orbit Hospital. Dringender Notfall. Khone benötigt schnellstmöglich Ambulanzschiff. Wainright, Stützpunkt Goglesk.‹«

Einen Augenblick lang schwieg Cha Thrat und ordnete ihre Gedanken. Dann entgegnete sie: »Ich nehme an, daß sich die Heilerin Khone und ihr Freund Conway über die gegenseitigen Fortschritte auf dem laufenden gehalten haben. Wahrscheinlich haben sie längere, ausführlichere und vielleicht persönliche Nachrichten ausgetauscht, die von den in diesem Sektor operierenden Monitorkorpsschiffen überbracht worden sind, um auf diese Weise die Nachteile des Hyperraumfunks zu vermeiden.«

Ein Blick auf Naydrads Fell verriet Cha Thrat, daß die Kelgianerin kurz davor war, sie zu unterbrechen, und deshalb fuhr sie rasch fort: »Nach der Beschäftigung mit dem Gogleskaner-Video nehme ich weiterhin an, daß Khone innerhalb der von ihrer geistig-seelischen Ausrichtung gesetzten Grenzen ein ungewöhnlich umsichtiges und rücksichtsvolles Wesen ist, das nicht gewillt wäre, seinen Freunden unnötige Unannehmlichkeiten zu bereiten. Selbst, wenn Conway dieses Thema nicht direkt angesprochen hat, wird Khone bereits durch die Verschmelzung ihrer geistigen Vorstellungen den vollen Umfang der Pflichten, der Verantwortung und der Arbeit eines Diagnostikers kennengelernt haben. Und Conway wird natürlich genausogut über Khones Gedanken und ihre wahrscheinliche Reaktion auf dieses Wissen im Bild sein.

Da Conway derjenige war, der die Verantwortung für die Patientin übernehmen wollte, war der Hyperraumfunkspruch an ihn gerichtet. Doch die Nachricht enthielt nur die dringende Bitte um ein Ambulanzschiff, nicht um die Anwesenheit des Diagnostikers.

Conway war klar, warum es sich so verhielt«, fuhr Cha Thrat fort, »weil er genausoviel über Schwangerschaften bei Gogleskanerinnen weiß wie Khone. Deshalb kann es gut sein, daß Conway durch den genauen Wortlaut der Nachricht von seinem Versprechen entbunden worden ist. In dem Wissen, daß seine Patientin nichts anderes als den schnellen Transport zum Hospital benötigt, war der Diagnostiker nicht übermäßig beunruhigt und bat Sie, sich über seine Abwesenheit ebenfalls keine Sorgen zu machen.

Es ist gut möglich«, schloß Cha Thrat, »daß die jüngste Kritik an dem Verhalten des Diagnostikers Conway, das nur scheinbar dem Berufsethos widerspricht, jeder Grundlage entbehrt.«

Naydrad wandte sich an Murchison und näherte sich soweit einer Entschuldigung, wie es einer Kelgianerin möglich war, indem sie sagte: »Cha Thrat hat vermutlich recht, und ich bin dumm.«

»Sie hat zweifellos recht«, pflichtete ihr Danalta bei. »Entschuldigen Sie, Murchison. Wenn ich im Moment in terrestrischer Gestalt vor Ihnen sitzen würde, hätte ich ein knallrotes Gesicht.«

Murchison antwortete nicht, blickte aber weiterhin unverwandt Cha Thrat an. Ihr Gesicht hatte wieder die normale Farbe angenommen, zeigte ansonsten jedoch keinen Ausdruck, den Cha Thrat hätte deuten können. Prilicla kam langsam auf sie zugeflogen, bis sie den leichten, regelmäßigen Abwind seiner Flügel spürte.

»Cha Thrat«, sagte der Cinrussker leise, »ich habe das starke Gefühl, daß Sie sich eben eine neue Freundin gemacht haben und sich …«

Als der Lautsprecher auf dem Unfalldeck mit der übermäßig verstärkten Stimme Fletchers zum Leben erwachte, brach er mitten im Satz ab.

»Chefarzt, hier Kontrollraum«, meldete sich Fletcher. »Der Sprung in den Hyperraum ist abgeschlossen. In schätzungsweise drei Stunden und zwei Minuten werden wir im Orbit über Goglesk sein. Die Landefähre ist startbereit, Sie können Ihre medizinische Ausrüstung also einladen, wenn Sie wollen.

Wir haben eine Normalraum-Funkverbindung mit Lieutenant Wainright«, fuhr er fort, »der sich mit Ihnen über Ihre Patientin Khone unterhalten will.«

»Danke, Captain«, entgegnete Prilicla. »Wir hier möchten uns ebenfalls über Khone unterhalten. Bitte übertragen Sie Freund Wainrights Nachricht hierher aufs Unfalldeck und auch zum Landefährenschacht, weil wir gleich dorthin aufbrechen. Auf diese Weise können wir während des Gesprächs weiterarbeiten.«

»Alles klar. Die Verbindung ist schon hergestellt«, meldete Fletcher und sagte dann zu Wainright: »Ich habe Sie jetzt zu Chefarzt Prilicla durchgestellt, Lieutenant. Sprechen Sie einfach.«

Trotz der Beeinträchtigung durch die Übersetzung ins Sommaradvanische konnte Cha Thrat aus Wainrights Stimme eine tiefe Besorgnis heraushören. Aufmerksam verfolgte sie das Gespräch, während sie sich nur mit einem Teil ihrer Gedanken auf die Arbeit konzentrierte, die darin bestand, Naydrad beim Einladen medizinischer Geräte in den Krankentransporter zu helfen.

»Tut mir leid, Doktor«, sagte Wainright, »die ursprüngliche Abmachung, die Patientin auf dem Landefeld an Bord zu nehmen, müssen wir vergessen. Khone ist nicht reisefähig, und einen mit Außerplanetariern besetzten Transporter loszuschicken, um sie aus der Stadt zu holen, wäre eine heikle Sache. Zu einer Zeit wie dieser sind die Einheimischen besonders, nun ja, nervös, und die Ankunft von so grausig aussehenden Alienmonstern, die Khone und ihr ungeborenes Kind wegbringen wollen, könnte zu einem Gruppenzusammenschluß führen und uns …«

»Freund Wainright«, unterbrach ihn Prilicla sanft, »wie geht es der Patientin?«

»Ich habe keine Ahnung, Doktor«, antwortete der Lieutenant. »Als ich Khone das letztemal getroffen habe, hat sie mir erzählt, daß das Kind sehr bald kommen würde, und mich gebeten, das Ambulanzschiff zu bestellen. Außerdem hat sie mir mitgeteilt, sie müsse noch Vorbereitungen treffen, damit für ihre Patienten gesorgt wäre, und sie wolle kurz vor der voraussichtlichen Ankunftszeit der Landefähre zum Stützpunkt kommen. Aber dann ist uns vor ein paar Stunden hierher auf den Stützpunkt die Nachricht überbracht worden, daß Khone nicht in der Lage sei, das Haus zu verlassen, aber der Bote konnte mir nicht sagen, ob der Grund dafür eine Krankheit oder eine Verletzung ist. Zudem hat Khone fragen lassen, ob Sie für den Scanner, den ihr Conway dagelassen hat, noch eine Energiezelle haben. Sie hat nämlich ihre Patienten mit diesem medizinischen Wunderwerk der Föderation mächtig beeindruckt, und nun ist die Zelle leer, was erklären würde, warum uns Khone keine klinischen Informationen über ihre eigene gegenwärtige Verfassung geben konnte.«

»Ich bin mir sicher, Sie haben recht, Freund Wainright«, meinte Prilicla. »Dennoch deutet der plötzliche Verlust der Bewegungsfähigkeit der Patientin auf einen möglicherweise ernsten Gesundheitszustand hin, der sich vielleicht weiter verschlechtert. Haben Sie einen Vorschlag, wie man Khone schnell und mit dem geringstmöglichen Risiko für sie und ihre Freunde in die Landefähre schaffen könnte?«

»Ehrlich gesagt, nein, Doktor«, antwortete Wainright. »Das ist von der ersten Minute an ein äußerst riskantes Unternehmen. Wenn es sich um eine Angehörige irgendeiner anderen uns bekannten Spezies handeln würde, könnte ich sie einfach in meinen Flieger setzen und in ein paar Minuten zu Ihnen bringen. Aber kein Gogleskaner, nicht einmal Khone, wäre imstande, so dicht neben einem Außerplanetarier zu sitzen, ohne einen Notruf auszustoßen, und Sie wissen ja, was dann passieren würde.«

»Ja«, bestätigte Prilicla und zitterte schon bei dem bloßen Gedanken an die ausgedehnten, von den Gogleskanern selbst verursachten Sachschäden in der Stadt und die darauf folgenden Seelenqualen der Bewohner.

»Das beste, was Sie tun können, wäre, den Stützpunkt zu vergessen und so nah wie möglich bei Khones Haus zu landen, auf einer kleinen Lichtung zwischen dem Gebäude und dem Ufer eines Binnensees. Ich werde das Gebiet in einem Flugzeug umkreisen und Sie nach unten leiten. Vielleicht können wir uns jetzt gleich etwas einfallen lassen. Sie werden auf jeden Fall ein paar spezielle ferngesteuerte Geräte brauchen, um Khone aus dem Haus zu holen, und bezüglich der äußeren Abmessungen von Khones Haus und der Türen kann ich Ihnen helfen …«

Während Cha Thrat zusammen mit den übrigen Mitgliedern des medizinischen Teams die Ausrüstung in die Landefähre brachte, rangen Prilicla und Wainright weiter um eine Lösung des Problems. Doch bald wurde klar, daß sie keine eindeutigen Antworten parat hatten, sondern statt dessen versuchten, sich auf alle Eventualitäten vorzubereiten.

»Cha Thrat«, sagte Prilicla, nachdem er das Gespräch mit dem Kommandanten des Stützpunkts beendet hatte. »Da Sie kein Besatzungsmitglied sind, kann ich Ihnen keine Befehle erteilen, aber da unten werden wir so viele zusätzliche Hände brauchen, wie wir zusammenbekommen können. Sie sind besonders reichhaltig mit Greiforganen versehen und kennen sich zudem gut mit den Geräten zum Transport und der vorübergehenden Aufnahme der Patientin aus, und ich spüre in Ihnen die Bereitschaft, uns zu begleiten.«

»Ihr Gefühl täuscht Sie nicht«, entgegnete Cha

Thrat, die wußte, daß die große Aufregung und die starke Dankbarkeit, die Priliclas Äußerung in ihr hervorgerufen hatte, verbale Dankesbekundungen überflüssig machten.

»Wenn wir auch nur noch ein Gerät mehr in die Landefähre laden«, gab Naydrad zu bedenken, »haben wir für die Patientin nicht mehr genügend Platz, geschweige denn für eine turmhohe Sommaradvanerin.«

Doch in der Landefähre war für alle Platz genug, insbesondere als diejenigen, die keinen G-Gürtel trugen – also alle außer Prilicla –, durch die drastische Geschwindigkeitsabnahme der Landefähre noch weiter zusammengedrückt wurden. Lieutenant Dodds, dem Astronavigationsoffizier der *Rhabwar* und Pilot der Landefähre, war eingeschärft worden, daß Geschwindigkeit Vorrang vor einem bequemen Flug habe, und diese Sonderanweisung befolgte er offensichtlich mit aufrichtiger Begeisterung. Der Sinkflug war so schnell und unbequem, daß Cha Thrat nichts von Goglesk sah, bis sie die Planetenoberfläche betrat.

Einige Augenblicke lang dachte sie, sie wäre wieder zu Hause auf Sommaradva und stünde in der Nähe des Ufers eines riesigen Binnensees auf einer grasbedeckten Lichtung, hinter der in mittlerer Entfernung die durch Bäume verdeckte Silhouette einer kleinen Sklavengemeinde aufragte. Aber der Boden unter ihren Füßen war nicht der ihres Heimatplaneten, und das Gras, die wild wachsenden Blumen und all die anderen Pflanzen ringsum wiesen zu ihren Gegenstücken auf Sommaradva leichte Unterschiede in Farbe, Duft und Blattstruktur auf. Selbst die entfernten Bäume waren das Ergebnis eines grundverschiedenen Evolutionsprozesses, obwohl sie einigen der Baumarten des heimischen Tieflands unglaublich ähnlich sahen.

Damals war Cha Thrat das Orbit Hospital seltsam

und unheimlich vorgekommen, aber das war nur ein Bauwerk aus Metall, ein gigantisches künstliches Gebäude gewesen. *Das* hier war eine andere Welt!

»Leidet Ihre Spezies unter plötzlich auftretenden und unerklärlichen Lähmungserscheinungen?« erkundigte sich Naydrad unwirsch. »Trödeln Sie hier nicht herum, sondern holen Sie endlich den Krankentransporter heraus!«

Als Cha Thrat gerade mit dem Transporter die Laderampe hinunterfuhr, landete Wainrights Flugzeug und rollte neben der Fähre aus. Heraus sprangen die fünf Terrestrier, die auf dem Stützpunkt stationiert waren. Vier von ihnen schwärmten sogleich aus, rannten auf die Stadt zu und testeten noch im Laufen ihre Übersetzungs- und Lautsprecherausrüstung, während der Lieutenant auf die Fähre zueilte.

»Falls Sie noch irgend etwas zu tun haben sollten, bei dem zwei oder mehr von Ihnen eng zusammenarbeiten müssen, dann machen Sie das gleich, solange uns das Flugzeug als Sichtschutz dient und man Sie von der Stadt aus nicht sehen kann«, sagte er rasch. »Und wenn Sie aus der Deckung des Flugzeugs herauskommen, halten Sie voneinander mindestens fünf Meter Abstand. Falls die Gogleskaner sehen sollten, daß Sie zwischen sich eine geringere Distanz einhalten oder durch die Berührung der Gliedmaßen sogar direkten Körperkontakt herstellen, beschwört das zwar noch keinen Gruppenzusammenschluß herauf, führt bei denen aber zu tiefem Entsetzen und äußerstem Unbehagen. Deshalb müssen Sie ...«

»Danke, Freund Wainright«, unterbrach ihn Prilicla sanft. »Wir können gar nicht oft genug daran erinnert werden, uns umsichtig zu verhalten.«

Das Gesicht des Lieutenants nahm einen dunkleren Farbton an, und er sagte kein Wort mehr, bis sie sich alle in einer ausreichend weit auseinandergezogenen Reihe nebeneinander dem Stadtrand näherten.

»Auf uns macht das da zwar keinen sonderlich großen Eindruck«, sagte Wainright leise, und die Empfindungen, die hinter seinen Worten steckten, brachten Prilicla zum Zittern, »aber um das zu erreichen, mußten die Gogleskaner Tag für Tag äußerst mühsam um ihr Leben kämpfen, und ich fürchte, sie verlieren ihren Kampf.«

Die Stadt nahm ein breites, halbmondförmiges, von Gras und Felsen bedecktes Gebiet ein, das einen kleinen natürlichen Hafen umschloß. Dort liefen mehrere Landestege bis ins tiefe Wasser hinein, und die an ihnen entlang vertäuten Schiffe hatten sowohl lange dünne Schornsteine und Schaufelräder als auch Segel. Eins der Schiffe, ganz offensichtlich das Vermächtnis eines vergangenen Gruppenzusammenschlusses, war rauchgeschwärzt und an der Vertäuung gesunken. Dicht am Rand des Hafenbeckens stand eine von großen Lücken unterbrochene Reihe drei- und viergeschossiger Häuser aus Holz, Stein und getrocknetem Lehm. Um alle vier Außenwände herum verliefen nach oben führende Rampen, die den Zugang zu den oberen Stockwerken ermöglichten, so daß die Gebäude aus bestimmten Blickwinkeln schmalen Pyramiden ähnelten.

Dem Video über Goglesk zufolge handelte es sich bei diesen Bauwerken um die Lebensmittelverarbeitungs- und Fabrikationsanlagen der Stadt, und Cha Thrat dachte, daß der Geruch von rohem gogleskanischem Fisch genauso unangenehm wie der seines sommaradvanischen Gegenstücks war. Vielleicht war das auch der Grund, weshalb die privaten Wohnhäuser, deren Dächer und Hauptbauelemente aus den Bäumen rings um die Lichtung gefertigt worden waren, so weit vom Hafen entfernt lagen.

Als sie über die Kuppe eines kleinen Hügels gingen, deutete Wainright auf ein niedriges, nur teilweise überdachtes Bauwerk, unter dem ein Fluß entlanglief.

Von ihrem erhöhten Standort aus konnten sie direkt in das Labyrinth aus Fluren und kleinen Räumen sehen, aus denen das Stadtkrankenhaus und Khones angrenzende Wohnung bestand.

Der Lieutenant begann behutsam in sein Anzugmikrofon zu sprechen, und Cha Thrat konnte die warnenden und beruhigenden Worte hören, die mit voller Lautstärke aus den von den vier Terrestriern getragenen Lautsprechern kamen, die ihnen vorausgegangen waren.

»Haben Sie bitte keine Angst«, sagte Wainright. »Die Wesen, die Sie hier sehen, werden Ihnen trotz ihres seltsamen und erschreckenden Erscheinungsbilds nichts tun. Wir sind hier, um die Ärztin Khone auf ihre eigene Bitte zur Behandlung in unserem Hospital abzuholen. Während wir Khone zu unserem Fahrzeug bringen, müssen wir uns ihr vielleicht sehr weit nähern, und dabei könnte sie versehentlich einen Ruf nach Zusammenschluß ausstoßen. Zu einem Zusammenschluß darf es aber unter keinen Umständen kommen, und deshalb bitten wir Sie alle dringendst, sich von Ihren Häusern zu entfernen und sich tief in den Wald oder weit vom Ufer zurückzuziehen, damit ein unbeabsichtigter Notruf Khones Sie nicht erreichen kann. Als zusätzliche Vorsichtsmaßnahme werden wir rund um Khones Haus Geräte aufstellen, die einen lauten Dauerton aussenden. Dieser Ton wird Ihnen genauso unangenehm sein wie uns, aber er verschmilzt mit jedem in seiner Nähe ausgestoßenen Notruf und verändert dessen Klang, so daß er kein Aufruf zum Zusammenschluß mehr ist.«

Wainright blickte Prilicla an, und als der Empath seine Zustimmung signalisierte, schaltete der Lieutenant auf die interne Frequenz des Anzugfunks um und ordnete an: »Nehmen Sie das bitte auf, und spielen Sie es immer wieder ab, bis ich entweder die

Nachricht ändere oder Ihnen die Anweisung gebe, die Aufzeichnung zu stoppen.«

»Werden die das alles glauben?« rief Naydrad plötzlich von ihrem Platz in der Reihe. »Vertrauen die uns außerplanetarischen Ungeheuern überhaupt?«

Der Lieutenant ging mehrere Schritte den Hügel hinab, bevor er antwortete: »Die Gogleskaner vertrauen dem Monitorkorps, weil wir ihnen auf verschiedene Weise helfen konnten. Aus naheliegenden Gründen vertraut Khone Conway, und als bewährte Ärztin der Stadtbewohner konnte sie diese davon überzeugen, daß Conways scheußlich aussehende Freunde ebenfalls vertrauenswürdig seien. Das Problem ist, daß die Gogleskaner eine Spezies von Einzelgängern sind, die nicht immer das tun, was man ihnen aufgetragen hat.

Einige könnten gute Gründe haben, ihre Häuser nicht verlassen zu wollen. Beispielsweise aufgrund von Krankheit oder Gebrechlichkeit oder weil sie sich um kleine Kinder kümmern müssen oder aus Gründen, die nur einem Gogleskaner einleuchten. Deshalb müssen wir diese Klangverfälscher benutzen.«

Naydrad schien durch diese Erklärung zufriedengestellt zu sein, aber Cha Thrat war es nicht. Doch aus Rücksicht auf Prilicla, der nicht nur unter ihrer eigenen, sondern auch unter der Besorgnis der anderen leiden würde, wenn sie ihre Bedenken ausgesprochen hätte, sagte sie lieber nichts.

Wie jeder Mitarbeiter des Wartungsdiensts wußte auch Cha Thrat über diese Klangverfälscher Bescheid. Die Geräte waren von Ees-Tawn, dem Leiter der Abteilung für Spitzentechnologie beim Wartungsdienst, als Antwort auf eine von Conways langfristigen Anforderungen für Goglesk entwickelt und gebaut worden und stellten immer noch Prototypen dar. Wenn sie erfolgreich waren, sollten sie in Serie gehen, bis jedes gogleskanische Haus, jede Fabrik und jedes

Hochseeschiff damit ausgerüstet war. Man rechnete zwar nicht damit, daß die Geräte die Zusammenschlüsse vollkommen verhindern würden, hoffte aber, die auftretenden Gruppenbildungen durch empfindliche Geräuschdetektoren, die mit automatischen Einschaltern gekoppelt waren, auf einige wenige Gogleskaner begrenzen zu können. Das hätte zur Folge, daß das Zerstörungspotential der Gruppe relativ gering, von kürzerer Dauer und für die einzelnen Mitglieder psychologisch weniger schädlich sein würde.

Unter Laborbedingungen hatten die Klangverfälscher bei mehreren von Conway zur Verfügung gestellten Aufnahmen von FOKT-Notrufen gewirkt, doch auf Goglesk selbst waren sie noch nicht getestet worden.

Als sie sich dem Krankenhaus näherten, wurde der Fischgestank immer unerträglicher und die von den Monitoren über Lautsprecher ausgestrahlte Nachricht des Lieutenants lauter. Abgesehen von wenigen flüchtigen Blicken, die Cha Thrat von den zwischen den Häusern am Rand der Lichtung gehenden Terrestriern erhaschte, gab es in der ganzen Stadt kein einziges Lebenszeichen.

»Die Aufnahme jetzt stoppen!« ordnete Wainright an. »Jeder, der bisher nicht auf die Nachricht reagiert hat, hat das auch nicht vor. Harmon, starten Sie mit dem Flugzeug und verschaffen Sie mir einen Blick von oben auf dieses Gebiet. Die übrigen stellen die Klangverfälscher rings ums Krankenhaus auf und halten sich dann in Bereitschaft. Cha Thrat, Naydrad! Sind Sie mit dem Transporter bereit?«

Cha Thrat fuhr sofort mit dem Krankentransporter dicht vor Khones Haustür, rannte über die Rampe am Heck hinaus und öffnete das Verdeck, damit alles zur Aufnahme der Patientin bereit war. Man konnte es nicht riskieren, Khone in Sichtweite anderer Gogleskaner zu berühren, und hoffte darauf, daß die kleine

Ärztin selbst herauskommen und in den Krankentransporter einsteigen würde. Falls das nicht geschah, sollte Naydrad eine ferngesteuerte Sonde ins Haus schicken, um den Grund herauszufinden.

Weil sie die Verständigung nur erschweren würden – und bis jetzt nichts passiert war, das einen Gogleskaner zum Ausstoßen eines Notrufs hätte veranlassen können –, blieben die Klangverfälscher vorerst ausgeschaltet.

»Freundin Khone«, sagte Prilicla, wobei die Wogen der Zuneigung, der Beruhigung und der Freundschaft, die er ausstrahlte, beinahe greifbar waren, »wir sind gekommen, um Ihnen zu helfen. Kommen Sie bitte heraus.«

Sie warteten eine ganze Weile, doch von Khone war weder etwas zu sehen noch zu hören.

»Naydrad ...«, begann Wainright.

»Bin schon dabei«, meckerte die Kelgianerin und startete die Sonde.

Das kleine Fahrzeug, das von Schall-, Sicht- und Biosensoren sowie einer ansehnlichen Reihe verschiedener Greifvorrichtungen strotzte, rollte über den unebenen Boden und durch Khones Vordertür, wobei es den davor hängenden Vorhang aus geflochtenen Pflanzenfasern beiseite schob. Der Rundumblick der Sonde wurde auf den Repeaterschirm des Krankentransporters übertragen.

Nach Cha Thrats Auffassung müßte schon der Anblick der Sonde selbst jemanden in Angst und Schrecken versetzen, wenn er nicht über ihren Zweck Bescheid wußte. Aber dann rief sie sich in Erinnerung, daß Diagnostiker Conway – und durch ihn auch Khone – alles über derartige Geräte bekannt war.

Die Sonde zeigte nichts als ein leerstehendes Haus.

»Vielleicht hat Freundin Khone spezielle Medikamente aus dem Krankenhaus benötigt und ist losgegangen, um sie sich zu holen«, zählte Prilicla besorgt eine Möglichkeit auf. »Aber ihre emotionale Ausstrahlung kann ich nicht wahrnehmen, was bedeutet, daß sie entweder weit von hier weg oder bewußtlos ist. Trifft letzteres zu, dann braucht sie womöglich dringend Hilfe. Daher können wir es uns nicht leisten, kostbare Zeit zu vergeuden, indem wir jeden einzelnen Raum und Korridor im Krankenhaus mit der Sonde durchsuchen. Es geht schneller, wenn ich das selbst übernehme.«

Die schimmernden Flügel des Cinrusskers schlugen langsam und bewegten ihn schon vorwärts, als er fortfuhr: »Ziehen Sie sich bitte ein gutes Stück vom Haus zurück, damit Ihre bewußten Emotionen nicht die schwächere, unterbewußte Ausstrahlung der Patientin überlagern.«

»Warten Sie!« rief der Lieutenant in eindringlichem Ton. »Wenn Sie Khone finden, und sie plötzlich aufwacht und Sie über sich schweben sieht...«

»Sie haben recht, Freund Wainright«, erwiderte Prilicla. »Das erschreckt Khone vielleicht so, daß sie einen Notruf ausstößt. Also setzen Sie die Klangverfälscher ein.«

Cha Thrat zog sich schnell mit dem medizinischen Team aus dem Bereich der maximalen Empfindlichkeit der empathischen Fähigkeiten des Cinrusskers zurück und stellte wie die übrigen den Kopfhörer so ein, daß er Außengeräusche abschirmte, die Verständigung untereinander aber ermöglichte. Als die Klangverfälscher rings ums Krankenhaus einen Höllenlärm aus Schreien, Jammern und Pfeifen veranstalteten, wunderte sich Cha Thrat über die Tiefe der Bewußtlosigkeit ihrer Patientin; der Krach war laut genug, um Tote zu erwecken.

Er war mehr als laut genug, um Khone wieder zu Bewußtsein zu bringen.

13. Kapitel

Ich spüre Sie!« rief Prilicla, dessen Schwebeflug über dem Haus durch die eigene Aufregung völlig unruhig wurde. »Freundin Naydrad, schicken Sie die Sonde herein. Die Patientin befindet sich direkt unter mir, ich will es aber nicht riskieren, sie durch eine plötzliche, unmittelbare Annäherung zu erschrecken. Schnell! Sie ist sehr schwach und hat Schmerzen.«

Jetzt, wo sie Khones Aufenthaltsort genau bestimmen konnte, lenkte Naydrad die Sonde flink bis zu dem Raum, in dem sich die Gogleskanerin befand. Prilicla gesellte sich zu dem Kreis der anderen, die sich um den Repeaterschirm des Krankentransporters versammelt hatten, auf dem bereits die Sensordaten zu sehen waren.

Die Bilder zeigten das Innere eines der kleinen Untersuchungszimmer des Krankenhauses sowie die Gestalt Khones, die an der niedrigen Wand lag, die Arzt und Patient während der Behandlung voneinander trennte. Auf einem kleinen Tisch befand sich eine Anzahl verschiedenster, auf Hochglanz polierter Holzinstrumente mit sehr langen Griffen, bei denen es sich offenbar um Sonden, Dehnsonden und Spatel zur nichtoperativen Untersuchung von Körperöffnungen handelte, einige Gefäße mit einheimischen Medikamenten und – überhaupt nicht dazu passend – der leere Röntgenscanner, den Conway zurückgelassen hatte. Einige der Instrumente waren auf den Boden gefallen, und es hatte den Anschein, daß Khone gerade einen Patienten auf der anderen Seite der Wand untersucht hatte, als sie zusammengebrochen war. Zudem war es wahrscheinlich, daß die letzte Nachricht, die Wainright erhalten hatte, von diesem Patienten stammte.

»Freundin Khone, mein Name ist Prilicla«, sagte der Empath über den Kommunikator der Sonde. »Sie brauchen keine Angst zu haben ...«

Wainright stieß einen unübersetzbaren Laut aus, um Prilicla daran zu erinnern, daß sich Gogleskaner bis auf die gegenseitige Vorstellung am Anfang eines Gesprächs nie direkt als Personen ansprachen und schon bei dem Versuch in seelische Bedrängnis gerieten.

»Dieses Gerät wird niemandem Schmerzen oder Schaden zufügen«, fuhr Prilicla unpersönlicher fort. »Sein Zweck ist es, die Patientin ganz sanft hochzuheben und an einen Ort zu transportieren, an dem sachkundige Hilfe geleistet werden kann. Das Gerät wird jetzt damit beginnen.«

Auf dem Repeaterschirm sah Cha Thrat, wie die Sonde zwei breite, flache Leisten ausfuhr und zwischen Khones liegenden Körper und den Boden schob.

»Stopp!«

Die beiden Stimmen – Khones, die über den Translator kam, und Priliclas, die als Reaktion auf den explosionsartigen Anstieg der emotionalen Ausstrahlung der Gogleskanerin ertönte – erschallten gemeinsam. Der zerbrechlich wirkende Körper des Empathen wurde gebeutelt, als wäre er von einem heftigen Wind erfaßt.

»Entschuldigen Sie, Freundin Khone ...«, begann der Cinrussker. Dann besann er sich und fuhr fort: »Das schwere Unbehagen, das der Patientin verursacht worden ist, sei aufrichtig entschuldigt. In Zukunft wird man sich um noch größere Sanftheit bemühen. Aber ist die zu behandelnde Ärztin vielleicht imstande, Angaben über die genaue Stelle und die möglichen Ursachen der Schmerzen zu machen?«

»Ja und nein«, antwortete Khone mit schwacher Stimme. Da Prilicla nicht mehr zitterte, mußten ihre Beschwerden nachgelassen haben. »Die Schmerzen sitzen im Bereich des Gebärmutterhalses«, fuhr sie fort. »Die unteren Gliedmaßen haben den Dienst versagt und leiden unter eingeschränktem Gefühlsvermögen, und die oberen Glieder und der mittlere Körperbereich sind in gleicher Weise, aber nicht so deutlich betroffen. Die Herztätigkeit ist beschleunigt und die Atmung schwierig. Es wird angenommen, daß der Geburtsvorgang begonnen hatte und unterbrochen worden ist, aber der Grund dafür ist unbekannt, da der Scanner seit einiger Zeit nicht mehr funktioniert und Zweifel bestehen, ob die Finger der Patientin zum Austausch der Energiezelle noch geschickt genug sind.«

»Die Sonde enthält einen eigenen Scanner und sendet die optischen und klinischen Befunde zu den Ärzten draußen vor dem Haus«, beruhigte Prilicla sie. »Sie wird außerdem die Energiezelle in dem anderen Scanner austauschen, damit die Patientin den Ärzten draußen mit den eigenen gogleskanischen Beobachtungen und Fachkenntnissen helfen kann.«

Der Empath begann wieder zu zittern, aber Cha Thrat hatte den Eindruck, das Zittern entsprang eher seiner Sorge um die Patientin, als daß es durch die zurückkehrenden Schmerzen Khones hervorgerufen wurde.

»Jetzt wird der Scanner aktiviert«, fuhr Prilicla fort. »Er wird ganz dicht an die Patientin herankommen, sie aber nicht berühren.«

»Danke«, entgegnete Khone.

Während sie die immer ausführlicheren Ergebnisse der Abtastung von Khones Beckenbereich verfolgte, nahm Cha Thrats Verärgerung über ihre mangelnden physiologischen Kenntnisse von der gogleskanischen Spezies immer mehr zu. Da machte es nur wenig Unterschied, daß auch Prilicla, Murchison und Naydrad auf diesem Gebiet nur wenig beschlagener waren als sie. Das einzige Lebewesen, das jetzt noch imstande war, Khone zu helfen, befand sich viele Lichtjahre entfernt im Orbit Hospital, aber höchstwahrscheinlich hätte nicht einmal die Anwesenheit von Diagnostiker Conway dieses Problem aus der Welt geschafft.

»Die Patientin kann selbst sehen, daß der Fötus groß ist und nicht richtig zum Gebärmutterhals liegt«, sagte Prilicla freundlich. »Zudem drückt er gegen die Hauptnervenstränge und hemmt die Blutzufuhr zu den Muskeln in diesem Bereich und macht es dadurch unmöglich, in seiner gegenwärtigen Lage herausgepreßt zu werden.

Würde sich die Patientin der Meinung anschließen, daß die Geburt nicht ohne einen sofortigen operativen Eingriff vonstatten gehen kann?«

»Nein! Sie dürfen mich nicht berühren!« wehrte Khone vehement ab und vergaß dabei ganz, unpersönlich zu bleiben.

»Aber wir sind doch Ihre ...«, begann Prilicla, zögerte einen Augenblick lang und fuhr dann korrekt fort: »Hier sind nur Freunde, die der Patientin helfen wollen und die die damit zusammenhängenden psychologischen Probleme verstehen. Falls nötig, kann die Sonde angewiesen werden, Betäubungsmittel zu verabreichen, damit die Patientin das Bewußtsein verliert und nicht merkt, daß sie während der Operation berührt wird.«

»Nein!« widersprach Khone erneut. »Bei der Geburt und eine kurze Zeit danach muß die Patientin bei Bewußtsein sein. Es gibt gewisse Dinge, die Eltern für ihre Neugeborenen zu tun haben. Kann nicht die Maschine instruiert werden, die Operation vorzunehmen? Vor der Berührung durch die Maschine würde sich die Patientin sehr viel weniger fürchten als vor der Berührung durch einen Außerplanetarier.«

Prilicla zitterte durch die emotionale Anspannung, die für eine abschlägige Antwort erforderlich war, erneut. »Das geht leider nicht. Die ferngesteuerten Greifer arbeiten für solch ein heikles Verfahren zu ungenau, beziehungsweise sprechen sie nicht leicht genug an. Falls die Bemerkung erlaubt ist, die Patientin befindet sich in stark geschwächtem Zustand und wird in Kürze vielleicht auch ohne die Hilfe von Medikamenten das Bewußtsein verlieren.«

Khone schwieg einen Moment lang und erwiderte dann mit verzweifeltem Unterton in der Stimme: »Dem Bewußtsein der Patientin ist klar, daß die außerplanetarischen Ärzte ihr mit Freundschaft und Besorgnis begegnen. Aber unterbewußt, in den dunkleren, nicht denkenden Winkeln ihres Verstands, würde die unmittelbare Nähe einer dieser optisch grauenhaften Kreaturen eine direkte und tödliche Bedrohung darstellen, die zwangsläufig zu einem Ruf nach Zusammenschluß führen würde.«

»Diesen Ruf würde aber niemand hören«, entgegnete Prilicla und erläuterte die Wirkung der Klangverfälscher. Doch Khones Antwort brachte den Empathen erneut zum Zittern.

»Der Ruf nach Zusammenschluß setzt einen Zustand äußerster seelischer Bedrängnis voraus, dem eine starke, unkontrollierte körperliche Verausgabung folgt«, erklärte sie. »Die Auswirkungen auf die Patientin und den Fötus könnten zum Tod führen.«

»Die Zeit drängt und der Gesundheitszustand verschlechtert sich rapide«, sagte Prilicla schnell. »Man muß Risiken eingehen. Die Sonde kann nicht nur Bilder übermitteln, sondern auch empfangen und wird gleich die außerplanetarischen Freunde zeigen. Kann sich die Patientin bitte daraus das für sie am wenigsten schreckliche Wesen aussuchen, das dann versuchen wird, ihr zu helfen?«

Während die Kamera des Krankentransporters

einen Schwenk machte, um alle Anwesenden der Reihe nach vor die Linse zu bekommen, meldete sich erneut Khone: »Die Terrestrier sind vertraute und treue Freunde, genau wie der Cinrussker und die Kelgianerin, die bei dem früheren Besuch auf Goglesk gesehen worden sind, aber sie alle würden blinde, instinktive Angst hervorrufen, wenn sie zu nahe kämen. Die übrigen zwei Wesen lassen sich weder im Gedächtnis der Patientin noch in den Erinnerungen des Terrestriers Conway aufspüren. Sind die beiden Ärzte?«

Bei der Antwort schwang eine Spur Erleichterung in der Stimme des Empathen mit. »Beide sind erst vor kurzem im Hospital eingetroffen und waren Conway zur Zeit seines ersten Besuchs noch nicht bekannt. Das kleine, kugelförmige Wesen ist Danalta, der die Fähigkeit besitzt, jede gewünschte körperliche Gestalt anzunehmen, auf Wunsch auch die einer Gogleskanerin, und alle Gliedmaßen oder Sinnesorgane auszustülpen, die für die Behebung oder Linderung einer organischen Funktionsstörung nötig sind. Er wird unter der Leitung des Chefarztes operieren und ist die ideale Wahl für ...«

»Ein Gestaltwandler!« fiel ihm Khone ins Wort. »Dieses Wesen, dessen nichtkörperliche Fähigkeiten zweifellos bewundernswert sind, möge entschuldigen, aber allein der Gedanke an eine solche Lebensform ist erschreckend, und ihre unmittelbare Annäherung in Gestalt einer Gogleskanerin wäre unerträglich widerwärtig. Nein!

Das große Wesen daneben wäre weniger beunruhigend«, fügte sie hinzu.

»Das große Wesen ist eine Wartungstechnikerin des Hospitals«, sagte Prilicla in entschuldigendem Ton.

»Und war vorher eine Chirurgin für Krieger auf Sommaradva, die zudem Erfahrungen mit fremden Spezies gesammelt hat«, fügte Cha Thrat leise hinzu.

Der Empath zitterte schon wieder, diesmal wegen der Flut gemischter Gefühle, die die übrigen Mitglieder des medizinischen Teams ausstrahlten.

»Entschuldigung«, bat Prilicla hastig. »Es ist leider ein kurze Zeitverzögerung erforderlich. Diese Angelegenheit muß erst besprochen werden.«

»Aus medizinischen Gründen hofft die Patientin, daß die Verzögerung sehr kurz ausfallen wird«, mahnte Khone zur Eile.

Pathologin Murchison meldete sich als erste zu Wort. »Cha Thrat, Ihre Erfahrung mit fremden Spezies beschränkt sich auf einen terrestrischen DBDG und einen hudlarischen FROB, und in beiden Fällen hat es sich um einen einfachen äußerlichen operativen Eingriff an Gliedmaßen gehandelt. Keine dieser Spezies und, was das betrifft, auch nicht Ihre eigene Klassifikation als DCNF weist irgendeine Ähnlichkeit mit einer gogleskanischen FOKT auf. Nach dieser Glied-um-Glied-Geschichte im Hudlarer-OP bin ich überrascht, daß Sie die Verantwortung übernehmen wollen.«

»Wenn die Sache schiefgeht«, mischte sich Naydrad mit besorgt zuckendem Fell ein, »und die Patientin oder das Neugeborene stirbt, möchte ich nicht wissen, was für ein medizinisches Rührstück Sie diesmal als Buße dafür abziehen werden. Lassen Sie lieber die Finger davon.«

»Ich habe keine Ahnung, warum Khone eine solch unbeholfene und ungelenkige Lebensform wie Cha Thrat mir vorzieht«, sagte Danalta in einem Ton, der verriet, daß seine Gefühle verletzt waren.

»Der Grund ist für den Betreffenden erniedrigend und wahrscheinlich beleidigend«, meldete sich Khone und rief allen damit in Erinnerung, daß sie vergessen hatten, den Sondenkommunikator abzuschalten, »sollte aber nicht unerwähnt bleiben, falls es die Sommaradvanerin für notwendig hält, ihr Angebot zurückzuziehen.

Es gibt physische, psychologische und vielleicht absurde Gründe, warum sich dieses Lebewesen der Patientin bis auf kurze Distanz nähern kann, sie aber außer mit langstieligen Instrumenten nicht berühren darf«, fuhr Khone fort.

Wie Khone erklärte, gab es zwischen den FOKT- und DCNF-Klassifikationen nur wenige äußerliche Gemeinsamkeiten, allenfalls in den Augen sehr junger Gogleskaner, die versuchten, kleine Nachbildungen ihrer Eltern anzufertigen. Doch die dichte Behaarung des eiförmigen Körpers, die vier kurzen, nach außen gebogenen Beine, die Fingerbüschel und die vier langen Fühler auf dem Kopf überstiegen ihr bildhauerisches Geschick. Statt dessen brachten sie plumpe kegelförmige Figuren aus Schlamm und Gras zustande, in die sie Zweige steckten, die nicht immer gerade oder gleichmäßig dick waren. Die Endprodukte wiesen, bis auf ihre Größe, eine deutliche Ähnlichkeit mit dem Körperbau der Sommaradvanerin auf.

Diese primitiv geformten Modelle wurden in den Jahren, die auf den Eintritt von der Kindheit ins Erwachsenenalter folgten, angefertigt, wenn die Stacheln des jungen Erwachsenen für sein Elternteil lebensgefährlich wurden. Sowohl das Elternteil als auch dessen Kind bewahrten die Nachbildungen als Andenken an die einzige Zeit in ihrem Leben auf, in der sie ohne Gefahr die Wärme und Nähe eines ausgedehnten Kontakts zu einem anderen Vertreter der eigenen Spezies gespürt hatten.

Das war ein Erinnerungsstück, das ihnen in ihrem späteren, unglaublich einsamen Leben als Erwachsene half, bei Verstand zu bleiben.

Als Khone ihre Ausführungen beendet hatte, reagierte Murchison als erste. Die Pathologin musterte Cha Thrat und sagte ungläubig: »Ich denke, Khone will uns sagen, daß Sie wie das gogleskanische Gegenstück eines übergroßen terrestrischen Teddybären aussehen.«

Wainright stieß ein nervöses Lachen aus, und die übrigen reagierten gar nicht. Wahrscheinlich konnten sie sich wie Cha Thrat weder unter einem terrestrischen Teddybären noch unter dessen gogleskanischem Gegenstück etwas vorstellen. Aber wenn diese Nachbildungen ihr in vieler Hinsicht ähnelten, konnten sie nicht ganz und gar unvorteilhaft aussehen.

»Die Sommaradvanerin ist bereit zu helfen und hat an dem Vergleich mit den Nachbildungen keinerlei Anstoß genommen«, sagte Cha Thrat unaufgefordert.

»Und wird trotzdem keine Verantwortung übernehmen«, fügte Prilicla mit einem Blick auf die Sommaradvanerin rasch hinzu.

Die melodischen Triller und Schnalzlaute seiner cinrusskischen Sprache wechselten die Tonlage, und nach Cha Thrats Erfahrungen klang in den vom Translator übersetzten Worten des kleinen Empathen zum erstenmal die Entschlossenheit und der Nachdruck eines Herrschers an. »Solange die Sommaradvanerin nicht vorbehaltlos versprechen kann, daß eine Wiederholung des Vorfalls wie bei der Hudlarer-Amputation unmöglich ist, wird sie nicht die Erlaubnis erhalten zu assistieren.

Die Wartungstechnikerin und Heilerin wird nur aus einem einzigen Grund gebraucht«, fuhr er fort, »weil die unmittelbare Nähe der erfahreneren medizinischen Kräfte für die Patientin schädlich erscheint. Die Sommaradvanerin wird sich selbst einfach als organische Sonde betrachten, deren Verstand, Sinnesorgane und Finger der Leitung des Chefarztes unterstehen, der die alleinige Verantwortung für die Behandlung und das spätere Schicksal der Patientin trägt. Ist das deutlich verstanden worden?«

Die Vorstellung, die Verantwortung für ihr Handeln mit jemandem zu teilen oder sogar – wie in diesem Fall – ganz zu übertragen, war einer Chirurgin für Krieger zutiefst zuwider, auch wenn sie Priliclas Gründe gut nachvollziehen konnte. Doch noch stärker als die Schmach, die sie dabei empfand, war das plötzlich aufwallende Gefühl der Dankbarkeit und des Stolzes, wieder einmal als Heilerin an die Arbeit gerufen zu werden.

»Es ist verstanden worden«, bestätigte Cha Thrat.

Schweigend gab der Empath zu verstehen, daß er von der Frequenz des Sondenkommunikators auf die des internen Anzugfunks wechselte, damit ihm der Zwang, sich der unpersönlichen Ausdrucksweise der zuhörenden Gogleskanerin zu bedienen, nicht mehr das Formulieren erschwerte.

»Danke, Cha Thrat«, sagte er schnell. »Benutzen Sie meine cinrusskischen Instrumente, die sind für die Finger an Ihren oberen Gliedmaßen am besten geeignet, und außerdem würde ich mich wohler fühlen, wenn ich Sie bei der Operation mit diesen Instrumenten in der Hand anleitete. Legen Sie die Schutzkleidung an, denn falls Sie von den Stacheln der Patientin gelähmt werden, können Sie ihr nicht mehr helfen. Wenn Sie bei Khone sind, machen Sie keine plötzlichen Bewegungen, die die Patientin erschrecken könnten, ohne zuerst den Grund dafür zu nennen. Ich werde die emotionale Ausstrahlung von Khone von hier aus überwachen und Sie sofort warnen, wenn irgendeine Handlung eine plötzlich gesteigerte Angst bei ihr hervorruft. Aber Ihnen ist die Sachlage ja selbst durchaus bekannt, Cha Thrat. Beeilen Sie sich bitte.«

Naydrad erwartete sie bereits mit dem fertig gepackten Instrumentenkoffer. Cha Thrat steckte noch die frische Energiezelle für Khones Scanner mit hinein, stieg auf den Krankentransporter und kletterte von dort aus auf das Krankenhausdach.

»Viel Glück«, rief Murchison ihr hinterher. Naydrad

kräuselte das Fell, und die übrigen gaben unübersetzbare Laute von sich.

Das Dach bog sich unter Cha Thrats Gewicht beängstigend nach unten, und einer ihrer Vorderfüße brach glatt in die dünne Konstruktion ein, aber übers Dach ging es viel schneller, als durch das darunter befindliche Labyrinth von Gängen mit seiner niedrigen Decke zu kriechen. Cha Thrat ließ sich in den unüberdachten Korridor fallen, der zu Khones Zimmer führte, hockte sich etwas unbeholfen auf zwei Knie und drei der mittleren Gliedmaßen und steckte, nachdem Prilicla die Patientin vor ihrer Ankunft gewarnt hatte, nur den Kopf und die Schultern durch die Tür in Khones Zimmer hinein. Zum erstenmal war sie in der Lage, eine gogleskanische FOKT ganz aus der Nähe zu betrachten.

»Es ist nicht beabsichtigt, die Patientin direkt zu berühren«, sagte Cha Thrat vorsichtig.

»Danke«, erwiderte Khone mit einer Stimme, die durch den unaufhörlichen Lärm der Klangverfälscher kaum wahrzunehmen war.

Die dichte, widerspenstige Behaarung und die Borsten, die den ausgestreckten, eiförmigen Körper bedeckten, waren von der Farbe und dem Wuchs her weniger unregelmäßig, als es nach den von der Sonde übertragenen Bildern den Anschein gehabt hatte. Die Körperbehaarung war beweglich, wenn auch nicht im gleichen Maß wie bei den Kelgianern, und unter dem Kopfpelz war eine Anzahl regloser, langer, blasser Fühler, die nur bei einem Zusammenschluß gebraucht wurden, um die Gehirne der einzelnen Gruppenmitglieder miteinander zu verbinden. Rings um die Hüfte befanden sich vier schmale, senkrechte Öffnungen, zwei zum Atmen und Sprechen und zwei zur Nahrungsaufnahme.

Die über den Körper verteilten Borsten waren zu Fingerbüscheln gruppiert, äußerst biegsam und zu den subtilsten Handgriffen fähig, und den Unterleib umgab ein dickes Muskelband, unter das die vier kurzen Beine eingezogen werden konnten, wenn sich die FOKT ausruhen wollte.

Jetzt lag die Patientin auf der Seite, eine Lage, aus der sich selbst eine vollkommen gesunde und agile Gogleskanerin nur mit großen Schwierigkeiten wieder aufgerichtet hätte.

»Die Sonde soll den Scanner herbringen«, sagte Cha Thrat leise. »Wenn die Energiezelle ausgetauscht worden ist, soll sie den Scanner zurückbringen, für die Patientin leicht erreichbar ablegen und Platz machen.«

An Khone gewandt fuhr sie fort: »Anders als die zu Besuch gekommenen Heiler war sich die Patientin des eigenen Gesundheitszustands nicht bewußt und wird höflich gebeten, sich sofort selbst zu untersuchen. Da die Patientin ebenfalls Heilerin mit umfassenden Kenntnissen der eigenen Lebensvorgänge ist, wären alle Bemerkungen oder Vorschläge, die sie machen möchte, für die außerplanetarischen Kollegen äußerst hilfreich.«

»Das haben Sie gut gesagt, Cha Thrat«, wurde sie von Priliclas Stimme gelobt, die nur aus ihrem Kopfhörer, nicht aber aus dem Lautsprecher der Sonde kam. Der Empath wollte also mit ihr alleine sprechen. »Kein Patient, egal wie krank oder verletzt er ist, möchte sich vollkommen überflüssig oder ausgeliefert vorkommen. Das vergessen Ärzte oft, auch wenn sie ansonsten die besten Absichten hegen.«

Genau so hatte einer der ersten Lehrsätze gelautet, die Cha Thrat in der medizinischen Schule auf Sommaradva gelernt hatte. Ein zweiter, der offensichtlich von Prilicla höchstpersönlich stammte, schien zu besagen, daß man jüngeren Ärzten, die vor einer neuen und schwierigen Aufgabe stehen, am besten durch Aufmunterung weiterhilft.

»Die Patientin ist nicht in der Lage, den Scanner zu führen«, sagte Khone plötzlich.

In der Instrumententasche konnte Cha Thrat nichts entdecken, das lang genug gewesen wäre, um Khone damit von ihrem gegenwärtigen Standort aus zu erreichen. »Ist es gestattet, die gogleskanischen Instrumente zu benutzen?« fragte sie, obwohl sie sich an die unpersönliche Ausdrucksweise einfach nicht gewöhnen wollte.

»Selbstverständlich«, antwortete Khone.

Auf dem Tisch an der Trennwand lag eine lange Zange, die sich weit öffnen ließ. Sie bestand aus auf Hochglanz poliertem Holz mit Gelenken aus einem weichen, rötlichen Metall und wurde dazu benutzt, die gogleskanischen Patienten mit Instrumenten zu behandeln oder ihnen Kleidungsstücke anzulegen, da sie auf andere Weise auf keinen Fall berührt werden durften. Neben der Zange befand sich ein schmaler, spitz zulaufender Gegenstand, der unförmig aus getrocknetem Lehm modelliert war und in dem überall kurze Zweige und Strohhalme steckten. Zuerst hatte ihn Cha Thrat mit einer Zier- oder Duftpflanze verwechselt. Jetzt, wo sie wußte, was er in Wirklichkeit darstellte, dachte sie, daß er mit dem ästhetischen Körper einer Sommaradvanerin nur in den Augen einer schwerkranken Gogleskanerin große Ähnlichkeit aufweisen konnte.

Mit anfänglichen Schwierigkeiten zog sie schließlich den Scanner mit der Zange aus Khones kraftlosen Fingern und führte ihn über den Unterleibsbereich. Während sich die Patientin auf das Scannerdisplay konzentrierte, drängte sich Cha Thrat weiter in den Raum hinein und näher an die Patientin heran. Die unnatürliche Haltung ihrer gebeugten Vorderbeine und des Rückgrats sowie die Tatsache, daß praktisch das gesamte Körpergewicht auf den mittleren Gliedmaßen lastete, die normalerweise nur Handgriffe ausführten, drohte zu einem Krampf der betreffenden Muskeln zu führen. Um sie zu lockern, wiegte sie sich ganz langsam hin und her und rückte Khone dabei jedesmal ein Stückchen näher.

Plötzlich blickte Khone vom Scanner auf. »Die sommaradvanische Ärztin ist größer als erwartet«, stellte sie fest, und Prilicla brauchte Cha Thrat nicht erst zu sagen, daß die Gogleskanerin nun große Angst hatte.

Cha Thrat verharrte einen Moment lang in der Vorwärtsbewegung und sagte dann: »Die sommaradvanische Heilerin wird der Patientin trotz ihrer Größe nicht mehr antun als das modellierte Ebenbild auf dem Tisch. Das muß die Patientin unbedingt wissen.«

»Die Patientin weiß das«, bestätigte Khone mit einem deutlichen Anflug von Angst in der Stimme. »Aber hat die sommaradvanische Heilerin schon einmal Alpträume gehabt, in denen sie von bösen und schrecklichen Kreaturen aus dem Unterbewußtsein verfolgt und gejagt wird, die sie umbringen wollen? Und hat sie je versucht, anstatt in blinder Angst davonzulaufen, mitten in einem solchen Alptraum stehenzubleiben, gründlich über ihr panisches Entsetzen nachzudenken und sich umzudrehen, um diesen furchtbaren Hirngespinsten ins Gesicht zu sehen und sich zu bemühen, diese Monster als Freunde zu betrachten?«

Beschämt antwortete Cha Thrat: »Entschuldigung. Das Verhalten der Patientin, die etwas zu tun versucht, nein, die wirklich etwas schafft, das für die dumme und rücksichtslose Heilerin von Sommaradva ein Ding der Unmöglichkeit wäre, ist wirklich bewundernswert.«

In ihrem Kopfhörer ertönte Priliclas Stimme. »Sie haben Freundin Khone zwar ein ganzes Stück verunsichert, Cha Thrat, aber ihre Angst hat sich jetzt wieder ein bißchen gelegt.«

Sie nutzte die Gelegenheit, sich ein wenig zu

nähern und fuhr fort: »Es ist klar, daß die Patientin gegenüber der Sommaradvanerin freundliche Absichten hegt, und jede mögliche Verletzung der Heilerin Folge einer rein instinktiven Reaktion oder eines Unfalls wäre. Beide Möglichkeiten können vermieden werden, indem man die Stacheln unschädlich macht...«

Khones Reaktion auf diesen Vorschlag hatten sowohl Prilicla als auch Cha Thrat schwere Sorgen bereitet, aber für die Patientin lief die Zeit langsam ab, und wenn wirklich etwas für sie getan werden sollte, gab es zu dem Bedecken der Stacheln mit Schutzkappen keine wirkliche Alternative, und das wußte die kleine Gogleskanerin so gut wie alle anderen. Praktisch wurde sie darum gebeten, ihre einzige verbliebene Waffe zu übergeben.

Cha Thrat traute sich nicht, auch nur einen anderen Muskel als die Stimmbänder zu rühren, und die waren bereits schwer überanstrengt. Sie versuchte, gleichzeitig Khones Unterbewußtsein und deren bereits halb umgestimmtes Bewußtsein davon zu überzeugen, daß Waffen in einer wirklich zivilisierten Gesellschaft überflüssig seien. Sie sagte ihr, daß weibliche Wesen gerade beim Kinderkriegen zusammenhalten müßten, und sprach von ihren persönlichsten Gefühlen, die größtenteils eher belanglos als löblich seien, von ihrem bisherigen Leben und beruflichen Werdegang auf Sommaradva und am Orbit Hospital und von den Dingen, die sie an beiden Orten falsch gemacht hatte.

Die ungeduldig beim Krankentransporter wartenden Teammitglieder dürften sich nach Cha Thrats Befürchtungen allmählich fragen, ob sie sich eine Herrscherkrankheit zugezogen und jeden realen Bezug zur gegenwärtigen Lage längst verloren hatte, aber für eine Unterbrechung und lange Erklärungen war jetzt keine Zeit. Irgendwie mußte sie tief bis ins verborgenste Unterbewußtsein der Gogleskanerin vordringen, um die FOKT zu der Einsicht zu bringen, daß sie, eine sommaradvanische Chirurgin für Krieger, durch ihre vorbehaltlosen Offenbarungen psychologisch ebenso schutz- und wehrlos war wie umgekehrt Khone durch die Preisgabe ihrer einzigen natürlichen Waffe.

Cha Thrat konnte Naydrads Stimme hören, die vom Mikrofon des Cinrusskers aufgefangen wurde und gerade zu wissen verlangte, ob Khone nicht nur Ärztin, sondern auch Psychologin sei. Wenn ja, habe sich diese dämliche Sommaradvanerin auf jeden Fall den falschen Zeitpunkt ausgesucht, um sich bei ihr auf die Couch zu legen! Prilicla gab darauf keine Antwort, und Cha Thrat fuhr fort, in aller Ruhe auf die Patientin einzureden, deren Stimme, wie auch alles andere an ihr, vor Angst wie gelähmt zu sein schien. Zu guter Letzt riefen die Bemühungen der Sommaradvanerin plötzlich doch noch eine Reaktion hervor.

»Die Sommaradvanerin hat Probleme«, sagte Khone. »Aber wenn intelligente Wesen nicht hin und wieder Dummheiten machen würden, gäbe es überhaupt keinen Fortschritt.«

Cha Thrat war sich nicht sicher, ob diese Äußerung der Gogleskanerin irgendeine tiefe philosophische Wahrheit darstellte oder lediglich das Produkt eines von Schmerzen und Verwirrung getrübten Verstandes war, und antwortete nur: »Die Probleme der Patientin scheinen mir weitaus dringlicher.«

»Diesbezüglich gibt es keinerlei Einwand«, stimmte Khone ihr umständlich zu. »Also gut, die Stacheln dürfen mit Kappen abgedeckt werden. Aber die Patientin darf nur von der Maschine berührt werden.«

Cha Thrat seufzte; die Hoffnung, ein paar ganz persönliche Enthüllungen könnten die geistig-seelische Ausrichtung von Jahrtausenden durchbrechen, war sehr vermessen gewesen. Ohne sich weiter zu nähern, hielt sie den Scanner mit der langen Zange in Position und öffnete mit der hinteren Mittelgliedmaße ihre Tasche, damit die Greifer der Sonde, die von Naydrad mit großer Genauigkeit gesteuert wurden, die Schutzkappen für die Stacheln herausholen konnten.

Diese Kappen waren dafür vorgesehen, die nadelspitzen Stacheln zu bedecken und gleichzeitig das Gift herauszusaugen. Waren sie erst einmal übergestülpt, setzten sie ein Haftmittel frei, das einen festen Sitz garantierte, bis sich Khone im Orbit Hospital befand. Natürlich war diese Eigenschaft der Kappen der Patientin gegenüber nicht erwähnt worden. Aber mit den Klangverfälschern, die jeden Ruf nach Zusammenschluß für die übrigen Stadtbewohner unhörbar machten, und den entschärften Stacheln würde die Gogleskanerin nicht mehr in der Lage sein, den direkten Körperkontakt mit einem dieser entsetzlichen Außerplanetarier selbständig zu verhindern.

Angesichts des sich rapide verschlechternden Krankheitsbilds war es um so besser, je früher das geschah.

Doch Khone war nicht dumm und hatte wahrscheinlich schon begriffen, was passieren würde. Das wäre zumindest eine Erklärung für ihre zunehmende Unruhe, als erst zwei, und schließlich drei der vier Kappen auf ihren Stacheln angebracht waren. Mit letzter Kraft warf sie jetzt den Kopf von einer Seite zur anderen und verhinderte dadurch absichtlich das Überstülpen der letzten Kappe, und Cha Thrat gab sich alle Mühe, Khones Gedanken schnell auf etwas anderes zu lenken.

»Wie man deutlich auf den Displays des Scanners und der Biosensoren sehen kann, liegt der Fötus quer zum Gebärmutterhals und kann sich nicht aus dieser Lage befreien«, sagte Cha Thrat, wiederum ohne jemanden direkt anzusprechen. »Dabei drückt er auf wichtige Blutgefäße und Nervenverbindungen, die zum mittleren und unteren Teil des Körpers der Mutter führen, was dort den Verlust der Muskelfunktionen und eine Beeinträchtigung des Gefühls verursacht und zum Absterben der betreffenden Bereiche führen wird, wenn man keine Abhilfe schafft. Darüber hinaus wird auch die Nabelschnur immer mehr zusammengeschnürt, da die unwillkürlichen Muskeln weiterhin versuchen, den Fötus herauszudrücken. Der Herzschlag des Fötus ist schwach, schnell und unregelmäßig, und die Lebensfunktionen der Mutter sind ebenfalls stark beeinträchtigt. Kann die Patientin irgendeinen Vorschlag oder eine Anmerkung zu diesem Fall machen?«

Khone antwortete nicht.

Einzig Prilicla mußte wissen, wie sehr Cha Thrats kühler, unpersönlicher Ton ihren wahren Gefühlen für das unglaublich tapfere kleine Geschöpf widersprach, das wie ein umgefallenes Heumandl so dicht vor ihr lag, ihr aber gleichzeitig zu weit in die unstofflichen Tiefen des Bewußtseins entrückt war, um ihr helfen zu können. Dennoch ähnelten sie sich jetzt in vielerlei Hinsicht, wie Cha Thrat meinte. Beide waren sie Risiken eingegangen, zu denen kein anderes Mitglied ihrer Spezies bereit gewesen wäre: Sie selbst hatte eine außerplanetarische Lebensform behandelt, der sie nie zuvor begegnet war, und Khone hatte sich freiwillig für eine Behandlung durch Außerplanetarier angeboten. Doch Khone war von ihnen beiden die tapferere und trug das größere Risiko.

»Ist dieser Zustand bei schwangeren Gogleskanerinnen selten oder normal?« fragte sie ruhig. »Und wie wird in solchen Fällen gewöhnlich vorgegangen?«

Als Khone antwortete, war ihre Stimme so schwach, daß man sie kaum hören konnte. »Dieser Zustand tritt nicht selten auf. Die normale Vorgehensweise besteht in solchen Fällen darin, starke Dosen Medikamente zu verabreichen, die es der Patientin und dem Fötus ermöglichen, unter geringstmöglichen Schmerzen zu sterben.«

Cha Thrat wußte nicht, was sie sagen oder tun sollte.

In der Stille, die in Khones Zimmer herrschte, wurde ihr der Lärm von außen immer stärker bewußt: das ununterbrochene Pfeifen und Zischen der Klangverfälscher; Naydrads Stimme, die sie über Priliclas Anzugfunk hörte und die gerade über das Problem lamentierte, wie schwierig es sei, die letzte Kappe über die Stachel einer sich wehrenden Patientin zu stülpen; und leiser Murchison, Danalta und Prilicla selbst, die völlig unterschiedliche Maßnahmen vorschlugen und im selben Augenblick wieder verwarfen.

»Die Stimmen des medizinischen Teams sind nur sehr schwer zu verstehen«, meldete sich Cha Thrat besorgt. »Ist schon eine Entscheidung gefallen? Wie lauten jetzt die Anweisungen?«

Plötzlich waren die Stimmen lauter und überaus deutlicher zu hören, weil sie sowohl aus dem Lautsprecher der Sonde als auch aus Cha Thrats Kopfhörer kamen. Naydrad, die sich ganz auf die ferngesteuerten Greifer der Sonde konzentrierte, während sie die letzte Schutzkappe überzustülpen versuchte, mußte zu dem Schluß gekommen sein, daß die Sommaradvanerin die anderen lauter hören wollte, und hatte auf ihre Äußerung ohne nachzudenken reagiert.

Man unterhielt sich vollkommen sorglos.

Prilicla sprach in gefaßtem und beruhigendem Ton und war sich, wie Cha Thrat feststellte, offensichtlich nicht bewußt, daß nicht nur sie selbst ihn hörte, sondern auch Khone. Zudem hinderte die starke und gegensätzliche emotionale Ausstrahlung der Teammitglieder, von denen er dicht umgeben war, den Empathen daran, die plötzlich bei Cha Thrat ausbrechende Angst und Verwirrung wahrzunehmen.

»Cha Thrat, es hat eine längere Auseinandersetzung über die Frage, wer die Operation durchführen soll, gegeben, die jetzt zu Ihren Gunsten entschieden worden ist«, sagte Prilicla. »Freundin Khone muß dringend operiert werden, aber ihr Zustand hat sich so weit verschlechtert, daß man nicht mehr das Risiko eingehen kann, sie zur Operation aus dem Haus zu schaffen. Sie haben keine andere Wahl, als ...«

»Nein!« protestierte Cha Thrat in eindringlichem Ton. »Hören Sie bitte auf zu *reden*!«

»Keine Sorge, Cha Thrat«, fuhr der Empath fort, der den wahren Grund für den Einwand nicht kannte. »Über Ihre Fachkompetenz besteht kein Zweifel, und Pathologin Murchison und ich haben uns Conways Aufzeichnungen zur FOKT-Lebensform, wie Sie selbst ja auch, genau angesehen. Sie werden von uns zu jeder neuen Phase des Verfahrens die nötigen Anleitungen erhalten, und wir übernehmen durchweg die volle Verantwortung.

Um die Beschwerden der Patientin zu lindern, ist ein sofortiger operativer Eingriff vonnöten. Sobald die Schutzkappe auf dem letzten Stachel sitzt, werden Sie den Gebärmutterhals vergrößern, indem Sie mit dem Skalpell Nummer acht einen Schnitt vom Becken hinauf bis zum ... Was ist jetzt los?«

Eine Erklärung erübrigte sich, da Prilicla in der Zeit, die er zum Stellen seiner Frage benötigte, bereits die Antwort kannte. Khone, die einer umfangreichen, überfallartigen Operation entgegensah, hatte instinktiv mit dem Ausstoß des Rufs nach Zusammenschluß reagiert und versuchte nun, das einzige fremde, und dadurch bedrohliche Wesen in ihrer Reichweite mit dem noch nicht entschärften Stachel zu erstechen. Da ihre Beine vollständig gelähmt waren, warf sie sich wild von einer Seite auf die andere und zog sich mit den Fingerbüscheln auf Cha Thrat zu.

Der lange gelbe Stachel, auf dem keine Kappe saß und dessen Spitze bereits winzige Gifttropfen absonderte, schwang hin und her und kam ruckweise immer näher. Verzweifelt schob sich Cha Thrat mit den Vorderfüßen und den Mittelgliedmaßen zurück, sprang auf die Gogleskanerin zu und ergriff den Stachel mit dreien ihrer oberen Hände am unteren Teil.

»Hören Sie auf!« brüllte sie über die immense Lautstärke des Rufs hinweg. »Hören Sie sofort auf, sich zu bewegen, sonst verletzen Sie sich selbst und Ihr Kind!« rief sie und vergaß dabei völlig, sich unpersönlich auszudrücken. »Ich bin Ihre Freundin, ich will Ihnen helfen. Naydrad, stecken Sie die Kappe drauf! Schnell!«

»Dann halten Sie doch den Stachel still!« raunzte die Kelgianerin sie an, während sie den Greifarm der Sonde über Khones zuckenden Kopf schwenkte. »Halten Sie ihn ganz still!«

Aber das war leichter gesagt als getan. Cha Thrats obere, auf Halshöhe sitzende Arme hatten sich mit ihren Händen und Fingern für feinere Tätigkeiten entwickelt, bei denen es auf Genauigkeit ankam, und verfügten deshalb nicht über die kräftige Muskulatur der mittleren Gliedmaßen. Um dennoch den Stachel einigermaßen festzuhalten, hatte sie sich der Gogleskanerin so weit nähern müssen, daß sich ihre Köpfe beinahe berührten. Verzweifelt nahm Cha Thrat all ihre Kräfte zusammen, um den Druck des lachhaft schwachen Griffs um den Stachel zu verstärken, und ein pochender Schmerz zog bis in den Nacken und die obere Brust. Sie wußte, wenn ihre Finger abrutschten, würde sich der Stachel sofort in ihre Schädeldecke bohren.

Das medizinische Team würde wahrscheinlich

schnell genug zu ihr vordringen, um ihr Leben zu retten, aber nicht das von Khone und dem Fötus, wegen denen man letztendlich hierhergekommen war. Sie fragte sich, wie Murchison, die Lebensgefährtin des Diagnostikers, Prilicla, der seit langem sein Freund war, und sie selbst Conway mit der Nachricht von Khones Tod ins Auge sehen könnten, als Naydrad plötzlich »Geschafft!« schrie.

Der letzte Stachel war abgedeckt. Cha Thrat konnte sich zwar einen Augenblick lang entspannen, nicht aber Khone, die sich nach wie vor auf dem Boden wand und sich hin- und herrollte und erfolglos mit allen vier von Kappen überzogenen Stacheln auf Cha Thrat einstach. In unmittelbarer Nähe klang ihr Notruf wie ein Sturm, der durch ein verfallenes Haus heulte und pfiff.

»Wenigstens funktionieren die Klangverfälscher«, bemerkte Wainright und fügte warnend hinzu: »Aber beeilen Sie sich, die halten nicht mehr lange durch!«

Cha Thrat beachtete den Terrestrier nicht, packte mit den mittleren und oberen Händen ganze Haarbüschel der Gogleskanerin und versuchte vergeblich, sie festzuhalten. »Hören Sie auf, sich zu wehren«, bat sie flehentlich. »Sie vergeuden nur das bißchen Kraft, das Sie noch haben. Sie werden sterben und Ihr Kind auch. Bitte, liegen Sie still! Ich bin doch keine Feindin, ich bin Ihre *Freundin!*«

Der Ruf nach Zusammenschluß heulte zwar mit unverminderter Lautstärke weiter, so daß sich Cha Thrat fragte, wie solch ein kleines Geschöpf einen derartigen Lärm veranstalten konnte, aber Khones Bewegungen wurden schon deutlich weniger heftig. War das bloß ein Zeichen für körperliche Erschöpfung, oder drang sie allmählich zu der Gogleskanerin durch? Dann sah sie, wie sich die langen, blassen Fühler aus dem Schutz unter dem Haupthaar entrollten und sich schnurgerade aufrichteten. Zwei von ihnen sanken langsam nach unten und legten sich über Cha Thrats Scheitel, und auf einmal hätte sie am liebsten laut geschrien.

Khones Freundin zu sein war unendlich viel schlimmer als ihre Feindin.

14. Kapitel

Cha Thrat spürte eine nie gekannte Angst – die plötzliche, überwältigende und sinnlose Furcht vor allem und jedem, der oder das nicht eng mit ihr zur Verteidigung als Gruppe verbunden war – und empfand gleichzeitig eine furchtbare, blinde Wut, die diese Angst etwas abschwächte. Vergangenes, gegenwärtiges und zukünftiges Leid tauchte vor ihrem geistigen Auge auf. Mit diesen schrecklichen Erinnerungen ging ein entsetzlicher und verworrener Alptraum all der gräßlichen und schmerzhaften Dinge einher, die ihr jemals zugestoßen waren – auf Sommaradva und Goglesk und im Orbit Hospital. Viele Komponenten dieses Alptraums waren ihr vollkommen fremd; beispielsweise der panische Schrecken beim Anblick von Prilicla, was geradezu lächerlich war, und das Gefühl des Verlusts beim Abschied des Gogleskaners, der das Kind, das sie trug, gezeugt hatte. Aber dafür hatte sie jetzt keine Angst mehr vor dieser Außerplanetarierin, die ihr zu helfen versuchte, auch wenn sie eher wie eine zum Leben erweckte gogleskanische Riesenpuppe aussah.

Selbst bei dem heillosen Durcheinander aus Angst, Schmerz und völlig fremdartigen Erlebnissen, die ihr Denkvermögen beeinträchtigten, lief alles auf den einen zwingenden Schluß hinaus: Khone war in ihre Gedanken eingedrungen.

Jetzt *wußte* sie, wie es war, eine Gogleskanerin zu sein. In diesem Moment fiel die Wahl leicht: Freunde und Feinde – alles und jeder, der oder das nicht zur Gruppe gehörte – wurde angegriffen und zerstört. Sie wollte alles im Raum kurz und klein schlagen – Möbel, Instrumente, Dekorationsgegenstände – und dann die dünnen Wände einreißen, und sie wollte Khone mit sich herumschleppen, damit sie ihr dabei helfen konnte. Verzweifelt versuchte sie, die blinde und vollkommen fremdartige Wut, die sich in ihr aufstaute, niederzukämpfen.

Inmitten des Sturms gogleskanischer Gefühle gewann einen Augenblick lang ein winziger Teil ihres eigenen Verstands die Oberhand und bemerkte, daß der feste Griff, mit dem sie nach wie vor Khones Haare gepackt hatte, dem Unterbewußtsein der Gogleskanerin vorgetäuscht haben mußte, die Sommaradvanerin habe sich mit ihr zusammengeschlossen und sei deshalb eine Freundin, die der geistigen Verschmelzung wert sei.

Ich bin Cha Thrat, hielt sie sich grimmig vor Augen, *einst eine sommaradvanische Chirurgin für Krieger und jetzt eine auszubildende Wartungstechnikerin am Orbit Hospital. Ich bin nicht Khone von Goglesk und nicht zum Zusammenschluß und zur Zerstörung hierhergekommen...*

Aber das hier war bereits ein Zusammenschluß, und Erinnerungen an einen größeren, zerstörerischeren Zusammenschluß drängten sich ihr auf.

Sie schien auf einem Landfahrzeug zu stehen, das auf einer Anhöhe mit Blick über die Stadt angehalten hatte, und beobachtete den gerade stattfindenden Zusammenschluß. Der Terrestrier Wainright stand neben ihr und warnte sie, daß die Gogleskaner gefährlich nahe seien, sie alle lieber verschwinden sollten und man sowieso nichts tun könnte. Aus irgendeinem merkwürdigen Grund nannte er sie, während er das sagte, hin und wieder ›Doktor‹, öfter aber ›Sir‹. Sie fühlte sich abscheulich, weil sie wußte, daß der Zusammenschluß ihre Schuld war und nur deshalb passierte, weil sie dem Opfer eines Betriebsunfalls zu helfen versucht und es dabei berührt hatte. Unter sich konnte sie deutlich sehen, wie sich Khone mit den übrigen Gogleskanern verband, ohne den Grund dafür verstehen zu können, und gleichzeitig war *sie selbst* Khone und kannte den Grund.

Von nahegelegenen Gebäuden, vertäuten Schiffen und aus umliegenden Holzhäusern eilten einzelne Gogleskaner zum Zusammenschluß herbei, und das Gruppenwesen wurde zu einem riesigen, beweglichen, stechenden Teppich, der um größere Bauwerke herumkroch und kleinere verschlang, als ob er nicht wüßte oder es ihm egal war, was er tat. Hinter sich ließ er eine Spur der Verwüstung aus zerstörten Maschinen, Fahrzeugen, toten Tieren und einem versenkten Schiff zurück. Das Gruppenwesen bewegte sich landeinwärts, um seine selbstzerstörerische Verteidigung gegen einen prähistorischen Feind fortzusetzen.

Trotz der furchtbaren Angst vor diesem nicht existierenden Feind, die Khones Gedanken bestimmte und die jetzt auch die der Sommaradvanerin waren, versuchte sich Cha Thrat zu zwingen, logisch über das nachzudenken, was mit ihr geschehen war. Sie dachte an den Zauberer O'Mara und seine Worte, daß die Schulungsbänder nichts für sie wären, und erinnerte sich an die von ihm angeführten Gründe. Jetzt wußte sie, wie es war, das eigene Gehirn mit einem vollkommen fremden Wesen zu teilen, und sie fragte sich, ob ihre geistige Gesundheit in Mitleidenschaft gezogen werden würde. Vielleicht machte die Tatsache, daß Khone, wie sie selbst, ein weibliches Wesen war, einen Unterschied.

Doch kam es Cha Thrat immer deutlicher zu Bewußtsein, daß es nicht nur Khones Gedanken und Erinnerungen waren, mit denen sie zu kämpfen hatte. Die Erinnerung an die Aussicht vom Dach des Fahrzeugs stammte weder aus dem Gehirn der Gogleskanerin noch aus ihrem eigenen. Sie besaß Erinnerungen an das Ambulanzschiff und an Leistungen des medizinischen Teams, die eindeutig nicht ihre eigenen waren, und entsann sich deutlich einiger schrecklicher und anderer angenehmer Vorfälle im Orbit Hospital, die vollkommen außerhalb ihrer Erfahrung lagen. Hatte O'Mara recht gehabt? Brachte sie tatsächliche Erinnerungen und Hirngespinste durcheinander, und war sie nicht mehr bei Verstand?

Daß sie verrückt war, glaubte sie allerdings nicht. Wahnsinn galt als Flucht aus einer zu schmerzhaften Realität in einen erträglicheren Zustand. Doch dazu empfand sie jetzt zu viele Schmerzen, und die Erinnerungen oder Wahnvorstellungen waren auf zu qualvolle Weise lebendig. Und in einer davon stand Lieutenant Wainright neben ihr, war genauso groß wie sie und nannte sie ›Sir‹.

Mit einem plötzlichen Schauer aus Angst und Erstaunen begriff sie, was geschehen war: Ihr Geist war jetzt mit Khones verschmolzen, und Khone hatte ihren früher schon einmal mit jemand anderem vereinigt gehabt.

Mit *Conway!*

Schon seit einiger Zeit war sich Cha Thrat Priliclas Stimme im Kopfhörer bewußt, aber seine Worte waren für ihr überfordertes Gehirn nur Laute ohne Bedeutung gewesen. Jetzt fühlte sie sich ganz von der Wärme, der Zuneigung und der beruhigenden Ausstrahlung des Empathen umhüllt, und die Schmerzen und die Verwirrung legten sich ein wenig, so daß der Inhalt seine Wort bis zu ihr durchdrang.

»Cha Thrat, meine Freundin, bitte antworten Sie endlich. Sie halten sich jetzt schon mehrere Minuten lang an den Haaren der Patientin fest und antworten uns nicht. Ich bin direkt über Ihnen auf dem Dach, und Ihre emotionale Ausstrahlung macht mir Sorgen. Bitte, sagen Sie uns endlich, was los ist. Sind Sie gestochen worden?«

»N-nein … i-ich habe keine Verletzungen«, antwortete sie mit zittriger Stimme. »Ich bin sehr verwirrt und habe Angst, und die Patientin ist…«

»Ich kann Ihre Gefühle spüren, Cha Thrat«, unterbrach sie Prilicla sanft, »aber nicht die Beweggründe. Es gibt nichts, dessen Sie sich schämen müßten, Sie haben bereits sehr viel mehr geleistet, als man berechtigterweise von Ihnen erwarten konnte, und es war nicht fair von uns, daß wir es zugelassen haben, Sie als Freiwillige für dieses Unternehmen einzusetzen. Wir laufen Gefahr, die Patientin zu verlieren. Bitte kommen Sie heraus und lassen Sie mich die Operation durchführen…«

»Nein!« widersprach Cha Thrat heftig und sie spürte, wie Khones Körper unter ihren Händen zuckte. Die langen, silbrigen Fühler, die organischen Leiter für die einzigartige gogleskanische Form der telepathischen Verbindung, lagen nach wie vor auf ihrem Kopf, und alles, was Cha Thrat fühlte, hörte oder dachte, wußte Khone sofort; und der Gogleskanerin gefiel die Vorstellung eines Alienungeheuers, das sie operierte, sowohl aus persönlichen als auch aus medizinischen Gründen überhaupt nicht. »Geben Sie mir bitte einen Moment Zeit«, fügte Cha Thrat hinzu. »Allmählich gewinne ich über meine Gedanken wieder die Kontrolle.«

»Das stimmt, aber beeilen Sie sich!« ermahnte Prilicla sie.

Unglaublicherweise war es ausgerechnet ihre Gehirnpartnerin, die das meiste tat, um diesen Vorgang voranzutreiben. Genau wie der Rest ihrer leidgeprüften und von Alpträumen geplagten Spezies hatte Khone gelernt, ihre Gedanken, Gefühle und natürlichen Bedürfnisse zu kontrollieren und zu entflechten, damit die erzwungene Einsamkeit, die zur Vermeidung eines Zusammenschlusses notwendig war, nicht nur erträglich, sondern ab und zu sogar erfreulich wurde. Und jetzt drängten sich in Cha Thrats Gedächtnis Conways Erinnerungen an das Orbit Hospital und einige seiner abstoßenden Patienten in den Vordergrund.

Sie müssen eine Auswahl treffen, sagte ihr Khone. *Lassen Sie nur die Gedanken zu, die nützlich sind.*

Sämtliche Erinnerungen und Erfahrungen einer sommaradvanischen Chirurgin für Krieger, einer gogleskanischen Ärztin und des halben, am Orbit Hospital verbrachten Lebens eines Terrestriers standen Cha Thrat zur Verfügung, und mit dieser ungeheuren Menge medizinischer und physiologischer Fachkenntnisse über fremde Spezies im Kopf konnte sie nicht glauben, daß Khone selbst in diesem fortgeschrittenen Stadium ein hoffnungsloser Fall war. Da dämmerte von irgendwoher aus diesem gewaltigen und äußerst vielseitigen Wissensschatz der erste Schimmer einer Idee hindurch, die allmählich Gestalt annahm.

»Ich glaube nicht mehr, daß ein operativer Eingriff die Lösung ist, auch nicht als letzter Ausweg«, sagte Cha Thrat in entschiedenem Ton. »Den würde die Patientin höchstwahrscheinlich nicht überleben.«

»Für wen hält die sich eigentlich, verdammt noch mal!« fluchte Murchison verärgert. »Wer trägt denn hier die Verantwortung für die Operation? Prilicla, waschen Sie der mal den Kopf!«

Cha Thrat hätte zwar beide Fragen beantworten können, verzichtete aber lieber darauf. Sie wußte, daß die Formulierung und der Ton ihrer Entgegnung nicht ihrer rangniedrigen Stellung angemessen gewesen wäre: Sie hätte viel zu selbstbewußt und bestimmt geklungen, doch war weder genügend Zeit für lange Erklärungen noch für falsche Bescheidenheit, und es wäre besser, wenn sie die wahren Gründe nie erklären würde. Mit etwas Glück würde Pathologin Murchison jetzt und in Zukunft glauben, Cha Thrat sei eine selbstgefällige Wartungstechnikerin und von Größenwahn befallene ehemalige Schwesternschülerin.

Vorläufig hatte der Teamleiter anscheinend nicht vor, ihr den Kopf zu waschen, denn er sagte nur: »Erklären Sie das genauer, Cha Thrat.«

Rasch überprüfte Cha Thrat das augenblickliche Krankheitsbild, das sich jetzt durch die starke körperliche Entkräftung, die sogar bei einem gesunden Gogleskaner auf einen Zusammenschluß folgte, weiter verschlechtert hatte. Als sie erklärte, Khone verfüge nicht über ausreichende Kraftreserven, um eine umfangreichere Operation zu überstehen – man müßte nämlich eher einen Kaiserschnitt als eine bloße Vergrößerung des Gebärmutterhalses vornehmen –, sagte sie das mit absoluter Bestimmtheit, da sie die Angelegenheit nicht nur aus dem eigenen Blickwinkel beurteilte, sondern auch aus dem der Patientin. Aber das erwähnte sie nicht, sondern sagte nur, Khones emotionale Ausstrahlung würde ihre Beobachtungen bestätigen.

»Das stimmt«, bezeugte Prilicla.

»Die Klassifikation FOKT ist eine der wenigen Lebensformen, die imstande ist, sich in aufrechter Stellung auszuruhen, obwohl sie sich auch hinlegen kann«, fuhr Cha Thrat schnell fort. »Seit ihre Vorfahren aus dem Meer gestiegen sind, sind ihre Körper und inneren Organe ständig senkrecht nach unten wirkenden Schwerkräften ausgesetzt gewesen, wie die der Hudlarer, Tralthaner und Rhenithi. Das erinnert mich an einen Fall vor ein paar Jahren auf der tralthanischen Entbindungsstation, der unserem hier weitgehend gleicht und bei dem ...«

»Also, *das* haben Sie nie und nimmer von Cresk-Sar gelernt!« fiel ihr Murchison plötzlich ins Wort. »Schwesternschülerinnen erfahren nichts von solchen Beinahekatastrophen, wenigstens nicht im ersten Jahr.«

»Ich habe mich gern mit sonderbaren Fällen außerhalb des Lehrplans befaßt«, log Cha Thrat dreist, »und das mache ich heute noch gern, wenn ich nicht gerade in ein Wartungshandbuch vertieft bin.«

Ihre emotionale Ausstrahlung verriet dem Cinrusker bestimmt, daß sie log, aber in welcher Beziehung, würde er nur vermuten können. »Beschreiben Sie, wie Sie vorgehen wollen«, war alles, was er sagte.

»Bevor ich das tue«, fuhr sie schnell fort, »nehmen Sie bitte das Verdeck vom Krankentransporter ab und justieren Sie die Schwerkraftgitter so um, daß sie am Kopf- und am Fußende der Trage in beide Richtungen wirken können. Stellen Sie die Haltegurte auf die Größe und das Gewicht der Patientin so ein, daß sie Belastungen zwischen abwechselnd plus und minus drei Ge standhalten. Fahren Sie die Sonde in den Korridor, damit ich von dort aus aufs Dach steigen kann. Beeilen Sie sich bitte. Ich bringe die Patientin jetzt nach draußen und werde alles weitere unterwegs erklären ...«

Cha Thrat nahm Khone, die kaum noch bei Bewußtsein war, auf zwei der mittleren Arme, griff mit sämtlichen freien Händen fest in die Behaarung der Gogleskanerin, um ihr das Gefühl zu geben, immer noch mit einer Freundin verbunden zu sein, kletterte mühsam auf das Dach und schlich sich vorsichtig den Weg zurück, auf dem sie gekommen war. Die ganze Zeit schwebte Prilicla besorgt über ihr, Naydrad beklagte sich bitter, ihr Krankentransporter würde nie wieder so sein wie früher, und Murchison erinnerte die Kelgianerin daran, daß man schließlich extra eine Wartungstechnikerin mitgenommen habe oder zumindest so etwas Ähnliches.

Während Naydrad der Gogleskanerin sachkundig die Gurte anlegte und Murchison alle Atemöffnungen an die Sauerstoffversorgung anschloß, ließ Cha Thrat Khones Haare nicht los. Ihre Köpfe berührten sich nach wie vor, und die langen, silbrigen Fühler hielten immer noch den telepathischen Kontakt aufrecht. Cha Thrat prüfte noch, ob Khone das Scannerdisplay deutlich sehen konnte, da es ihr selbst in der momentanen ungünstigen Haltung nicht möglich war, nahm schließlich ihren ganzen Mut zusammen und gab das Startsignal.

Sie spürte, wie ihr Kopf und die oberen Gliedmaßen mit Wucht zur Seite gezogen wurden, als Naydrad das am oberen Ende der Trage befindliche Schwerkraftgitter anschaltete. Da sich Cha Thrats Unterkörper samt den Beinen außerhalb des Wirkungsbereichs des künstlichen Gravitationsfeldes befand, hatte sie Schwierigkeiten, das Gleichgewicht zu halten. Doch was Khone betraf, so war diese unter einer Anziehungskraft von zwei Ge, die allmählich auf drei Ge gesteigert wurde, sozusagen mit dem Kopf nach unten auf die Trage geschnallt.

»Herzschlag unregelmäßig«, berichtete Prilicla leise. »Blutdruck steigt im Oberkörper und Kopf, Atem geht schwer, leichte Verschiebung der Organe im Brustbereich, aber der Fötus hat sich nicht bewegt.«

»Soll ich die Anziehungskraft auf vier Ge erhöhen?« fragte Naydrad mit einem Blick auf Prilicla. Aber die Antwort erhielt sie von Cha Thrat.

»Nein. Stellen Sie das Gitter auf zwei Ge ein und lassen Sie es so schnell wie möglich zwischen Anziehung und Abstoßung wechseln. Sie müssen versuchen, den Kleinen durch Schütteln freizubekommen.«

Jetzt wurde Cha Thrat von einer Seite auf die andere geschleudert, als ob sie von irgendeinem riesigen Tier mit weichen, unsichtbaren Pfoten geschlagen würde, während die Patientin die gleiche Tortur in der Senkrechten durchmachte. Es gelang Cha Thrat, den Kopf weiterhin gegen Khones zu drücken und die Haare der Gogleskanerin festzuhalten, aber sie spürte eine zunehmende Übelkeit, die sie an den ein oder anderen Anfall von Reisekrankheit in ihrer Kindheit erinnerte.

»Freundin Cha Thrat, geht es Ihnen gut?« erkundigte sich Prilicla besorgt. »Sollen wir einen Moment aufhören?«

»Haben wir soviel Zeit?«

»Nein«, antwortete der Empath. Plötzlich rief er: »Der Fötus bewegt sich! Er drückt ...«

»Auf zwei Ge Abstoßung schalten und nicht mehr wechseln«, ordnete Cha Thrat schnell an, womit sie Khone regelrecht auf den Kopf stellte.

»... jetzt gegen die Oberseite der Gebärmutter«, fuhr Prilicla fort. »Die Nabelschnur wird nicht mehr zusammengeschnürt, und der Druck auf die Blutgefäße und Nervenknoten hat in diesem Bereich nachgelassen. Die Muskeln beginnen mit raschen unwillkürlichen Kontraktionen ...«

»Sind die stark genug, um den Fötus herauszudrücken?« unterbrach ihn Cha Thrat.

»Nein«, antwortete Prilicla. »Die Muskeln sind zu schwach, um den Geburtsvorgang zum Abschluß zu bringen. Außerdem befindet sich der Fötus immer noch nicht in der richtigen Lage.«

Cha Thrat stieß einen Fluch aus, der ganz eindeutig nicht auf Sommaradvanisch war, und rief: »Können wir die Schwerkraftgitter nicht so anbringen und einstellen, daß sie den Fötus in die richtige Lage ziehen, damit er ...«

»Ich bräuchte Zeit, um den ...«, begann Naydrad.

»Wir haben keine Zeit«, fiel ihr Prilicla ins Wort. »Mich überrascht es sowieso, daß Khone immer noch unter uns weilt.«

Die ganze Sache verlief nicht annähernd so gut wie damals der Fall auf der tralthanischen Entbindungsstation, an den sich Cha Thrat erinnerte, und sie konnte sich auch nicht damit trösten, sich vor Augen zu halten, daß es sich hierbei um eine ganz besondere Lebensform handelte und praktisch keine Möglichkeit zum Operieren bestand. Khones Gehirn empfing und übertrug keine Eindrücke mehr, so daß sich Cha Thrat nicht einmal mehr zum letztenmal für ihr Versagen entschuldigen konnte.

»Bitte machen Sie sich keine Sorgen, meine Freundin«, fuhr der Cinrussker heftig zitternd fort. »Ihnen kann man keine Vorwürfe machen, nur weil Sie eine Aufgabe übernommen haben, die wegen der besonderen Umstände niemand von uns hätte bewältigen können. Ihre momentane emotionale Ausstrahlung macht mir Sorgen. Denken Sie daran, Sie sind nicht einmal Angehörige des medizinischen Teams, Sie haben keine Handlungsvollmacht, und für die Erlaubnis, sich an dieser Behandlung zu versuchen, sind Sie auch nicht verantwortlich... Ihnen ist gerade etwas eingefallen?«

»Wir wissen beide, daß ich inzwischen die Verantwortung auf mich genommen habe«, erwiderte sie so leise, daß nur Prilicla sie hören konnte. »Ja, ich habe eine Idee.

Naydrad!« fuhr sie rasch mit lauterer Stimme fort. »Diesmal brauchen wir eine schnell wechselnde Anziehungs- und Abstoßungskraft von einem Ge, gerade soviel, um den Fötus in Bewegung zu halten. Danalta, die Muskelschicht der Gebärmutterwand ist dünn und wegen der Bewußtlosigkeit der Patientin entspannt. Könnten Sie ein paar geeignete Arme und Hände ausstülpen? Prilicla wird Ihnen die benötigte Form und Größe beschreiben und Ihre Bewegungen, mit denen Sie den Fötus in die richtige Lage bringen sollen, mit Hilfe des Scanners dirigieren. Murchison, würden Sie sich bitte bereithalten, beim Herausziehen des Fötus mit Hand anzulegen, sobald oder falls das Kind überhaupt geboren wird?

Ich selbst kann Ihnen nicht helfen«, fügte sie entschuldigend hinzu. »Vorläufig ist es besser, wenn ich weiterhin in so engem Körperkontakt wie möglich mit der Patientin bleibe. Nach meinem Empfinden hat es auf sie eine beruhigende Wirkung und tut ihr gut, ob sie nun bewußtlos ist oder nicht.«

»Mit Ihrem Empfinden liegen Sie völlig richtig«, bestätigte Prilicla. »Aber die Zeit drängt, meine Lieben. Fangen wir an.«

Während Naydrad dafür sorgte, daß sich der Fötus in der Gebärmutter ununterbrochen leicht hin- und herbewegte, und Danalta mit ausgestülpten Gliedmaßen, die Cha Thrat noch viele künftige Nächte hindurch Alpträume bescheren sollten, versuchte, ihn in die optimale Lage zu drücken und zu drehen, bemühte sich die Sommaradvanerin verzweifelt, zu ihrer in tiefer Bewußtlosigkeit liegenden Gehirnpartnerin durchzudringen.

Bald wird es Ihnen wieder gutgehen. Ihrem Kind wird es gutgehen. Halten Sie durch, bitte, sterben Sie mir nicht weg!

Es war, als ob sich die Gedanken in einer schwarzen, bodenlosen Grube verlören. Für den Bruchteil einer Sekunde glaubte Cha Thrat, ein kurzes Aufflackern des Bewußtseins gespürt zu haben, aber wahrscheinlich hatte sie diese Empfindung nur gehabt, weil sie sie unbedingt haben wollte. Sie drehte den Kopf, aber nur ein wenig, um nicht den Kontakt mit den langen, silbrigen Fühlern zu verlieren, und wünschte, sie wäre in einer Körperstellung, in der sie das Scannerdisplay sehen könnte.

»Jetzt befindet er sich in der optimalen Lage«, meldete Prilicla plötzlich. »Danalta, schieben Sie die Hände weiter nach unten. Halten Sie sich bereit, auf meine Anweisung hin zu drücken, wenn der Fötus wieder anfängt, sich zu drehen. Naydrad, zwei Ge Abstoßung!«

Bis auf das Pfeifen der Klangverfälscher, deren Lautstärke zu schwanken schien, während sie sich wie die Patientin mit nachlassender Leistungsfähigkeit abmühten, ihre Aufgabe zu erfüllen, herrschte einen Moment lang tiefe Stille. Die Zeit lief beiden davon. Alle Aufmerksamkeit war auf Khone gerichtet, und selbst Prilicla betrachtete das Scannerdisplay mit zu großer Konzentration, um beschreiben zu können, was er darauf sah.

»Ich sehe den Kopf!« rief auf einmal Murchison. »Nur das oberste Stück vom Kopf. Die Kontraktionen sind zu schwach, die helfen nicht besonders viel. Die Beine sind so weit wie möglich gespreizt, aber der Kopf des Fötus bewegt sich bei jeder Kontraktion um Bruchteile von Zentimetern nach unten und dann wieder zurück. Soll ich versuchen, eine operative Vergrößerung der ...«

»Keine Operation«, unterbrach Cha Thrat sie in entschiedenem Ton. Selbst wenn die Patientin überlebte, hatte sie doch mit ihr den Verstand geteilt, und Cha Thrat wußte deshalb, daß eine Operationswunde bei einem Lebewesen, dessen Spezies praktisch unantastbar war, ernsthafte psychische Schäden nach sich ziehen würde – ganz zu schweigen von den Nachwirkungen des engen Körperkontakts, der bei der späteren Behandlung und dem Wechseln der Kleidung unausweichlich wäre. Der kurze geistige und körperliche Kontakt mit Conway und Cha Thrat hatte zwar in Khones gogleskanische Persönlichkeitsstruktur ein großes Loch gerissen, aber psychologisch gesehen war sie nach wie vor ein robustes und äußerst stabiles Geschöpf.

Doch blieb Cha Thrat keine Zeit, ihren Gefühlseindruck zu erklären oder sich über ihren Standpunkt mit den anderen auseinanderzusetzen. Murchison hatte sich aufgerichtet und blickte fragend Prilicla an, der von dem Gefühlssturm, der von allen Seiten auf ihn einhagelte, hin- und hergeworfen wurde, aber kein Wort sagte.

»Es wäre besser, wenn wir versuchen würden, den natürlichen Geburtsvorgang zu unterstützen«, fuhr Cha Thrat fort. »Naydrad, ich möchte noch einmal abwechselnd Anziehung und Abstoßung haben, dieses Mal alternierend zwischen null und drei Ge und vorläufig nur für die nächsten fünf Kontraktionen. Achten Sie dabei auf größere Organverschiebungen. Diese Spezies ist noch nie erhöhten Gravitationskräften ausgesetzt gewesen ...«

»Jetzt kann ich den ganzen Kopf sehen!« rief Murchison aufgeregt dazwischen. »Und die Schultern! Verdammt, ich *habe* den kleinen Schreihals!«

»Naydrad!« schrie Cha Thrat schnell. »Bleiben Sie noch einen Moment bei drei Ge Abstoßung, bis die Nachgeburt heraus ist, und schalten Sie dann wieder auf normale Schwerkraft. Murchison, legen Sie das Neugeborene zwischen die Fingerbüschel direkt links neben meinem Kopf. Ich habe den Eindruck, daß es Khone mehr beruhigt, sich an ihrem Kind festzuhalten, als wenn ich mich an ihr festhalte.«

Sie beobachtete, wie sich Khones Finger instinktiv um die winzige Gestalt schlossen, die für den sommaradvanischen Teil ihres Gehirns wie ein glitschiges, zuckendes kleines Scheusal aussah, auf das gogleskanische Kontingent aber eindeutig wie eine unbeschreibliche Schönheit wirkte. Schweren Herzens zog Cha Thrat ihren Kopf von Khones zurück und ließ die Haare der Gogleskanerin los.

»Ihr Eindruck trifft zu, Cha Thrat«, bestätigte Prilicla. »Die emotionale Ausstrahlung der Patientin ist schon wieder stärker, obwohl sie noch ohne Bewußtsein ist.«

»Moment mal!« meldete sich Murchison besorgt zu Wort. »Man hat uns doch gesagt, daß sie bei Bewußtsein sein muß, wenn sie für das Neugeborene richtig sorgen soll. Wir haben keine Ahnung, was ...«

Sie brach mitten im Satz ab, weil Cha Thrat, die jetzt über das gesamte Wissen der gogleskanischen Ärztin verfügte, bereits alles Erforderliche verrichtete. Bewußt zu lügen lief zwar ihrer sommaradvanischen Erziehung zuwider, aber in der momentanen Situation wimmelte es geradezu von Problemen zwischen den Anwesenden, und die Umstände waren viel zu verwickelt, als daß sie Lust gehabt hätte, sich die für die Mitteilung der Wahrheit erforderliche Zeit zu nehmen.

Statt dessen wartete Cha Thrat, bis die Nabelschnur sauber durchtrennt und verknotet war und die Beine der Patientin in einer bequemeren Stellung lagen, und erklärte dann mit einer gewissen Dreistigkeit: »Zwischen der Lebensform der FOKTs und meiner eigenen gibt es eine Anzahl physiologischer Gemeinsamkeiten, und wir weiblichen Wesen verfügen bei solchen Geschichten von Natur aus über einen besonderen Instinkt.«

Die Terrestrierin schüttelte zweifelnd den Kopf und sagte: »Dann sind Ihre weiblichen Instinkte aber eine ganze Ecke stärker entwickelt und sehr viel zielsicherer als meine.«

»Freundin Murchison«, mischte sich jetzt Prilicla ein, dessen Stimme jetzt sehr laut war, da inzwischen alle Klangverfälscher bis auf zwei zu pfeifen aufgehört hatten. »Lassen Sie uns doch zu geeigneterer Zeit über weibliche Instinkte diskutieren. Freundin Naydrad, setzen Sie wieder das Verdeck auf den Transporter, erhöhen Sie die Innentemperatur um drei Grad, füllen Sie den Innenraum mit reinem Sauerstoff, und achten Sie bei der Patientin auf Anzeichen eines verspäteten Schocks. Nach der emotionalen Ausstrahlung zu urteilen, befindet sich Khone zwar im einem Zustand schwerer Erschöpfung, der ansonsten aber stabil ist. Im Moment besteht also keine Gefahr, und die Lähmung der Beine wird mit zunehmender Durchblutung zurückgehen. Wir und insbesondere die Patientin werden uns alle besser fühlen, wenn sie erst einmal von den Geräten auf dem Ambulanzschiff intensiv betreut wird. Bitte bringen Sie Khone schnell aufs Schiff.

Cha Thrat, Sie bleiben noch hier«, fügte er freundlich hinzu. »Mit Ihnen, meine sommaradvanische Freundin, würde ich mich gern einmal allein unterhalten.«

Der von Naydrad gelenkte Krankentransporter wurde von Danalta und Wainright von beiden Seiten flankiert und entfernte sich bereits. Doch Pathologin Murchison, deren Gesicht tiefrot war und einen Ausdruck trug, den Cha Thrat mittlerweile lesen und verstehen konnte, zögerte noch.

»Seien Sie nicht *zu* streng mit ihr, Prilicla«, bat Murchison. »Ich finde, sie hat sehr gute Arbeit geleistet, auch wenn sie manchmal dazu neigt zu vergessen, wer die eigentliche Verantwortung dafür trägt. Ich meine ... na ja, sagen wir einfach, daß Cha Thrats unfreiwilliger Wechsel für den Wartungsdienst ein Gewinn und für das medizinische Team ein Verlust ist.«

Als sich Murchison abrupt abwandte, um dem Transporter hinterherzulaufen, blickte ihr Cha Thrat aus drei unterschiedlichen und verwirrenden Blickwinkeln und mit drei Arten von gemischten Gefühlen hinterher: Nach ihrem sommaradvanischen Geschmack war Murchison ein kleines, farbloses, abstoßendes DBDG-Weibchen. In ihren gogleskanischen Augen war sie bloß ein außerplanetarisches Ungeheuer, zwar freundlich, aber furchteinflößend. Doch vom terrestrischen Standpunkt aus gesehen handelte es sich um ein völlig anderes Wesen, eins, das Cha Thrat schon seit vielen Jahren als hochintelligente, von der beruflichen Position her nur Thornnastor unterstellte, freundliche, verständnisvolle, gerechte, schöne und sexuell begehrenswerte Frau kannte. Einige dieser Seiten ihrer Persönlichkeit hatte Murchison eben gezeigt, aber die plötzliche körperliche Anziehungskraft, die sie auf Cha Thrat ausübte, und die Bilder von schrecklichen, fremdartigen Umklammerungen und Intimitäten, die an Cha Thrats geistigem Auge vorbeizogen, machten der Sommaradvanerin so furchtbare Angst, daß der gogleskanische Teil ihres Gehirns am liebsten einen Ruf nach Zusammenschluß ausgestoßen hätte.

Murchison war eine Terrestrierin und sie selbst eine Sommaradvanerin. Sie *mußte* einfach aufhören, sich auf so alberne Weise zu einem Mitglied einer fremden Spezies hingezogen zu fühlen, das noch nicht einmal männlichen Geschlechts war, denn dieser Weg führte ganz sicher in den Wahnsinn. Sie dachte an das Gespräch, das sie mit dem Zauberer O'Mara über Schulungsbänder geführt hatte, und an ihre eigene Erfahrung, die sie mit Bändern von Kelgianern, Tralthanern, Melfanern und vielen anderen bereits gemacht hatte.

Aber die Erfahrung hatte sie gar nicht selbst gemacht, wie sie sich plötzlich vor Augen hielt. Sie war und blieb Cha Thrat. Die Gogleskanerin und der Terrestrier, die scheinbar von ihrem Gehirn Besitz ergriffen hatten, waren nur Gäste, von denen einer besonders lästig war, was die Gedanken über Murchison betraf, aber sie sollten keinesfalls ihre persönlichen Gefühle beeinflussen dürfen. Etwas anderes zu denken oder zu fühlen als eine Sommaradvanerin war albern.

Als die störende Gestalt Murchisons in der Ferne verschwunden war und sich Cha Thrat wieder eher wie sie selbst und nicht wie zwei andere Wesen fühlte, sagte sie zu Prilicla: »Und jetzt, nehme ich an, bekommt die überhebliche und äußerst ungehorsame Technikerin mit Hang zu medizinischem Größenwahn endlich den Kopf gewaschen, nicht wahr?«

Prilicla hatte sich auf dem Dach über Khones Tür niedergelassen, damit sich seine Augen auf gleicher Höhe mit Cha Thrats befanden. »Ihre Gefühlsbeherrschung ist ausgezeichnet, Cha Thrat«, erwiderte er freundlich. »Mein Kompliment. Aber Ihre Annahme ist falsch. Ihr offenbares Verständnis der terrestrischen Redewendung, die Sie gerade gebraucht haben, und Ihr Verhalten vorhin in einer sehr heiklen klinischen Situation veranlassen mich, darüber zu spekulieren, was möglicherweise mit Ihnen geschehen sein könnte.

Wissen Sie, ich denke einfach mal laut vor mich hin«, fuhr er fort. »Dazu brauche ich Sie gar nicht, ja, ich verbiete es Ihnen sogar ausdrücklich, mir zu sagen, ob meine Vermutungen zutreffen oder nicht. In diesem Fall ziehe ich es vor, offiziell von nichts zu wissen.«

Schon aus den ersten paar Worten des Empathen wurde klar, daß er ganz genau wußte, was mit Cha Thrat passiert war, auch wenn er seine Gewißheit nur als Vermutung bezeichnete. Er nahm an, daß Cha Thrat mit Khone eine geistige Vereinigung gehabt habe, der Verstand der Gogleskanerin vorher mit dem vom Conway verschmolzen gewesen sei und vor und während der Geburt von Khones Kind die Fachkenntnisse und Entschlußkraft des Diagnostikers die führende Rolle übernommen hätten. Aus diesem Grund fühlte sich der Cinrussker durch den Vorfall nicht gekränkt – schließlich stand ein Chefarzt weit unter einem Diagnostiker, selbst wenn sich dieser nur vorübergehend im Gehirn eines Untergebenen aufhielt. Auch die übrigen Teammitglieder wären nicht beleidigt, wenn sie die Wahrheit erfahren würden.

Aber nach seiner Auffassung müßten sie diese ja

nicht erfahren, zumindest nicht, bis sich Cha Thrat wieder im Schutz der Wartungsschächte des Orbit Hospitals verloren hätte.

»Ihrer jüngsten emotionalen Ausstrahlung entnehme ich«, fuhr Prilicla fort, »daß Sie gegenüber Freundin Murchison in sexueller Hinsicht sehr starke, wenn auch verworrene Gefühle empfunden haben, die für Ihr sommaradvanisches Ich nicht angenehm waren. Aber denken Sie daran, in welch große Verlegenheit Murchison geriete, wenn sie ahnen würde, daß Sie, ein Lebewesen einer völlig anderen physiologischen Klassifikation, das durch die Umstände gezwungen ist, ganz eng mit ihr zusammenzuarbeiten, sie mit den Augen und den gleichen starken Gefühlen wie ihr Lebensgefährte betrachten.«

»Ich verstehe«, sagte Cha Thrat.

»Pathologin Murchison ist hochintelligent«, erklärte der Cinrussker weiter, »und mit der Zeit wird sie dahinterkommen, was geschehen ist, falls sie es nicht schon vorher von Khone erfährt. Deshalb möchte ich, daß Sie Khone bei der erstbesten Gelegenheit diese heikle Geschichte klarmachen und sie in dieser Angelegenheit um Stillschweigen bitten.

Freundin Khone verfügt jetzt nicht nur über Conways Erinnerungen und Gefühle, sondern auch über die Cha Thrats«, fügte Prilicla noch freundlich hinzu.

Die noch immer vorhandenen Gedanken der gogleskanischen Ärztin drohten Cha Thrats eigene mit einer seltsamen Mischung aus Angst, Neugier und elterlicher Sorge zu überwältigen, und einen Moment lang brachte Cha Thrat kein Wort heraus. Schließlich fragte sie: »Ist Khone schon in der Lage zu sprechen?«

»Ich habe das bestimmte Gefühl – und nicht bloß den Verdacht –, daß sowohl die Mutter als auch das Kind wohlauf sind«, antwortete Prilicla und bereitete sich darauf vor loszufliegen, indem er die Flügel ausbreitete. »Aber wenn wir jetzt nicht bald das Gespräch beenden, werden sich die anderen noch fragen, was ich Ihnen antue, und werden Sie blutüberströmt und von blauen Flecken übersät zurückerwarten.«

Die Vorstellung, Prilicla könnte irgend jemandem irgendeine Art von Verletzung zufügen, war so absurd, daß sogar eine Gogleskanerin sie für genauso komisch hielt wie eine Sommaradvanerin und ein Terrestrier. Lauthals lachend folgte Cha Thrat den anderen zur Landefähre, während ihr der von den Flügeln des Empathen erzeugte Wind das Haar zerzauste.

»Ihnen ist doch hoffentlich klar, meine Freundin«, sagte der Empath, dessen zitternde Glieder eine deutliche Rechtfertigung für die Worte waren, die das Vergnügen der Sommaradvanerin dämpfen sollten, »daß O'Mara von dem Vorfall unterrichtet werden muß, oder?«

15. Kapitel

Als man die Gogleskanerin mit ihrem Kind von der Landefähre in die spezielle FOKT-Unterkunft auf dem Unfalldeck der *Rhabwar* gebracht hatte, waren beide Patienten bei vollem Bewußtsein und gaben geräuschvolle, zischende Laute von sich. Die Laute des Neugeborenen übersetzte der Translator nicht, aber Khones teilten sich in wiederholte Dankbarkeitsbekundungen für ihr Überleben und leise, aber sehr nachdrückliche Vergewisserungen über ihre körperliche Verfassung auf. Die Selbstdiagnose der Ärztin wurde von den Biosensoren untermauert und von den weniger handgreiflichen, dafür aber genaueren Befunden des für Emotionen empfänglichen Prilicla bestätigt. Da sie jetzt durch eine dicke, durchsichtige Trennwand von den freundlichen außerplanetarischen Ungeheuern getrennt war und sich somit auch von ihren unterbewußten Ängsten befreit hatte, war es Khone ein regelrechtes Vergnügen, sich jederzeit mit jedem zu unterhalten.

Das schloß auch die nichtmedizinischen Besatzungsmitglieder ein, die mit Captain Fletchers Erlaubnis kurz ihre Posten im Kontroll- und Maschinenraum verließen, um der Patientin zu gratulieren und mit Lügen über die deutlich erkennbare Intelligenz des Neuankömmlings, dessen Ähnlichkeit mit der Mutter und große Schönheit zu schmeicheln, eines Jungen von überdurchschnittlichem Gewicht. Trotz Priliclas eindringlichen Bitten, die Patientin ausruhen und sich von der übermäßigen Aufregung erholen zu lassen, erinnerte die Atmosphäre rings um Khones Zimmer mehr an eine Geburtstagsfeier als an das Unfalldeck eines Ambulanzschiffs.

Als jetzt Captain Fletcher eintraf, brauchte niemand die empathischen Fähigkeiten Priliclas zu besitzen, um den allgemeinen Stimmungsumschwung wahrzunehmen. An Khone richtete der Terrestrier die flüchtige Frage nach ihrem eigenen Befinden und dem des Kleinen, dann wandte er sich schnell Prilicla zu.

»In einer bestimmten Angelegenheit, Doktor, muß eine Entscheidung getroffen werden, zu der nur Sie und Ihr Team in der Lage sind. Vor ein paar Minuten hat uns das Hospital per Funk gemeldet, daß in diesem Sektor eine Notsignalbake entdeckt worden ist. Das verunglückte Schiff befindet sich ungefähr fünf Subraumflugstunden von uns entfernt. Die Bake gehört nicht zu dem von der Föderation benutzten Typ, deshalb sind die Opfer womöglich Mitglieder einer uns unbekannten Spezies. Das macht es natürlich schwierig, die für die Bergung benötigte Zeit zu schätzen, da nach unseren Erfahrungen so etwas ein paar Stunden oder aber auch einige Tage dauern kann.

Die Frage ist, ob die Patientin ins Hospital eingeliefert werden muß, bevor oder nachdem wir dem Notruf nachgegangen sind.«

Das war keine leichte Entscheidung, weil die Patientin, auch wenn ihr Zustand stabil war und sie nicht dringend behandelt werden mußte, zu einer Lebensform gehörte, über die klinisch nur wenig bekannt war, so daß jederzeit unerwartete Komplikationen auftreten konnten. Überraschenderweise wurde die lebhafte, aber zwangsläufig kurze Diskussion von Khone selbst beendet.

»Bitte, meine Freunde!« mischte sie sich in einer der seltenen Gesprächspausen ein. »Gogleskanerinnen erholen sich schnell, wenn sie erst einmal das Geburtstrauma überstanden haben. Ich kann Ihnen sowohl als Ärztin als auch als Patientin versichern, daß eine derartige Verzögerung weder mich noch mein Kind gefährdet. Nebenbei, hier auf dem Schiff erfahren wir viel mehr Zuwendung, als es irgendwo auf Goglesk möglich wäre.«

»Sie vergessen dabei etwas«, gab Murchison zu bedenken. »Wir gelangen vielleicht an den Schauplatz einer Katastrophe, an der möglicherweise eine für uns völlig neue Lebensform beteiligt ist. Es ist denkbar, daß diese Wesen selbst uns mit Schrecken oder Abscheu erfüllen, ganz zu schweigen von einer Gogleskanerin, die zum erstenmal ihren Planeten verlassen hat.«

»Das mag ja sein«, räumte Khone ein, »aber die Opfer werden sich höchstwahrscheinlich in viel schlechterer Verfassung befinden als ich.«

»Na schön«, beendete Prilicla schließlich die Debatte und wandte sich wieder an den Captain. »Allem Anschein nach hat uns Khone an die Prioritäten und an unsere ärztliche Pflicht erinnert. Teilen Sie dem Hospital mit, daß die *Rhabwar* dem Notruf Folge leistet.«

Fletcher verschwand in Richtung Kontrollraum, und der Cinrussker fuhr fort: »Jetzt sollten wir erst einmal essen und dann schlafen, da wir in nächster Zeit womöglich weder zu dem einen noch zu dem anderen Gelegenheit haben werden. Die Biosensoren der Patientin werden automatisch überwacht, und jede Veränderung ihres Zustands wird mir sofort gemeldet. Auch Khone und ihr Kind brauchen Ruhe, und die würden sie nicht bekommen, wenn ich hier ein Mitglied des Teams zum Dienst zurücklassen würde. Also, alle raus hier! Schlafen Sie gut, Freundin Khone.«

Der Empath flog in seiner anmutigen Art in den gravitationsfreien Hauptverbindungsschacht und weiter in Richtung Speise- und Freizeitdeck. Naydrad, Danalta, Murchison und Cha Thrat folgten ihm auf konventionellere Weise. Doch kurz bevor sie ihre

Kletterpartie in der Schwerelosigkeit begannen, hielt sich Murchison mit einer Hand an der Leiter fest und legte Cha Thrat die zweite auf eine der mittleren Gliedmaßen.

»Warten Sie bitte«, sagte sie. »Ich würde mich gern mit Ihnen unterhalten.«

Cha Thrat verharrte in ihrer Position, sagte aber nichts. Das Gefühl dieser zarten Alienfinger, die sanft ihren Arm umfaßten, und der Anblick des schwammigen, rosa Terrestriergesichts, das sie von unten anblickte, ließen Empfindungen aufkommen, auf die kein Sommaradvaner – und erst recht kein weiblicher – ein Recht hatte. Langsam, um die Terrestrierin nicht zu kränken, befreite sie ihre Gliedmaße aus Murchisons Griff und bemühte sich, ihre Gefühle unter Kontrolle zu bekommen.

»Mir macht diese Rettungsaktion zu schaffen, Cha Thrat, und auch der Eindruck, den die Verletzten, die wir vielleicht behandeln müssen, auf Sie machen werden«, sagte sie leise. »Unfallverletzungen können ganz schön schlimm sein. Zum größten Teil handelt es sich dabei um durch Aufprälle verursachte Frakturen und durch explosionsartigen Druckverlust hervorgerufene Wunden, und in der Regel gibt es nur sehr wenige Überlebende. Sie sind offenbar nicht in der Lage, Ihre sommaradvanische Nase aus dem medizinischen Gebiet herauszuhalten, aber diesmal müssen Sie versuchen – wirklich mit allen Mitteln versuchen –, sich nicht mit den Unfallopfern einzulassen.«

Bevor Cha Thrat etwas entgegnen konnte, fuhr sie fort: »Bei Khone haben Sie wirklich sehr gute Arbeit geleistet, obwohl ich mir immer noch nicht ganz sicher bin, was da genau passiert ist, aber auf jeden Fall hatten Sie Glück. Wie hätten Sie sich gefühlt, wenn Khone oder das Kind oder beide gestorben wären? Und was noch wichtiger ist, was hätten Sie sich dann selbst angetan?«

»Nichts«, antwortete Cha Thrat und hielt sich verzweifelt vor Augen, daß der Ausdruck auf dem rosa Gesicht unter ihr nur wohlwollende Sorge um eine Untergebene von einer anderen Spezies und nichts Persönlicheres bedeutete. Schnell fuhr sie fort: »Ich hätte mich zwar sehr schlecht gefühlt, aber mich nicht noch einmal selbst verletzt. Die ethischen Grundsätze einer Chirurgin für Krieger sind streng, und selbst auf Sommaradva hat es Kollegen gegeben, die sie nicht so strikt befolgt haben wie ich und mich deswegen beneidet haben und mich nicht leiden konnten. Für mich behalten diese Grundsätze zwar ihre Gültigkeit, aber im Orbit Hospital und auf Goglesk gelten andere, die genauso ihre Berechtigung haben. Diesbezüglich haben sich meine Standpunkte durchaus verändert...«

Sie brach ab, da sie befürchtete, schon zu viel gesagt zu haben, aber der Pathologin war anscheinend nicht aufgefallen, daß sie den Plural benutzt hatte, als sie gleich von mehreren Standpunkten sprach.

»Wir nennen so etwas ›seinen Horizont erweitern‹«, entgegnete Murchison. »Mir fällt ein Stein vom Herzen, und ich freue mich für Sie, Cha Thrat. Es ist wirklich schade, daß Sie... Na ja, was ich vorhin gesagt habe, daß Ihr Wechsel für den Wartungsdienst ein Gewinn und für uns ein Verlust ist, war ernstgemeint. Ihre Vorgesetzten finden den Umgang mit Ihnen manchmal ein bißchen schwierig, und nach den Vorfällen mit dem Chalder und dem Hudlarer kann ich mir nicht vorstellen, daß Sie noch von irgend jemandem zur Ausbildung auf einer Station angenommen werden. Aber wenn Sie warten, bis sich die Aufregung gelegt hat, und nichts mehr anstellen, um aufzufallen, könnte ich mit ein paar Leuten darüber reden, Sie wieder zum medizinischen Personal zurückversetzen zu lassen. Was halten Sie davon?«

»Ich wäre Ihnen dafür sehr dankbar«, antwortete

Cha Thrat und suchte verzweifelt nach einer Möglichkeit, dieses Gespräch mit einem Wesen zu beenden, das nicht nur ein mitfühlendes und verständnisvolles Naturell hatte, sondern dessen körperliche Seiten in ihr noch ganz andere Gefühle hervorriefen, die normalerweise mit dem Geschlechtstrieb in Zusammenhang standen. Nach ihrem Dafürhalten handelte es sich hierbei ganz eindeutig um ein Problem, das nur durch eine von O'Maras Beschwörungen gelöst werden konnte, und um auf ein anderes Thema zu kommen, fügte sie hinzu: »Außerdem habe ich Hunger.«

»Hunger?« rief Murchison erstaunt. Als sich die Terrestrierin wieder der Leiter zuwandte, um weiter in Richtung Kantine zu klettern, lachte sie plötzlich und sagte: »Wissen Sie, Cha Thrat, manchmal erinnern Sie mich an meinen Lebensgefährten.«

Cha Thrat erstarrte für einen Augenblick, dann faßte sie entschlossen nach der Leiter.

Nach dem Essen war Cha Thrat zwar in der Lage, sich auszuruhen, aber es gelang ihr nicht, zu schlafen, und nachdem sie sich drei Stunden lang vergeblich abgemüht hatte, brach sie weitere Versuche unter dem Vorwand ab, Khones Lebenserhaltungs- und Nahrungsversorgungssysteme überprüfen zu müssen. Sie traf die Gogleskanerin ebenfalls wach an, und während Khone liebevoll ihr Kind fütterte, unterhielten sie sich leise. Kurz darauf waren beide FOKTs eingeschlafen, und Cha Thrat blieb sich allein überlassen. Eine ganze Weile starrte sie schweigend auf die Formenvielfalt der Geräte auf dem Unfalldeck, die in der Nachtbeleuchtung wie unheimliche, mechanische Trugbilder aussahen, bis auf einmal Prilicla angeflogen kam.

»Konnten Sie sich schon mit Freundin Khone unterhalten?« erkundigte sich Cinrussker, der über den beiden FOKTs schwebte.

»Ja«, antwortete Cha Thrat. »Sie wird Ihrem Vorschlag folgen, uns nicht in Verlegenheit zu bringen.«

»Danke, meine Freundin. Ich spüre, daß die anderen jetzt auch aufwachen und sich gleich zu uns gesellen werden. Wir müßten jeden Moment am Unglücksort…«

Er wurde von einem doppelten Gongton unterbrochen, der den Wiedereintritt des Schiffs in den Normalraum ankündigte, und ein paar Minuten später folgte die Stimme von Lieutenant Haslam aus dem Kontrollraum.

»Unsere weitreichenden Sensoren haben Kontakt mit einem großen Schiff«, meldete der Kommunikationsoffizier. »Es gibt keine Anzeichen für abnorme Strahlungswerte, keine sich ausbreitenden Trümmerwolken und auch keine Spur von einer Fehlfunktion, die durch ein Unglück herbeigeführt worden sein könnte. Das Schiff dreht sich sowohl um die Längsachse als auch langsam um die Querachse. Wir stellen das Teleskop auf die Sensorpeilung ein und übertragen das Bild auf Ihren Repeaterschirm.«

In der Mitte des Bildschirms erschien ein schmales, verschwommenes Dreieck, das schärfer wurde, als Haslam die Brennweite richtig einstellte.

»Halten Sie sich für maximalen Schub in zehn Minuten bereit«, fuhr Haslam fort. »Schwerkraftkompensatoren auf drei Ge eingestellt. Wir müßten das Schiff in weniger als zwei Stunden erreicht haben.«

Cha Thrat und Khone betrachteten den Bildschirm zusammen mit dem medizinischen Team, dessen große Ungeduld Prilicla zum Zittern brachte. Sie hatten alles so weit vorbereitet, wie es unter diesen Umständen möglich war; die mehr ins Detail gehenden Vorkehrungen mußten warten, bis man eine ungefähre Vorstellung von der physiologischen Klassifikation der Aliens hatte, die womöglich demnächst gerettet werden könnten. Doch dem Captain des Schiffs war es bereits jetzt möglich, erste Schlußfolgerungen zu ziehen, selbst aus dieser großer Entfernung.

»Unserem Astronavigationscomputer zufolge liegt die nächste Sonne elf Lichtjahre entfernt, und die hat keine Planeten, also kann das Schiff nicht von dort gekommen sein«, folgerte Fletcher. »Trotz seiner Größe ist es viel zu klein, um ein Generationsschiff zu sein, von daher benutzt es höchstwahrscheinlich eine Hyperantriebsart, die unserer gleicht. Ansonsten weist es aber keinerlei Ähnlichkeit mit irgendeinem der außer oder in Betrieb genommenen oder noch im Bau befindlichen Schiffe im Flottenverzeichnis der Föderation auf.

Trotz der enormen Größe besitzt es die aerodynamisch günstige Dreiecksform, die typisch für ein Schiff ist, das in einer Planetenatmosphäre manövrieren muß«, fuhr der Captain fort. »Die meisten uns bekannten Spezies, die durch den Raum reisen können, ziehen es aber aus technischen und wirtschaftlichen Gründen vor, ihre gleichermaßen für den Atmosphäre- als auch für den Raumflug konstruierten Schiffe möglichst klein zu halten. Die größeren Schiffe, die nicht zum Landen vorgesehen sind, werden im Orbit gebaut, wo die stromlinienförmige Gestaltung überflüssig ist. Bei den zwei Ausnahmen, von denen ich weiß, handelt es sich um Lebensformen, die ihre kombinierten Raum-Atmosphäreschiffe groß anlegen müssen, weil die zum Flug benötigte Besatzung selbst in riesigen Körpern steckt.«

»Na prima!« freute sich Naydrad. »Also retten wir einen Haufen Riesen!«

»Das ist im Augenblick pure Spekulation«, gab der Captain zu bedenken. »Auf Ihrem Schirm ist das zwar nicht zu sehen, aber wir sind gerade dabei, ein paar Einzelheiten der Konstruktion zu analysieren. Dieses Schiff ist nicht gerade von Uhrmachern zusammengesetzt worden. Die Konstruktionsphilosophie scheint allgemein eher auf Einfachheit und Stabilität ausgerichtet gewesen zu sein als auf Raffiniertheit. Wir können jetzt langsam kleine Einstiegs- und Inspektionsluken sowie zwei sehr große Umrisse ausmachen, bei denen es sich um Einlaßschleusen handeln muß. Obwohl das natürlich auch Frachtschleusen sein können, die nur nebenbei körperlich kleinen Besatzungsmitgliedern zum Einsteigen dienen. Dennoch ist es wahrscheinlicher, daß die Insassen zu einer sehr großen und massiven Lebensform gehören ...«

»Haben Sie keine Angst, Freundin Khone«, warf Prilicla schnell ein. »Selbst ein verrückt gewordener Hudlarer könnte die Trennwand, die Cha Thrat um Sie herumgestellt hat, nicht durchbrechen, und die Unfallopfer werden sowieso bewußtlos sein. Sie und Ihr Kind sind völlig sicher.«

»Das ist wirklich sehr beruhigend«, entgegnete die Gogleskanerin. Mit sichtlicher Überwindung fügte sie persönlicher hinzu: »Ich danke Ihnen.«

»Freund Fletcher«, wandte sich der Empath an den Captain, »können Sie noch weitere Vermutungen über diese Lebensform anstellen, außer daß sie groß ist und wahrscheinlich keine besonders ausgeprägte Fingerfertigkeit besitzt?«

»Das hatte ich ja gerade vor«, grummelte der Captain ungehalten. »Nach der Analyse der entwichenen Innenatmosphäre zu urteilen, ist ...«

»Dann hat der Rumpf Löcher bekommen!« rief Cha Thrat aufgeregt dazwischen. »Von innen oder außen?«

»Technikerin Cha Thrat!« zischte der Captain und hielt ihr allein mit dieser Anrede ihre Anmaßung vor Augen. »Nur zu Ihrer Information: Es ist äußerst schwierig, kostspielig und vollkommen überflüssig, ein großes Raumschiff absolut luftdicht zu machen. Es ist viel praktischer, den Innendruck auf dem Sollwert zu halten und die geringfügige Menge entweichender Luft zu ersetzen. Hätten wir im gegenwärtigen Fall keine austretende Luft entdeckt, hätte das fast mit Sicherheit bedeutet, daß das Schiff ganz und gar aufgerissen und luftleer ist.

Aber es gibt keinerlei Anzeichen für einen Zusammenstoß oder Rumpfschäden, und nach den Sensordaten und der Analyse der ausgetretenen Atmosphäre zu schließen, besteht die Besatzung aus warmblütigen Sauerstoffatmern, die eine ähnliche Umgebungstemperatur und annähernd den gleichen Druck brauchen wie wir.«

»Danke, Freund Fletcher«, sagte Prilicla und gesellte sich zu den anderen, die schweigend den Repeaterschirm betrachteten.

Das Bild des langsam schlingernden und rotierenden Schiffs war allmählich immer größer geworden, bis es den Bildschirmrand berührte, als Murchison sagte: »Das Schiff ist unbeschädigt und führerlos. Zudem tritt den Sensoren zufolge keine übermäßige Strahlung aus dem Hauptreaktor aus. Das Problem der Besatzung besteht demnach wahrscheinlich eher in einer Krankheit als in Verletzungen, die durch einen Unfall hervorgerufen worden sind. Vermutlich handelt es sich dabei um ein Leiden, von dem die gesamte Crew befallen worden ist und das sie arbeitsunfähig gemacht oder gar getötet hat. Darunter verstehe ich auch das Einatmen giftiger Gase, die durch einen technischen Defekt freigesetzt worden sind, beispielsweise aus dem ...«

»Nein, Murchison«, widersprach Fletcher, der die Sprechverbindung zwischen Unfalldeck und Kontrollraum aufrechterhalten hatte. »Eine derart starke Verseuchung durch giftige Gase im Luftversorgungssystem wäre durch unsere Analysen nachgewiesen worden. Mit der Luft ist auf dem Schiff alles in Ordnung.«

»Dann hat vielleicht eine giftige Substanz die Getränke- oder Lebensmittelvorräte verseucht und ist auf diesem Wege aufgenommen worden«, fuhr Murchison unbeirrt fort. »So oder so, womöglich gibt es keine Überlebenden, und uns bleibt hier nichts zu tun, als Nachuntersuchungen anzustellen, die Physiologie einer neuen Lebensform aufzuzeichnen und dem Monitorkorps den Rest zu überlassen.«

Der Rest würde, wie Cha Thrat wußte, bedeuten, eine eingehende Untersuchung der Energie, der Lebenserhaltung und der Navigationssysteme des Schiffes mit dem Ziel durchzuführen, den technischen Entwicklungsstand der Spezies zu beurteilen. Daraus könnten sich die Informationen ergeben, die man brauchte, um die einzelnen Abschnitte der Flugbahn des Schiffs vor dem Unfall zu berechnen und den Kurs zum Herkunftsplaneten zurückzuverfolgen. Gleichzeitig würde man eine noch sorgfältigere Bewertung der nichttechnischen Ausstattung des Schiffs – der Besatzungsunterkünfte und deren Einrichtung, der Kunst- und Dekorationsgegenstände, der persönlichen Habseligkeiten, der Bücher, Bänder und der Geräte zum persönlichen Zeitvertreib – vornehmen, damit man nach geglückter Entdeckung des Heimatplaneten, die letzten Endes nicht ausbleiben kann, wüßte, mit welchen Lebewesen man es zu tun bekommen würde.

Und zu guter Letzt würde dieser Planet von den Kontaktspezialisten des Monitorkorps aufgesucht werden und, genau wie Sommaradva, nie wieder so sein wie vorher.

»Wenn es auf dem Schiff keine Überlebenden gibt, Murchison, dann ist das hier keine Aufgabe für die *Rhabwar*«, meinte Fletcher mit Bedauern. »Aber das können wir nur herausfinden, wenn wir uns aufs Schiff begeben und nachsehen. Prilicla, möchten Sie irgendein Mitglied Ihres Teams mit mir mitschicken? Obwohl, zu diesem Zeitpunkt ist es eher ein mechanisches als ein medizinisches Problem, sich Zugang zum Schiff zu verschaffen. Lieutenant Chen und Technikerin Cha Thrat, Sie werden mir helfen hineinzukommen… Moment mal! Mit dem Schiff geht irgend etwas vor!«

Cha Thrat war völlig überrascht, daß sie Fletcher bei einer derart wichtigen Aufgabe helfen sollte, äußerst beunruhigt, weil sie vielleicht nicht imstande sein würde, seine Erwartungen zu erfüllen, und mehr als ein bißchen ängstlich, wenn sie daran dachte, was sie möglicherweise erwartete, nachdem sie in das verunglückte Schiff eingedrungen waren. Doch diese Gefühle wurden einstweilen durch den Anblick der Vorgänge auf dem Bildschirm verdrängt.

Während alle wie gebannt auf den Schirm starrten, erhöhte sich die Geschwindigkeit, mit der das Schiff schlingerte und rotierte, und der vordere und hintere Teil des Rumpfs und die Spitzen der breiten dreieckigen Flügel wurden durch unregelmäßige Dampfstrahle in Nebel eingehüllt. Einen Moment lang glaubte Cha Thrat, die Übelkeit eines jeden Wesens, das sich gerade auf diesem Schiff befand und bei Bewußtsein war, gut nachempfinden zu können, dann meldete sich erneut Fletcher.

»Das sind die Steuerungsdüsen!« rief er aufgeregt. »Offenbar versucht jemand, die Drehung zu stoppen, macht aber alles nur noch schlimmer! Vielleicht geht es dem Überlebenden körperlich nicht gut, oder er ist verletzt oder nicht mit der Steuerung vertraut. Aber immerhin wissen wir jetzt, daß im Schiff noch jemand am Leben ist. Dodds, sobald wir in Reichweite sind, stoppen Sie die Drehung und koppeln mit allen verfügbaren Traktorstrahlen an. Doktor Prilicla, es gibt wieder etwas für Sie zu tun.«

»Manchmal ist es doch wirklich schön, wenn man Lügen gestraft wird«, sagte Murchison, ohne irgend jemanden direkt anzusprechen.

Während sich Cha Thrat ihren Anzug anlegte, verfolgte sie mit Spannung das Gespräch zwischen dem medizinischen Team und Fletcher, das sich schnell zu einem erbitterten Streit ausgeweitet hätte, wäre nicht der sanfte kleine Empath zugegen gewesen.

Aus dem Wortwechsel ergab sich deutlich, daß der Captain der alleinige Herrscher über die *Rhabwar* war, soweit es sämtliche Schiffsoperationen betraf, doch am Schauplatz einer Katastrophe mußte er seine Befehlsgewalt an den ranghöchsten Arzt an Bord abtreten, der dazu ermächtigt war, die Fähigkeiten des Schiffs und seiner Offiziere nach eigenem Gutdünken einzusetzen. Der eigentliche Streit schien sich genau um den Punkt zu drehen, an dem Fletchers Verantwortung aufhörte und Priliclas anfing.

Der Captain beanspruchte, daß sich das medizinische Team, weil es sich nicht um ein beschädigtes Schiff handle, erst dann am Unglücksort befände, wenn er es ins Schiff hineingebracht habe, und bis dahin müsse es weiterhin seine Anweisungen oder wenigstens seine Ratschläge befolgen. Der Rat des Captains an das medizinische Team lautete, auf der *Rhabwar* zu bleiben, bis er, Fletcher, sich Zugang zum fremden Schiff verschafft habe. Andernfalls riskiere man, selbst zu Opfern eines Unfalls zu werden, falls sich der verletzte oder kranke Überlebende – der ja bereits den Versuch, die Rotation des Schiffs mit den Steuerungsdüsen zu stoppen, verpatzt hatte – entschließen sollte, mit den Haupttriebwerken ein gleichermaßen fruchtloses wie verheerenderes Unterfangen zu veranstalten.

Wenn das medizinische Team vor der Einlaßschleuse des verunglückten Schiffs wartete, während gerade Schub gegeben wurde, würde man entweder gegen die Außenhaut geschleudert oder vom Heckfeuer verbrannt werden, und die Rettungsaktion müßte wegen des plötzlichen Mangels an Rettern abgebrochen werden.

Nach Cha Thrats Auffassung klangen Fletchers Gründe für den Wunsch, das medizinische Team erst einmal auf der *Rhabwar* warten zu lassen, vernünftig, auch wenn er ihr durch seine Ausführungen eine neue Gefahr bewußt gemacht hatte, die ihr nun Sorgen bereitete. Aber das medizinische Team war für die schnellstmögliche Bergung und Behandlung Schiffbrüchiger ausgebildet worden und war besonders in diesem Fall, wo es vielleicht nur einen Überlebenden gab, darauf bedacht, keine Zeit zu verlieren. Als sich Cha Thrat schließlich zur Luftschleuse aufmachte, hatte man einen Kompromiß ausgehandelt.

Prilicla sollte Fletcher, Chen und Cha Thrat zum fremden Schiff begleiten. Während sich die letzten drei bemühten hineinzukommen, würde der Empath sich an der Außenhaut entlangbewegen, um auf diese Weise zu versuchen, die Aufenthaltsorte etwaiger Überlebender durch deren emotionale Ausstrahlung ausfindig zu machen. Der Rest des medizinischen Teams sollte sich bereithalten, um die Opfer schnell zu bergen, sobald der Weg frei wäre.

Cha Thrat hatte erst ein paar Minuten in der Schleusenvorkammer gewartet, als Lieutenant Chen hereinkam.

»Prima, Sie sind ja schon da!« begrüßte sie der Terrestrier lächelnd. »Helfen Sie mir bitte, unsere Ausrüstung in die Schleuse zu schaffen. Der Captain mag es nämlich überhaupt nicht, wenn man ihn warten läßt.«

Ohne den Eindruck zu erwecken, einen Vortrag halten zu wollen, erklärte ihr Chen den Verwendungszweck der Geräte, die sie gemeinsam von dem nahegelegenen Laderaum in die Schleuse brachten, und schloß auf diese Weise Cha Thrats Wissenslücken, ohne daß sie sich dabei dumm oder minderwertig vorkam, wie es bei derartigen Vorgängen so häufig der Fall ist. Cha Thrat schloß aus Chens Verhalten, daß es sich bei diesem Terrestrier trotz seines hohen Dienstgrads um ein umsichtiges und äußerst hilfsbereites Wesen handeln mußte, eins, bei dem sie es auf eine kleine Anmaßung ankommen lassen konnte.

»Das soll keinesfalls eine Kritik am Herrscher des Schiffs sein«, setzte sie vorsichtig an, »aber ich mache mir Sorgen, weil mir Captain Fletcher mehr technische Kenntnisse zutraut, als ich sie in Wirklichkeit besitze. Ehrlich, ich bin überrascht, daß er mich dabeihaben will.«

Chen stieß einen unübersetzbaren Laut aus und sagte dann: »Sie brauchen deswegen weder überrascht noch beunruhigt zu sein, Technikerin Cha Thrat.«

»Leider bin ich aber beides«, entgegnete Cha Thrat.

Die nächsten Minuten sprach der Lieutenant über die einzelnen Elemente der transportablen Luftschleuse, die sie gerade trugen. Wenn diese Teile zusammengebaut und mit einem schnell bindenden Dichtungsmittel um die Einlaßschleuse des fremden Schiffs herum befestigt wurden, konnte man mit Hilfe des Bordtunnels der *Rhabwar* die beiden Schiffe miteinander verbinden, und die Ärzte waren so in der Lage, ihre Arbeit ohne die hinderlichen Raumanzüge zu verrichten.

»Aber machen Sie sich mal keine Gedanken, Cha Thrat«, fuhr Chen fort. »Ihr Chef vom Wartungsdienst, dieser Timmins, hat sich mit dem Captain über sie unterhalten. Er hat gesagt, Sie seien ziemlich gescheit, würden rasch lernen, und wir sollten Ihnen soviel Arbeit wie möglich aufhalsen, weil Sie nach der Fertigstellung des FOKT-Quartiers vorläufig nichts mehr zu tun hätten und unruhig werden könnten. Weiterhin meinte er, daß das medizinische Team Sie auf keinen Fall in die Nähe eines der Patienten lassen würde, weil Sie sich in der Vergangenheit im Hospital so merkwürdig aufgeführt hätten.«

Auf einmal lachte er und fuhr fort: »Jetzt wissen wir jedenfalls, wie sehr sich Timmins diesbezüglich geirrt hat. Aber wir haben trotzdem vor, Sie weiterhin mit Aufgaben zu betrauen. Sie haben viermal so viele Hände wie ich, und ich könnte mir keine bessere Werkzeughalterin vorstellen als Sie. Habe ich Sie jetzt etwa beleidigt, Technikerin Cha Thrat?«

Diese Frage war an die auszubildende Wartungstechnikerin und nicht an die stolze Chirurgin für Krieger, die sie einmal gewesen war, gerichtet, deshalb mußte sie mit Nein antworten.

»Das ist gut«, entgegnete Chen. »Schließen und versiegeln Sie jetzt Ihren Helm, und überprüfen Sie zweimal die Verschlüsse, mit denen Sie an der Sicherheitsleine befestigt sind. Der Captain ist schon auf dem Weg.«

Und dann war sie, von oben bis unten mit Geräten behängt, draußen und trieb mit den beiden Terrestriern die kurze Strecke zum fremden Schiff hinüber, das mittlerweile von den starren, unsichtbaren Traktorstrahlen der *Rhabwar* zum Stillstand gebracht worden war. Bei diesem Vorgang hatte sich ein Teil der Rotation auf die *Rhabwar* übertragen. Doch die unzähligen Sterne, die ununterbrochen um die beiden scheinbar reglosen Schiffe kreisten, riefen keine Übelkeit, sondern allenfalls Staunen hervor.

Als sie das fremde Schiff erreichten, war Prilicla, der die *Rhabwar* durch die Luftschleuse des Unfalldecks hindurch verlassen hatte, bereits da und flog den Rumpf auf der Suche nach emotionaler Ausstrahlung ab, die ihm das Vorhandensein von Überlebenden verraten würde.

16. Kapitel

Als sie alle mit den Fußmagneten an dem grauen, unlackierten Rumpf des fremden Schiffs hafteten und sich gerade vorsichtig aufrichteten, so daß der massige Schiffskörper der *Rhabwar* wie eine zusammengerollte, weiße Wolkendecke über ihren Köpfen glänzte, meldete sich schon der Captain zu Wort.

»Wenn es nur nicht so viele Möglichkeiten gäbe, eine Tür zu öffnen«, klagte er. »Es kann sein, daß so ein Ding nach innen oder außen geschwenkt werden muß, sich in horizontaler oder vertikaler Richtung aufschieben läßt oder im beziehungsweise gegen den Uhrzeigersinn aufgedreht wird. Wenn die Erbauer auf dem Gebiet der Molekulartechnik ausreichende Kenntnisse besitzen, könnte sich natürlich auch ein Einstieg in massivem Metall öffnen lassen. Eine Spezies, die dazu imstande wäre, haben wir allerdings noch nie entdeckt, und falls uns das je gelingen sollte, müssen wir uns wirklich sehr in acht nehmen und dürfen nicht vergessen, sie mit ›Sir‹ anzureden.«

Bevor Fletcher ins Monitorkorps eingetreten war, so hatte Cha Thrat erfahren, war er Herrscher an einer Universität und einer der führenden und zweifellos jüngsten Experten des Planten Erde auf dem Gebiet vergleichender ET-Technologie gewesen, und alte Gewohnheiten legt man nur schwer ab. Selbst auf der Außenhaut eines Alienschiffs, das jeden Moment Schub geben konnte, hielt er Vorträge und vergaß nicht, hin und wieder einen kleinen, trockenen Witz einzustreuen. Das alles erklärte er allerdings auch für die mitlaufenden Aufnahmegeräte, falls plötzlich ein Unglück passieren sollte.

»Wir befinden uns gerade auf einer großen Tür

oder Luke, die eine rechteckige Form mit abgerundeten Ecken aufweist und sich von daher wahrscheinlich nach innen oder außen schwenken läßt«, fuhr er fort. »Den Sensoren zufolge liegt dahinter ein großer, leerer Raum, es muß sich also eher um eine Fracht- oder Besatzungsschleuse als um eine Inspektions- oder Ladeluke für Ausrüstungsgegenstände handeln. Die Luke ist absolut glatt und eben, so daß der äußere Öffnungsmechanismus hinter einer der kleinen Klappen in der Türeinfassung stecken müßte. Cha Thrat, den Scanner bitte!«

Da dieser spezielle Scanner dafür konstruiert war, in die lebenswichtigen Organe von Maschinen mit Metallgehäuse zu sehen und nicht in die durchlässigeren Strukturen aus Fleisch und Blut, war er viel größer und schwerer als sein medizinisches Gegenstück. In ihrem Übereifer, einen schnellen und tüchtigen Eindruck zu machen, verschätzte sich Cha Thrat in der Massenträgheit und ließ den Scanner gegen die Luke krachen, in der er eine lange, tiefe Beule hinterließ, bevor ihn der Captain zum Stillstand brachte.

»Danke schön fürs Anklopfen«, sagte Fletcher trocken und fügte hinzu: »Natürlich machen wir aus unserer Anwesenheit kein Geheimnis. Wenn wir uns heimlich Zugang verschaffen und wie aus dem Nichts im Schiff auftauchen würden, könnten wir die Überlebenden ja erschrecken, falls es welche gibt.«

Chen stieß einen unübersetzbaren Laut aus und fügte hinzu: »Allerdings wäre es dann noch besser gewesen, mit einem Vorschlaghammer auf den Rumpf zu schlagen.«

»Tut mir leid«, entschuldigte sich Cha Thrat.

Hinter zwei der kleinen Klappen verbargen sich versenkbare Positionslichter, und die dritte stellte sich als ein mit der Außenhaut bündig abschließender Kippschalter heraus. Fletcher riet Chen und Cha Thrat, Abstand zu halten, und drückte dann mit dem

Handballen abwechselnd auf beide Enden des Schalters. Er mußte sehr fest drücken, so fest, daß er schon die Arm- und Fußmagneten vom Rumpf gerissen hatte, bevor irgend etwas passierte.

Dann wurde Fletcher durch einen plötzlichen Luftstoß aus dem Spalt der sich langsam öffnenden Luke davongewirbelt. Cha Thrat, die den Vorteil hatte, von vier Fußmagneten am Rumpf gehalten zu werden, ergriff ihn an einem Bein und brachte ihn wieder auf die Außenhaut zurück.

»Danke«, sagte der Captain, während sich der Dunst entweichender Luft auflöste. »Alles nach drinnen! Doktor Prilicla, kommen Sie schnell! Das Öffnen der Luke wird ganz bestimmt auf dem Kommandodeck angezeigt, falls es da oben irgendwelche Überlebenden gibt, ist jetzt der Zeitpunkt gekommen, wo sie am ehesten nervös werden und Schub geben ...«

»Es *gibt* Überlebende, Freund Fletcher«, fiel ihm der Empath ins Wort. »Einer ist vorne, wahrscheinlich auf dem Kommandodeck, und weiter hinten befinden sich sogar mehrere Gruppen, allerdings nicht in Ihrer unmittelbaren Nähe. Hier draußen bin ich zwar zu weit von den Ausstrahlungsquellen entfernt, um individuelle Emotionen feststellen zu können, aber die allgemein vorherrschenden Gefühle sind Angst, Schmerz und Zorn. Die Stärke dieses Zorns beunruhigt mich, Freund Fletcher, seien Sie also vorsichtig. Ich kehre zu meinen Leuten auf die *Rhabwar* zurück.«

Mit dem Scanner waren sie in der Lage, die Verkabelung des Öffnungsmechanismus zu erkennen und zu einem Paar Kippschalter zu verfolgen. Der erste der beiden war in seiner Position arretiert, und als sie auf den zweiten drückten, schloß sich hinter ihnen die Außenluke der Schleuse, woraufhin sich der erste Schalter ungehindert betätigen ließ und gleichzeitig die Innenluke öffnete und die Beleuchtung einschaltete.

Fletcher sprach ein paar Worte über das grelle, grünlich gelbe Licht auf Band, die für die spätere Analyse wertvolle Informationen über die Sehorgane der Besatzung und Hinweise auf den Typ und die Nähe der Sonne zu dem Heimatplaneten der Spezies liefern würden. Dann ging er den anderen von der Schleuse aus in den dahinterliegenden Gang voran.

»Der Gang ist etwa vier Meter hoch, von quadratischem Querschnitt, hell erleuchtet, ungestrichen und gravitationsfrei«, fuhr der Captain fort. »Wir gehen von einem künstlichen Schwerkraftsystem aus, das im Moment schlecht funktioniert oder womöglich abgeschaltet ist, da an Wänden, Decke und Boden keine Leitern, Kletternetze oder Handgriffe angebracht sind, die die Besatzung zur Fortbewegung in der Schwerelosigkeit benötigen würde. Auf dieser Höhe folgt der uns sichtbare Abschnitt des Gangs der seitlichen Krümmung der Innenhaut, und gegenüber vom Schleuseneingang befindet sich eine breite Öffnung, hinter der wir zwei Rampen erkennen können, von denen eine nach oben und eine nach unten führt und über die man vermutlich auf andere Decks gelangt. Wir nehmen die nach oben.«

Der Captain warf einen kurzen Blick auf den an seinem rechten Unterarm festgeschnallten Analysator. »Keine giftigen Substanzen in der Luft, Druck niedrig, aber für die Atmung noch ausreichend, Temperatur normal«, berichtete er weiter. »Öffnen Sie Ihre Visiere, damit wir uns unterhalten können, ohne die Anzugfrequenz zu blockieren.«

Fletcher und Chen katapultierten sich in die Luft über die nach oben führende Rampe. Mit sehr viel weniger Geschick ahmte Cha Thrat ihre Kollegen nach und hatte erst den halben Weg nach oben zurückgelegt, als die beiden anderen bereits oben ankamen – und plötzlich mit einem gedämpften Knallen von den Geräten und einer viel weniger leisen Salve von Kraftausdrücken auf den Boden stürzten. Durch diesen Vorfall war Cha Thrat genügend vorgewarnt, um weich auf den Füßen zu landen.

»In diesem Bereich funktioniert das künstliche Schwerkraftsystem noch«, stellte der Captain fest, nachdem er sich wieder aufgerappelt hatte. »Also bitte, Bewegung, wir suchen nach Überlebenden!«

Der vor ihnen liegende Gang war von großen, nach innen aufgehenden Türen mit einfachen Klinken und Schnappschlössern gesäumt, und unter Fletchers Anleitung entwickelte sich die Suche zur Routine. Als erstes waren die Türen aufzuklinken, dann weit aufzustoßen – wobei ein gewisser Sicherheitsabstand zu wahren war, für den Fall, daß irgend etwas Gefährliches herausgestürmt kam –, und schließlich mußte der Raum rasch nach Besatzungsmitgliedern durchsucht werden. Doch befanden sich in sämtlichen Räumen nur Geräteschränke oder Container verschiedenster Formen und Größen, deren Beschriftung man nicht entziffern konnte, aber nichts, das irgendeine Ähnlichkeit mit Möbeln, Wandschmuck oder Kleidungsstücken gehabt hätte.

Bisher, berichtete Fletcher, rufe die Innenausstattung des Schiffs einen äußerst spartanischen und auf Zweckmäßigkeit ausgerichteten Eindruck hervor, und er mache sich allmählich Sorgen über die Art von Lebewesen, die ein solches Schiff bauen und bemannen würden.

Oben auf der nächsten Rampe, in einem neuen, wieder gravitationsfreien Abschnitt des Gangs, entdeckten sie ein Besatzungsmitglied. Es schwebte schwerelos in der Luft, drehte sich langsam um die eigene Achse und stieß hin und wieder gegen die Decke.

»Vorsicht!« warnte Fletcher, als sich Cha Thrat dem Alien näherte, um sich ihn genauer anzusehen. Aber es bestand keine Gefahr, denn Cha Thrat erkannte eine Leiche sofort, wenn sie eine sah, egal welcher Spezies diese angehörte. Ihre auf den dicken, stark geäderten Hals des Aliens gelegte Hand bestätigte das Fehlen des Pulsschlags und stellte eine Körpertemperatur fest, die für einen lebenden warmblütigen Sauerstoffatmer viel zu niedrig war.

Der Captain gesellte sich zu ihr und sagte: »Das sind ja riesige Wesen! Fast doppelt so groß wie die Tralthaner. Physiologische Klassifikation FGHI …«

»FGHJ«, korrigierte ihn Cha Thrat.

Fletcher verstummte, holte tief Luft und atmete langsam durch die Nase aus. Als er weitersprach, wußte Cha Thrat nicht mit Sicherheit, ob der Captain das war, was Terrestrier gern ›sarkastisch‹ nannten, oder ob er bloß eine Frage an eine Untergebene richtete, die auf einem speziellen Gebiet offenbar mehr Kenntnisse hatte als er.

»Technikerin Cha Thrat!« sagte er, wobei er das erste Wort besonders stark betonte. »Möchten Sie gerne weitermachen?«

»Ja«, antwortete Cha Thrat dienstbeflissen und fuhr sogleich fort: »Der Alien hat sechs Gliedmaßen, vier Beine und zwei Arme, alle sehr muskulös, und ist bis auf einen schmalen Streifen steifer Borsten, der von der Schädeldecke am Rückgrat entlang zum Schwanz verläuft, vollkommen unbehaart. Der Schwanz ist offenbar in jungen Jahren operativ verkürzt worden. Der Körper ist zwischen den Vorder- und Hinterbeinen wie ein dicker Zylinder von gleichmäßigem Umfang gebaut, der vordere Teil verjüngt sich hingegen zu den Schultern hin und wird aufrecht getragen. Der Hals ist sehr dick und der Kopf relativ klein. Der Alien verfügt zudem über zwei tiefliegende, nach vorne gerichtete Augen, einen Mund mit sehr großen Zähnen und über andere Öffnungen, bei denen es sich wahrscheinlich um Hör- oder Geruchsorgane handelt. Die Beine sind …«

»Freund Fletcher«, meldete sich Prilicla. »Würden Sie bitte Ihre Kamera und den Scheinwerfer einschalten und beides ganz ruhig auf den Alien halten? Wir möchten das, was Cha Thrat da gerade beschreibt, gerne sehen.«

Plötzlich wurde jede äußere Einzelheit des toten FGHJ von einem Licht erhellt, das noch gleißender als das des Gangs war.

»Sie werden wahrscheinlich kein sehr gutes Bild empfangen«, bedauerte der Captain. »Die abschirmende Wirkung des Schiffsrumpfs wird einige Unschärfen und Verzerrungen hervorrufen.«

»Verstanden«, erwiderte der Empath. »Freundin Naydrad bereitet bereits die große Drucktrage vor. Wir werden schon sehr bald bei Ihnen sein. Bitte fahren Sie fort, Cha Thrat.«

»An den Beinenden befinden sich große, rötlich braune Hufe«, setzte Cha Thrat ihren Bericht fort, »von denen drei in dicken, stark gepolsterten Säcken stecken, die oben fest zugebunden sind, wahrscheinlich um die Geräusche abzudämpfen, die die Füße auf dem Metallboden hervorrufen. Alle vier Beine sind direkt unter der Höhe des Knies von Metallzylindern mit Innenfutter, umschlossen, an denen kurze Ketten befestigt sind. Die Endglieder sind auseinandergebrochen oder -gerissen worden.

Die Hände des Aliens sind groß, weisen vier Finger auf und erwecken nicht gerade den Eindruck von Geschicklichkeit. Rings um den Oberkörper ist ein komplizierter Harnisch gebunden, der auch über die Flanken reicht und an dem verschieden große Beutel hängen. Einer von ihnen ist offen, und rings um das tote Wesen schweben kleine Werkzeuge in der Luft.«

»Cha Thrat, Sie bleiben hier, bis das medizinische Team eintrifft, und folgen uns dann später nach«, befahl Fletcher. »Wir sollen schließlich die Überlebenden finden, um ihnen helfen und …«

»Nein!« erwiderte Cha Thrat, ohne nachzudenken. Dann fügte sie entschuldigend hinzu: »Tut mir leid, Captain. Ich meine nur, daß Sie besonders vorsichtig sein müssen.«

Chen entfernte sich bereits den Gang entlang, als der Captain, der ihm gerade folgen wollte, plötzlich innehielt.

»Ich bin immer vorsichtig, Cha Thrat«, sagte er ruhig. »Aber wieso meinten Sie eben, wir sollten besonders vorsichtig sein?«

»Eigentlich habe ich keinen besonderen Grund, sondern lediglich einen Verdacht«, antwortete sie, wobei sie mit drei Augen die Leiche und mit einem den Terrestrier ansah. »Auf Sommaradva gibt es gewisse Leute – sowohl Krieger als auch Sklaven –, die sich gegenüber ihren Mitbürgern schlecht und ehrlos verhalten und sie, wenn auch nur selten, schwer verletzen oder sogar töten. Diese Rechtsbrecher werden auf einer Insel ausgesetzt, von der es kein Entkommen gibt. Bei allem Respekt, aber die Parallelen zum gegenwärtigen Fall liegen auf der Hand.«

Fletcher schwieg einen Moment lang und sagte dann: »Spielen wir Ihren Verdacht doch noch etwas weiter durch. Sie vermuten, dies könnte ein Gefangenenschiff sein, das nicht aufgrund einer technischen Funktionsstörung in Not geraten ist, sondern weil die Gefangenen ausgebrochen sind und vielleicht die ganze Besatzung oder einen Teil getötet oder verwundet haben, bevor ihnen klargeworden ist, daß sie das Schiff selbst gar nicht manövrieren können. Möglicherweise sind irgendwo Besatzungsmitglieder eingesperrt, die dringend medizinisch behandelt werden müssen, nachdem sie den Flüchtlingen schwere Verluste beigebracht haben.«

Fletcher warf einen kurzen Blick auf die Leiche und blickte dann wieder auf Cha Thrat.

»Das scheint mir tatsächlich eine einleuchtende

Theorie zu sein. Falls sie zutrifft, stehen wir vor der Aufgabe, die Schiffsbesatzung und eine Horde aufsässiger Gefangener, die alles andere als ein freundschaftliches Verhältnis zueinander haben, davon zu überzeugen, daß wir ihnen allen gerne helfen würden, ohne selbst Opfer zu werden. Aber trifft sie auch wirklich zu? Die Beinfesseln untermauern Ihre Theorie zwar, aber der Harnisch mit den Werkzeugbeuteln deutet doch eher auf ein Besatzungsmitglied als auf einen Gefangenen hin.

Danke, Cha Thrat«, fügte er noch hinzu und wandte sich ab, um Chen zu folgen. »Ich nehme mir Ihre Befürchtungen zu Herzen und werde besonders vorsichtig sein.«

Als der Captain fertig war, sagte Prilicla schnell: »Freundin Cha Thrat, wir können überall an der Leiche Verletzungen erkennen, aber die Einzelheiten sind zu verschwommen. Beschreiben Sie uns die Wunden bitte genauer. Erhärten die Ihre Theorie? Gehören sie zu der Art, die durch das gewaltsame Umherschleudern eines Körpers in einem trudelnden Schiff hervorgerufen werden kann, oder könnten sie vorsätzlich von einem anderen Angehörigen derselben Spezies beigebracht worden sein?«

»Von Ihrer Antwort hängt es ab, ob ich nicht doch lieber umkehre, um mir einen schweren Raumanzug anzuziehen«, ergänzte Murchison.

»Und ich auch«, fügte Naydrad rasch hinzu. Danalta, der einer körperlich unverwundbaren Spezies angehörte, verzichtete auf einen Kommentar.

Einen Moment lang musterte Cha Thrat die hell beleuchteten Wand-, Boden- und Deckenoberflächen des Gangs genau und drehte dann behutsam die Leiche ein Stück herum, bis die Kamera den ganzen Körper erfassen konnte. Sie bemühte sich, wie eine Chirurgin für Krieger zu denken, und erinnerte sich gleichzeitig an eins der Videos über die Grundelemente der Physik, das sie als auszubildende Wartungstechnikerin gesehen hatte.

»Der Körper weist eine große Anzahl oberflächlicher Quetschungen und Abschürfungen auf, insbesondere an den Körperseiten, den Knien und den Ellbogen. Anscheinend sind sie durch das Entlangschürfen an den Metallwänden des Gangs verursacht worden, doch die Verletzung, die zum Tod geführt hat, ist eine große, eingedrückte Fraktur, die sich über die gesamte Schädeldecke erstreckt. Dabei sieht sie nicht so aus, als ob sie durch irgendein Metallwerkzeug oder -instrument hervorgerufen worden wäre, sondern eher durch einen heftigen Stoß gegen die Korridorwand. Zudem befindet sich an der Wand, auf die ich jetzt die Kamera richte, ein geronnener Blutfleck, der von der Größe her zur Wunde paßt.

Da sich der Leichnam ungefähr in der Mitte des Schiffs befindet«, fuhr sie fort, wobei sie sich fragte, ob es sich bei der Vortragssucht des Captains um ein ansteckendes psychisches Leiden handelte, »ist wahrscheinlich das Trudeln des Schiffs für eine derart schwere Schädelverletzung verantwortlich. Meine Schlußfolgerung lautet: Der Alien, der ja über sehr kräftige Beine verfügt, hat sich bei einem Sprung in der Schwerelosigkeit verschätzt und ist mit dem Kopf gegen die Wand geprallt. Die geringfügigeren Verletzungen könnte er sich dann zugezogen haben, als er bereits bewußtlos war und sterbend im trudelnden Schiff umhergeschleudert worden ist.«

»Sie wollen uns also damit sagen, daß der Alien einen Unfall hatte und ihm kein asozialer Zeitgenosse den Schädel eingeschlagen hat, stimmt's?« erkundigte sich Murchison erleichtert.

»Ja«, bestätigte Cha Thrat.

»Ich bin in ein paar Minuten bei Ihnen«, sagte die Pathologin.

»Freundin Murchison, ich weiß nicht, ob ...«, begann Prilicla sie besorgt.

»Keine Angst, Doktor«, besänftigte ihn die Terrestrierin. »Falls uns durch irgend jemand oder irgendwas Gefahr droht, wird uns Danalta schon beschützen.«

»Selbstverständlich«, versicherte der Gestaltwandler.

Während Cha Thrat auf die Ankunft des medizinischen Teams wartete, fuhr sie mit der Untersuchung der Leiche fort und hörte dem Gespräch zwischen Prilicla, Fletcher und dem Kommunikationsoffizier der *Rhabwar* zu. Mit seinen empathischen Fähigkeiten hatte der Cinrussker die ungefähre Lage der Überlebenden ermittelt, die sich, abgesehen von dem einzelnen Besatzungsmitglied auf dem Kommandodeck, zu drei kleinen Gruppen von jeweils vier oder fünf Individuen pro Deck zusammengeschlossen hatten. Doch der Captain hatte entschieden, daß es besser wäre, zuerst mit dem einzelnen Besatzungsmitglied in Verbindung zu treten, bevor man sich einer der Gruppen näherte, und steuerte nun direkt auf den Überlebenden auf dem Kommandodeck zu.

Cha Thrat hielt den toten Alien fest und umfaßte mit zwei ihrer oberen Gliedmaßen eine seiner großen, kräftigen Hände. Die Finger waren kurz und dick und ließen sich nicht ineinander verschränken. An der Spitze befanden sich kurzgeschnittene Krallen. Cha Thrat konnte sich gut vorstellen, daß diese krallenbewehrten Hände in der Vorgeschichte der Spezies frisch gerissene Beutetiere zum Maul geführt hatten, in dem selbst heute noch lange und sehr gefährlich wirkende Zähne saßen. Ihrer Meinung nach sah der Alien nicht gerade wie der Angehörige einer Spezies aus, die Schiffe für den interstellaren Raumflug bauen konnte.

Dieses Wesen machte einfach keinen, nun ja, *zivilisierten* Eindruck.

»Sie können nicht immer nach dem äußeren Erscheinungsbild urteilen«, sagte Murchison und machte Cha Thrat dadurch bewußt, daß sie wieder einmal laut gedacht hatte. »Gegen Ihren chalderischen Freund auf der AUGL-Station sieht dieser hier wie ein kleines Schoßtier aus.«

Dicht hinter der Pathologin folgten die übrigen Mitglieder des medizinischen Teams: Naydrad führte die Trage, Prilicla trippelte mit seinen sechs mit Saugnäpfen versehenen Beinen an der Decke entlang, und Danalta stülpte vor Cha Thrats Augen eine eigene, dickere Gliedmaße mit Saugnapf hervor und heftete sich damit wie eine wachsame, fremdartige Pflanze an die Wand.

Rasch hängte Murchison ihre Instrumententasche mit Hilfe von Magnetscheiben an die Wand und befestigte mit größeren Magneten und Gurten die Leiche. »Unser Freund hier hat Pech gehabt, aber so hilft er wenigstens noch den anderen«, sagte die Pathologin. »Mit ihm kann ich Sachen anstellen, an die ich bei lebenden Unfallopfern gar nicht zu denken wagen würde, und das, ohne wertvolle Zeit mit …«

»Verdammt, das ist doch geradezu *lachhaft!*« fluchte plötzlich eine Stimme in sämtlichen Kopfhörern, die vor Überraschung und Ungläubigkeit so entstellt war, daß sie zunächst von niemandem als die des Captains identifiziert werden konnte. »Wir befinden uns jetzt auf dem Kommandodeck und haben ein zweites, diesmal lebendes Besatzungsmitglied entdeckt, das offensichtlich unverletzt ist und einen der fünf Kommandoplätze einnimmt. Die übrigen vier Plätze sind leer. Aber der Überlebende trägt an allen vier Beinen Fesseln und ist an seine Steuerungsliege festgekettet!«

Cha Thrat wandte sich von der Leiche ab und entfernte sich ohne ein Wort. Der Captain hatte ihr aufgetragen, Chen und ihm gleich nach der Ankunft des medizinischen Teams zu folgen, und genau das wollte sie jetzt tun, bevor Fletcher eine Chance haben würde, den früheren Befehl zu widerrufen. Ihre Neugier auf diesen eigentümlichen angeketteten Schiffsoffizier war so unerträglich, daß sie ihr beinahe physische Schmerzen bereitete.

Erst als sie schon zwei Decks weiter oben war, bemerkte sie, daß ihr Prilicla leise folgte.

»Ich habe versucht, mich mit dem Alien per Translator und durch die gebräuchlichen freundschaftlichen Handzeichen zu verständigen«, berichtete Fletcher gerade. »Der Übersetzungscomputer der *Rhabwar* ist imstande, einfache Mitteilungen in jede erdenkliche Sprache zu übertragen, die auf einem Lautsystem basiert. Der Alien knurrt und bellt mich zwar an, aber diese Laute werden nicht übersetzt. Sobald ich mich ihm nähere, benimmt er sich, als wolle er mir den Kopf abreißen. Ein anderes Mal vollführt er dann wieder ziellose und unkoordinierte Bewegungen mit dem Körper und den Gliedern, obwohl unser Freund ganz scharf darauf zu sein scheint, die Fußfesseln loszuwerden.«

In diesem Moment trafen Prilicla und Cha Thrat ein, und der Captain fügte hinzu: »Sehen Sie selbst.«

Der Cinrussker hatte an der Decke direkt über dem Eingang Stellung bezogen, weit entfernt von den wild fuchtelnden Armen des Besatzungsmitglieds, und sagte: »Freund Fletcher, die emotionale Ausstrahlung beunruhigt mich. Ich nehme Wut, Angst, Hunger und blinde, bedenkenlose Feindschaft wahr. Diese Gefühle sind von solch einer Grobschlächtigkeit und Intensität, wie man sie normalerweise nicht bei Wesen vorfindet, die über höhere Intelligenz verfügen.«

»Der Meinung bin ich auch, Doktor«, stimmte der Captain zu und sprang instinktiv zurück, als der Alien mit den gestutzten Krallen an den Händen nach seinem Gesicht stieß. »Aber die Liegen sind speziell für diese Lebensform konstruiert worden, und auch die Bedienungselemente, Schalter und Türgriffe, die wir bisher gesehen haben, sind auf genau diese Hände abgestimmt. Im Moment beachtet der Alien das Steuerpult allerdings überhaupt nicht, und die plötzliche Verstärkung der Schiffsdrehung, die wir bei unserem Anflug beobachtet haben, ist wahrscheinlich zufällig durch einen versehentlichen Schlag auf die entsprechenden Knöpfe verursacht worden.

Die Liege dieses Aliens ist, wie die anderen vier, auf Laufschienen befestigt und bis zum hinteren Anschlag zurückgeschoben«, fuhr Fletcher fort. »Dadurch ist es für den Alien sehr schwierig, mit der Hand die Steuerpulte zu erreichen. Doktor Prilicla, haben Sie irgendwelche Ideen? Mir fällt dazu nämlich nichts mehr ein.«

»Nein, mein Freund«, antwortete der Empath. »Aber wir sollten lieber auf ein tieferes Deck gehen, wo uns der Alien nicht hören und vor allem nicht sehen kann.«

Ein paar Minuten später fuhr er fort: »Die Angst, der Zorn und die feindschaftlichen Gefühle des Aliens haben sich jetzt verringert; der Hunger ist gleich stark geblieben. Aus Gründen, die ich im Moment nicht durchschaue, verhält sich das Besatzungsmitglied unlogisch und befindet sich in einem Wechselbad der Gefühle. Aber dort, wo der Alien jetzt ist, schwebt er nicht in unmittelbarer Gefahr und hat auch keinerlei Schmerzen. Freundin Murchison?«

»Ja?«

»Wenn Sie die Leiche untersuchen, achten Sie besonders auf den Kopf«, riet der Empath. »Mir ist der Gedanke gekommen, daß der Schädelbruch vielleicht doch nicht durch einen Unfall hervorgerufen wurde, sondern sich von dem Toten als Reaktion auf heftige und anhaltende Kopfschmerzen womöglich selbst beigebracht worden ist. Sie sollten nach Anzeichen einer Infektion oder Gewebsentartung der Gehirnzellen suchen, die die höher entwickelten Denkzentren und den Bereich der Gefühlsbeherrschung in Mitleidenschaft gezogen oder zerstört haben könnte.

Freund Fletcher«, fuhr Prilicla fort, ohne eine Antwort abzuwarten, »wir müssen schleunigst die restlichen Überlebenden aufspüren und ihren Zustand überprüfen. Aber vorsichtig, falls sie sich genauso verhalten wie unser Freund auf dem Kommandodeck.«

Unter der Führung von Priliclas empathischen Fähigkeiten machten sie rasch die drei großen Schlafsäle mit den übrigen Überlebenden ausfindig, die allesamt bei Bewußtsein waren und von denen sich fünf in dem einen Raum und je vier in den beiden anderen aufhielten. Den Aliens war es nicht gelungen herauszukommen, obwohl die Türen nicht verriegelt waren und sie einfach nur die Klinken hätten herunterdrücken müssen, um sie von innen zu öffnen. Das künstliche Schwerkraftsystem war in Betrieb, und der kurze Blick, den Prilicla und seine Begleiter erhaschen konnten, bevor die FGHJs sie entdeckten und angriffen, zeigte ihnen schmucklose Metallwände und einen von unordentlich hingeworfenem Bettzeug und zerschlagenen sanitären Anlagen übersäten Boden. Die Luft stank derart, daß man sie mit dem Messer hätte schneiden können.

»Freund Fletcher«, sagte Prilicla, als sie den letzten Schlafsaal verließen, »sämtliche Besatzungsmitglieder sind körperlich aktiv und schmerzfrei. Wäre da nicht die Tatsache, daß sie ganz offensichtlich nicht mehr in der Lage sind, ihr Schiff zu führen, würde ich sagen, sie sind kerngesund. Solange Freundin Murchison keine medizinische Ursache für ihr abnormes Verhalten gefunden hat, können wir nichts für sie tun.

Ich bin mir bewußt, daß ich sowohl feige als auch

selbstsüchtig bin«, fuhr er fort, »aber ich möchte nicht die Ausrüstung unseres Unfalldecks gefährden und Freundin Khone in Angst und Schrecken versetzen, indem ich fast zwanzig riesige, hyperaktive und momentan nicht gerade mit Intelligenz brillierende Aliens aufs Schiff schaffe, die …«

»Der Meinung bin ich allerdings auch«, pflichtete ihm Fletcher in entschiedenem Ton bei. »Wenn dieser Haufen ausbrechen würde, könnten die nicht nur das Unfalldeck, sondern mein ganzes Schiff zerstören. Die Alternative ist, sie hierzubehalten, die Hyperraumhülle der *Rhabwar* auszudehnen und mit beiden Schiffen zum Orbit Hospital zu springen.«

»Das war auch mein Gedanke, Freund Fletcher«, stimmte Prilicla ihm in seltener Einigkeit zu. »Zudem schlage ich vor, Sie bringen den Bordtunnel an, damit wir schneller zu den Überlebenden gelangen können, und wir entnehmen aus allen Paketen und Containern, die wahrscheinlich die Nahrung oder ein Nahrungskonzentrat für diese Lebensform enthalten, Proben. Das einzige Symptom, das die Aliens zeigen, ist großer Hunger, und den würde ich gerne so bald wie möglich stillen, damit sie sich nicht noch gegenseitig auffressen.«

»Und ich soll bestimmt die Proben analysieren, damit ich Ihnen sagen kann, in welchen Containern sich Farbe und in welchen sich Suppe befindet, richtig?« meldete sich die Pathologin zu Wort.

»Das wäre sehr angebracht, meine Freundin«, bedankte sich der Empath. »Würden Sie neben der Untersuchung des Schädels auch den allgemeinen Stoffwechsel der Leiche unter die Lupe nehmen, um ein sicheres Betäubungsmittel für die Aliens zu entwickeln, etwas Schnellwirkendes, das wir aus sicherer Entfernung auf sie abschießen können? Die Aliens müssen alle schleunigst narkotisiert werden, weil ich …«

»Für eine derart schnelle Arbeit brauche ich das

Labor auf der *Rhabwar*, nicht einen tragbaren Analysator wie diesen hier«, unterbrach ihn Murchison. »Außerdem benötige ich die Hilfe des gesamten medizinischen Teams.«

»... weil ich das Gefühl habe«, fuhr Prilicla in ruhigem Ton fort, »daß noch ein weiterer Überlebender an Bord ist, der gar nicht gesund, aktiv und hungrig ist. Dessen emotionale Ausstrahlung ist allerdings äußerst schwach und ganz typisch für jemanden, der in tiefer Bewußtlosigkeit und vielleicht sogar im Sterben liegt. Aber wegen der stärkeren, sich in den Vordergrund drängenden Gefühle der wachen Überlebenden kann ich sie nicht lokalisieren. Aus diesem Grund möchte ich, daß, sobald die Proben für Freundin Murchison entnommen worden sind, jedes Schlupfloch, jeder Winkel und jeder Raum, in dem von der Größe her ein FGHJ stecken könnte, durchsucht wird.

Das muß sehr schnell geschehen, weil die emotionale Ausstrahlung wirklich äußerst schwach ist«, schloß der Cinrussker.

»Ich verstehe, Doktor, aber da gibt es ein Problem«, gab Fletcher leicht verlegen zu bedenken. »Pathologin Murchison benötigt das gesamte medizinische Team, und für die Ausdehnung der Hyperraumhülle der *Rhabwar*, die Nachjustierung der Traktorstrahlen für den Sprung und die Montage des Bordtunnels sind alle Schiffsoffiziere erforderlich ...«

»Bleibe ich als einzige übrig, die nichts zu tun hat«, schlug Cha Thrat leise vor.

»Was soll also Vorrang haben?« fragte der Captain, der sie anscheinend nicht gehört hatte. »Die Suche nach dem bewußtlosen FGHJ oder der schnellstmögliche Transport von ihm und der restlichen Besatzung zum Orbit Hospital?«

»Ich werde das Schiff durchsuchen«, sagte Cha Thrat, dieses Mal lauter.

»Danke, Cha Thrat, ich hatte schon gespürt, daß Sie sich freiwillig melden wollten«, gab Prilicla zu verstehen. »Aber überlegen Sie es sich ganz genau, bevor Sie sich entscheiden. Der Überlebende wird, falls Sie ihn finden, zu schwach sein, um Sie zu verletzen, jedoch drohen noch andere Gefahren. Dieses Schiff ist riesig und uns genauso unbekannt wie Ihnen.«

»Ja, Cha Thrat, Prilicla hat vollkommen recht«, mischte sich der Captain ein. »Das hier ist etwas anderes als die Wartungsschächte im Orbit Hospital. Die Farbmarkierungen haben hier, falls überhaupt vorhanden, eine völlig andere Bedeutung. Bei nichts, was Ihnen vor die Augen kommt, können Sie von irgendeiner Ihnen bekannten Voraussetzung ausgehen, und wenn Sie sich aus Versehen in den Steuerungsgestängen oder Kabelsträngen verfangen, dann gute Nacht... Na schön, Sie dürfen auf die Suche gehen, aber machen Sie keine Dummheiten!«

Dann blickte Fletcher Prilicla an und fügte wehmütig hinzu: »Also, ich habe bei der immer das Gefühl, in den Wind zu reden. Spüren Sie das, Doktor?«

17. Kapitel

Mit Hilfe der Ausdrucke der von den Sensoren der *Rhabwar* übermittelten Daten, die Aufschluß über den Aufbau des Schiffs und insbesondere über die Größe und Lage der Hohlräume gaben, begann Cha Thrat mit einer raschen und systematischen Durchsuchung des fremden Schiffs. Dabei ließ sie nur das Kommandodeck, die Schlafsäle mit den Aliens und bestimmte Bereiche in der Nähe des Schiffsreaktors außer acht, da diese dem Lageplan der Sensordaten zufolge weder von FGHJ-Lebensform noch von irgendeiner anderen Spezies betreten werden konnten, die nicht zu den Strahlungsverwertern gehörte. Sie achtete sehr sorgfältig darauf, sämtliche Hohl- und Innenräume mit Schallsensoren und dem schweren Scanner zu überprüfen, bevor sie irgendeine Tür oder Klappe öffnete. Zwar empfand sie keine Angst, aber es gab Momente, in denen ihr wie kleine, eiskalte Füße Schauer über den ganzen Rücken liefen.

Das geschah normalerweise immer dann, wenn ihr zu Bewußtsein kam, daß sie ein fremdes Raumschiff nach Überlebenden einer Spezies durchsuchte, deren Vorhandensein sie sich noch vor kurzer Zeit nicht hätte vorstellen können – und das auf Anweisung anderer unvorstellbarer Wesen aus einem Krankenhaus, dessen Größe, Komplexität und Insassen ihr wie die Realität gewordenen Ausgeburten eines gestörten Geistes vorkamen. Doch war das Undenkbare und Unvorstellbare für sie mittlerweile nicht nur denkbar, sondern auch akzeptabel geworden, und das alles nur, weil eine äußerst unzufriedene und relativ unbeliebte Chirurgin für Krieger auf Sommaradva eine Gliedmaße und somit ihren fachlichen Ruf aufs Spiel gesetzt hatte, um den verletzten außerplanetarischen Herrscher eines Schiffs zu behandeln.

Bei dem Gedanken, was ihr die Zukunft gebracht hätte, wenn sie diese Risiko nicht eingegangen wäre, bekam sie erneut eine Gänsehaut, dieses Mal wirklich aus Angst.

Obwohl die erste Durchsuchung rasch und nur oberflächlich vonstatten gehen sollte, dauerte diese viel länger, als sie es erwartet hatte. Als sie ihren Rundgang endlich beendet hatte, war der Bordtunnel der *Rhabwar* bereits angebracht worden, und ihre beiden leeren Mägen knurrten mittlerweile so laut, daß Cha Thrat sie sowohl spüren als auch hören konnte.

Prilicla wies sie an, sie solle diese Symptome noch vor ihrer Berichterstattung sofort beheben.

Als Cha Thrat auf dem Unfalldeck eintraf, waren Prilicla, Murchison und Danalta mit der Leiche beschäftigt, während ihnen Naydrad und Khone, die ihren behaarten Körper gegen die durchsichtige Trennwand drückte, mit solch brennendem Interesse zusahen, daß lediglich der Cinrussker die Ankunft der Sommaradvanerin bemerkt hatte.

»Was ist los, meine Freundin?« fragte der Empath. »Irgend etwas auf dem Schiff hat sie beunruhigt, das habe ich sogar noch hier gespürt.«

»Das hier«, entgegnete sie und hielt eine der Fußfesseln hoch, die Murchison der Leiche vor dem Transport zur *Rhabwar* abgenommen und liegengelassen hatte. »Die Kette ist nicht mit einem Schloß oder ähnlichem an der Beinmanschette befestigt, sondern nur mit einem einfachen Sprungfederbolzen, der leicht ausgeklinkt werden kann, wenn man genau hier draufdrückt.«

Sie zeigte es kurz und fuhr dann fort: »Als ich den Kommandodeckbereich abgesucht habe, habe ich einen Blick auf das an die Liege gekettete Besatzungsmitglied geworfen, ohne selbst gesehen zu werden, und festgestellt, daß die Ketten an seinen vier Beinmanschetten mit den gleichen Schnappverschlüssen befestigt sind. Der Alien und auch die Leiche hier hätten sich einfach durch das Öffnen der Verschlüsse, die für die Hände bequem erreichbar sind, befreien können. Der tote FGHJ hätte die Ketten nicht aufsprengen müssen, und das muß auch der an die Steuerungsliege gekettete Alien nicht, der sich trotzdem weiterhin heftig gegen die Fesseln sträubt, die er sich so leicht abnehmen könnte. Das alles ist äußerst rätselhaft, trotzdem glaube ich, daß wir die Theorie, diese Aliens seien angekettete Gefangene, vergessen können.«

Während sie ihre Ausführungen fortsetzte, sahen sie die anderen alle aufmerksam an. »Aber wovon sind sie befallen? Was versetzt ein Besatzungsmitglied, das normalerweise ein verantwortungsbewußtes und umfassend ausgebildetes Individuum ist und als solches befähigt ist, ein Raumschiff zu bedienen, in einen derartigen Zustand, daß es nicht einmal die Gurte seiner Liege öffnen kann? Was hat den übrigen Besatzungsmitgliedern die Fähigkeit geraubt, die Türen der eigenen Schlafsäle zu öffnen oder sich selbst mit Nahrung zu versorgen? Warum ist ihr Verhalten auf das Niveau unvernünftiger Tiere herabgesunken? Könnten dafür Nahrungsmittel oder das Fehlen bestimmter Nahrungsmittel verantwortlich sein? Und bevor ich mich von Ihnen getrennt habe und Sie auf die *Rhabwar* zurückgekehrt sind, hatte der Chefarzt angedeutet, daß die Gehirnzellen womöglich von einem fremden Organismus befallen worden sind. Vielleicht ist ja ein …«

»Wenn Sie mal kurz aufhören würden, ständig Fragen zu stellen, hätte ich auch die Chance, wenigstens ein paar davon zu beantworten«, unterbrach Murchison verärgert Cha Thrats Redeschwall. »Nein, Nahrung ist reichlich vorhanden, und in den Lebensmitteln ist nichts enthalten, was für die Aliens giftig wäre. Ich habe verschiedene auf dem Schiff transportierte Nährstoffe analysiert und identifiziert, deshalb können Sie den Aliens etwas zu essen geben, sobald Sie wieder auf deren Schiff zurückkehren. Was die Gehirnzellen betrifft, gibt es keine Anzeichen für Schädigungen, und ich habe auch keine Hinweise auf eine Beeinträchtigung des Blutkreislaufs, eine Infektion oder irgendeine pathologische Anomalie gefunden.

Ich bin bei der Leiche auf geringe Mengen einer komplexen chemischen Verbindung gestoßen, die im Metabolismus dieser Lebensform wie ein starkes Beruhigungsmittel wirken müßte. Die im Körper nachweisbaren Rückstände lassen darauf schließen, daß vor möglicherweise drei oder vier Tagen eine starke Dosis eingenommen worden ist, deren Wirkung inzwischen nachgelassen hat. Eine große Menge dieses Beruhigungsmittels fand sich in den Beuteln am Harnisch der Leiche. Anscheinend haben die Aliens also das Beruhigungsmittel eingenommen und sich dann selbst an die Steuerungsliege gefesselt beziehungsweise in die Schlafsäle eingesperrt.«

Es trat eine langes Schweigen ein, das erst von Khone unterbrochen wurde, die ihren Sohn hochhielt, damit das dürre kleine Geschöpf all die seltsamen Wesen auf der anderen Seite der durchsichtigen Trennwand sehen konnte. Cha Thrat fragte sich, ob die Gogleskanerin auf diese Weise versuchte, die geistig-seelische Ausrichtung des Jungen schon jetzt, im zarten Alter von zwei Tagen, abzuschwächen.

»Hoffentlich wird durch diese Unterbrechung der Patientin nicht die kostbare Zeit der über mehr Intelligenz und Erfahrung verfügenden Ärzte vergeudet«, sagte sie in unpersönlichen Worten, »aber auf Goglesk ist allgemein anerkannt, daß sich ansonsten vernünftige und zivilisierte Lebewesen unter bestimmten

Umständen und gegen ihren eigenen Willen wie bösartige, zerstörerische Tiere verhalten. Vielleicht haben die Aliens auf dem fremden Schiff ein ähnliches Problem und müssen zur Unterdrückung ihrer animalischen Natur wiederholt starke Dosen Medikamente nehmen, damit sie ein zivilisiertes Leben führen, Fortschritte erzielen und Raumschiffe bauen können.

Womöglich hungern sie nicht nach Essen, sondern nach ihrer Zivilisierungsarznei«, schloß Khone.

»Ein hübscher Einfall«, lobte Murchison sie herzlich und fuhr dann im unpersönlichen Ton der Gogleskanerin fort: »Der originellen Denkweise der Ärztin gebührt Bewunderung, aber leider würde das besagte Medikament keineswegs das Bewußtsein und die Denkfähigkeit schärfen, sondern im Gegenteil so weit schwächen, daß die Aliens bei einer ständigen Einnahme ihr gesamtes Leben in einem halbbewußten Dämmerzustand verbringen müßten.«

»Vielleicht ist dieser Dämmerzustand angenehm und erwünscht«, gab Cha Thrat zu bedenken. »Ich schäme mich, das zuzugeben, aber auf Sommaradva gibt es Leute, die ihr Gehirn absichtlich mit Substanzen benebeln und oft schädigen, nur weil sie dem Konsumenten ein vorübergehendes Vergnügen bereiten.«

»Diese Unsitte ist auf vielen Planeten der Föderation verbreitet«, merkte Naydrad verärgert an.

»Wird gewohnheitsmäßigen Konsumenten diese schädliche Substanz plötzlich entzogen«, fuhr Cha Thrat fort, »werden sie unvernünftig, gewalttätig und in vieler Hinsicht den FGHJs auf dem fremden Schiff ähnlich.«

Murchison schüttelte den Kopf. »Tut mir leid, dem muß ich abermals widersprechen. Ich kann mir zwar nicht absolut sicher sein, weil wir es hier mit dem Metabolismus einer völlig neuen Lebensform zu tun haben, aber ich würde sagen, die im Gehirn des Toten gefundenen Rückstände gehören zu einem simplen Beruhigungsmittel, das das Bewußtsein eher schwächt als steigert und nicht süchtig macht. Wäre das nicht so gewesen, hätte ich vorgeschlagen, es als Betäubungsmittel einzusetzen.

Und bevor Sie Fragen stellen«, fuhr die Pathologin rasch fort, »mit dem Betäubungsmittel mache ich nur langsame Fortschritte. Ich bin jetzt so weit, wie ich mit den durch die Untersuchung des Leichnams gewonnenen physiologischen Erkenntnissen kommen konnte, aber um ein Narkotikum herzustellen, das in hoher Dosierung ungefährlich ist, brauche ich noch Proben vom Blut und den Drüsensekreten eines lebenden FGHJ.«

Cha Thrat schwieg einen Augenblick lang und drehte sich dann ein Stück, um auch Prilicla einzubeziehen. »Bei meiner bisherigen Suche konnte ich noch keine Spur eines verletzten oder bewußtlosen Überlebenden finden«, berichtete sie, »aber ich werde noch einmal gründlicher nachsehen, wenn die benötigten Proben gesammelt sind. Ist der Alien noch am Leben? Können Sie mir einen Hinweis auf seinen ungefähren Aufenthaltsort geben?«

»Ich kann ihn zwar immer noch spüren, meine Freundin«, antwortete Prilicla, »aber die sehr viel brutaleren bewußten Gefühle der übrigen Aliens überlagern seine emotionale Ausstrahlung.«

»Je eher also Pathologin Murchison die Proben hat, desto schneller verfügen wir über das Betäubungsmittel, um so die Überlagerungen der emotionalen Ausstrahlung ausschalten zu können«, folgerte Cha Thrat eifrig. »Die Finger meiner mittleren Gliedmaßen sind kräftig genug, um die Arme des FGHJ auf der Liege festzuhalten, während ich mit den oberen Gliedern die Proben sammle. Aus welchen Adern und Organen und in welchen Mengen soll ich sie entnehmen?«

Murchison lachte plötzlich und erwiderte: »Bitte, Cha Thrat, lassen Sie das medizinische Team auch noch etwas tun, damit es eine Rechtfertigung für seine Existenz hat. Sie werden den Alien auf der Liege gut festhalten, Doktor Danalta wird ihn mit dem Scanner abtasten, und ich entnehme die Proben, während ...«

»Hier Kommandodeck«, fiel ihr Fletchers Stimme aus dem Wandlautsprecher ins Wort. »Sprung in fünf Sekunden von ... jetzt an. Die zusätzliche Masse des fremden Schiffs wird unsere Rückkehr ein wenig verzögern. Nach unserer Schätzung erreichen wir die Warteschleife ums Orbit Hospital in etwas weniger als vier Tagen.«

»Danke, Freund Fletcher«, bestätigte Prilicla.

Auf einmal hatten sie alle diese vertraute, aber unbeschreibliche Empfindung von etwas, das man zwar nicht sehen, hören oder spüren konnte, das aber unbestreitbar vorhanden war und den Wechsel vom materiellen Universum in die kleine, substanzlose und rein mathematische Struktur anzeigte, die die Hyperraumantriebsgeneratoren des Schiffs rings um sie erzeugt hatten. Cha Thrat zwang sich zu einem Blick aus dem Sichtfenster des Unfalldecks. Die Traktor- und Pressorstrahlen, von denen die beiden Schiffe starr zusammengehalten wurden, waren unsichtbar, so daß sie nur den geradezu lachhaft dünnen Bordtunnel zwischen den Schiffen und, auf dem Boden der von den beiden Rümpfen gebildeten Schlucht aus Metall, das pulsierende, flimmernde Grau erblickte, das ihr durch die Augen hindurch ins Gehirn zu fahren und dort für heillose Verwirrung zu sorgen schien.

Bevor sie sich durch den Blick in den Hyperraum die Augen überanstrengte und davon Kopfschmerzen bekam, wandte sie die Aufmerksamkeit lieber wieder der stofflichen und vertrauten, wenn auch vorübergehend unwirklichen Welt des Unfalldecks zu.

Cha Thrat konnte nur noch ein paar wenige Worte mit Khone wechseln, bevor sie Murchison, Danalta und Naydrad in den Bordtunnel folgen mußte. Die Oberschwester half ihr beim Tragen von Paketen mit der Substanz, die Murchison als Nahrungsmittel identifiziert hatte. Diese Substanz brauchte Cha Thrat nur mit den in riesigen Mengen vorhandenen Vorräten auf dem fremden Schiff zu vergleichen, um sämtliche lebende Besatzungsmitglieder mit Nahrung zu versorgen, bis sie aus allen Nähten platzten.

Das letzte, was sie für lange Zeit vom Unfalldeck sah, obwohl sie das in diesem Moment noch nicht wußte, war Chefarzt Prilicla, der über den weit verteilten Überresten der Leiche schwebte und zwischen seine leisen Worte an Khone unübersetzbare Schnalz- und Trillerlaute an den jungen Gogleskaner einstreute.

»Wenn wir die Zeit haben«, wandte sich Cha Thrat an die Pathologin, als sie mit Naydrad rings um die Steuerungsliege standen, in dem der noch immer aufgebrachte und schwach zappelnde FGHJ lag, »könnten wir dem Alien vor der Entnahme der Proben zu essen geben. Dadurch wird der Patient vielleicht zufriedener und zugänglicher.«

»Wir haben die Zeit dafür«, antwortete Murchison und fügte hinzu: »Es gibt Momente, Cha Thrat, in denen Sie mich an jemanden erinnern.«

»Kennen wir wirklich jemanden, der so seltsam ist?« warf Naydrad in ihrer direkten kelgianischen Art ein.

Die Pathologin lachte, erwiderte aber nichts, und auch Cha Thrat schwieg. Ohne sich dessen bewußt zu sein, war Murchison in einen sensiblen und möglicherweise äußerst peinlichen Bereich vorgestoßen. Falls sie überhaupt jemals erfahren sollte, was mit dem Gehirn der Sommaradvanerin auf Goglesk geschehen war, dann von ihrem Lebensgefährten Conway und nicht von Cha Thrat selbst – darauf hatte Prilicla mit allem Nachdruck bestanden.

Die Formen der Behälter mit den Nahrungsmitteln der FGHJs waren erstaunlich wenig abwechslungsreich: Es gab lediglich zwei verschieden geformte Plastikflaschen, eine mit Wasser und die zweite mit einem schwach riechenden Nahrungskonzentrat, sowie einheitliche Blöcke aus einer trockenen, weichen Substanz, die in eine dünne Plastikfolie mit einem großen Ring zum Aufreißen verpackt war. Laut Murchison waren die flüssigen und festen Lebensmittel zwar synthetisch hergestellt worden, vom Nährstoffgehalt jedoch auf den Stoffwechselbedarf der FGHJs optimal zugeschnitten, und die in geringen Mengen zugesetzten Substanzen, die keinen Nährwert hatten, dienten wahrscheinlich zur Anregung der Geschmacksknospen.

Doch als Cha Thrat dem Alien einen dieser Blöcke zuwarf, riß der FGHJ daran mit den Zähnen, ohne seine Mahlzeit vorher aus der Plastikfolie auszupacken. Genausowenig Beachtung schenkte er den Sprungdeckeln, mit denen die Flaschen verschlossen waren. Er biß einfach mit den Zähnen den Flaschenhals auf und saugte den Rest der Flüssigkeit heraus, den er sich in seiner ungestümen Art vorher nicht über die Brust gegossen hatte.

Ein paar Minuten darauf stieß die Pathologin einen unübersetzbaren Laut aus und sagte dann: »Seine Tischmanieren lassen sicherlich eine ganze Menge zu wünschen übrig, aber Hunger scheint er jetzt nicht mehr zu haben. Also, fangen wir an!«

Durch die Mahlzeit hatte sich das Verhalten des Aliens nicht merklich geändert, nur daß er jetzt vielleicht noch mehr Kraft besaß, um sich zu wehren. Als Murchison schließlich die Proben entnommen hatte, wiesen Naydrad, Cha Thrat und die Pathologin selbst zahlreiche blaue Flecken auf, und Danalta, dessen Körper nicht verletzt oder verformt werden konnte, es sei denn, man setzte ihn überaus hohen Temperaturen aus, war zu einigen unglaublichen Verwandlungen gezwungen gewesen, um den anderen dabei zu helfen, den Alien ruhigzuhalten. Als die Arbeit vollbracht war, schickte Murchison Naydrad und Danalta mit den Proben voraus, während sie selbst, noch völlig außer Atem, beim Alien blieb und kein Auge von ihm abwandte.

»Das gefällt mir nicht«, sagte sie.

»Mir macht das auch zu schaffen«, pflichtete ihr Cha Thrat bei. »Aber wenn man sich ein Problem oft genug und immer wieder in anderen Worten vor Augen hält, ergibt sich manchmal eine Lösung.«

»Ich nehme an, das hat irgendwann einmal irgendein weiser sommaradvanischer Philosoph gesagt«, entgegnete Murchison trocken. »Entschuldigen Sie, Cha Thrat. Was wollten Sie sagen?«

»Das hat ein terrestrischer Lieutenant namens Timmins gesagt«, korrigierte sie die Pathologin. »Ich wollte eigentlich nur noch mal das Problem zusammenfassen: Wir stehen einer Schiffsbesatzung gegenüber, die anscheinend an einer Krankheit leidet, die sich nicht auf die körperliche Gesundheit auswirkt, dafür aber den Verstand beeinträchtigt. Die Aliens sind nicht nur außerstande, ihr unbeschädigtes und vollkommen funktionstüchtiges Schiff zu fliegen, sondern erinnern sich auch nicht einmal daran, wie die Beinfesseln, Türen oder Essensbehälter zu öffnen sind. Also sind auf das Niveau gesunder Tiere gesunken.«

»Jetzt haben Sie das Problem zwar noch einmal dargestellt, aber in denselben Worten wie zuvor«, hielt ihr Murchison in ruhigem Ton entgegen.

»Die Wohnquartiere sind kahl und trostlos, weshalb wir zuerst geglaubt hatten, das hier sei ein Gefangenenschiff«, fuhr Cha Thrat fort. »Aber womöglich wissen die Besatzungsmitglieder, aus Gründen, die vielleicht psychischer Natur sind und mit Raumflügen zusammenhängen oder mit einer Krankheit, die sie auf Raumreisen befällt, daß für sie körperliche Bequemlichkeit, angenehme Umgebungen und von ihnen geschätzte persönliche Habseligkeiten auf dem Flug vollkommen überflüssig sind, weil sie damit *rechnen*, zu Tieren zu werden. Normalerweise ist das vielleicht nur ein kurzer, episodenhafter und vorübergehender Zustand, aber diesmal ist irgend etwas schiefgegangen und das Ganze zu einem Dauerzustand geworden.«

»Jetzt haben Sie das Problem wirklich mit anderen Worten formuliert«, stellte Murchison fest, wobei sie merkwürdig rollende und zuckende Bewegungen mit den Schultern und ein Hohlkreuz machte, als liefe ihr das, was Terrestrier wohl ›Gänsehaut‹ nannten, über den Rücken. »Aber falls Ihnen das irgendwie weiterhilft, unter den Proben, die Naydrad mir zur Analyse gebracht hat, befanden sich sowohl ein Medikament als auch Nahrungsmittel. Bei dem Medikament handelt es sich nur um eine Sorte, nämlich um das Beruhigungsmittel, dessen Rückstände ich in der Leiche gefunden habe, und zwar in Form von Kapseln, die geschluckt werden müssen. Sie könnten also damit recht haben, daß die Aliens den Zustand vorhergesehen und Vorkehrungen getroffen haben, um das Risiko zu verringern, sich in der vernunftlosen Phase selbst zu verletzen. Allerdings ist es schon merkwürdig, daß Naydrad, die nach solchen Dingen immer sehr gründlich sucht, nur diesen einen Arzneityp gefunden hat, aber keine Spur von Untersuchungs-, Diagnose- und Operationsinstrumenten. Selbst wenn diese Aliens vor dem Start von ihrer Erkrankung gewußt haben, sieht es ganz so aus, als würde kein Arzt zur Besatzung gehören.«

»Wenn überhaupt, dann macht diese neue Erkenntnis das Problem nur noch schwieriger«, merkte Cha Thrat an.

Murchison lachte, aber die Blässe ihres normalerweise rosafarbenen Gesichts verriet, daß sie an der Situation nichts komisch fand. »Bei dem Alien, den ich untersucht habe, konnte ich bis auf die versehentlich zugezogene Kopfverletzung, an der er gestorben ist, nichts entdecken, was nicht in Ordnung gewesen wäre, und auch bei den übrigen Besatzungsmitgliedern kann ich keine medizinischen Makel feststellen. Aber *irgend etwas* muß die höheren Zentren des Verstands zerstört haben, ohne eine Spur zu hinterlassen, und muß dabei sämtliche Erinnerungen, in der Ausbildung erworbene Kenntnisse und Erfahrungen aus ihrem Gehirn gelöscht haben, so daß nichts anderes als die Instinkte und Verhaltensmuster von Tieren übriggeblieben sind.

Was für ein Organismus oder Organ könnte eine derart selektive Zerstörung hervorrufen?« schloß sie, und ihr schauderte erneut bei diesem Gedanken.

Cha Thrat spürte plötzlich den Drang, die Pathologin in die Mittelgliedmaßen zu nehmen und zu trösten, und wurde von einem Gefühl ergriffen, mit dem kein Sommaradvaner, ob männlich oder weiblich, einen Terrestrier betrachten sollte. Mit Mühe brachte sie ihre Emotionen unter Kontrolle und entgegnete freundlich: »Vielleicht liefert Ihnen das Betäubungsmittel die Antwort. Im Moment haben wir ja nur Patienten, bei denen die Krankheit oder was auch immer ihren Lauf genommen hat. Wenn die Aliens narkotisiert sind und wir den fehlenden Überlebenden gefunden haben, wäre es dann nicht möglich, daß die Krankheit bei diesem FGHJ nicht fortgeschritten ist oder er eine natürliche Widerstandskraft gegen sie besitzt? Indem Sie die Krankheit und den widerstandsfähigen Patienten genau untersuchen, finden Sie vielleicht die richtige Behandlung für alle heraus.«

»Ach ja, das Betäubungsmittel«, sagte Murchison und lächelte. »Ihre taktvolle Art, eine geistesabwesende Pathologin an ihre eigentlichen Pflichten zu erinnern, würde selbst Prilicla alle Ehre machen. Ich vergeude hier nur meine Zeit.«

Sie wandte sich zum Gehen, hielt dann aber inne. Ihr Gesicht war immer noch sehr blaß.

»Was auch immer diese Aliens befallen hat, liegt außerhalb meiner medizinischen Erfahrung und vielleicht auch der des Hospitals«, sagte sie grimmig. »Aber für uns dürfte keine Gefahr bestehen. Wie Sie aus Ihren medizinischen Vorlesungen bereits wissen, können die Krankheitserreger fremder Spezies nur Lebensformen mit der gleichen planetarischen und evolutionären Entwicklungsgeschichte angreifen, haben aber keinen Einfluß auf außerplanetarische Organismen. Doch es gibt Momente, in denen wir uns trotz all unseres gegenteiligen Wissens fragen müssen, ob wir nicht eines Tages auf die Ausnahme stoßen, die die Regel bestätigt, auf eine Krankheit oder medizinische Beschwerden also, die diese Barriere zwischen den Spezies überwinden können.

Die bloße Möglichkeit, daß wir es hier mit dieser Ausnahme zu tun haben, erschreckt mich zu Tode«, fuhr sie in sehr ernstem Ton fort. »Falls diese Krankheit unser bakteriologisches Schreckgespenst sein sollte, müssen wir uns in Erinnerung rufen, daß sie anscheinend keine Auswirkungen auf den Körper hat. Der Ausbruch und die Symptomatologie des Leidens sind wahrscheinlich eher psychischer als physischer Natur. Darüber werde ich mich mal mit Prilicla unterhalten, und bei Ihnen sollten wir auf deutliche Veränderungen in Ihrem Verhalten achten, so, wie Sie selbst Ihre Denkvorgänge auf untypische Gedanken oder Empfindungen hin beobachten müssen.«

Ganz offensichtlich über sich selbst verärgert, schüttelte die Pathologin den Kopf. »Hier kann Ihnen jedenfalls nichts passieren, dessen bin ich mir so sicher, wie ich es nur sein kann. Aber, Cha Thrat, seien Sie bitte trotzdem ganz vorsichtig.«

18. Kapitel

Cha Thrat hatte keine Ahnung, wie lange sie damit verbracht hatte, den wie irrsinnig auf der Liege zappelnden FGHJ und dessen kräftige Hände mit den Stummelfingern, die das große Schiff auf dem Flug durch den Raum gesteuert hatten, zu betrachten, bevor sie das Kommandodeck deprimiert und verärgert über die eigene Unfähigkeit, einen einzigen, konstruktiven Gedanken zu fassen, verließ, um Nahrungsmittel für die übrigen, immer noch hungrigen Besatzungsmitglieder zusammenzusammeln. Doch als sie ein paar Minuten später den nächstgelegenen Lebensmittelvorratsraum betrat, stellte sie verblüfft fest, daß Prilicla bereits dort war.

»Meine Freundin, wir haben den Plan geändert...«, begrüßte sie der Empath.

Das Betäubungsmittel, das Murchison gerade herstellte, sollte zunächst am FGHJ auf dem Kommandodeck in winzigen, aber allmählich steigenden Dosen getestet werden. Erst nach dem Abschluß dieser Testreihe, die bis zu drei Tage dauern könnte, wäre die Pathologin in der Lage, die Anwendung des Mittels für unbedenklich zu erklären. Jedoch war sich Prilicla sicher, daß der noch nicht gefundene Alien keine drei Tage mehr zu leben habe, und deshalb müsse man eine andere Methode, die Besatzungsmitglieder ruhigzustellen, ausprobieren; eine, die nicht so wirksam wie Narkotika sei. Das eigene Beruhigungsmittel der Besatzung stünde in ausreichender Menge zur Verfügung und würde den Speisen und Getränken der Aliens in hohen Dosen beigemengt werden, da man hoffe, die Intensität der emotionalen Ausstrahlung der stark beruhigten und gesättigten Aliens auf diese

Weise auf ein Niveau zu reduzieren, bei dem der Empath den fehlenden und schwerkranken oder verletzten Überlebenden wahrnehmen und lokalisieren könne.

»Ich möchte so schnell wie möglich sämtliche Besatzungsmitglieder mit Essen und Beruhigungsmitteln versorgt haben«, fuhr Prilicla fort. »Die Art der emotionalen Ausstrahlung unseres Freunds deutet im Gegensatz zu den übrigen Besatzungsmitgliedern eher auf einen Verstand mit hoher Intelligenz hin, die im Moment allerdings durch Schmerzen beeinträchtigt wird. Doch die Ausstrahlung wird immer schwächer. Ich fürchte um sein Leben.«

Auf Priliclas Anweisung hin mischte Cha Thrat hohe Dosen Beruhigungsmittel in die flüssige Nahrung und das Wasser und verteilte das Ganze schnell auf die Schlafsäle, während der Cinrussker von Deck zu Deck flog und sich anstrengte, mit seinen empathischen Fähigkeiten auch eine schwache und weit entfernte Ausstrahlung wahrzunehmen. Durch die vollen Mägen und benommenen Köpfe drang die emotionale Ausstrahlung der Besatzungsmitglieder – von denen einige sogar einschliefen – zwar weniger in den Vordergrund, doch ansonsten blieben die Ergebnisse negativ.

»Ich kann den Alien immer noch nicht orten«, berichtete Prilicla, der sowohl wegen seiner eigenen als auch aufgrund Cha Thrats Enttäuschung heftig zitterte. »Es gibt noch zu viele Störungen von den Überlebenden, die bei Bewußtsein sind. Alles, was wir jetzt tun können, ist, auf die *Rhabwar* zurückzukehren und zu versuchen, Freundin Murchison zu helfen. Ihre Schützlinge werden für eine Weile keinen Hunger haben. Kommen Sie?«

»Nein«, entgegnete Cha Thrat. »Ich würde lieber die normale, physikalische Suche nach dem sterbenden Alien fortsetzen.«

»Meine Freundin«, sagte Prilicla, »muß ich Sie nochmals daran erinnern, daß ich *kein* Telepath bin und Ihre Geheimnisse, Ihre innersten Gedanken also immer Ihr Eigentum bleiben? Aber Ihre Gefühle nehme ich ganz deutlich wahr. Sie setzen sich gerade aus mäßiger Aufregung, Freude und Vorsicht zusammen, wobei die Aufregung überwiegt und die Vorsicht kaum zu spüren ist. Das beunruhigt mich. Ich vermute, Sie haben eine Idee gehabt oder sind zu irgendeinem Schluß gekommen und müssen erst ein persönliches Risiko eingehen, bevor sie ihn beweisen oder widerlegen können. Wollen Sie ihn mir mitteilen?«

Die Antwort hätte einfach ›nein‹ lauten müssen, aber sie brachte es nicht über sich, die überaus feinen Gefühle des Empathen mit einer derart unhöflichen Entgegnung zu verletzen. Statt dessen entgegnete sie: »Kann sein, daß mir der Einfall nur gekommen ist, weil ich nichts über Ihre empathischen Fähigkeiten weiß. Daher auch meine Zurückhaltung, ihn zu erwähnen, weil ich mir erst sicher sein wollte, daß er etwas taugt, und ich die Absicht hatte, Verwirrung zu vermeiden.«

Prilicla schwebte weiterhin schweigend in der Mitte des Raums, und Cha Thrat fuhr fort: »Bei unserer ersten Durchsuchung des Schiffs konnten Sie die Anwesenheit des bewußtlosen Überlebenden zwar spüren, ihn aber wegen der bewußten emotionalen Ausstrahlung der anderen Aliens nicht orten. Jetzt, wo diese fast bis zur Bewußtlosigkeit beruhigt sind, ist die Situation noch immer dieselbe, weil sich der Zustand des Überlebenden verschlechtert hat, und ich fürchte, daß sich das selbst dann nicht ändern wird, wenn das Betäubungsmittel fertig ist und die anderen Aliens ebenfalls tief bewußtlos sind.«

»Diese Befürchtungen teile ich«, stimmte ihr der Empath leise zu. »Aber fahren Sie bitte fort.«

»In meinem Unwissen über die feinere Funktionsweise Ihrer empathischen Fähigkeiten habe ich angenommen, daß eine schwache emotionale Ausstrahlung in der Nähe leichter wahrzunehmen sein müßte als eine stärkere in größerer Entfernung«, erklärte Cha Thrat weiter. »Wären solche Unterschiede in der Stärke der Ausstrahlung aufgetreten, hätten Sie bestimmt etwas davon erwähnt.«

»Das ist allerdings wahr«, bestätigte Prilicla. »In vielen Punkten haben Sie recht. Aber in anderen … nun ja, meinen empathischen Fähigkeiten sind natürliche Grenzen gesetzt. Sie sind sowohl für die Art und Intensität von Gefühlen als auch für deren Nähe empfänglich, aber die Wahrnehmung selbst hängt auch von anderen Faktoren als der Entfernung ab. Dabei spielen der Intelligenzgrad und die emotionale Gemütstiefe, die Intensität der momentanen Empfindungen, die physische Größe und Stärke des Gehirns, von dem die eigentliche Ausstrahlung ausgeht, und natürlich die Bewußtseinslage eine Rolle. Wenn ich nur nach einer Quelle suche und sich meine Freunde, gewöhnlich das medizinische Team, zurückziehen oder sie ihre Gefühle bei der Suche im Zaum halten, kann man diese Grenzen normalerweise vernachlässigen. Das ist hier jedoch nicht der Fall. Aber Sie müssen zu irgendwelchen Schlüssen gekommen sein. Wie lauten die?«

In sorgfältig gewählten Worten antwortete Cha Thrat: »Ich vermute, daß die Ausstrahlung des bewußtlosen Aliens aufgrund seines Aufenthaltsorts undeutlich ist und bleiben wird. Er befindet sich bestimmt in der Nähe oder sogar mitten unter den anderen, die bei Bewußtsein sind. Das schränkt den abzusuchenden Abschnitt auf das Schlafdeck und vielleicht die Decks darüber und darunter ein, und ich werde mich nur auf diese Bereiche konzentrieren. Sie haben doch eben gesagt, daß die physische Größe des

Gehirns, von dem die Ausstrahlung ausgeht, eine Rolle spiele. Könnte es sein, daß der Überlebende ein sehr kleiner und junger FGHJ ist, der sich in der Nähe eines vernunftlosen Elternteils versteckt?«

»Das wäre eine Möglichkeit«, pflichtete Prilicla ihr bei. »Aber unabhängig vom Alter oder der Größe befindet sich das Wesen in sehr schlechter Verfassung.«

»Es muß kleine Stauräume, Wartungsbereiche und etliche Löcher und Winkel geben, in die ein Besatzungsmitglied oder Kind normalerweise nicht gehen würde, wo sich jedoch ein Lebewesen, das kaum noch bei Bewußtsein ist und sich aufgrund seiner Verletzungen nicht logisch verhält, versteckt haben könnte«, fuhr sie fort, wobei sie ihre wachsende Aufregung angestrengt unterdrückte. »Ich bin mir sicher, daß ich den Vermißten bald finden werde.«

»Ich weiß«, sagte Prilicla. »Aber da gibt es noch einiges mehr zu bedenken.«

Cha Thrat zögerte und sagte dann: »Bei allem Respekt, Cinrussker sind keine robuste Spezies und deshalb für körperliche Verletzungen anfälliger als beispielsweise meine Lebensform. Ich habe nicht vor, mich, aus welchem Grund auch immer, irgendeiner Gefahr auszusetzen, das kann ich Ihnen versichern. Aber wenn ich Ihnen meinen Plan in allen Einzelheiten auseinandersetzen muß, besteht die Möglichkeit, daß Sie mir die Durchführung verbieten.«

»Würden Sie mir denn gehorchen, wenn ich das täte?« fragte Prilicla.

Sie gab lieber keine Antwort.

»Meine liebe Freundin«, fuhr Prilicla fort, »Sie verfügen über viele Qualitäten, die ich bewundernswert finde, wozu auch ein gesundes Maß an Feigheit gehört, aber Sie machen mir Sorgen. Sie haben bewiesen, daß Sie nur widerwillig Befehle befolgen, die Sie persönlich als falsch oder ungerechtfertigt empfinden. Sie haben sich im Orbit Hospital, auf diesem Schiff und vermutlich auch auf Ihrem Heimatplaneten ungehorsam oder zumindest starrköpfig verhalten. Das sind nicht unbedingt Qualitäten, die man bei jemandem von untergeordnetem Rang schätzt. Was sollen wir bloß mit Ihnen machen?«

Cha Thrat wollte dem kleinen Empathen gerade mitteilen, wie leid es ihr täte, ihm seelischen Kummer bereitet zu haben, aber dann wurde ihr klar, daß er ja schon genau wußte, was sie ihm gegenüber empfand, und sagte statt dessen: »Bei allem Respekt, Doktor Prilicla, aber Sie könnten mir einfach erlauben weiterzumachen, dann den Captain bitten, die Sensoren auf den von mir bezeichneten eingeschränkten Suchbereich zu konzentrieren, und mir später jede Veränderung sofort berichten.«

»Sie wissen, daß ich das, was ich gesagt habe, langfristiger gemeint habe«, entgegnete Prilicla. »Aber ich bin einverstanden und werde Ihrem Vorschlag folgen. Ich teile Freundin Murchisons Gefühle bezüglich der Situation – hier gibt es etwas höchst Merkwürdiges und möglicherweise Gefährliches, aber wir können nicht einmal vermuten, woher diese Gefahr droht – falls es überhaupt eine gibt. Seien Sie äußerst vorsichtig, meine Freundin, und passen Sie sowohl auf Ihren Verstand als auch auf Ihren Körper auf!«

Kaum hatte Prilicla sie verlassen, nahm Cha Thrat die Suche auf, wobei sie auf dem Deck über den Schlafsälen anfing und sich danach die darunter befindlichen Räume vornahm. Doch ihre eigentliche Absicht war von vornherein gewesen, die Schlafsäle mit den Aliens zu betreten und zu durchsuchen, und sowie sie sich darin befand, wußte sie, daß gleich eine Reaktion von demjenigen Wesen kommen würde, das die Sensordisplays überwachte.

Die Reaktion äußerte sich schließlich durch eine Stimme in ihrem Kopfhörer, die dem Captain höchstpersönlich gehörte.

»Technikerin Cha Thrat!« schimpfte er aufgebracht. »Die Sensoren zeigen eindeutig einen Körper von Ihrer Größe und Temperatur an, der gerade in einen der Schlafsäle eingedrungen ist. Begeben Sie sich auf der Stelle wieder nach draußen!«

Mit einem einfühlsamen Wesen wie Prilicla konnte man sich ohne Probleme in einem höflichen Ton auseinandersetzen, ohne sich gleich ereifern zu müssen, dachte Cha Thrat betrübt, aber nicht mit diesem Captain. Sie hatte gerade einen unzweideutigen Befehl erhalten, den sie keineswegs zu befolgen beabsichtigte, und deshalb tat sie einfach so, als hätte sie ihn nicht gehört.

»Ich habe gerade einen Schlafsaal betreten und gehe jetzt seitwärts mit dem Rücken zur Wand um ihn herum«, berichtete sie, ohne sich etwas anmerken zu lassen. »Ich bewege mich langsam, um die Aliens, die anscheinend im Halbschlaf liegen, nicht zu stören oder zu erschrecken. Zwei der FGHJs haben mir ihre Gesichter zugewandt, um mich zu beobachten, machen jedoch keine bedrohlichen Bewegungen. In der Wand befindet sich eine genau eingepaßte, bündig abschließende Tür, hinter der wahrscheinlich ein Stauraum liegt, der für einen FGHJ groß genug sein könnte, um sich hineinzuzwängen und sich dort zu verstecken. Ich öffne jetzt die Tür. Im Innern befinden sich ...«

»Schalten Sie die Kamera ein!« befahl Fletcher verärgert. »Und sparen Sie sich Ihre Worte!«

»... Regale, in denen Behälter stehen, die offenbar Reinigungsmittel für die sanitären Anlagen enthalten«, fuhr sie ungerührt fort. »Für den Fall, daß ein schneller Rückzug erforderlich werden sollte, habe ich die schwerere Ausrüstung draußen gelassen. Ich trage nur den Kopfhörer. Jetzt bewege ich mich auf die gegenüber vom Eingang befindliche Wand zu, in der sich eine weitere kleine Tür befindet.«

»Also *können* Sie mich doch hören«, sagte Fletcher mit eiskalter Stimme. »Und Sie haben auch meinen Befehl mitbekommen.«

»Ich habe die Tür geöffnet«, berichtete Cha Thrat schnell weiter, »und dahinter steckt der Vermißte auch nicht. Neben der Tür, direkt über dem Boden, befindet sich eine kleine, flache, rechteckige Klappe, hinter der sich wahrscheinlich eine versenkte Klinke für eine sich nach oben öffnende Tür verbirgt. Um sie zu untersuchen, muß ich mich flach auf den Boden legen und versuchen, den überall herumliegenden Körperausscheidungen auszuweichen.«

Sie hörte, wie der Captain einen unübersetzbaren, aber wenig mitfühlenden Laut von sich gab, und teilte dann mit: »Es handelt sich um eine genau eingepaßte, an der Oberkante eingehängte Klappe, die sich durch leichten Druck nach innen oder außen bewegen läßt. An den Außenkanten befindet sich eine Schwammschicht, die darauf hindeutet, daß die Klappe nahezu luftdicht ist. Ich bekomme den Kopf nicht weit genug auf den Boden, um hinter die Klappe sehen zu können, aber wenn ich sie öffne, schlägt mir ein starker Geruch entgegen, der mich an eine sommaradvanische Pflanze namens *Glytt* erinnert.

Oh, Entschuldigung«, fügte sie hinzu, »ganz abgesehen davon, daß Sie ja nicht wissen, wie eine *Glytt* riecht, erhebt sich natürlich die Frage, ob die Luke den unangenehmen Geruch der FGHJ-Exkremente in dem Schlafsaal zurückhalten oder den anderen Geruch aus dem Schlafsaal heraushalten soll. Vielleicht ist die Klappe aber auch nur eine Zufuhröffnung für eine Art Raumluftverbesserer ...«

»Meine Freundin«, unterbrach Prilicla sie. »Ist in der kurzen Zeit, seit Sie den Geruch eingeatmet haben, bei Ihnen irgendeine Reizung der Atemwege, Übelkeit, eine Verminderung des Sehvermögens oder eine Trübung der Sinneswahrnehmung oder des Denkvermögens aufgetreten?«

»Welches Denkvermögen?« murmelte Fletcher mit verächtlicher Stimme.

»Nein«, antwortete Cha Thrat. »Ich öffne jetzt die Tür zum letzten, noch nicht durchsuchten Stauraum. Er ist größer als die anderen und enthält Regale mit Werkzeugen und Gegenständen, die wie Ersatzteile für die Schlafmöbel aussehen, ist aber ansonsten leer. Die Besatzungsmitglieder nehmen immer noch keine Notiz von mir. Ich verlasse nun den Raum, um mich im nächsten Schlafsaal umzusehen.«

»Cha Thrat«, sagte Fletcher ruhig. »Da Sie in der Lage sind, Prilicla zu antworten, weiß ich, daß Sie mich hören können. Also, ich bin bereit, Ihren Ungehorsam von vorhin als vorübergehende geistige Verirrung, als einen Anfall von Übereifer und als geringfügige disziplinarische Angelegenheit zu betrachten. Aber wenn Sie die Suche fortsetzen und damit meinen Befehlen offen zuwiderhandeln, werden Sie in große Schwierigkeiten geraten. Weder das Monitorkorps noch das Orbit Hospital hat Zeit für verantwortungslose Untergebene.«

»Aber ich übernehme die volle Verantwortung für meine Handlungen, einschließlich der daraus resultierenden Ehre oder Schande«, wehrte sich Cha Thrat. »Ich weiß, daß mir die Ausbildung fehlt, um das Schiff einer fremden Spezies richtig zu untersuchen, aber ich öffne und schließe ja bloß Türen und gehe dabei sehr vorsichtig zu Werke.«

Der Captain erwiderte darauf nichts und schwieg sogar noch, als die Sensoren anzeigen mußten, daß Cha Thrat den zweiten Schlafsaal betrat. Es war Prilicla, der sich als erster zu Wort meldete.

»Freund Fletcher«, sagte der Empath ruhig, »ich stimme Ihnen zu, daß das, was Technikerin Cha Thrat gerade macht, ein kleines bißchen gefährlich ist. Aber sie hat einige ihrer Absichten mit mir besprochen und handelt mit meiner Erlaubnis und, nun ja, auch mit meiner eingeschränkten Zustimmung ...«

Da sie die unter Beruhigungsmitteln stehenden FGHJs nicht beachtete und kein einziges Wort sprach, konnte Cha Thrat diesmal den Schlafsaal viel schneller durchsuchen, hatte aber genausowenig Erfolg wie beim erstenmal. In keinem der Stauräume hatte sich der vermißte Überlebende, ob nun Erwachsener oder Kind, versteckt, und auch hinter den schmalen Klappen über dem Boden verbarg sich nichts als der Geruch von *Glytt*, der nie zu Cha Thrats Lieblingsdüften gehört hatte.

Doch die Versuche des Cinrusskers, den Zorn des Captains auf sie zu zerstreuen, rief bei Cha Thrat plötzlich eine derartige Warmherzigkeit hervor, daß sie hoffte, der Empath würde ihre Dankbarkeit auch so spüren. Ohne sich in das Gespräch einzumischen und in der Hoffnung, daß der Empath nicht ihre wachsende Enttäuschung wahrnehmen konnte, machte sie sich an die Durchsuchung des dritten und letzten Schlafsaals.

»... jedenfalls, Freund Fletcher«, sagte der Empath gerade, »die Verantwortung für alles, was auf dem fremden Schiff passiert, bis die Überlebenden behandelt und geborgen worden sind, tragen nicht Sie, sondern ich.«

»Ich weiß, ich weiß«, gab ihm der Captain verärgert recht. »Am Unglücksort hat der Leiter des medizinischen Teams das Kommando. Unter den momentanen Umständen können Sie einem Kommandanten eines Korpsschiffs wie mir sagen, was er zu tun hat, und Ihre Anordnungen werden befolgt. Sie können sogar einer für das Monitorkorps arbeitenden Wartungstechnikerin zweiter Klasse namens Cha Thrat Befehle erteilen, aber ich bezweifle ernsthaft, daß sie auch befolgt werden.«

Es trat erneut ein langes Schweigen ein, das erst von dem Diskussionsgegenstand selbst unterbrochen wurde. »Ich habe jetzt die Durchsuchung der Schlafsäle beendet«, meldete Cha Thrat. »In allen dreien sind die Stauräume für die verschiedenen Ausrüstungsgegenstände in gleicher Weise angeordnet, und in keinem davon steckt der FGHJ, nach dem wir suchen.

Doch der erste und der zweite Schlafsaal haben eine gemeinsame Wand, genau wie der zweite und dritte«, fuhr sie fort, wobei sie versuchte, hoffnungsvoll zu klingen. »Der erste und der dritte sind durch einen kurzen Gang miteinander verbunden, der auch ins Schiffsinnere auf einen Raum zuführt, bei dem es sich um einen weiteren, ziemlich großen Lagerraum handeln muß, den man von allen Schlafsälen aus leicht erreichen kann. Dort könnte der vermißte FGHJ stecken.«

»Das glaube ich nicht«, meldete sich Fletcher. »Den Sensoren zufolge ist das ein leerer Raum von etwa der halben Größe der Schlafsäle mit vielen auf oder in den Wänden verlegten Schaltkreisen und Schwachstromkabeln, die wahrscheinlich als Steuerleitungen für die Klimaanlage der Schlafsäle dienen. Mit ›leer‹ meinen wir, daß sich in dem Raum keine großen Gegenstände aus Metall befinden, obwohl natürlich organische Substanz vorhanden sein könnte, wenn sie in nichtmetallischen Behältern verstaut wäre. Aber ein Stück organischer Materie von der Körpergröße und Temperatur eines lebenden FGHJ würden die Sensoren, ob er sich nun bewegt oder nicht, ganz deutlich anzeigen.

Allen Anzeichen nach handelt es sich lediglich um einen weiteren Lagerraum«, schloß der Captain. »Aber bestimmt werden Sie ihn sowieso durchsuchen.«

Mit Mühe überhörte Cha Thrat Fletchers beißenden

Unterton und sagte: »Bei meiner ersten Suche in dem Abschnitt hier habe ich einen Blick in diesen Gang geworfen und an der kahlen Wand am Ende eine Unregelmäßigkeit entdeckt, die ich irrtümlich für ein schlecht eingepaßtes Stück Wandverkleidung gehalten habe. Diesen Fehler kann ich nur damit entschuldigen, daß von außen kein Griff oder eine Klinke sichtbar gewesen ist. Bei näherer Untersuchung habe ich dann entdeckt, daß es sich nicht um eine schlecht eingepaßte Platte, sondern um eine nach innen aufgehende Tür handelt, die einen ganz kleinen Spalt offensteht und sich dem Scanner zufolge nur von innen verschließen läßt.

Die Kamera ist eingeschaltet«, fügte sie hinzu. »Ich stoße jetzt die Tür auf.«

Wie Cha Thrat sofort erkannte, herrschte im Raum ein heilloses Durcheinander, wobei sich zu der allgemeinen Unordnung noch die Schwerelosigkeit hinzugesellte, so daß man aufgrund des herumschwebenden Gerümpels nur mit Mühe Entfernungen ausmachen konnte, und es roch erneut sehr stark nach *Glytt*.

»Wir empfangen kein klares Bild«, meldete Fletcher, »und irgend etwas dicht vor der Linse versperrt fast die gesamte Sicht. Haben Sie die Kamera richtig befestigt oder sehen wir einen Teil Ihrer Schulter?«

»Nein, Sir«, antwortete Cha Thrat und versuchte, den einer Untergebenen gebührenden Ton beizubehalten. »Im Raum herrscht keine Schwerkraft, und deshalb fliegen hier allerhand flache, annähernd runde Gegenstände herum. Sie sind anscheinend organisch und weisen eine ziemlich einheitliche Form auf. Die eine Seite ist dunkelgrau und die andere heller und gesprenkelt. Meiner Meinung nach könnten das Fladen einer Fertignahrung sein, die aus einer aufgebrochenen Packung stammen, oder auch feste Körperausscheidungen, ähnlich denen, auf die ich in den Schlafsälen gestoßen bin, die getrocknet sind und ihre Farbe verloren haben. Ich versuche jetzt, einen Teil davon aus dem Weg zu schieben.«

Mit einem plötzlich auftauchenden Ekelgefühl räumte sie die sichtbehindernden Gegenstände aus dem Blickfeld der Kamera, wobei sie die Hände der mittleren Gliedmaßen benutzte, weil das die einzigen waren, auf denen sie noch Handschuhe trug. Von der *Rhabwar* kam keine Reaktion.

»An den Wänden und der Decke sind große, unregelmäßige Klumpen aus einer schwammartigen oder pflanzlichen Substanz befestigt«, setzte Cha Thrat ihren Bericht fort und drehte sich so, daß die anderen durch die Bilder der Kamera, wie undeutlich auch immer, das sehen konnten, was sie zu beschreiben versuchte. »Soweit ich es erkennen kann, hat jeder Klumpen eine andere, wenn auch sehr zarte Farbe, und unter allen befindet sich ein kurzes, gepolstertes Brett.

Dicht über dem Boden sehe ich drei schmale, rechteckige Klappen, deren Größe und Lage denen in den Schlafsälen entspricht«, fuhr sie fort. »Diese Fladen, oder was auch immer, sind im ganzen Raum verteilt, aber ich kann etwas Großes erkennen, das in einer Ecke nahe der Decke schwebt ... Es ist der FGHJ!«

»Ich verstehe nicht, warum der nicht von den Sensoren angezeigt wird«, wunderte sich Fletcher. Er gehörte zu jener Sorte Captain, die hartnäckig von der ihr unterstehenden Besatzung und der Ausrüstung Höchstleistungen verlangte und schlechte Arbeit von einer der beiden Seiten als persönliche Beleidigung auffaßte.

»Gute Arbeit, meine Freundin«, lobte Prilicla sie begeistert. »Jetzt schnell! Bringen Sie ihn zur Tür, damit wir ihn auf die Trage legen können. Wir sind gleich bei Ihnen. Wie ist der allgemeine Gesundheitszustand?«

Cha Thrat näherte sich dem Alien und fegte weitere

Fladen aus dem Weg. »Ich kann keine einzige körperliche Verletzung entdecken, nicht einmal eine kleine Prellung oder äußere Anzeichen für eine Krankheit«, berichtete sie. »Aber dieser FGHJ ist nicht wie die anderen. Er macht einen viel hagereren und weniger muskulösen Eindruck. Die Haut wirkt dunkler und faltiger, und die Hufe sind ausgeblichen und an mehreren Stellen eingerissen. Die Körperhaare sind grau. Ich... ich glaube, das ist ein viel älterer FGHJ, vielleicht der Herrscher des Schiffs. Womöglich hat er sich hier versteckt, um so dem Schicksal der übrigen Besatzungsmitglieder zu entgehen und ...«

Sie brach mitten im Satz ab.

»Meine Freundin, weshalb diese Empfindungen? Was ist Ihnen passiert?« erkundigte sich Prilicla besorgt.

»Mir ist nichts passiert«, antwortete sie und bemühte sich, ihre Enttäuschung zu zügeln. »Ich habe den FGHJ jetzt. Es gibt keinen Grund zur Eile. Er ist tot.«

»Na bitte! Das erklärt auch, warum ihn meine Sensoren nicht angezeigt haben«, stellte Fletcher fest.

»Freundin Cha Thrat«, sagte Prilicla, ohne den Einwurf des Captains zu beachten, »sind Sie sich dessen auch *ganz* sicher? Ich kann immer noch die Ausstrahlung eines in tiefer Bewußtlosigkeit schwebenden Verstands wahrnehmen.«

Cha Thrat zog den FGHJ auf sich zu, damit sie die Hände ihrer Oberarme benutzen konnte, und entgegnete dann: »Die Körpertemperatur ist sehr niedrig. Die Augen sind geöffnet und reagieren nicht auf Licht. Die üblichen Lebenszeichen fehlen. Tut mir leid, der FGHJ ist tot und ...« Sie ließ den Satz unvollendet, um einen genaueren Blick auf den Kopf des Aliens zu werfen. »Und ich glaube, ich weiß jetzt, woran er gestorben ist!« fuhr sie aufgeregt fort. »Sein Nacken! Können Sie den sehen?«

»Nein, jedenfalls nicht deutlich«, antwortete Prilicla schnell, der offenbar Cha Thrats wachsende Aufregung und Angst spürte. »Einer dieser scheibenförmigen Gegenstände ist im Weg.«

»Aber genau der *ist* ja die Todesursache!« rief Cha Thrat. »Zuerst dachte ich, eine dieser Scheiben sei gegen die Leiche gestoßen und am Kopf hängengeblieben. Aber das war ein Irrtum. Die Scheibe hat sich absichtlich mit diesen dicken weißen Ranken, die Sie am Rand sehen können, an den FGHJ geheftet. Jetzt, wo ich mich danach umsehe, kann ich die Ranken bei allen Scheiben erkennen, und nach der Länge zu urteilen, müssen sie sehr tief in die Wirbelsäule und den Hinterkopf der Leiche eingedrungen sein. Diese Scheibe ist oder war am Leben und könnte dafür verantwortlich gewesen sein, daß wir …«

»Cha Thrat!« schnitt ihr Fletcher in scharfem Ton das Wort ab. »Nichts wie raus da!«

»Sofort!« fügte Prilicla hinzu.

Äußerst behutsam ließ Cha Thrat den toten FGHJ los, nahm ihre Kamera ab und heftete sie mit den Magnethaltern an eine freie Stelle an der Wand. Sie wußte, daß sich das medizinische Team diese sonderbare und abstoßende Lebensform, von dem das Alienschiff heimgesucht worden war, gerne genau ansehen würde, bevor man eine Entscheidung treffen wollte, wie man mit ihr verfahren sollte. Dann wandte sie sich dem Eingang zu, der plötzlich sehr weit entfernt zu sein schien.

Zwischen ihr und der Tür schwebten die Scheiben dicht an dicht wie ein fremdartiges Minenfeld. Einige bewegten sich noch immer langsam in den Luftwirbeln, die Cha Thrats Eintreten oder die Schläge hervorgerufen hatten, mit denen sie von ihr so lässig zur Seite gestoßen worden waren, vielleicht trieben sie sich aber auch durch Eigendrehungen an. Sie boten sich dem Auge von allen Seiten dar: mit der glatten

Oberfläche der gesprenkelten Seite, der grauen und faltigen Rückseite und den mit schlaffen, weißen Ranken besetzten Rändern.

Cha Thrat war so mit der Suche nach einem lebenden FGHJ beschäftigt gewesen, daß sie sich die Scheiben, die von ihr irrtümlich für im Raum schwebende Fladen zum Essen oder getrocknete Ausscheidungsstoffe gehalten worden waren, kaum angesehen hatte. Sie wußte immer noch nicht, worum es sich bei ihnen handelte, sondern nur, wozu sie imstande waren – nämlich zur völligen Zerstörung der erstklassig geschulten und intelligenten Gehirne ihrer Opfer, denen sie nichts ließen als die grundlegenden und rein instinktiven Reflexe von Tieren.

Bei der Vorstellung eines Raubtiers, das seine Beute nicht verschlingt und ihr keinen körperlichen Schaden zufügt, sondern sich mit ihrer *Intelligenz* vollfrißt, hätte sich Cha Thrat am liebsten in den Wahnsinn geflüchtet. Sie hatte rasende Angst, noch einmal eine der Scheiben zu berühren, aber es waren zu viele, als daß sie es hätte verhindern können. Sollte ihr jedoch eine in die Quere kommen, entschloß sich Cha Thrat grimmig, dann würde sie diese mit aller Kraft berühren oder richtiger, sie zerschlagen.

In ihrem Kopfhörer erklang die freundliche, beruhigende Stimme Priliclas. »Sie haben Ihre Angst gut unter Kontrolle, meine Freundin«, lobte er sie. »Bewegen Sie sich jetzt langsam und vorsichtig, und machen Sie keine …«

Als plötzlich ein hoher, durchdringender Ton aus ihrem Kopfhörer gellte, der anzeigte, daß zu viele Leute gleichzeitig zu ihr sprachen und damit den Translator überlasteten, fuhr sie zusammen. Aber die Sprecher mußten sofort gemerkt haben, was geschehen war, denn der Ton wurde wieder schwächer und verhallte schließlich, bis nur noch eine Stimme übrigblieb, die des Captains.

»Cha Thrat, *hinter Ihnen!*«

Aber da war es schon zu spät.

Ihre gesamte Aufmerksamkeit war nach vorne und zu den Seiten gerichtet gewesen, wo die größte Gefahr lag. Als sie die erstaunlich leichte Berührung spürte, der ein Taubheitsgefühl im Nacken folgte, dachte ein kühler, distanzierter Teil ihres Verstands, daß es sehr rücksichtsvoll von dem Wesen sei, die Stelle vor dem Einführen der Ranken zu betäuben. Sie verdrehte ein Auge nach hinten, um zu sehen, was dort vorging, und hob instinktiv die Hände der Oberarme, um die Scheibe wegzuschieben, die sich vom toten FGHJ gelöst und sich an sie geheftet hatte. Aber ihre Hände tasteten nur schwach umher, die Finger verloren schlagartig alle Kraft, und die Arme fielen schlaff nach unten.

Andere Teile ihres Körpers versagten den Dienst oder fingen an, unkontrolliert und unkoordiniert zu zucken, wie man es allenfalls bei einem Lebewesen mit einem ernsthaften Gehirnschaden beobachten könnte. Dem gelassenen, unbeteiligten Teil ihres Verstands kam der Gedanke, daß ihr Zustand für ihre Freunde kein angenehmer Anblick sein mußte.

»*Wehren* Sie sich, Cha Thrat!« schrie Murchisons Stimme aus dem Kopfhörer. »Was es auch mit Ihnen anstellt, *wehren Sie sich*! Wir sind auf dem Weg!«

Cha Thrat vernahm zwar den besorgten Unterton in der Stimme der Pathologin und war ihr dafür dankbar, doch die Zunge gehörte zu den Organen, die im Moment gerade nicht funktionierten, weil ihr der Mund wie zugeschnürt war. Alles in allem befand sie sich in einem Zustand beträchtlicher physiologischer Verwirrung, da die Muskeln nicht mit dem unkontrollierten Zucken aufhören wollten, der Körper sich in der Schwerelosigkeit in Krümmungen hin und her wand und wahllos verschiedene Bereiche der Haut von Hitze- und Kälteschauern, Schmerz- und Lustgefühlen befallen wurden. Sie wußte, daß das Wesen gerade ihr zentrales Nervensystem erkundete und herauszufinden versuchte, wie ihr sommaradvanischer Körper funktionierte, damit es sie kontrollieren konnte.

Ganz allmählich ließen die Zuckungen und Verrenkungen und selbst die Angst nach und verschwanden schließlich völlig, und plötzlich war Cha Thrats Körper in der Lage, den unterbrochenen Weg fortzusetzen. Die Kameralinse folgte ihr mit einem Schwenk. Als sie die Tür erreichte, schlug sie sie zu und verriegelte sie mit Verschlüssen, die ihr auf einmal vertraut vorkamen.

»Cha Thrat, was *machen* Sie da?« fragte Fletcher in scharfem Ton.

Es war doch sonnenklar, daß sie die Tür von innen verschloß, dachte Cha Thrat gereizt. Wahrscheinlich meinte der Captain, warum sie das tat. Sie versuchte zu antworten, doch die Lippen und die Zunge wollten nicht funktionieren. Aber sicherlich würden ihre Handlungen allen klarmachen, daß sie und dieses Etwas, sie beide eben, nicht gestört werden wollten.

19. Kapitel

Sie sprachen schon wieder alle gleichzeitig. Cha Thrat mußte den Kopfhörer nach hinten schieben, um das plötzliche Heulen des Translators zu dämpfen, zumal sie bei diesem Lärm keine klaren Gedanken fassen konnte. Die Kamera folgte ihr noch immer, und schließlich mußte man den Sinn ihres Handelns begriffen haben, denn das Geplapper verstummte rasch und wurde zu der Stimme Priliclas.

»Meine Freundin, hören Sie mir jetzt genau zu. Irgendeine parasitäre Lebensform hat sich an Sie geheftet, und der Charakter Ihrer emotionalen Ausstrahlung verändert sich. Versuchen Sie möglichst ... nein, versuchen Sie mit aller Kraft, sich den Parasiten vom Hinterkopf zu reißen, und machen Sie, daß Sie nach draußen kommen, bevor sich Ihr Zustand weiter verschlechtert!«

»Ich bin völlig in Ordnung«, protestierte Cha Thrat. »Ehrlich, mir geht es gut. Lassen Sie mich einfach in Ruhe, bis ich ...«

»Aber Ihre Gedanken und Gefühle sind nicht mehr Ihre eigenen!« fiel ihr Murchison ins Wort. »*Wehren* Sie sich, verdammt noch mal! Versuchen Sie, die Kontrolle über Ihren Verstand zu behalten! Bemühen Sie sich wenigstens, wieder die Tür zu öffnen, damit wir keine Zeit damit verlieren müssen, ein Loch hineinzuschweißen, wenn wir zu Ihnen kommen.«

»Nein!« widersprach der Captain in bestimmtem Ton. »Tut mir leid, Cha Thrat, aber das medizinische Team wird das Schiff nicht verlassen.«

Der sich daraus ergebende Streit überlastete sogleich wieder Cha Thrats Translator und machte es ihr unmöglich, mit irgendeinem von ihnen zu sprechen. Doch gab es im Verlauf der Auseinandersetzung auch einige Abschnitte, die sie deutlich verstehen konnte, insbesondere, wenn Fletcher mit seiner Herrscherstimme sprach.

Der Captain erinnerte sie daran, und forderte Prilicla auf, dies zu bestätigen, daß unter den gegebenen Umständen die strengstmöglichen Quarantänebestimmungen galten. Sie waren auf eine neue Lebensform gestoßen, die sich die Erinnerung, Persönlichkeit und Intelligenz ihrer Opfer einverleibte und sie zu unvernünftigen Tieren machte. Überdies konnten sich die Wesen, nach dem jüngst bei der Technikerin Cha Thrat beobachteten Vorfall zu urteilen, an jede Spezies anpassen und sie rasch kontrollieren.

Bislang versuchte niemand, Fletcher zu unterbrechen. »Das könnte bedeuten, daß diese Scheiben nicht vom Heimatplaneten der FGHJs stammen, sondern an irgendeinem anderen Ort aufs Schiff gelangt sind, und daß sie das, was sie eben mit Cha Thrat gemacht haben, den Mitgliedern jeder intelligenten Spezies in der Föderation antun könnten!« fuhr der Captain fort. »Ich habe keine Ahnung, was sie dazu treibt, weshalb sie sich damit begnügen, ihren Opfern den Verstand auszusaugen, anstatt sich vom Körper zu ernähren. Ich will auch gar nicht darüber nachdenken und auch nicht darüber, auf welche Weise oder mit welcher Geschwindigkeit sie sich vermehren. In dem Raum bei Cha Thrat befinden sich Dutzende von diesen Intelligenzsaugern, und sie sind so klein, daß sich noch mehr von ihnen in allen möglichen Ecken auf dem gesamten Schiff verstekken könnten.

Bevor wir nicht einen anständig ausgerüsteten und geschützten Entgiftungstrupp hinübergeschickt haben, bleibt mir nichts anderes übrig, als den Bordtunnel zu verschließen und davor eine Wache zu postieren. Diese Geschichte ist für uns etwas völlig

Neues, und es kann gut sein, daß das Hospital die vollständige Zerstörung des Schiffs samt allem, was sich an Bord befindet, anordnen wird.

Wenn Sie alle mal einen Moment lang darüber nachdenken«, schloß der Captain, der sich ganz so anhörte, als sei er mit sich selbst sehr unglücklich, »dann werden Sie einsehen, daß wir es keinesfalls riskieren dürfen, diese Lebensform auf die *Rhabwar* gelangen oder gar ins Orbit Hospital.«

Eine Weile herrschte absolute Stille, in der sich das Team die Worte des Captains durch den Kopf gehen ließ, und Cha Thrat dachte über diese seltsame Geschichte nach, die ihr zugestoßen war und immer noch zustieß.

Bei dem Versuch, Khone zu helfen, hatte sie damals am eigenen Leib einen Zusammenschluß erfahren und zugleich den Schreck, die Verwirrung und die Aufregung darüber, daß eine ihr völlig fremde Persönlichkeit in ihre Gedanken eingedrungen war, die aber nie die Kontrolle übernommen hatte. Der Eindruck war dadurch noch eigenartiger und erschreckender geworden, daß das Gehirn der Gogleskanerin auch Erfahrungen eines früheren Zusammenschlusses mit einem Verstand enthalten hatte, dessen Erinnerungen noch verwirrender waren, nämlich dem des Terrestriers Conway. Doch das gegenwärtige Gefühl war völlig anders. Die Annäherung und das Eindringen des Wesens waren sanft, beruhigend und sogar angenehm gewesen und hatten bei Cha Thrat den Eindruck eines durch lebenslange Erfahrung perfektionierten Vorgangs hervorgerufen. Aber wie sie selbst schien nun auch der Eindringling von dem Inhalt ihres teils sommaradvanischen, teils gogleskanischen und teils terrestrischen Verstands höchst verwirrt zu sein und hatte deswegen Mühe, ihren Körper zu steuern. Sie war sich über seine Absichten noch immer nicht im klaren, hatte aber kaum

Zweifel, daß sie noch sie selbst war und mit jeder Sekunde mehr und mehr über den Alien erfuhr.

Murchison brach als erste das Schweigen. »Wir haben doch Schutzanzüge und Schneidbrenner«, sagte sie. »Warum entgiften wir den Raum nicht selbst, indem wir alle Scheiben, auch die auf dem Nacken der Technikerin, verbrennen und Cha Thrat zur Behandlung hierherholen, solange noch etwas von ihrem Verstand übrig ist? Die Hospitalärzte können später die Entgiftung abschließen, wenn wir ...«

»Nein!« unterbrach sie der Captain in bestimmtem Ton. »Wenn einer von Ihnen auf das fremde Schiff geht, darf er nicht mehr zurück!«

Cha Thrat wollte sich nicht einmischen, weil mit dem Sprechen eine leichte geistige Anstrengung verbunden gewesen wäre, die zu einer Blockierung des Bereichs ihres Gehirns geführt hätte, der nach ihrem Wunsch aufnahmefähig bleiben sollte. Statt dessen machte sie mit den unteren Armen die Geste, die zur Geduld aufforderte, aber dann fiel ihr ein, daß diese für Nicht-Sommaradvaner keine Bedeutung hatte, und bediente sich des terrestrischen Zeichens, indem sie eine nach vorn gerichtete Handfläche hochhielt.

»Ich bin völlig durcheinander«, meldete sich Prilicla plötzlich. »Freundin Cha Thrat hat keine Schmerzen oder geistig-seelische Beschwerden. Sie verspürt irgendeinen ganz dringenden Wunsch, aber die emotionale Ausstrahlung ist typisch für jemanden, der sich angestrengt bemüht, gelassen zu bleiben und die übrigen Gefühle unter Kontrolle zu halten ...«

»Aber sie hat sich nicht unter Kontrolle«, fiel ihm Murchison ins Wort. »Sehen Sie sich doch an, wie sie mit den Armen herumgefuchtelt hat. Sie vergessen, daß die Empfindungen und Emotionen nicht mehr Cha Thrats eigene sind.«

»Freundin Murchison, wer von uns beiden ist hier eigentlich das Wesen, das für Emotionen empfänglich ist?« rügte Prilicla sie, wie es sanfter nicht möglich war. »Freundin Cha Thrat, versuchen Sie zu sprechen. Was sollen wir für Sie tun?«

Eigentlich wollte Cha Thrat ihnen sagen, daß sie alle endlich den Mund halten und sie in Ruhe lassen sollten, doch brauchte sie dringend die Hilfe des Teams, aber diese Bitte hätte nur noch mehr Fragen, Unterbrechungen und geistige Verwirrung hervorgerufen. Ihr Gehirn war ein brodelndes Gemisch aus Gedanken, Eindrücken, Erfahrungen und Erinnerungen, die nicht nur ihre eigene Vergangenheit auf Sommaradva betrafen, sondern auch die der Heilerin Khone und des Diagnostikers Conway. Darin stolperte der Neuankömmling wie ein ungebetener Gast in einem großen, üppig möblierten, aber nur unzulänglich beleuchteten Haus herum, untersuchte einige Gegenstände und schreckte vor anderen wiederum zurück. Wie Cha Thrat wußte, war jetzt nicht die Zeit, ihn einfach gewähren zu lassen.

Am besten wäre es vielleicht, wenn sie einige der Fragen des Teams beantwortete und gerade soviel sagte, daß man den Mund hielt und das tat, was sie wollte.

»Ich befinde mich nicht in Gefahr und habe auch keine körperlichen oder seelischen Beschwerden«, antwortete Cha Thrat vorsichtig. »Wenn ich will, kann ich jederzeit die volle Gewalt über meinen Verstand und Körper zurückerlangen, aber ich habe mich entschlossen, das nicht zu tun, weil ich es nicht riskieren will, die geistige Verbindung durch zu langes Sprechen abzubrechen. Ich möchte, daß Chefarzt Prilicla und Pathologin Murchison so schnell wie möglich zu mir kommen. Die FGHJs sind im Moment nicht wichtig, genausowenig wie das Betäubungsmittel oder die Suche nach dem anderen Überlebenden, denn der ...«

»Nein!« schrie Fletcher dazwischen, und seine Stimme klang, als ob ihm jeden Moment übel werden

würde. »Diese Dinger sind mit allen Wassern gewaschen. Merken Sie denn nicht, wie hinterhältig die versuchen, Cha Thrat dazu zu bringen, uns erst in Sicherheit zu wiegen, um uns dann zu sich hinüberzulocken? Wenn Sie beide erst mal in deren Gewalt sind, wird es bestimmt noch bessere Gründe geben, daß der Rest von uns zu Ihnen kommt oder Sie darauf bestehen, zurückzukehren, um die gesamte Besatzung der *Rhabwar* in den gleichen Zustand zu versetzen wie die FGHJs. Nein, es wird keine weiteren Opfer geben.«

Cha Thrat versuchte, diese Einwände zu überhören, da sie in ihrem Kopf zu Gedankengängen führten, die den Neuankömmling beunruhigten und von einer echten Verständigung mit ihr abhielten. Ganz vorsichtig hob sie die hintere Mittelgliedmaße und beugte sie so, daß der große Finger auf die Scheibe deutete, die ihr am Nacken klebte.

»Das hier ist der Überlebende«, behauptete sie, »der einzige Überlebende.«

Auf einmal empfand der Fremde in ihrem Kopf eine ungeheure Befriedigung und Beruhigung, als wäre er überglücklich, endlich seine Notlage erfolgreich verständlich gemacht zu haben. Wie Cha Thrat feststellte, konnte sie jetzt auch sprechen, ohne dabei die Angst zu spüren, daß er sich von ihr lösen, eingehen und vielleicht sterben könnte.

»Er ist schwer krank«, fuhr Cha Thrat fort, »konnte aber, als ich den Raum betreten habe, für einen kurzen Augenblick das Bewußtsein und die Bewegungsfähigkeit wiedererlangen. In diesem Moment entschloß er sich zu einem letzten verzweifelten Versuch, für seine Freunde und die ihrer Verantwortung unterstehenden Wirtswesen Hilfe zu beschaffen. Die ersten, ungeschickten Bemühungen, Kontakt herzustellen, waren der Grund für die unkoordinierten Bewegungen meiner Gliedmaßen. Daß er der einzige Überlebende ist, hat der Alien erst in den vergangenen Minuten bemerkt.«

Niemand, nicht einmal der Captain, sagte jetzt ein Wort. »Deshalb brauche ich Prilicla zur Überwachung der emotionalen Ausstrahlung des Aliens aus nächster Nähe«, fuhr Cha Thrat fort, »und Murchison zur Untersuchung der toten Freunde des Aliens, weil ich hoffe, daß sie die Todesursache feststellt und eine Behandlungsmethode findet, bevor der Alien nicht mehr zu heilen ist…«

»Nein«, widersprach der Captain erneut mit Vehemenz. »Die Geschichte klingt zwar gut und insbesondere für einen Haufen ET-Ärzte faszinierend, aber das könnte dennoch ein Trick sein, um weitere Besatzungsmitglieder der *Rhabwar* unter geistige Kontrolle zu bekommen. Tut mir leid, Cha Thrat, aber das können wir nicht riskieren.«

»An dem, was Freund Fletcher gesagt hat, ist etwas dran«, räumte Prilicla ein. »Und Sie wissen ja selbst, meine Freundin, daß die Einwände des Captains berechtigt sind, schließlich haben Sie mit eigenen Augen den geistlosen Zustand gesehen, in dem die FGHJs von diesen Kreaturen zurückgelassen worden sind. Nein, meine Freundin, mir tut es ebenfalls leid.«

Nun schwieg wiederum Cha Thrat, während sie eine für alle befriedigende Lösung zu finden versuchte. Irgendwie hatte sie vom Empathen eine derartige Härte nicht erwartet.

Schließlich sagte sie: »Körperlich ist der Alien völlig entkräftet, und ich könnte ihn ganz leicht abnehmen, um Ihnen zu zeigen, daß er keine Gewalt über meinen Körper hat, aber durch solch eine Maßnahme wird er womöglich sterben. Wenn ich jedoch beweisen würde, daß ich mich normal bewegen kann, indem ich diesen Raum verlasse und mich vier Decks nach unten begebe, wo wir nicht von der emotionalen Ausstrahlung der FGHJs gestört werden, und den

Alien eindringlich bitten würde, bis dahin bei Bewußtsein zu bleiben, könnte dann der Cinrussker mit seinen empathischen Fähigkeiten feststellen, ob die emotionale Ausstrahlung des Aliens die eines hochintelligenten und zivilisierten Lebewesens oder die eines Raubtiers ist, das einem die Vernunft stiehlt und Sie da drüben anscheinend in Angst und Schrecken versetzt?«

»Vier Decks weiter unten heißt, daß sie dann nur noch ein Deck über dem Bordtunnel ist und von dort aus ...«, begann der Captain, doch Prilicla schnitt ihm das Wort ab.

»Wenn ich der betreffenden Lebensform nahe genug wäre, könnte ich solch einen Unterschied durchaus wahrnehmen, Freundin Cha Thrat. Wir treffen uns dort gleich direkt vor Ort.«

Aus Cha Thrats Translator kam erneut ein Heulen. Als es langsam nachließ, sagte Prilicla gerade: »Freund Fletcher, als ranghöchster medizinischer Offizier an Bord habe ich die Pflicht, mich davon zu überzeugen, ob es sich bei der Lebensform, die sich an Cha Thrat geheftet hat, um den Patienten oder um die Krankheit handelt! Da jedoch gerade meine Spezies in der Föderation für ihre Ängstlichkeit und Feigheit bekannt ist, werde ich alle nur erdenklichen Vorsichtsmaßnahmen ergreifen. Freundin Cha Thrat, stellen Sie die Kamera so ein, daß wir sehen können, ob irgendeins dieser Lebewesen versucht, den Raum zu verlassen und Ihnen zu folgen. Falls das auch nur ein Wesen tut, werde ich sofort zur *Rhabwar* zurückkehren und den Bordtunnel schließen. Haben Sie das verstanden?«

»Ja, Doktor«, bestätigte Cha Thrat.

»Sollte irgend etwas Verdächtiges vorgehen, während ich bei Ihnen bin«, fuhr er fort, »wird Freund Fletcher, selbst wenn ich einem Überfall entgehen kann und noch ich selbst zu sein scheine, den Tunnel abriegeln und sofort die Quarantänebestimmungen in Kraft setzen.

Zu dieser Lebensform brauchen wir so viele Informationen, wie Sie uns geben können«, schloß er. »Bitte fahren Sie mit Ihrem Bericht fort, meine Freundin, wir zeichnen alles auf. Ich mache mich jetzt auf den Weg.«

»Und ich begleite Sie«, entschied sich Murchison in bestimmtem Ton. »Falls das der einzige Überlebende auf dem Schiff ist und zu einer neuentdeckten intelligenten Spezies gehört, die später vielleicht der Föderation beitritt, wird mir Thorny mit allen sechs Beinen aufs Dach steigen, wenn ich ihn sterben lasse. Danalta und Naydrad können ja hierbleiben, um das Bild von der Kamera zu verfolgen und uns bei Bedarf Spezialausrüstung zu schicken. Und für den Fall, daß der kleine Alien nicht so freundlich ist, wie Cha Thrat behauptet, werde ich zusätzlich zu meinen Instrumenten noch einen Hochleistungsschneidbrenner mitnehmen, um Ihnen den Rücken zu decken, Doktor.«

»Danke, meine Freundin, aber das lassen Sie mal lieber«, wehrte Prilicla ab.

»Ich denke gar nicht daran, Doktor«, beharrte die Pathologin auf ihrem Vorhaben. »Bei allem Respekt, Sie haben zwar den Rang, aber bestimmt nicht die Muskeln, um mich daran zu hindern.«

»Wenn Sie noch irgendeine bewußte emotionale Ausstrahlung entdecken wollen, dann beeilen Sie sich bitte«, warf Cha Thrat ungeduldig ein. »Der Patient muß dringend behandelt werden …«

Sofort erhob Fletcher Einspruch gegen den ungerechtfertigten Gebrauch der Bezeichnung ›Patient‹. Cha Thrat überhörte ihn und fuhr damit fort, einen Überblick über die Krankengeschichte des Überlebenden und die Entwicklungsgeschichte seiner Spezies zu geben, indem sie so gut wie sie konnte die Gedanken und Vorstellungen beschrieb, die der Alien ihr mit so großer Mühe einflößte.

Die scheibenförmige Lebensform stammte von einem Planeten, den selbst der sommaradvanische, gogleskanische und terrestrische Teil von Cha Thrats Gehirn für schön hielt. Dort gab es eine derart üppige Fauna und Flora, daß selbst die größeren Tierarten nicht ums Überleben kämpfen mußten und deshalb auch keine Intelligenz entwickelt hatten. Doch schon seit frühester Zeit, als alles Leben noch in den Meeren war, entwickelte sich eine Spezies, die sich an viele verschiedene einheimische Tiere heften konnte. Zusammen bildeten sie eine symbiotische Gemeinschaft: Das Wirtstier wurde zu den besten Nahrungsquellen dirigiert, während der schwache und relativ kleine Parasit den Schutz seines Wirts genoß und sich zudem durch dessen Beweglichkeit seine eigene, weniger leicht zu findende Nahrung suchen konnte. Mit der Zeit verließen die Wirtstiere das Wasser und entwickelten sich zu großen Landtieren ohne Intelligenz. Die Gemeinschaft zu beiderseitigem Nutzen setzte sich fort, wobei die Parasiten immer mehr Intelligenz entwickelten.

Die früheste Geschichtsüberlieferung berichtete von vergeblichen Versuchen, vielen verschiedenen Wirtstierarten Intelligenz anzuerziehen. Schließlich wurde allen anderen Gattungen die einheimische, sechsbeinige FGHJ-Lebensform vorgezogen, die die Fähigkeit besaß, mit den unterschiedlichsten Materialien zu arbeiten, wenn ihre Gliedmaßen von einem Parasiten gesteuert wurden.

Doch die Parasiten sehnten sich immer mehr nach Gehirnpartnern, nach Wesen, die widersprechen, diskutieren, neue Ideen und Standpunkte einbringen konnten und die keine Ähnlichkeit mit Kreaturen hatten, die nur wenig mehr als sich selbst versorgende, organische Universalwerkzeuge waren, deren einzige

Fähigkeiten darin bestanden, auf Befehl zu sehen, zu hören und Handgriffe zu verrichten.

Mit diesen lebendigen Werkzeugen erbauten sie große Städte, Fabrikanlagen und Schiffe, die erst den Planeten umfuhren, dann durch die Atmosphäre flogen und schließlich durch die erschreckende und zugleich überwältigende Leere zwischen den Sternen kreuzten. Doch die Städte waren wie die Raumschiffe funktionell und häßlich, weil sie von Wesen zum eigenen Komfort und Gebrauch gebaut worden waren, die keinen Sinn für Schönheit hatten und deren tierische Bedürfnisse durch Nahrung, Wärme und die regelmäßige Befriedigung des Fortpflanzungstriebs gestillt waren. Die FGHJs mußten wie teure Werkzeuge gepflegt werden, und viele von ihnen wurden mit jener Zuneigung geliebt, wie sie ein zivilisiertes Lebewesen einem treuen, aber nicht intelligentem Haustier nur entgegenbringen kann.

Die Parasiten hatten jedoch ihre ganz eigenen Bedürfnisse, die in keiner Weise denen ihrer Wirte ähnelten, von deren tierischen Gewohnheiten und unwillkürlichen Verhaltensweisen sie sich sehr abgestoßen fühlten. Für ihr stetiges seelisches Wohlergehen war es lebensnotwendig, sich regelmäßig von den Wirten zu lösen, um ein eigenes Leben zu führen. Das taten sie für gewöhnlich in den Stunden der Dunkelheit, wenn die Werkzeuge nicht mehr in Gebrauch waren und man sie dort unterzubringen vermochte, wo sie sich nichts antun konnten. Sie gingen ihrem Leben an den kleinen, stillen, privaten Plätzen nach, auf den winzigen Inseln der Zivilisation, Kultur und Schönheit im Herzen der städtischen Häßlichkeit, wo ihre Familien nisteten und man von den Wirtstieren durch alles mit Ausnahme von der Entfernung getrennt war.

Lange galt unter ihnen als allgemein anerkannte Tatsache, daß keine Lebensform oder Kultur der Stagnation entgeht, wenn sie sich nicht aus der eigenen Familie oder Sippe und schließlich aus der eigenen Welt hinausbegibt. Auf ihrer ständigen Suche nach anderen, ihnen ähnlichen oder auch vollkommen unähnlichen intelligenten Wesen hatten sie zwar viele Planeten außerhalb des eigenen Sonnensystems entdeckt und auf ihnen kleine Kolonien gegründet, aber keine der dort einheimischen Lebensformen verfügte über Intelligenz, so daß sie alle auch wieder nur als Werkzeuge zu gebrauchen waren.

Aufgrund der heftigen Abneigung der Parasiten, sich durch die ferngesteuerten Hände einer nichtintelligenten Lebensform berühren zu lassen, befaßte sich ihre Heilkunde ausschließlich mit den Bedürfnissen der Wirte. Deshalb war eine Krankheit, die sich ein FGHJ zuzog und die bei ihm selbst womöglich nur zu einer leichten Entkräftung führte, für den empfindlichen Organismus des Parasiten oft tödlich.

Cha Thrat legte eine kurze Verschnaufpause ein und hob eine ihrer oberen Hände, um den Parasiten abzustützen. Im Nacken hatte sie wieder Gefühl, und sie spürte, daß sich die Ranken des Aliens lösten und herauszogen. Ein Deck weiter unten konnte sie jetzt Prilicla und Murchison hören.

»Auf ihrem Schiff hat sich nun folgendes zugetragen«, fuhr Cha Thrat fort. »Die FGHJ-Wirte bekamen eine Krankheit, die zu leichtem, periodisch steigendem und fallendem Fieber führte, und wurden wieder gesund. Die Parasiten hingegen starben daran, bis auf diese eine Ausnahme. Doch bevor sie sich zum Sterben in das eigene Quartier zurückgezogen haben, brachten sie ihre Wirte, die nun keine Führer mehr hatten, an Orte, wo Nahrung vorhanden war und wo sie sich nicht selbst verletzen konnten. Die Parasiten hofften nämlich, daß für ihre Wirte rechtzeitig Hilfe eintreffen würde. Der Überlebende, der anscheinend eine besondere Widerstandskraft gegen die Krankheit hatte, sicherte das Schiff und machte es für Retter leicht zugänglich, setzte dann die Notsignalbake aus und kehrte in den Nistraum des Schiffs zurück, um seinen sterbenden Freunden Beistand zu leisten.

Doch die Anstrengung dieser Arbeit war für seinen Wirt, einen alternden FGHJ, den er besonders gern hatte, zu viel«, fuhr Cha Thrat direkt an Prilicla und Murchison gewandt fort, die jetzt die Rampe herauf auf sie zukamen, »denn das Wesen bekam plötzlich einen Kreislaufkollaps und starb im Nistraum.

Das Notsignal wurde nicht von einem ihrer eigenen Schiffe beantwortet, sondern von der *Rhabwar*, und den Rest kennen wir ja.«

Prilicla sagte nichts. Murchison ging seitlich von ihm und richtete dabei ständig das spitze Mundstück des Schneidbrenners auf Cha Thrats Nacken. »Ich müßte das natürlich mit meinem Scanner überprüfen, aber ich würde sagen, der Alien gehört zur physiologischen Klassifikation DTRC«, sagte sie, wobei ihr die Aufregung anzusehen war. »Er hat große Ähnlichkeit mit den DTSB-Symbionten, die einige FGLIs zur chirurgischen Feinarbeit bei sich haben. In dem Fall stellen allerdings die DTSBs die Finger und die Tralthaner das Gehirn, obwohl es einige OP-Schwestern gibt, die das bestreiten würden...«

Sie verstummte, als Cha Thrat sagte: »Ich habe versucht, dem Alien die Kontrolle über mein Sprachzentrum zu übergeben, damit er durch mich direkt mit Ihnen sprechen kann, aber er ist viel zu schwach und kaum noch bei Bewußtsein, deshalb muß ich als sein Sprachrohr fungieren. Durch meine Gedanken weiß er bereits, wer Sie sind, und bei ihm selbst handelt es sich um Crelyarrel aus dem dritten Bezirk von Trennchi im einhundertundsiebten Bezirk von Yau im vierhundertundachten Unterbezirk des großen Yilla der Rhiim. Ich kann seine Gefühle zwar nicht angemessen mit Worten beschreiben, aber Crelyarrel freut sich über die Erkenntnis, daß die Rhiim nicht die einzige intelligente Spezies in der Galaxis sind, bedauert allerdings zutiefst, daß dieses Wissen mit ihm sterben wird, und entschuldigt sich für die Angst, die er uns gemacht hat, indem er …«

»Ich weiß, was er empfindet«, unterbrach Prilicla sie freundlich, und plötzlich schlug ihnen allen eine große, nicht greifbare Woge der Zuneigung, Freundschaft und Beruhigung entgegen. »Wir freuen uns, Sie kennenzulernen und von Ihren Artgenossen zu erfahren, Freund Crelyarrel, und wir werden Sie keinesfalls sterben lassen. Lösen Sie sich jetzt von Cha Thrat, mein kleiner Freund, und entspannen Sie sich. Sie sind in guten Händen.«

Während er weiterhin beruhigende und angenehme Emotionen ausstrahlte, fuhr er lebhaft fort: »Legen Sie den Schneidbrenner weg, Freundin Murchison, und begeben Sie sich mit dem Patienten und Cha Thrat zu dem Quartier der Rhiim. Dort wird er sich viel wohler fühlen, und Sie selbst haben eine Menge Arbeit mit seinen toten Freunden vor sich. Freund Fletcher, im Orbit Hospital wird man Vorbereitungen für die Aufnahme dieser neuen Lebensform treffen müssen. Bereiten Sie sich darauf vor, einen ausführlichen Hyperraumfunkspruch an Thornnastor zu senden, sobald wir ein klareres Bild von der Krankheit haben. Freundin Naydrad, halten sie sich mit der Trage bereit, falls wir hier Spezialgeräte benötigen oder die Leichen der DTRCs zur Untersuchung auf die *Rhabwar* schaffen müssen …«

»Nein!« protestierte der Captain.

Murchison richtete ein paar Worte an ihn, die eine terrestrische Frau normalerweise nicht in den Mund nimmt, und fuhr dann fort: »Captain Fletcher! Wir haben hier einen Patienten, dessen Gesundheitszustand sehr ernst ist und der der einzige Überlebende auf einem von Krankheit befallenen Schiff ist. Sie wissen ebensogut wie ich, daß Sie unter diesen Umständen genau das zu tun haben, was Prilicla Ihnen sagt!«

»Nein!« wiederholte Fletcher. Mit leiserer, aber genauso bestimmter Stimme fuhr er fort: »Ich verstehe Ihre Gefühle, Murchison. Aber sind es auch wirklich Ihre eigenen? Sie haben mich noch nicht davon überzeugt, daß dieses Ding ungefährlich ist. Außerdem kann ich mich noch gut an die Besatzungsmitglieder des Alienschiffs erinnern und außerdem ... na ja, das Ding da tut vielleicht nur so, als ob es krank wäre. Es könnte sein, daß es längst die Gedanken von Ihnen allen kontrolliert oder zumindest beeinflußt. Die Quarantänebestimmungen bleiben in Kraft. Bis der leitende Diagnostiker der Pathologie oder, was wahrscheinlicher ist, der Entgiftungstrupp das Schiff gesäubert hat, geht nichts und niemand von Bord.«

Cha Thrat trug Crelyarrel in dreien ihrer kleinen oberen Hände. Jetzt, wo sie ihn als das kannte, was er war, empfand sie weder beim Ansehen noch beim Anfassen des Körpers irgendwelche Ekelgefühle. Die Ranken, mit denen er die Kontrolle über seinen Wirt übernahm, hingen schlaff zwischen ihren Fingern nach unten, und seine Hautfarbe wurde heller und ähnelte allmählich der seiner toten Freunde im Quartier der Rhiim. Mußte Crelyarrel jetzt ebenfalls sterben, fragte sich Cha Thrat traurig, nur weil zwei verschiedene Leute entgegengesetzte Standpunkte vertraten? Schlimm daran war, daß beide auf ihre Art recht hatten.

Der Nachweis, daß einer von ihnen unrecht hatte, würde schwere persönliche Auswirkungen haben, insbesondere wenn es sich bei dem Betreffenden um einen gewissen Herrscher namens Fletcher handelte, und Cha Thrat fragte sich zum erstenmal ernsthaft, ob sie selbst immer so im Recht gewesen war, wie sie es geglaubt hatte. Vielleicht wäre ihr bisheriges Leben glücklicher verlaufen, wenn sie auf Sommaradva und später im Orbit Hospital ihre Überzeugungen stärker in Frage gestellt hätte.

»Freund Fletcher«, sagte Prilicla ruhig. »Als Empath werde ich durch die Emotionen aller Lebewesen in meiner Umgebung beeinflußt. Ich lasse ja gelten, daß es Wesen gibt, die durch Worte, Taten oder Schweigen Gefühle zum Ausdruck bringen können, die sie gar nicht haben. Doch vorgetäuschte Emotionen auszustrahlen, mit den Gedanken zu lügen ist für ein intelligentes Wesen absolut unmöglich. Wären Sie ein Empath, wüßten Sie, daß das so ist, aber als Nichtempath müssen Sie mir das einfach glauben. Der Überlebende kann und wird niemandem etwas zuleide tun.«

Der Captain schwieg einen Moment lang und sagte dann: »Tut mir leid, Doktor. Ich bin trotzdem nicht restlos davon überzeugt, daß nicht der Alien durch Sie spricht und Ihre Gedanken kontrolliert, und ich kann es nicht riskieren, ihn aufs Schiff zu lassen.«

Unter diesen Umständen gab es keinen Zweifel, wer recht hatte oder was sie unternehmen mußte, dachte Cha Thrat, da ein sanftes kleines Wesen wie Prilicla womöglich nicht fähig sein würde, zur Tat zu schreiten.

»Doktor Danalta, würden Sie bitte schnell zum Bordtunnel gehen, sich dort aufstellen und eine Gestalt annehmen, die jeden Offizier des Monitorkorps davon abschreckt, ihn zuzumachen, abzubauen oder auf andere Weise für den Verkehr in beiden Richtungen zu schließen?« fragte sie. »Selbstverständlich sollten Sie sich bemühen, einen solchen Offizier nicht zu verletzen. Daß man tödliche Waffen gegen sie einsetzen wird, bezweifle ich, wenn auch nur deshalb, weil alles, was stark genug wäre, um Sie zu verwunden, auch dem Schiffsrumpf ernsthafte Schäden zufügen würde, aber falls ...«

»Cha Thrat!«

Obwohl sich der Captain auf dem Kommandodeck der *Rhabwar* und für Priliclas empathische Fähigkeiten in äußerster Entfernung befand, brachte das Gefühl höchster Entrüstung, das den Ausruf begleitete, den kleinen Cinrussker an allen Gliedern zum Zittern. Als Fletcher schließlich seinen Zorn zügelte, kam der Empath allmählich wieder zur Ruhe.

»Na schön, Doktor«, gab sich der Captain in frostigem Ton geschlagen. »Gegen meinen ausdrücklichen Wunsch und auf Ihre eigene Verantwortung hin bleibt der Bordtunnel offen. Sie dürfen sich frei zwischen dem fremden Schiff und dem Unfalldeck bewegen, aber der Zutritt zum übrigen Schiff wird Ihnen und diesem ... diesem Ding da, das Ihrer Behauptung nach ein Überlebender sein soll, verwehrt. Mit Cha Thrats grober Gehorsamsverweigerung werde ich mich später befassen, und eine Anklage wegen Anstiftung zur Meuterei liegt durchaus im Bereich des Möglichen.«

»Danke schön, Freund Fletcher«, sagte Prilicla. Dann schaltete er das Mikrofon ab und fuhr fort: »Auch Ihnen, Freundin Cha Thrat. Sie waren nicht einfach nur ungehorsam, sondern haben auch großen Einfallsreichtum bewiesen. Aber leider sind die Gefühle, die Ihnen der Captain im Moment entgegenbringt, von jener Art, die meiner Erfahrung nach nicht nur feindselig ist, sondern auch ausgesprochen lange anhält, selbst wenn bewiesen worden ist, daß Sie sich korrekt verhalten haben.«

Murchison schwieg, bis sie sich im Raum der Rhiim befanden, wo sie die Untersuchung Crelyarrels mit dem Scanner unterbrach und die Sommaradvanerin musterte. Wie Cha Thrat dank des terrestrischen Teils ihres Gehirns wußte, drückten die Art der Formulierung und der Tonfall der Pathologin Verblüffung und Mitgefühl aus, als diese sie fragte: »Wie kann ein einzelnes Wesen sich in so kurzer Zeit derart viele Probleme aufhalsen? Was ist bloß in Sie gefahren, Cha Thrat?«

Prilicla zitterte zwar leicht, sagte aber nichts.

20. Kapitel

Cha Thrat erschien zu ihrer Verabredung mit dem Chefpsychologen pünktlich auf die Sekunde, weil sie gehört hatte, daß O'Mara zu frühes Erscheinen für eine ebensolche Zeitverschwendung hielt wie zu spätes. Doch diesmal war der Chefpsychologe derjenige, der unpünktlich war, obwohl daran indirekt wieder einmal Cha Thrat schuld hatte. Der Terrestrier Braithwaite, der einzige Anwesende in dem riesigen Vorzimmer, erklärte es ihr.

»Tut mir leid wegen der Verzögerung, Cha Thrat«, sagte er und neigte den Kopf in Richtung O'Maras Tür, »aber die Besprechung ist noch voll im Gange. Bei ihm sind Chefarzt Cresk-Sar und, absteigend nach Dienstgrad geordnet, Colonel Skempton, Major Fletcher und Lieutenant Timmins. Die Tür soll eigentlich schalldicht sein, aber hin und wieder bekomme ich trotzdem etwas mit. Jedenfalls unterhalten die sich gerade über Sie.«

Er setzte ein wohlwollendes Lächeln auf, deutete auf den nächsten der drei unbesetzten Computertische neben sich und fuhr fort: »Setzen Sie sich dort hin, während wir auf den Urteilsspruch warten. Den Platz müßten Sie eigentlich ziemlich gemütlich finden. Jetzt machen Sie sich mal keine Sorgen, Cha Thrat. Wenn Sie nichts dagegen haben, würde ich gern mit meiner Arbeit weitermachen.«

Cha Thrat entgegnete, daß es ihr nichts ausmache, und war überrascht, als auf dem Bildschirm, der vor ihr stand, plötzlich Braithwaites Arbeit zu sehen war. Sie hatte zwar keine Ahnung, womit der Terrestrier beschäftigt war, doch noch während sie dies zu verstehen versuchte, wurde ihr klar, daß er ihr absichtlich etwas vorsetzte, damit sie sich mit den Gedanken mit anderen Dingen beschäftigte, als mit denen, die man wahrscheinlich im Nebenraum gerade über sie sagte.

Als einer der wichtigsten Assistenten des Zauberers war Braithwaite offenbar befähigt, selbst einige hilfreiche Beschwörungen in die Tat umzusetzen.

Seit ihrer Rückkehr zum Orbit Hospital hatte man Cha Thrat in eine Art verwaltungstechnischen Hyperraum verbannt. Der Wartungsdienst wollte nichts mehr mit ihr zu tun haben, der Herrscher vom Monitorkorps, den sie auf der *Rhabwar* so schwer beleidigt hatte, schien einfach ihre Existenz vergessen zu haben, und die medizinischen Ausbilder behandelten sie mit Mitgefühl und großer Aufmerksamkeit, fast so wie eine Patientin, von der man annahm, daß sie nicht mehr lange unter den Lebenden weilte.

Offiziell gab es nichts mehr für sie zu tun, aber inoffiziell war sie in ihrem ganzen Leben nicht beschäftigter gewesen.

Diagnostiker Conway war mit ihrer Arbeit auf Goglesk sehr zufrieden gewesen und hatte sie gebeten, Khone so häufig wie möglich zu besuchen, weil Cha Thrat und er selbst noch immer die einzigen Lebewesen waren, die die FOKT bis auf Berührungsreichweite an sich heranließ, obwohl sich dieser Zustand langsam zum Besseren wandte. Mit Unterstützung des Chefpsychologen und von Prilicla, die sich dezent im Hintergrund hielten, kam man mit der Überwindung der geistig-seelischen Ausrichtung der gogleskanischen Spezies voran, und Ees-Tawn arbeitete an einem ständig am Körper zu tragenden Klangverfälscher im Miniaturformat, der sich automatisch innerhalb der ersten Millisekunden eines Notrufs einschalten konnte und den Träger daran hindern würde, einen dieser selbstmörderischen Gruppenzusammenschlüsse herbeizuführen.

O'Mara hatte die Beteiligten immer wieder darauf hingewiesen, daß die endgültige Lösung des goglekanischen Problems noch viele Generationen auf sich warten lassen könne und sich Khone bei der Annäherung oder der Berührung durch ein anderes Wesen, egal von welcher Spezies, nie ganz behaglich fühlen würde, wohingegen ihr Sohn bereits erste Anzeichen für ein ziemliches Wohlbefinden unter Fremden erkennen lasse.

Thornnastor und Murchison war es gelungen, ein spezifisches Heilmittel gegen den Krankheitserreger zu isolieren und zu finden, von dem Crelyarrel befallen war, obwohl sie Cha Thrat gegenüber eingestanden, daß der DTRC auf dem Schiff der Rhiim hauptsächlich wegen des hohen Maßes an natürlicher Widerstandskraft überlebt habe. Mittlerweile erzielte der kleine Symbiont einen Fortschritt nach dem anderen und machte sich langsam um die Gesundheit und das Wohlergehen der FGHJ-Wirte Sorgen. Er wollte wissen, wie schnell neue Rhiim ins Orbit Hospital gebracht werden könnten, um die Kontrolle über die FGHJs zu übernehmen.

Ähnliche Fragen wurden Cha Thrat auch von einer Gruppe Korpsoffiziere gestellt, die das Hospital besuchten und anscheinend nichts von ihrer kürzlichen Gehorsamsverweigerung auf der *Rhabwar* erfahren hatten oder sich nicht dafür interessierten. Bei ihnen handelte es sich um Kontaktspezialisten, die das Schiff der Rhiim untersuchten, um vor der offiziellen, im Namen der Galaktischen Föderation stattfindenden Kontaktaufnahme mit dieser Spezies so viele Informationen wie möglich über die Wesen, die den Bau veranlaßt hatten, zu sammeln, wozu auch die Erkundung der Position des Heimatplaneten gehörte. Schon deshalb wollten sie unbedingt mit dem Überlebenden sprechen.

Crelyarrel war sehr auf Zusammenarbeit bedacht,

das Problem war nur, daß sich die DTRCs durch eine Kombination aus Berührungen und Telepathie verständigten, die sich auf die eigene Spezies beschränkte. Zudem ging es Crelyarrel noch nicht gut genug, um die vollständige Kontrolle über einen FGHJ von seinem Schiff zu übernehmen, und bevor er dazu nicht imstande war, konnte der Übersetzungscomputer nicht mit der Sprache programmiert werden, der sich die Rhiim mittels ihrer FGHJ-Wirte bedienten.

Obwohl die parasitären Rhiim inzwischen allgemein als äußerst intelligente und kultivierte Spezies anerkannt waren, riß sich kein Mitarbeiter des Hospitals besonders darum, den eigenen Körper, für wie kurze Zeit auch immer, der Kontrolle eines DTRC preiszugeben, was allerdings auf Gegenseitigkeit beruhte. Die einzige, bei der sich Crelyarrel einverstanden erklärte, mit ihrer Erlaubnis die Kontrolle zu übernehmen und durch sie zu sprechen, war natürlich Cha Thrat.

Aufgrund dieser wiederholten inoffiziellen Inanspruchnahme ihrer Zeit hatte Cha Thrat nur wenig Muße gehabt, sich um die eigenen Probleme Sorgen zu machen.

Bis jetzt.

Die gedämpften Stimmen im Innenraum waren inzwischen nicht mehr zu vernehmen, was nach Cha Thrats Vermutung bedeutete, daß sich die Beteiligten entweder leise miteinander unterhielten oder gerade schwiegen. Doch sie irrte sich; die Besprechung war vorüber.

Die aus dem Raum kommenden Teilnehmer wurden vom Chefarzt Cresk-Sar angeführt, der keinen Ton sagte und aus dessen von dichtem Haar bedeckten Gesicht nichts herauszulesen war. Ihm folgte Colonel Skempton, der einen unübersetzbaren Laut ausstieß. Hinter ihm kam der Herrscher der *Rhabwar*, der

Cha Thrat weder eines Blicks noch eines Worts würdigte, und schließlich schlenderte Lieutenant Timmins heraus, der sie einen Moment lang mit einem zugekniffenen Auge musterte, bevor er sich entfernte. Sie erhob sich von ihrem Platz, um ins Büro zu gehen, als O'Mara herauskam.

»Bleiben Sie sitzen, es wird nicht lange dauern«, sagte er. »Sie ebenfalls, Braithwaite. Sommaradvanerinnen haben nichts dagegen, wenn man ihre Probleme vor Beteiligten bespricht, und diese hier hat wirklich eins. Ist der verbogene Vogelkäfig, auf dem Sie da sitzen, auch bequem?

Das Problem ist«, fuhr er fort, bevor sie etwas entgegnen konnte, »daß Sie sozusagen ein eigenartig geformter Dübel sind, der nicht so recht in eines unserer netten kleinen Löcher paßt. Sie sind intelligent, tüchtig, willensstark, aber dennoch in gewisser Weise anpassungsfähig, und haben anscheinend ohne nachteilige Langzeitfolgen die verschiedenen Stufen des seelischen Schocks und der Desorientierung durchlaufen, die bei vielen anderen zu schweren psychischen Schäden geführt hätten. Von einigen sehr wichtigen Leuten im Hospital werden Sie mit Wohlwollen, ja mit Hochachtung betrachtet, von vielen mit Unvoreingenommenheit und von einigen wenigen mit offener Abneigung. Die letzteren, hauptsächlich Mitarbeiter des Monitorkorps und ein paar Angehörige des medizinischen Personals, sind sich sehr unsicher, wer oder was Sie sind und wer bei der Zusammenarbeit mit Ihnen die höhere Position bekleidet.«

»Manchmal bin ich mir selbst nicht ganz sicher, wer oder was ich bin«, verteidigte sich Cha Thrat. »Wenn ich wie ein Vorgesetzter denke, kann ich nun mal nicht anders handeln als ein...« Sie hielt lieber den Mund, bevor sie wieder einmal zu viel sagte.

»... als ein Diagnostiker«, ergänzte O'Mara trocken. »Das wollten Sie doch sagen, nicht wahr? Oh, keine

Angst, aus diesen heiligen Hallen dringt nie eins der tiefen, dunklen und, wie in Ihrem Fall, seltsamen Geheimnisse nach draußen. Als mir Prilicla einmal nicht von Ihrem Verhalten kurz vor und während Khones Niederkunft und auf dem Schiff der Rhiim vorgeschwärmt hat, hat er mir von dem Zusammenschluß erzählt, zu dem es nach seinem Gefühlseindruck mit Ihnen auf Goglesk gekommen ist. Da er nun einmal Prilicla ist, liegt ihm sehr viel daran, jeden schmerzlichen und peinlichen Vorfall zwischen seinen Freunden Conway, Murchison und Ihnen selbst zu vermeiden, und das möchten wir auch.

Doch die Tatsache bleibt«, fuhr der Chefpsychologe fort, »daß Sie eine geistige Vereinigung mit Khone hatten, durch die Sie nicht nur die Kenntnisse und Erfahrungen einer gogleskanischen Ärztin erlangt haben, sondern aufgrund einer früheren Geistesverschmelzung Khones mit Conway auch die eines Diagnostikers des Orbit Hospitals. Zudem sind Sie auf geistiger Ebene tief mit einem der Rhiim-Parasiten verbunden, ganz zu schweigen von den Gedanken ihres chalderischen Freundes, in die Sie damals Ihre sommaradvanische Nase gesteckt hatten. Da überrascht es mich gar nicht, daß Sie sich manchmal über Ihre Identität nicht ganz sicher sind. Bestehen darüber im Moment irgendwelche Zweifel?«

»Nein, nein, Sie sprechen lediglich mit Cha Thrat«, versicherte sie.

»Gut, schließlich ist es Cha Thrats ungewisse Zukunft, über die wir uns jetzt Gedanken machen müssen. Seit der Sache auf der *Rhabwar*, wo Sie nicht nur den Gehorsam verweigert haben, sondern auch noch vollkommen recht damit hatten, ist die Möglichkeit einer Laufbahn beim Wartungsdienst, auch wenn Timmins sich sehr lobend über Sie geäußert hat, gestorben, genauso wie jede Hoffnung, die Sie sich womöglich auf den Dienst als Schiffsärztin beim Monitorkorps gemacht haben. Die Disziplin an Bord eines Schiffs ist zwar nicht zu sehen, aber trotzdem vorhanden, und sie ist streng. Kein Schiffskommandant würde das Risiko eingehen, eine Ärztin mit einem Vermerk einer erwiesener Gehorsamsverweigerung in der Akte an Bord zu nehmen.

Die Kontaktspezialisten, denen Sie bei dem Rhiim helfen, sind weniger auf Disziplin ausgerichtet als die anderen«, fuhr er fort. »Sie sind von Ihnen beeindruckt und so dankbar, daß sie Ihnen eine Stelle auf Ihrem Heimatplaneten anbieten, natürlich erst, wenn der Staub, der durch diese ganzen disziplinarische Geschichte aufgewirbelt worden ist, Gelegenheit gehabt hat, sich zu legen. Was halten Sie davon, nach Sommaradva zurückzukehren?«

Cha Thrat stieß nur einen unübersetzbaren Laut aus.

»Ich verstehe«, reagierte O'Mara auf seine trockene Art. »Aber die medizinischen und chirurgischen Möglichkeiten stehen Ihnen auch nicht mehr offen. Trotz der Achtung, die Sie bei vielen Mitarbeitern in hohen Positionen genießen, will niemand eine besserwisserische Schwesternschülerin auf seiner Station haben, die höchstwahrscheinlich durch irgendeine Äußerung oder Handlung zu verstehen gibt, daß die diensthabende Oberschwester oder der Arzt in medizinischer Hinsicht sowieso auf dem Holzweg sind. Auch wenn Sie Einfluß bei Leuten in hohen Positionen haben, könnte sich der schnell verflüchtigen, falls die Wahrheit über Ihren gogleskanischen Gedankenaustausch allgemein bekannt werden sollte.«

Cha Thrat fragte sich, ob sie irgend etwas sagen oder tun könnte, um dieses unbarmherzige Zuschlagen sämtlicher Türen, hinter denen sich für sie noch Möglichkeiten befunden hatten, aufzuhalten, als Braithwaite von seinem Tisch aufblickte.

»Entschuldigen Sie, Sir«, sagte er. »Aber nach meiner Kenntnis der Beteiligten ist es unwahrscheinlich, daß Conway, Khone und Prilicla die Angelegenheit außer untereinander noch mit jemand anderem besprechen, und Murchison, die ja ein wirklich sehr intelligentes Wesen ist, wird sich genauso verhalten, wenn sie entweder selbst hinter die Wahrheit kommt oder sie von ihrem Lebensgefährten erfährt. Das psychologische Persönlichkeitsdiagramm der Pathologin läßt einen gut entwickelten Sinn für Humor erkennen, und deshalb könnte es durchaus sein, daß sie die Vorstellung, von einem Lebewesen einer fremden Spezies, das ebenfalls weiblich ist, mit dem gleichen sexuellen Verlangen wie von dem eigenen Lebensgefährten, Conway, betrachtet zu werden, eher belustigend als unangenehm finden würde. Natürlich möchte ich nicht empfehlen, auch nur eins dieser fehlgeleiteten Gefühle in die Tat umzusetzen, aber es könnten sich gewisse amüsante sexuelle Phantasien ergeben, die den gesamten Bereich der Beziehungen zwischen verschiedenen Spezies in einem neuen Licht erscheinen ...«

»Ach, Braithwaite«, unterbrach ihn O'Mara in ruhigem Ton, »genau durch solches Gerede erhalten die Leute einen falschen Eindruck von ET-Psychologen.

Was Sie angeht, Cha Thrat«, fuhr er fort, »bin ich schon vor langer Zeit zu dem Schluß gekommen, daß es hier im Hospital nur eine Position gibt, die ihren besonderen Talenten gerecht wird. Sie werden noch einmal ganz unten als Auszubildende anfangen und nur langsam aufsteigen, weil Ihr Chef sehr schwer zufriedenzustellen ist. Es handelt sich um eine schwierige und oftmals undankbare Aufgabe, mit der Sie die meisten anderen verärgern werden, aber daran sind Sie ja inzwischen gewöhnt. Außerdem gibt es ein paar Dinge, die Sie dafür entschädigen werden, beispielsweise die Möglichkeit, Ihr Geruchsorgan in andrer Leute Angelegenheiten zu stecken, wann immer Sie es für nötig halten. Nehmen Sie die Stelle an?«

Auf einmal konnte Cha Thrat deutlich ihren Puls hören und hatte Schwierigkeiten zu atmen. »Ich ... ich verstehe nicht ganz ...«

O'Mara holte tief Luft, atmete durch die Nase aus und entgegnete: »Sie verstehen *sehr gut,* Cha Thrat. Stellen Sie sich doch nicht dümmer als Sie sind.«

»Ich verstehe«, bestätigte sie, »und ich bin Ihnen äußerst dankbar. Das hat bei mir nur etwas gedauert, weil ich es erst nicht glauben konnte und über die ganze Tragweite nachdenken mußte. Sie meinen, ich soll die Kunstfertigkeit der nichtkörperlichen Heilung und die Anwendung von Beschwörungen lernen und eine Art Zauberlehrling werden.«

»So in etwa«, entgegnete der Chefpsychologe. Er warf einen kurzen Blick auf den Computer auf ihrem Tisch und fügte hinzu: »Wie ich sehe, sitzen Sie bereits vor dem Aktualisierungsprogramm der psychologischen Persönlichkeitsdiagramme des höheren Personals. Das ist reine Routinesache. Eine nicht besonders aufregende, aber notwendige Tätigkeit. Braithwaite versucht schon seit Monaten, die Arbeit auf jemand anderen abzuwälzen.«